Jenny Karpe
Die Gesetze der Magie

JENNY KARPE

DIE GESETZE DER MAGIE

Roman

PIPER

Entdecke die Welt der Piper Fantasy:

Piper 🦌 Fantasy.de

Wenn Ihnen dieser Roman gefallen hat, schreiben Sie uns unter Nennung des Titels »Die Gesetze der Magie« an *empfehlungen@piper.de*, und wir empfehlen Ihnen gerne vergleichbare Bücher.

Die Gesetze der Magie enthält Themen, die belasten könnten. Deshalb findet ihr am Ende dieses Buches auf Seite 393 eine Inhaltswarnung.

Inhalte fremder Webseiten, auf die in diesem Buch (etwa durch Links) hingewiesen wird, macht sich der Verlag nicht zu eigen. Eine Haftung dafür übernimmt der Verlag nicht. Wir behalten uns eine Nutzung des Werks für Text und Data Mining im Sinne von § 44b UrhG vor.

Originalausgabe
ISBN 978-3-492-70646-9
© Piper Verlag GmbH, München 2024
Dieses Werk wurde vermittelt durch die Literarische Agentur
Thomas Schlück GmbH, 30161 Hannover.
Redaktion: Anika Beer
Satz auf Grundlage eines CSS-Layouts von digital publishing
competence (München) mit abavo vlow (Buchloc)
Druck und Bindung: CPI Books GmbH, Leck
Printed in the EU

*Für den Mann, der mit Worten spielte;
für Egon.*

Dramatis Personae

Studierende:
Willow Dorothea Farley – Physik (Quantenphysik)
Harrison Cunningham – Willows Partner, Archäologie (Archäometrie)
Esther O'Malley – Willows beste Freundin, Englische Literatur
Felice Bonaccorso – Mathematik (Modelltheorie)
Lloyd Oisín Byrne – Physik (Astrophysik)
Charles George Doherty – Botanik (Angewandte Botanik)
Evan Flanagan – Meteorologie (Hydrometeorologie)
Florence Houdin (genannt Echo) – Biologie (Neurobiologie)
Nikhil Mahesh Mallick – Informatik (Bioinformatik)
Ophelia Murphy – Medizin (Humanmedizin)
Thabisa Sisulu – Physik (Kosmologie)
Hugo Aurélien Thibault – Geografie (Mathematische Geografie)

Lehrende:
Prof. Dr. Joseph Archer – Medizin (Pharmazie)
Prof. Dr. Margareta Battaglini – Betriebswirtschaftslehre (Management)
Prof. Dr. Raymond Gunt – Psychologie (Biologische Psychologie)
Prof. Dr. Anthony Morris – Chemie (Physikalische Chemie)

Hunde:
Aramis – Beagle

Es gibt ein Kind der Menschheit, das älter ist als sie selbst. Es schlummerte in der Dunkelheit vor dem Anbeginn der Zeit und erwachte bei der Geburt des Universums. Wartete Äonen, wohnte im Geist der Evolution. Schließlich gesellte es sich zu den Menschen, die glaubten, die Macht über es zu besitzen. Doch bald erkannten sie, dass sie das Kind niemals bändigen werden, weder mit Ton noch mit Tinte. Es gehört allen und niemandem zugleich, wandert stetig und verirrt sich oft. Manchmal verschwindet es. Allerdings wäre es ein Trugschluss, zu glauben, es sei dann unrettbar verloren. Es lässt sich anlocken, ist von Natur aus neugierig. Und es liebt Geheimnisse, denn hier versteckt sich dieses Kind, das die Menschheit Wissen nennt.

Einköpfiger Kerberos

»Was wir wissen, ist wenig;
was wir nicht wissen, ist immens.«

Pierre-Simon Laplace

Im ersten Moment wirkte es, als würde das Regent House auf die wimmelnden Straßen Dublins blicken, aber tatsächlich drehte es der Stadt den Rücken zu. Wie eine Barrikade in der Zeit trennte das helle Gebäude den Campus des Trinity College von der Moderne. Dennoch sickerte der Zeitgeist gemächlich hindurch und verteilte Dreck und Abfall auf dem Kopfsteinpflaster. Dahinter ging die Sonne unter, färbte den Himmel golden und hüllte den Campus in lange Schatten.

Willow Farley fühlte sich vom Regent House beobachtet, als wären seine Fenster Hunderte höhnische Augen. Sogar nach zwei hervorragenden Abschlüssen wurde sie das Gefühl nicht los, ein ungebetener Gast zu sein. Niemand schien je hierhin zu gehören, bis auf die Universität selbst. Als sei nur sie gegenwärtig, während alles Übrige flüchtig war und rasch der Vergangenheit angehörte.

Etwas zog plötzlich kräftig an ihrem Arm, die Schulter knirschte, Aramis bellte. Willow griff nach der Leine des

Beagles und verlor das Gleichgewicht. Im selben Moment vibrierte es in der Tasche ihres Rocks.

»Aus! Hey!« Sie holte mit bebenden Fingern ihr Smartphone hervor und nahm den Anruf entgegen, während sie sich gegen Aramis stemmte. »Harry, es ist gerade schlecht!«

»Oje, was ist passiert?«, entgegnete ihr Freund perplex.

Aramis war sein Beagle, ein dreifarbiges Muskelpaket, das Willow unablässig in Richtung des Regent House zerrte. Allmählich gaben ihre Finger nach.

»Aramis, bei Fuß!« Sie senkte die Stimme, um mehr wie Harrison zu klingen. Der Hund schien ihre Bemühungen zu würdigen und ließ locker. Willow fühlte sich, als hätte mitten in der Nacht ihr Wecker geklingelt.

»Bist du noch dran?«, fragte sie atemlos und überquerte aufmerksam den menschenleeren Parliament Square. Sie konnte keine Kaninchen auf dem abgesperrten Grün entdecken, nur festgekettete Fahrräder. Von Esther war auch keine Spur zu sehen. Was hatte Aramis angestachelt? Nun stapfte er weiter, als wäre nichts passiert. Wahrscheinlich wollte er nach Hause.

»Klar bin ich noch dran. Gehst du mit Aramis Gassi?« Harrison schmunzelte hörbar.

»Eher geht er mit mir. Esther sollte aber gleich hier sein und ihn mitnehmen. Was machst du gerade?«

Von Sizilien drang das Rauschen einer brechenden Welle durch den Hörer. »Feierabend«, antwortete ihr Freund. »Heute war anstrengend, mein Rücken wird mir das heimzahlen. Allerdings haben wir ein paar faszinierende Funde gemacht, die ich morgen katalogisiere.« Sie konnte hören, dass er sich eine Zigarette anzündete. »Ich habe heute gefragt, ob ihr mich besuchen könnt, aber meine *Beagles-fürs-Buddeln*-Kampagne scheint keinen Nerv zu treffen. Langsam gehen mir die Ideen aus.«

»Schade«, presste Willow hervor und schaute zu allen Seiten nach ihrer besten Freundin. Sie war stets überpünktlich –

außer, wenn es wichtig war. Zwei Studentinnen verließen gerade das Regent House und trugen gefüllte Papiertüten in Richtung der Wohnheime.

»Aber es geht euch gut, oder?« Harrisons Stimme wurde sanft von Wellen umspielt.

»Hm?« Willow hob den Kopf, als stünde er vor ihr. Sie wollte ihm keine Schuldgefühle bereiten, aber seine Bilder aus Italien trübten ihre Stimmung. Eigentlich war sie es gewohnt, dass er zu verschiedenen Ausgrabungen reiste, aber dieses Mal beneidete sie ihn. Willow hatte die ohnehin raren Sonnentage des irischen Sommers an ihre Masterarbeit abgetreten. Manchmal erschrak sie vor ihrem bleichen Spiegelbild. Es erinnerte sie an eine Skizze, die nicht vielversprechend genug für eine Kolorierung war. Vielleicht sollte sie ihre hellblonden Haare braun färben, oder schwarz, für den Kontrast. Allerdings würde sie dann noch blasser aussehen.

»Ich wollte wissen, ob ihr klarkommt«, wiederholte Harrison geduldig.

»Ach so, ja. Keine Probleme. Du fehlst uns.«

»Ich bin doch bald zurück, und vielleicht bringe ich italienische Hackbällchen für Aramis mit. Sofern ich mich für eine Sorte entscheiden kann.«

»Ich freue mich schon«, nuschelte Willow.

Zwei Wochen, dachte sie bitter. Für ihren Freund war das nicht einmal ein kleiner Kratzer in der Weltgeschichte, aber für Willow begann nun die wohl wichtigste Zeit ihres bisherigen Lebens. Sie würde Doktorandin sein und in einem der aufregendsten Bereiche der Physik forschen, bei ihrem absoluten Wunschmentor. Und Harrison war nicht hier, um mit ihr anzustoßen. Sonst wäre bestimmt alles einfacher gewesen, und Willows Vorfreude hätte sich nicht untrennbar mit Furcht vermischt. Der Gedanke an den bevorstehenden Abend rührte die zähe Masse erneut durch. Sie wusste nicht einmal, wovor sie sich fürchtete. Wahrscheinlich war diese Chance zu schön, um wahr zu sein.

»Harry, ich frage mich, ob Esther aufgehalten wurde, ich muss nämlich wirklich zur Feier. Und Aramis scheint das zu merken, er zieht mich zur Straße zurück.« Vielleicht spürte der Beagle auch, dass sie nicht bleiben wollte.

»Sie wird schon gleich kommen, du kennst sie doch. Und vielleicht kann Esther auch ein Bild von dir machen? Du hast mir nämlich keins geschickt.« Harrison klang ungewohnt vorwurfsvoll. »Du hast dich bestimmt richtig in Schale geworfen.«

»Oh.« Sie schaute flüchtig an sich hinab. »Ich habe den Rock angezogen, den du mir geschenkt hast. Und eine weiße Bluse, ich wollte mich nicht so auftakeln.«

Sie verschwieg, dass sie sich einen dieser eleganten Tweedblazer zugelegt hatte, die Anthony stets trug. Ihrer war dunkelbraun mit zwei karamellfarbenen Knöpfen, ohne Patches, und er passte perfekt. Manchmal war ihr Freund eifersüchtig auf das enge Verhältnis, das sie zu ihrem Mentor pflegte. Aber Harry war so selten in Irland, dass er den Blazer vermutlich sowieso nie im Kleiderschrank erspähen würde, also brauchte sie dieses Fass nicht auch noch zu öffnen.

»Mit dem Outfit kannst du nichts falsch machen«, stimmte er zu. »Ich schick dir gleich mal ein Selfie, es ist gerade verboten schön hier. Die Sonne ist fast weg.«

»Hier geht sie erst«, murmelte Willow und neigte den Kopf prüfend in den Nacken. Das Gold des Himmels war nun wärmer. Dann schob sich das Kreuzgratgewölbe jenes Ganges in ihr Blickfeld, der zurück auf Dublins Straßen führte. Gleichzeitig bemerkte sie den Geruch nach Brathähnchen und blieb stehen. »Aramis, Schluss jetzt.«

»Was hat er gemacht?«, fragte Harrison amüsiert, während sich Aramis setzte und ungeduldig zu Willow aufsah.

»Er hat meine Unaufmerksamkeit eiskalt ausgenutzt, hier brät irgendwo jemand Fleisch. Ich sage ja, er geht mit *mir*

Gassi.« Trotzdem schmunzelte sie. »Oder er will sich für einen Sprachkurs anmelden, ich stehe bei den Aushängen.«
»Vielleicht sucht er einen neuen Mitbewohner für dich, damit du nicht so allein bist und er mich nicht mehr vermissen muss.« Harrison stieß seinen Atem aus der Nase. Ob er ahnte, wie sehr seine Worte zutrafen? An guten Tagen lag Aramis unter Willows Schreibtisch und ließ sich von ihr zwischen den Ohren kraulen. An schlechten saß er stundenlang vor der Wohnungstür und wartete auf die Heimkehr seines Herrchens, ohne sich für sein Spielzeug oder Leckereien zu interessieren, geschweige denn für Willow.

Sie überflog die knallbunten Flyer in dem Holzkasten vor ihr. Unter der von Fingerabdrücken bedeckten Glasscheibe suchte ein neuer Tennisclub Mitspieler, »männlich oder weiblich, weiblich bevorzugt«. Willow krauste die Nase. Ein Buchtreff lud zu Tee und Keksen ein. Ein Plakat verwies auf die nächsten Veranstaltungen einer queeren Community. Einige Leute boten Nachhilfe an, überwiegend in Mathematik.

»Also, es sind keine potenziellen Mitbewohner dabei. Ich fürchte, du musst bald heimkommen«, fasste sie zusammen und sah zu Aramis, der gebannt auf die Aushänge starrte und mit der Nase zuckte. Sie wollte noch hinzufügen, dass manche Tage ohne Harry unerträglich waren, aber als sie den Blick hob, stockte ihr Atem.

Mitten auf den Flyern hing ein schwarzer Zettel, der da vor einer Sekunde nicht gehangen hatte. Oder? Für einen Moment konnten Willow ihre Augen nicht auf den Text fokussieren, eine Welle aus Wärme jagte über ihre Arme. *Tholeros Kosmos,* las sie in einer Serifenschrift, die sich herrschaftlich wie das Regent House vom Papier abhob. Darunter warteten weitere Zeilen und eine Liste, weiß auf schwarz.

»Oh, das tut mir leid. Ich vermisse dich auch ... Es ist echt ärgerlich, dass sie für dich keine Ausnahme machen. Ich würde den Flug bezahlen, das weißt du ja, aber *niente*«, sagte Harrison aus Tausenden Kilometern Entfernung.

Woher kam der Zettel? Willow wich vor den Aushängen zurück und runzelte die Stirn, dann schaute sie sich nach allen Seiten um. Zu ihrer Rechten rauschten Autos über die Straße hinter dem Regent House, zu ihrer Linken pickte eine Möwe nach einem Kronkorken.

»Meine Unterkunft ist wahrscheinlich eh zu klein für uns, und ich fürchte, du würdest dich langweilen, während ich bei den Ausgrabungen bin.«

Willow berührte das Glas über dem Papier und kam sich lächerlich vor. Sie konnte den Zettel unmöglich übersehen haben, schließlich überdeckte er andere Aushänge. Vielleicht fiel sie auf einen Trick herein? *Naked Camera* lief zwar nicht mehr im Fernsehen, aber bestimmt war es für Jugendliche ein beliebter Zeitvertreib, Fremde bloßzustellen und sie dabei zu filmen.

»Also, bitte versteh mich nicht falsch, du könntest dir natürlich auf eigene Faust die Gegend anschauen, es gibt so viele Zitronenbäume und Ruinen und überhaupt ... Ich wünschte, du wärst hier.«

Willow erinnerte sich daran, dass sie telefonierte, und bewegte einige Male den Mund, ohne etwas zu sagen.

»*Bellina*, weinst du?«, fragte Harrison.

Sie schüttelte den Kopf, obwohl er sie nicht sehen konnte, und fand endlich einige Worte. »Entschuldige ... Ich war abgelenkt. Bin aufgeregt.« Sie atmete zitternd aus. »Du, ich rufe besser mal Esther an, ich hab nur noch zwei Minuten.«

»Klar«, antwortete Harrison, doch er zögerte. »Sei nicht so aufgeregt wegen der Feier, ja? Du schaffst das schon.«

»Ich versuche es.« Willow spürte, dass ihre Knie nachgeben wollten. »Ich melde mich später. Lieb dich.«

»Ich dich auch. Ciao.«

Sie legte auf und sah sich um. Keine Spur von Esther. Vor der Campanile, die inmitten des Campus zwischen Library und Parliament Square in den Himmel ragte, liefen einige Studenten in Anzügen und langen Chesterfield-Mänteln. Die

Möwe hatte Gesellschaft von einer weiteren Möwe erhalten, sie stritten um eine fleckige Serviette. Mit einem tiefen Atemzug widmete sich Willow erneut dem schwarzen Zettel. Beim Lesen flackerten die Zeilen wie ein Trugbild.

THOLEROS KOSMOS

Pythagoreisches Institut zur Erforschung der Dunklen Ordnung

Wir vergeben zum Wintersemester vier Promotionsplätze in diversen Naturwissenschaften. Bevorzugt aufgenommen werden Studierende mit einem abgeschlossenen Masterstudium in folgenden Teildisziplinen:
Angewandte Botanik, Geobotanik, Mykologie
Kosmologie
Meereskunde, Ozeanografie
Neurobiologie, Neurochemie
Quantenphysik, Radiochemie

Folgende Fachrichtungen sind aufgrund der bestehenden Studierendenschaft nur nach Absprache und mit passenden interdisziplinären oder naturwissenschaftlich ausgerichteten Teildisziplinen möglich:
Archäologie
Astronomie
Informatik
Geografie
Humangenetik, Humanmedizin

Die schriftliche, praktische und psychologische Aufnahmeprüfung erfolgt am Montag, 5. September ab 9:15 Uhr im Gebäude von Tholeros Kosmos, Howth Head, 500 Meter hinter dem südlichen Martello Tower. Der letzte Teil der Wegstrecke kann nur über eine unbefestigte Straße zurückgelegt werden. Es gibt keine Stellplätze für Automobile. Die nächstgelegene Bushaltestelle befindet sich an der Shielmartin Road, Stopp 688 (Fußweg zum Institut: ca. 10 Minuten). Da die Bahn nur in Howth hält und der Fußweg von dort ca. eine Stunde beträgt, empfehlen wir eine Anreise mit dem Bus oder Fahrrad. Sollte Ihnen dies nicht möglich sein, melden Sie sich gerne bis zum 4. September bei Dr. M. Battaglini (via 020 919 8912 oder margareta.battaglini@ucd.ie). Wenn Sie am Trinity College immatrikuliert sind oder waren, ist eine Anmeldung zur Prüfung nicht zwingend notwendig.

Kopfschüttelnd las sie den Beginn erneut. *Dunkle Ordnung?* Was sollte das sein? Woran genau forschte dieses ominöse Institut? Wieso nannten sie sich *pythagoreisch,* etwa wegen Pythagoras? Und warum fanden sämtliche Prüfungen am selben Tag statt? Zudem hatte Willow noch nie erlebt, dass Promotionsplätze derart präsentiert wurden. Die Fächer lasen sich wie eine Einkaufsliste, wobei sich kein zusammenhängendes Gericht aus den Zutaten ergab. Geografie erschien ihr zum Beispiel wie ein Fremdkörper, aber womöglich hatte sie einfach zu wenig Ahnung davon. So oder so hatte sie noch nie von diesem Institut gehört – oder von irgendeinem anderen Institut, das so viele verschiedene Fachrichtungen zusammenwarf.

Willows Nasenflügel weiteten sich. Quantenphysik stand auf der Liste, ihr Promotionsfach bei Anthony. Sie hatte sich zwar an anderen Universitäten beworben, aber die Zusage ihres vertrauten Mentors ließ ihr Herz noch immer hüpfen. Plötzlich wurde es mitten im Sprung aufgehalten, als Aramis bellte und gehetzte Schritte durch den Gang rumpelten.

»Willow, es tut mir so leid!« Esther eilte von der Straße herbei und umklammerte ihre riesige Umhängetasche. Die roten Haare waren zerzaust, ihre Brille rutschte im Näherkommen die sommersprossige Nase herab. »Der Bus steckte total fest und ließ auch niemanden raus. Hallo, süßer Doggo!« Aramis' Schwanzspitze zeichnete vor Freude einen weißen Bogen in die Luft.

»Sieh dir diesen ...«

Sieh dir diesen Flyer an, wollte Willow bitten, aber ihre Stimme versagte nach dem dritten Wort. Sie räusperte sich, erst verwundert, dann panisch. Warum war ihre Zunge taub und bleiern? Für ihre Freundin musste es aussehen, als hätte sie sich verschluckt. Immerhin konnte Willow den Finger heben und in Richtung des schwarzen Zettels deuten. Sie räusperte sich erneut.

»Frosch im Hals«, murmelte sie entschuldigend.

Esther kniff die Augen zusammen und trat näher an den Aushang. »Was ist *das* denn?«, fragte sie.

Erleichterung ergoss sich wie ein Regenschauer über Willow. Sie sah die Liste also auch.

»So einen sexistischen Stuss habe ich schon lange nicht mehr gesehen! Das sollten wir *asap* melden.« Esther deutete ziemlich genau auf das *T* von *Tholeros Kosmos*.

»Sexistisch?«, echote Willow verwundert. Ihre Kehle ließ das Wort nur widerspenstig frei.

»Mitspieler gesucht, männlich oder weiblich, weiblich bevorzugt!«, zitierte Esther und tippte nachdrücklich auf das *T*. »Glaubt dieser O'Riley, dass wir nicht mitbekommen, was sein Club da abzieht?«

Nun braute sich auf Willows Haut ein Gewitter zusammen. *Siehst du den schwarzen Zettel nicht?,* wollte sie fragen, aber erneut blockierte ihre Kehle. *Esther, sag mir, dass ich nicht vor Aufregung halluziniere. Sag mir, dass ich wach bin.*

Willow presste langsam den Atem aus ihrer Lunge und griff in ihre Rocktasche.

»Ich ... ich mache ein Foto«, brachte sie mühsam hervor und entsperrte eilig ihr Smartphone. Der schwarze Zettel war für die Linse ihrer Kamera unsichtbar. Entgeistert starrte sie auf den Bildschirm und kam sich vor, als hätte sie ein Zauberer auf seine Bühne gebeten. Was auch immer hier vor sich ging – sie konnte niemandem beweisen, dass dieser Zettel existierte.

»Besser ist das.« Esther hielt ihr eine Hand hin. »Und jetzt solltest du wirklich los.«

Die Campanile läutete zur Bestätigung. Willow nickte rasch und übergab ihrer besten Freundin die Leine. Ihre bleischwere Zunge verhinderte, dass sie Aramis an sein Benehmen erinnerte.

»Viel Spaß! Schreib mir für die Afterparty!«, summte Esther grinsend.

Willow winkte unbeholfen zum Abschied. Zu gern hätte sie durch das Glas gegriffen und den Zettel abgerissen, doch sie musste dem Regent House irritiert den Rücken zuwenden. Sie versuchte, nicht zu rennen. In ihrem Nacken kniffen die Blicke der altehrwürdigen Fenster und ein Rätsel, das nur sie sehen konnte. Es beschleunigte ihre Schritte, versetzte ihr Herz in helle Aufruhr.

Auf dem Parliament Square hielt sie sich rechts, passierte die mächtige Examination Hall und steuerte auf das niedrigste Gebäude der Universität zu, den Reading Room für Postgraduierte – also für alle, die wenigstens einen Bachelor besaßen. Hier hatte sie den Großteil ihres Masterstudiums zugebracht, zumindest wenn sie einen Sitzplatz ergattert hatte. Ein dunkelhaariger Typ in einem weinroten Kaschmirpullover ging vor Willow durch die beiden dorischen Säulen und hielt ihr die Tür auf. Sie dankte und huschte ins Innere. Das Deckenlicht spiegelte sich auf dem schwarz und weiß gemusterten Marmorboden, ihre Schritte kamen ihr ungewohnt laut vor. Aus dem Hauptraum hörte sie die durchdringende Stimme einer Professorin. Willow beeilte sich, hineinzugehen, und vergaß beinahe, dass ihr der andere Student folgte. Mit einer wenig eleganten Bewegung hielt sie ihm die Tür auf, was er mit einem höflichen Lächeln kommentierte. Allmählich wurde Willow übel. Jetzt gab es kein Zurück mehr.

Okay, streng genommen konnte sie noch immer verschwinden, aber das würde wenig daran ändern, dass heute ein neues Kapitel ihres Lebens begann. Das Leben als Doktorandin in einer der aufregendsten Disziplinen der Physik, auf den Spuren der Zeit und des Zufalls. In ihrer Brust wummerte Freude, aber gleichzeitig wurden ihre Hände feucht.

Der oktagonale Reading Room war für die Begrüßungsfeier hergerichtet worden. Normalerweise saßen hier die Studierenden in klaustrophobischer Enge an langen Holztischen oder auf der erhöhten Galerie. Jetzt waren die Tische gegen Stuhlreihen ausgetauscht worden, und geradeaus befand sich ein Podest mit einem Dutzend Professorinnen und Professoren darauf. Willow senkte den Kopf und schlich über das knarrende Parkett zu der letzten Reihe, in der nur die beiden Plätze direkt am Gang frei waren. Zum Glück durften keine Angehörigen teilnehmen. Ihre Eltern würden ihr einen unnötig langen Vortrag über den Wert von Pünktlichkeit halten, in dieser Hinsicht waren sie ausnahmsweise einer Meinung.

Die Professorin, die in der Mitte des Podiums stand, kannte sie nicht namentlich, aber sie sprach von Courage und dem wichtigen Auftrag, der mit einer Promotion in den Naturwissenschaften einherging. Willows Augen flüchteten zu Anthony, der ihr postwendend ein Lächeln schickte. Es war ungewohnt, ihn ohne seinen Stoppelbart zu sehen, aber das würde sich spätestens in der zweiten Semesterwoche ändern. Jedes Jahr konnten seine Studierenden dabei zusehen, wie Professor Anthony Morris allmählich dem Chaos verfiel, obwohl er sich energisch dagegen wehrte. An diesem Abend trug er eine karierte Stoffhose, ein karamellbraunes Hemd sowie eine waldgrüne Krawatte. Trotz seiner dreiunddreißig Lebensjahre haftete der Ruf einer Koryphäe ebenso an ihm wie der Staub japanischer Kreide an den Ärmeln seines Tweedsakkos. Neben dem Kollegium wirkte Anthony wie ein frisch gebundenes Buch in einer zweihundert Jahre alten Bibliothek. Rechts von ihm saß der verknautschte Pharmazieprofessor Archer und kämpfte mit flatternden Augen gegen seine Müdigkeit, links hüstelte die Leiterin des Fachbereichs Chemie.

Normalerweise liebte Willow es, im Reading Room zu sein. Hier hatte sie ihr Verständnis der Welt verfeinert – oft auf Kosten ihres Schlafes und jener Partys, die ihre Kommilitoninnen als *unvergesslich* bezeichneten, obwohl sie sich nie an Details erinnern konnten. Es war Willows eigene Entscheidung gewesen, ihre Zeit sinnvoller zu nutzen, aber das ging mit einem bitteren Nachgeschmack einher. Die abgeblockten Freundschaften hatte sie in den späten Semestern nicht mehr retten können, und inzwischen hätte sie die eine oder andere Bestnote für eine durchgefeierte Nacht getauscht. Nur, damit sie wusste, wie es sich anfühlte.

Unruhig betrachtete sie die weiß-goldenen Banner, die heute in den acht Ecken des Raumes hingen. *Perpetuis futuris temporibus duraturam* war hinaufgestickt worden. Das bedeutete *In fortwährenden zukünftigen Zeiten andauernd*, zumindest laut Willows zweifelhaften Lateinkenntnissen. Das Trinity College versprach mit seinem Motto, bis in alle Ewigkeit zu bestehen. Willow befiel die inzwischen vertraute Erkenntnis, dass ein Leben zu kurz für ihre Forschungen war, für ihre Neugier. Und dass es nicht ausgeschlossen war, dass jemand sie von ihrem Weg abbringen könnte. Dazu brauchte es vielleicht nur einen Beagle, der sie in einem Moment der Unachtsamkeit in eine falsche Richtung zog. Sie atmete tief ein, damit sich ihr Puls endlich zügelte, doch der Gedanke an diesen schwarzen Zettel nagte an ihren Knochen. In einem jämmerlichen Versuch, ihre Selbstbeherrschung zu wahren, wischte sie die feuchten Hände am Rock ab. Das für Anthony bestimmte Lächeln behielt sie, obwohl er längst nicht mehr zu ihr herübersah. Stattdessen spürte sie den Blick des Studenten im weinroten Pullover, der sich auf den anderen freien Platz auf der linken Seite des Ganges gesetzt hatte. Flüchtig schaute sie hinüber. Er wich nicht aus. Willow konnte sein Lächeln nicht deuten und bemerkte im selben Moment, dass sie ihres verloren hatte. Als erneut Applaus aufbrandete, klatschte er nicht mit. Über seiner dunkelbraunen Cordhose drehte er eine Zigarette. Willow versuchte, sich an sein ovales Gesicht zu erinnern, an den stoppeligen Oberlippenbart, die tiefen Augenhöhlen und den welligen Seitenscheitel. Zu den Physikern gehörte er nicht, das wusste sie – eher wirkte er wie ein Theaterstudent, der von seiner eigenen Bar träumte.

Willow richtete ihren Blick nach vorne und schaffte es kaum, sich auf die Worte zu konzentrieren. Professor Archer nickte kurz weg und schreckte sofort wieder hoch, was für heiteres Geflüster sorgte. Neben ihm knetete Anthony seine Finger. Nun ging es an die Begrüßung der Fachbereiche und aller Doktoranden, wofür jeder Lehrende aufstand, mit möglichst feierlicher Miene eine Liste verlas und einige Worte sagte. Daraufhin erhoben sich die aufgerufenen Studierenden, verbeugten sich, winkten grinsend oder ließen den Beifall starr über sich ergehen. Anthony war als Vorletzter an der Reihe und erhielt vom Fachbereich Physik donnernden Applaus.

»Ich mochte meinen Vorrednerinnen und Vorrednern nicht allzu viel nachplappern – ich denke, das ist in unser aller Interesse«, begann er mit seiner warmen Stimme und zog sein Sakko glatt. »Ich freue mich, dass heute mehr Doktorandinnen und Doktoranden der Physik aufgenommen werden als in den vergangenen Jahren. Lassen Sie sich nicht davon entmutigen, dass die Physik ein störrisches Biest ist. Irgendwann werden Sie die Oberhand gewinnen. Da bin ich mir bei

Ihnen allen sicher.« Seine Stimme brach, Willow horchte irritiert auf. »Stellvertretend für alle Betreuerinnen und Betreuer des Fachbereichs begrüße ich nun also ganz herzlich Yasmina Beckett, Tilman King Jr., Christina Lewis, Nicholas Minh Nguyen und Otis Rivera. Meinen Glückwunsch!« Willow blinzelte. Was? Hatte Anthony ihren Namen übersprungen? Vergessen? Ausgelassen?

»Das ist übel«, raunte eine dunkle Stimme neben ihr. Verwirrt schaute sie nach links. Der Typ hielt seine fertige Zigarette zwischen zwei Fingern und zuckte mit den Schultern. Willow war zu keiner Reaktion fähig. Der Applaus verebbte, die fünf Doktoranden setzten sich. Als Anthony auf seinen Platz zurückkehrte, schaute er stur in die andere Raumhälfte und presste die Lippen aufeinander. Panik wrang Willows Herz aus. Mit jedem Atemzug wurde die Luft dicker und drückte ihren Körper zusammen. Sofort öffnete sie die Schubladen ihres mentalen Aktenschranks und begann, zu wühlen. Was hatte sie falsch gemacht, was übersehen? Sie hatte doch die persönliche Zusage von Anthony bekommen, dass er ihr Doktorvater werden würde. Auf einmal kam ihr das Lächeln, das er ihr eben geschenkt hatte, falsch vor. Noch immer hielt Anthony seinen Kopf starr in eine Richtung geneigt, fixierte den Nacken von Professor Archer. Auch er rief seine Studierenden auf, freute sich über den Zuwachs in seinem Fachbereich Pharmazie, erntete Applaus. Und dann war dieser Teil des Abends vorbei, ohne dass Willows Name gefallen war. Das musste ein Fehler sein. Oder war das eine diabolische Strafe für ihre Verspätung? Den Typen im weinroten Pullover hatte schließlich auch niemand aufgerufen. Immerhin wusste sie dank ihm, dass sie nicht unsichtbar geworden war.

Der Dekan erhob nun das Wort und wies auf einige Formalitäten hin, die Willow zur Genüge kannte. Die Bürokratie hatte sie keine zwei Stunden gekostet, und ihre Unterlagen hatte sie bei den richtigen Ämtern abgegeben. Hastig zog sie ihr Smartphone aus der Rocktasche und öffnete die Mail-App. Mit zittrigen Fingern suchte sie die Bestätigung einer wissenschaftlichen Mitarbeiterin heraus.

Sehr geehrte Miss Willow Dorothea Farley,
mit Freude teile ich Ihnen mit, dass Sie ab September dieses Jahres bei Prof. Dr. Anthony Morris im Fachbereich Physik mit Ihrem selbst gewählten Fokus auf Quantenphysik promovieren werden. Anbei finden Sie sämtliche Unterlagen, die Sie bitte bis Ende des Monats ausfüllen und an mich zurückschicken oder persönlich übergeben. Wenden Sie sich bei Rückfragen gerne an mich oder Professor Morris.
Mit freundlichen Grüßen
Natalie Richmond

Sie nahm einen tiefen Atemzug, der zwar ihr Gehirn mit Sauerstoff versorgte, aber ansonsten nichts bewirkte. Es war ein Fehler, sie reagierte über. Es wäre nicht das erste Mal, dass sie vergessen wurde. In der dritten Klasse hatte ihre Lehrerin sie nicht für die Zeugnisvergabe aufgerufen, und alle Kinder hatten gelacht, als sie sich deswegen gemeldet hatte. Bis auf die Leute aus ihrem Fachbereich kannte sie hier zum Glück niemand. Willow drehte den Kopf. Der Typ mit seiner selbst gedrehten Zigarette benahm sich jedoch, als wüsste er, was hier vor sich ging. Sie wollte sich in seine Richtung lehnen, aber ihre steifen Glieder hielten sie davon ab. Ohnehin war es besser, wenn sie zuerst mit dem Mann sprach, der seit fünf Jahren ihr Mentor war. Bestimmt würde sich alles aufklären. Es musste.

Zum Ende des offiziellen Teils wurde vom Dekan auf das kalte Büfett hingewiesen, das auf der Galerie wartete. Willow hatte es übersehen, aber sie war ohnehin nicht hungrig. Endlich durfte sie aufstehen, ein kollektiver Ruck ging durch den Raum. Der Weg nach vorne wurde von den Leuten blockiert, die auf der rechten Seite des Podiums die Treppe zur Galerie nehmen wollten. Willow und Anthony sahen sich schon eine gefühlte Ewigkeit an, bevor sie ihn erreichte. Im Trubel war es nicht leicht, auf beiden Beinen zu stehen.

»Miss Farley«, sagte er und hob eine mahnende Augenbraue. Normalerweise sprach er sie beim Vornamen an.

»Professor Morris«, entgegnete Willow und wunderte sich, dass ihre trockene Zunge überhaupt funktionierte. »Ich ... wurde nicht aufgerufen.« Schon versiegten ihre Worte. Sie wollte ihm keine Vorwürfe machen, vor allem nicht in Hörweite seines Kollegiums.

»Richtig.« Er sagte das, als hielte ihm jemand ein Messer an die Kehle.

Willow blinzelte. »Das verstehe ich nicht«, gestand sie. »Ich wurde doch längst zugelassen, ich kann Ihnen die Mail zeigen ...«

»Das ist nicht nötig«, meinte er und lockerte seinen Krawattenknoten etwas. »Ich werde mich zeitnah bei Ihnen melden, Miss Farley. Geduld, bitte.«

Und damit begab er sich in das Gedränge, so rasch, dass Willow nicht einmal die Hand nach ihm ausstrecken konnte. Sie öffnete wortlos den Mund und zog die Augenbrauen zusammen. Tränen kündigten sich an, doch sie trafen auf Wut und trauten sich nicht mehr hervor.

Anthony behauptete sich gegen den Strom aus Menschen und blieb in der letzten Stuhlreihe vor dem Ausgang stehen, wo der junge Mann im Kaschmirpullover wartete. Während das Gerede ohrenbetäubend wurde, Teller klapperten und Leute lachten, zwang sich Willow, zu existieren. Sie begriff mit jener Trägheit, die bei ihr sonst nur vor dem Morgenkaffee herrschte, dass sich die beiden kannten. Selbst aus dieser Entfernung nahm sie Anthonys bebendes Kinn wahr. Willow sah den Fremden nur von hinten, aber er gestikulierte, schüttelte den Kopf und drückte sich an Anthony vorbei, bevor der etwas erwidern konnte. Der Professor folgte ihm nicht, sondern musterte einen unbestimmten Punkt im Raum und mahlte mit dem Kiefer.

Was um alles in der Welt sollte sie jetzt tun? Sie sehnte sich nach Harry und seinem kühlen Kopf für solche Situationen. Er hätte Anthony zur Rede gestellt, ohne respektlos zu erscheinen. Er hätte herausgefunden, warum er sich so eigenartig benahm. Willow schluckte die Angst im Ganzen herunter, sie landete wie ein Findling in ihrer Magengrube. Dann setzte sie sich in Bewegung und baute sich vor ihrem Mentor auf.

»Ich möchte jetzt darüber sprechen.«

»Und ich sagte, dass wir das später tun«, zischte er und riss für einen Sekundenbruchteil die Augen auf, drängend und flehend zugleich. »Es wird sich alles aufklären, aber nicht jetzt. Nicht hier.«

Willow wich verdattert vor ihm zurück. Er wandte sein Gesicht ab und hielt kurz inne, als wollte er etwas hinzufügen, dann entschied er sich anders. Sie versuchte, die neugierigen Blicke zweier Studentinnen zu ignorieren, und nickte zum Abschied, doch ihre Augen brannten. Ohne ihr Zutun trugen ihre Füße sie in Richtung des Ausgangs. Wieder prickelte es in ihrem Nacken, sie ließ ein weiteres Rätsel unbeantwortet. Dieses Mal hielt ihr niemand die Tür auf, und auch draußen konnte sie den jungen Mann in Weinrot nicht entdecken. Zigarettenrauch hing flüchtig in der Luft.

Langsam ging Willow die wenigen Stufen des Reading Rooms hinunter. Der Himmel glühte, die Nacht näherte sich mit eiligen Schritten. Eigentlich sollte sie Esther anrufen und sich in den Arm nehmen lassen, sie zu Wein, viel Wein, in ihre Wohnung einladen. Aber vielleicht war dies wider Erwarten ihr letzter Abend auf dem Campus, und diese Erkenntnis zermalmte sie. Willow stand dank der Examination Hall nicht im Blickfeld des Regent House, trotzdem spürte sie den Hohn der Fenster, das Grinsen der Säulen. Was, wenn sie nur noch als Touristin herkommen konnte? Der Anblick der alten Gemäuer hatte sie oft eingeschüchtert, aber dieses Mal jagten sie ihr einen Schauer durch die Glieder. Willow straffte ihre Schultern und bog nach rechts ab. Ihr liebster Ort auf dem Campus trug den pragmatischen Namen *Old Library*. Sie wartete wie eine alte Freundin auf ihre Rückkehr.

Willow hatte von Harrison gelernt, dass sie mit schnellen Schritten und einem selbstbewussten Blick fast überall hineingehen konnte. Bislang hatte sie es nur in der Old Library ausprobiert, die den meisten Menschen für den *Long Room* bekannt war. Sie kannte keine schönere Bibliothek, und leider sahen das viele Touristen genauso. Zu dieser Uhrzeit waren sie jedoch längst fort. Am Hintereingang des Souvenirshops traf Willow nur auf einen Professor mit lederner Aktentasche. Hier wurden Kleidungsstücke mit *Trinity-College*-Schriftzügen verkauft, Postkarten, einige Bücher, Tassen und Duftkerzen, die vorgaben, den einzigartigen Geruch der Bibliothek einzufangen. Hinter dem zentralen Verkaufstresen saß nur noch ein schmächtiger junger Mann mit aschblondem Haar, der auf seinem Smartphone herumtippte.

»Hi, Colin«, grüßte Willow. Sie hatte ihn kennengelernt, als sie das erste Mal mit Harrisons Ich-kann-überall-hingehen-Methode in die Bibliothek schleichen wollte. Colin war ihr nachgelaufen und hatte ihr lustlos erklärt, dass sie das so spät am Abend nicht durfte.

»Hi«, murmelte er, bevor er den Blick hob. Als er Willow erkannte, verengten sich seine Augen. »Solltest du nicht bei der Begrüßung der neuen Doktoranden sein?«

»Theoretisch schon.« Sie verstummte.

Colin nickte in Richtung der Treppe zur Bibliothek. »Ich habe dich nicht gesehen. Aber sei bis 20 Uhr raus.«

Willow mochte ihn. Er stellte keine persönlichen Fragen und verhielt sich dennoch, als wären sie seit Jahren befreundet. Allmählich bezweifelte sie, dass er sie nur wegen des teuren Fudge durchließ, das Willow ihm gelegentlich über den Tresen schob.

Die Treppe hinauf in den Long Room nahm sie mit einer Ehrfurcht, die sie wohl nie ablegen würde. Die Touristen beendeten hier normalerweise ihren Rundgang. Sie mussten sich zu Beginn durch die Ausstellung zum *Book of Kells* quetschen, einer sehr alten religiösen Handschrift, von der man etwa alle sechs Wochen eine neue Doppelseite in einem schummrigen Raum betrachten konnte. Diese Illustrationen waren im Grunde die Kronjuwelen des Trinity College, aber für Willow war das Buch nicht ansatzweise so beeindruckend wie der Long Room.

Am oberen Absatz umarmte sie der unvergleichliche Duft nach Papier, Eiche und die Erinnerung an Hunderte Menschen. Obwohl die Besuchenden jeden Tag einen etwas anderen Geruch in die Bibliothek trugen, war ihr Kern stets derselbe – Vanille und ein Hauch von Schokolade. Willow kämpfte gegen die Welle aus Traurigkeit an, die sich hinter ihren Augen aufbaute. Sie nahm die letzten Stufen und atmete tief ein.

Manchmal stellte sie sich vor, dass der Long Room im Inneren eines Tieres ruhte. Die Säulen und Regale umgaben sie wie dunkelbraune, fast schwarze Rippenbögen. Verkohlt, konserviert. Die alten Bücher und die angelehnten Leitern wirkten einladend und abweisend zugleich. Grüne Absperrkordeln sorgten subtil für den angemessenen Höflichkeitsabstand all jener, die lediglich die Einladung wahrnahmen.

Vor jedem Regal stand eine Büste, meist ein Adliger, Autor oder Philosoph. Im Licht des endenden Tages sahen die milchweißen Gesichter aus, als würden sie auf Willow warten. Nicht für einen freundschaftlichen Plausch, sondern für eine Verurteilung. Einige Büsten wirkten zudem, als wären sie höchst genervt von ihren unmittelbaren Nachbarn. Willow wollte nicht mit ihnen tauschen – tagsüber die lärmenden Touristen, nachts die immer gleichen geistlosen Mienen. Und sie besaßen nicht einmal Hände, mit denen sie nach den Büchern greifen konnten.

Erst am anderen Ende des Long Rooms verlangsamte sie ihre Schritte. Hinter einigen Schaukästen ließ sie sich auf einer Bank nieder und bemerkte, dass ihr schwindelig war. Welchen Fehler hatte sie begangen? Was verheimlichte Anthony vor ihr? Er hätte sie wenigstens vorwarnen können. Noch immer sah sie seinen Blick vor sich, halb flehend, halb befehlend.

Sie ging jeden Schritt durch, den sie seit der Abgabe ihrer Masterarbeit getan hatte, um in Dublin promovieren zu können, doch das war Wochen her. Woher sollte sie heute wissen, ob sie etwas versäumt hatte? Womöglich war schlicht das Programm voll, ihr Platz war nur versehentlich vergeben worden. Bestimmt, weil ihre Forschung mangelhaft war. Und Anthony traute sich nicht, ihr das mitzuteilen. Willows Hände zitterten, in ihrem Magen äußerte sich die gähnende Leere mit einem dumpfen Schmerz. Sie hob den Kopf. Aristoteles sah als eine der wenigen Büsten zur Seite, grimmig und erhaben, als würde ihm missfallen, zum Opfer seiner eigenen Bewegungslehre geworden zu sein. Wahrscheinlich hatten sich inzwischen sämtliche Büsten in Willows Richtung gedreht, um ihr wortlos zu verstehen zu geben, dass sie nicht willkommen war. Nicht mehr. Erneut spürte sie dieses Kribbeln im Nacken. Etwas in ihrem Bauch gefror, ließ sie die Luft anhalten. Sie wandte den Kopf zurück zur Treppe und zuckte zusammen. Dort stand Anthony und hob im Näherkommen eine Hand.

»Tut mir leid, Willow, ich wollte dich nicht erschrecken.«

Willow. Sie waren wieder beim Vornamen.

»Bist du mir etwa gefolgt?«, fragte sie, obwohl das offensichtlich war. Wie war er an Colin vorbeigekommen?

Anthony blieb neben Aristoteles stehen. »Ich habe mir ... Gedanken gemacht.«

»Die mache ich mir auch«, erwiderte sie und presste ihre Kiefer zusammen. Hatte er das Wort *Sorgen* absichtlich vermieden?»Willst du mir sagen, was los ist?« Sie wollte nicht verletzt klingen.

Anthony warf einen langen Blick über seine Schulter, dann deutete er fragend auf den Platz neben Willow und setzte sich. »Ich würde gerne. Das Problem ist, dass ich dich erst einweihen kann, wenn ich dein Doktorvater bin.«

»Das ist paradox«, murmelte sie.

»Weil du davon ausgehst, dass ich am Trinity College Physikalische Chemie und Quantenphysik lehre.«

Willow zog die Augenbrauen zusammen und schüttelte kaum merklich den Kopf. »Tust du das denn nicht?«

»Nicht nur, zumindest nicht weiß auf schwarz.« Anthony sah sie an, als müsste sie zwischen seinen Worten ein Schlüsselloch entdecken, für das sie längst den Schlüssel besaß.

Willow hielt inne. Wie die meisten Menschen, die sich mit Quantenphysik auseinandersetzten, fand sie nichts Ungewöhnliches an Zufällen. Aber sie konnte absonderliche Zufälle erkennen, und dieser war einer.

Ihr Mentor hob erwartungsvoll die Augenbrauen.

»Meinst du den ...« Sie versuchte, das Wort *Flyer* auszusprechen, es wenigstens zu flüstern, zwei-, dreimal, und mit jedem neuen Versuch wurde ihr schwindeliger. Ihre Hände wurden feucht, die Worte entglitten ihr. »Deutest du an, dass du etwas mit einem ... einem ... Phänomen zu tun hast?«, fragte sie zittrig. »Einem anderen ... Institut?«

Anthony räusperte sich voller Unbehagen, als müsste er seine Zunge dressieren. Offenbar war Willow nicht die Einzige, die nicht frei sprechen konnte. Einen Moment lang rangen beide hilflos nach Worten, bis sie plötzlich welche fand.

»Regent House, am Aushang ...« Sie erinnerte sich an den Namen des Instituts, konnte ihn aber nicht aus ihrem Gedächtnis bis zu ihren Lippen geleiten. *Tholeros Kosmos.* Ein Institut auf Howth Head, das eine dreiteilige Prüfung zur Aufnahme verlangte, nächsten Montag. Auch davon brachte sie keine Silbe hervor.

Ein Lächeln überkam Anthony, seine Schultern entspannten sich. »Richtig«, sagte er. »Du merkst, dass wir nicht offen darüber reden können. Noch nicht. Kannst du dir denken, welchen Vorschlag ich habe?«

»Warte mal, warte mal. Was soll das? Du könntest mich eigentlich regulär bei meiner Promotion betreuen, möchtest aber lieber, dass ich ... dass ich ...« Während ihre Worte zerbröckelten, schüttelte Willow den Kopf. Mal in kurzen, hektischen Bewegungen, dann wieder ausschweifend und langsam. »Warum darf ich nicht meinen zugesicherten Platz einnehmen? Warum verarscht mich ein ...« Wieder scheiterte sie am *Flyer*. Allmählich wurde sie wütend, aber Anthony ließ sich davon nicht beirren. Er strich sich mit einer Hand über die Stirn und musterte Aristoteles, der seinem Blick auswich.

»Weil du ein Phänomen gesehen hast.«

Sie hielt einen Moment inne, um die Bedeutung seiner Worte zu entschlüsseln. »Esther hat es nicht gesehen. Dahinter steckt irgendein Trick, oder?«

Ihr Professor seufzte und wandte seine Augen nicht von der Büste ab. »Du bekommst eine Promotionsstelle bei mir, sei dir da gewiss. Dort oder hier. Aber dort wäre großartig.« Er stand auf. »Es tut mir leid, dass ich dich nicht aufrufen konnte. Und dass ich in Rätseln sprechen muss. Ich hoffe, du kannst mir das verzeihen und probierst es wenigstens *dort*. Ansonsten sehen wir uns nächsten Dienstag um halb fünf in meinem Büro, okay?«

Willow nickte automatisch und hörte damit auf, als sie es bemerkte.

»Ich überlege es mir«, murmelte sie und schluckte ihre Verärgerung nur halb herunter.

Anthony zögerte, dankte, hob seine Hand zum Abschied und kehrte dann rasch zur Treppe zurück. Er kannte sie gut genug, um zu wissen, dass sie es sich wirklich überlegte. Willow sah ihm lange nach, darauf hoffend, dass er umkehrte und doch alles erklärte. Sie wollte nicht darüber *nachdenken*. Sie wollte am Trinity College bleiben, in seinem Fachbereich. Bei der Vorstellung, nicht mehr im Reading Room lernen zu können, biss sie ihre Kiefer aufeinander. Ja, sie fühlte sich manchmal unwohl hier, wie ein Fremdkörper, aber die Alternative missfiel ihr noch stärker. Diese Ungewissheit. Obwohl sie mit Anthony gesprochen hatte, war sie kaum klüger. Und was würde Harrison denken? Konnte sie wenigstens ihm von dem kuriosen Flyer erzählen, ihm schreiben? Ratlos nahm sie ihr Smartphone zur Hand. Auf dem Sperrbildschirm begrüßte sie die Vorschau einer Nachricht. Willow entsperrte und blickte in das Gesicht eines breit lächelnden Blondschopfes mit braun gebrannter Haut, der ein Glas Wein in den Sonnenuntergang hielt. In seinem Nacken hing sein geliebter Strohhut, die Kordel war schon wieder ausgetauscht worden. *Ich bin stolz auf dich*, hatte Harry dazugeschrieben. Sie wischte das Bild fort, bevor sie darüber nachdenken konnte. Schwer schluckend navigierte Willow zu ihren Fotoalben und betrachtete das Bild des Aushanges, das sie gemacht hatte. Kein schwarzer Flyer, nur all die schönen und ärgerlichen, komplett gewöhnlichen Zettel, die das Leben auf dem Campus einfingen. Aber sie konnte sich gut an das Durcheinander aus Promotionsfächern erinnern – Quantenphysik war dabei. Neugierde ließ ihre Finger zittern. Andererseits hielt sie nichts von Studierendenverbindungen und exklusiven Clubs, die sich unter dem Vorwand eines *interdisziplinären Austauschs* zu Guinness, Backgammon und noch mehr Guinness trafen. In diese Falle war sie im Verlauf ihres Grundstudiums mehrfach getappt. Tatsächlich waren Naturwissenschaftler selten erpicht darauf, über ihren eigenen Tellerrand zu blicken. Lieber verweilten sie in ihrem Fachbereich, verspotteten Lehrende wie den geradezu komatösen Professor Archer und witzelten über die Geisteswissenschaften. Willow verzog den Mund. Sie hatte die Geografie auf dem Flyer belächelt, also war sie kaum besser.

Seufzend sah sie auf. Aristoteles schien die Luft anzuhalten, bis sie endlich ging. Nach einigen Minuten, in denen ungedachte Gedanken durch die Bibliothek geisterten, tat sie ihm den Gefallen.

Kirkes Halbinsel

»*Ich lerne noch immer.*«

Michelangelo

»Ich hoffe, du hast noch nicht zu viel geschmaust!« Esther und Aramis standen in der Crown Alley vor einem schwarz gestrichenen Haus, das wie ein verbotenes Buch im Regal wirkte. Der Beagle saß unbeeindruckt von den Passanten neben Esthers Turnschuhen und wackelte mit dem Schwanz, als er Willow erblickte.

»Ich sterbe vor Hunger«, gestand sie und wich dem Blick ihrer Freundin aus, indem sie tat, als würde sie sich für die umliegenden Restaurants und Kneipen interessieren. Esther und Willow hatten schon oft hier gegessen, und doch faszinierte sie jedes Mal das Durcheinander aus Fassaden. Gegenüber erstreckten sich mehrere Läden in ehemaligen Lagerhäusern, die mit bunten Geranien geschmückt waren. Auf ihrer Seite der Straße dominierten winzige Geschäfte, mal schwarz, mal olivgrün lackiert. Ein besonders extravagantes Café kleidete sich in Kunstrasen. Dafür vergötterte Esther die Crown Alley. Sie hatte sich hier ihr erstes Tattoo stechen lassen – eine Eule auf dem rechten Schulterblatt – und holte jeden Freitagabend an einem Imbiss mit dunkelblauen Holztüren Hummer zum Mitnehmen, obwohl sie notorisch schlecht bei Kasse war.

»Fish and Chips?«, wollte Willow wissen und deutete auf einen Laden auf der anderen Straßenseite. Zwischen Holzbesteck und halb geleerten Papiernäpfen mit quietschend oranger Tacosoße hatte sich eine Schlange gebildet. Esther zuckte mit den Schultern und drückte Willow die Hundeleine in die Hand. »Nicht, dass ich schuldig bin, wenn er etwas nascht«, sagte sie lachend und stellte sich hinter einen breitschultrigen Punk. »Jetzt erzähl doch mal!«

»Was soll ich denn erzählen? Es wurden Namen verlesen, alle haben geklatscht, dann gab es kaltes Büfett.«

»Ach so. Ich dachte, da würde mehr passieren. Aber hey!« Esther schlug ihre Hände zusammen. »Du bist jetzt offiziell Doktorandin! Herzlichen Glückwunsch!«

»Danke«, brachte Willow hervor und setzte sich ein Lächeln auf. Esther hätte sofort bemerkt, dass es falsch war, wenn sie nicht in diesem Moment angerempelt worden wäre. Die Reihe rückte nach vorne.

»Wie geht es jetzt weiter? Darfst du unterrichten? Wann musst du die Diss abgeben?«, fragte Esther, während sie der Remplerin einen giftigen Blick hinterherwarf.

»Ich werde Montag noch ein ... Sondertreffen haben, danach weiß ich Genaueres.« Meistens war Willow stolz, wenn sie es schaffte, gleichzeitig zu lügen und die Wahrheit zu sagen. Heute nicht. In diesem Moment bereute sie es, für Fish and Chips anzustehen. Hoffentlich wurde Esther wie gewöhnlich früh müde, sodass sie sich zu Hause mit Aramis auf die Couch kuscheln konnte. Bei dem Gedanken an ihren leeren Kühlschrank seufzte sie.

»Mit wem bist du eigentlich in den Reading Room gegangen?«, fragte Esther plötzlich.

»Hm?«

»Als Aramis und ich in Richtung der Campanile gelaufen sind, haben wir gesehen, dass dir ein Schnucki die Tür aufgehalten hat. Magst du mich vorstellen?« In ihrem scherzhaften Tonfall lag ein Funken echten Interesses.

»Oh, der. Keine Ahnung. Schien aber kein Doktorand zu sein, er wurde zumindest von keinem Fachbereich aufgerufen.«

»Schade. Sah trotzdem süß aus.« Willow kicherte irritiert und rückte in der Reihe voran.

»Oder vielleicht war er ein älterer Doktorand«, sinnierte Esther weiter. Stirnrunzelnd dachte Willow daran, wie der Typ mit Anthony gesprochen hatte. Offensichtlich mochten sie sich nicht. Sein Alter konnte sie schlecht einschätzen, allerdings wirkte er wie einer jener Erstsemester, die in der letzten Reihe die Füße auf den Tisch legten und für ihre Zwischenrufe beliebt waren. Benahm sich Anthony seinetwegen so seltsam? Womöglich war es keine unsinnige Idee, ihn genauer kennenzulernen, wenn auch nicht in Esthers Sinne.

»Ich halte die Augen nach ihm offen«, versprach Willow und kickte einen verkrusteten Soßenbecher aus Aramis' Reichweite.

Der weitere Abend zog sich unangenehm in die Länge. Esther bestand darauf, gemeinsam Cocktails zu trinken, obwohl sie gegen die meisten allergisch war. Willow konnte ihr die Bemühungen nicht verübeln, schließlich glaubte Esther, dass es etwas zu feiern gäbe. Sie schimpfte auch ein wenig über Harrys Frechheit, seine Freundin an diesem unvergesslichen Abend allein zu lassen. Willow nickte nur, hielt eine Cocktailpalme zurück und nippte an ihrem Gin Tonic. Esther orderte stets alberne Dekoration für sie und lachte jedes Mal herzlich, wenn Willow die Augen verdrehte. Heute stimmte sie nicht ein, auch nicht aus Höflichkeit.

»Okay, Sweetie. Was ist los?« Esther verschränkte ihre Hände ineinander.

»Nichts. Ich bin nur geschafft.«

»My dear, das kauf ich dir nicht ab. Ist was mit Harry? Du weißt, dass ich recht habe. Sorry, not sorry. Er sollte hier sein.«

»Quatsch, das ist doch alles nichts Besonderes. Lass ihn buddeln. Es ist ja nicht so, dass sie mir schon meinen Doktortitel verliehen haben.« Willow stupste missmutig die Palme an. »Ich habe nur nichts zu erzählen, weißt du. Außer Blabla über die Masterarbeit.«

»Verschone mich!«, bat Esther grinsend und hob beide Hände. »Außerdem liegt das jetzt hinter dir. Also, teilweise. Du schreibst jetzt einfach eine deutlich längere Arbeit über dasselbe Thema beim selben Prof und hast danach einen anderen akademischen Grad. Easy peasy. Und definitiv kein Grund, den Kopf hängen zu lassen, ja? Das wird awesome.«

Willow unterdrückte ihr Seufzen, als wäre es ein Gähnen. »Sag mal, du hattest mir doch von diesem Buch erzählt, mit dem gelben Cover ...«

Esther hob eine Augenbraue. Normalerweise hätte sie so einen abrupten Themenwechsel kommentiert, aber sie schien zu spüren, dass Willow blockieren würde. »Senfgelb? Oh, du würdest es lieben! Ich leih es dir aus. Du kannst nicht immer nur büffeln, ja, have some fun!«

Sie sprachen eine Weile über Esthers überambitionierten Buchclub und schwiegen ansonsten. Der Beagle döste unter dem Tisch. Um sie herum lachten und feierten die Leute, als würden sie um Mitternacht tot umfallen. Bevor Esther sie dazu überreden konnte, in eine Karaokebar zu gehen, dankte Willow ihr für den Abend und verabschiedete sich möglichst unauffällig. Sie wies die aufkommenden Schuldgefühle damit zurück, dass sie am liebsten direkt nach dem Long Room heimgegangen wäre, aber dieses Argument genügte nicht.

Auf dem Rückweg lief Aramis schneller als gewöhnlich. Nachdem Willow die Wohnungstür aufgeschlossen und seine Leine abgenommen hatte, stapfte er geradewegs auf sein Kissen und ließ sich mit Nachdruck darauf fallen.

»Tut mir leid«, meinte sie und blieb unschlüssig stehen. Der Beagle antwortete nicht und schloss die Augen. Die Wohnung hinter dem Klingelschild *Cunningham/Farley* war so leer, dass Willow stets von einem Echo verfolgt wurde, wenn sie die Räume wechselte. Für Dubliner Verhältnisse war sie groß und ruhig. Nach dem abgenutzten Mobiliar des Campuswohnheims hatte sie Harrisons Geschmack freie Bahn gelassen. Die Möbel bestanden aus Glas oder Kupferrohren, mit Ausnahme der gigantischen Velourscouch. Der Blickfang war eine Vitrine neben dem Fernseher, vollgepackt mit antiken Tonkrügen und Waffen. Alles andere stand leer – die Regale, die Schubladen, sogar eine Kommode im Schlafzimmer. Die meisten Dinge verharrten in Kisten, obwohl das Paar schon ein knappes Jahr hier lebte. Zumindest lebte Willow hier, während Harrison abwechselnd Sizilien und Kreta entstaubte. Ihr war die Wohnung definitiv zu teuer und viel zu groß, aber Harrison fühlte sich schnell eingeengt. Wenn er schon Zeit drinnen verbringen musste, brauchte er wenigstens die größten und höchsten Zimmer, die er für Geld bekommen konnte.

Bei dem Gedanken an ihn kramte sie ihr Smartphone hervor und schickte ihm ein Herz als Antwort auf sein Selfie. Rasch schloss sie die App, bevor er online kam und sie womöglich in ein Gespräch verwickelte. Er sprach in letzter Zeit von nichts als seiner Arbeit oder ihrer Promotion, als gäbe es keine anderen Themen auf der Welt. Zugegeben – mittlerweile kannte Willow auch keine mehr. Ihre analogen Kameras verschimmelten in einem Karton, und ihren Aikido-Kurs ließ sie seit Monaten im Stich. Während ihres Masterstudiums hatte sie das Interesse an den Nachrichten verloren, an Politik und vermeintlich wichtigen Themen. Sie war selbst schuld daran, das wusste sie. Jetzt waren da nur noch Aramis, Esther, Anthony, ihre Bücher und gelegentlich ein schattenhafter Harrison, der Dublin seltener besuchte als der Neumond. Das letzte Mal hatte er ihr allerdings eine originale, 1687 veröffentlichte Ausgabe von Isaac Newtons *Philosophiae Naturalis Principia Mathematica* mitgebracht, alle drei Bände, da hatte sie ihm sofort verziehen. Er kannte sie zu gut. Newton hatte in den *Principia* seine einheitliche Theorie zur Schwerkraft abgeleitet und formulierte zudem die drei Grundgesetze der Bewegung. Eigentlich hatten Willows Studien sehr wenig damit zu tun, aber diesem Werk konnte sie nicht widerstehen. Sie hatte sogar extra ihre Lateinkenntnisse aufgefrischt. Harry und sie hatten auf der Couch stundenlang durch die Seiten geblättert, ihre Teetassen blieben sicherheitshalber in der Küche. Eigentlich verstand ihr Freund nichts von Physik, aber er genoss es, an Willows Schulter zu lehnen und ihren Worten zu lauschen. Und sie liebte es, wenn er irgendwann einschlief und diesen weichen, unschuldigen Gesichtsausdruck bekam. Bis heute wusste sie nicht, wo Harry die *Principia* aufgetrieben hatte – nach dem Preis wollte sie erst recht nicht fragen.

Willow füllte Wasser in ihre messingfarbene Teekanne und stellte sie auf den Herd, der nie eine andere Aufgabe übernehmen musste. Harrison hatte eine riesige Arbeitsplatte aus weißem Granit angeschafft und etwa ein Wochenende mit der Auswahl des Kühlschranks verbracht. Mehr als Pasta und Kekse bekamen beide nicht hin.

Während Willow auf das vertraute Brodeln wartete, öffnete sie die sozialen Netzwerke und rief das Profil von Anthony Morris auf. Er leitete einige Gruppen, darunter eine für sämtliche Doktoranden aus den naturwissenschaftlichen Fachbereichen. Seit ihrer Mailzusage war Willow ein Teil von ihr. Seltsam nervös tippte sie auf die Mitgliederliste. Zum Glück hatten die meisten Leute ein echtes Profilbild und waren mit ihrem Klarnamen angemeldet. Sie scrollte bis zum unteren Ende, konnte den Zigarettendreher aber nicht finden. Vielleicht war er einer dieser Typen, die sich partout Smartphones verweigerten, irgendwie traute sie ihm das zu.

Willow hatte den Eindruck, als würden sie sich längst kennen, obwohl sie keine drei Sätze gewechselt hatten. Der Wasserkessel meldete sich fiepend zu Wort. Willow schaltete den Bildschirm aus, griff zu einer Tasse mit dem Universitätswappen, legte wahllos einen Teebeutel hinein und sah dabei zu, wie sich das blubbernde Wasser dunkelrot färbte. Wahrscheinlich interpretierte sie zu viel in diese flüchtige Begegnung. Warum musste Esther sie auch an ihn erinnern? Jetzt fiel es ihr schwer, die Ereignisse des Abends voneinander zu trennen. Unzufrieden ging sie mit der Tasse zur Couch und starrte in die leeren Regale, während sie Aramis' Atem lauschte. Ihre Gedanken kreisten um den schwarzen Flyer, spielten die Begrüßungsfeier nach und fokussierten sich auf Anthonys ambivalente Körpersprache. Sie verstand das alles nicht. Ihren Master hatte sie mit Bestnote absolviert, daran konnte es nicht liegen. Oder war dieses Institut ein exklusives Programm für die Besten der Besten – eine Möglichkeit, noch fortgeschrittenere Forschung zu betreiben als am Trinity College? Erneut krauste Willow die Stirn, weil sie nicht verstand, weshalb Esther das Papier nicht sehen konnte. Warum ihre Zunge blockierte, wann immer sie jemanden darauf ansprechen wollte. Und was dieser Zigarettendreher mit Anthony beredet hatte.

Schließlich gelangte sie zu der Frage, wann sie das letzte Mal Fahrrad gefahren war und in welcher nie ausgepackten Kiste ihre Luftpumpe schlummerte. Sie würde die Bedeutung von Tholeros Kosmos selbst herausfinden müssen, wie es sich für eine Wissenschaftlerin gehörte.

Dublin verschwand hinter Bäumen und Hügeln, und das Pfeifen des Windes verdrängte alle anderen Geräusche. Willow fuhr auf ihrem Fahrrad am Meer entlang, vorbei an kleinen Ziegelhäusern und weitläufigen Wiesen, auf denen Pfützen im frühen Morgenlicht schimmerten. Es war Montag, kurz nach acht. Sie hatte sich eine Hose aus dickem Stoff angezogen und sicherheitshalber eine Regenjacke in ihrem großen Lederrucksack verstaut. Obwohl es kühl war, genoss sie den Wind, der durch die Fasern ihres walnussbraunen Pullovers drang. Die vergangene Nacht hatte sie grübelnd verbracht, ohnehin konnte sie sich kaum an ihr Wochenende erinnern. Sie hatte anderthalb Bücher über die Bellsche Ungleichung gelesen und Harrys Anrufe ignoriert, wofür sie sich relativ glaubwürdige Ausreden ausgedacht hatte. Sie hatte keine Lust, dass sie ihm am Telefon die Schuld für ihre Laune gab. Er war meist schon von ihren Gefühlen überfordert, wenn sie einander gegenüberstanden.

Während Willow am Strand von Sutton vorbeifuhr, fragte sie sich, wann Harry endlich länger als eine Woche in Dublin bleiben würde. Er sollte wieder in der Küche italienische Schlager summen, Wein dekantieren und Willows skeptischen Blick belächeln. Ihretwegen konnten sie sich auch darüber streiten, wer von ihnen mehr arbeitete, *zu viel* arbeitete. Und wer vor lauter Fokus auf Forschung ihre Partnerschaft gefährdete. In den vergangenen Monaten hatte sie diese Konfrontation meiden können, aber bald würde es unausweichlich werden. Der Gedanke umkreiste Willow jeden Tag und holte sie des Nachts ein, wenn Aramis am Fußende des Bettes schlief und vermutlich ebenfalls davon träumte, dass Harry endlich heimkam. Sie führte eine unsichtbare Beziehung, die nur noch aus Worten bestand, und diese Worte schmeckten allmählich bitter. Es war nicht so, dass sie ihm den Erfolg nicht gönnte, die südeuropäische Sonne und die aufregenden Funde. Wenn Willow doch nur wüsste, wie sie ihren kostbaren Freund aus dem Sand freilegen konnte.

Endlich erreichte sie Howth Head, *Ceann Bhinn Éadair*. Die Halbinsel ragte nordöstlich von Dublin aus dem Meer. Städter wanderten durch die grünen Hügel oder spazierten an den steinigen Stränden herum, bis sie das moderne Leben vergaßen. Willow würde es sich lieber in einem der Cafés im früheren Fischerdorf Howth gemütlich machen. Irritiert fragte sie sich, wieso sie keinen einzigen Tag, den sie mit ihrer Masterarbeit im Reading Room verbracht hatte, gegen einen auf der Halbinsel getauscht hatte. Sie hätte ihre Bücher mitnehmen können. Offenbar war ihr Kopf so überfüllt gewesen, dass sie den Weg des geringsten Widerstandes gegangen war. Wie Wasser, das sein Flussbett nicht verließ. Willow rauschte durch eine Siedlung mit riesigen Vorgärten, bevor sie wieder an die Küste gelangte. Sie kannte niemanden aus Dublin, der nicht mindestens eine leicht verklärte Kindheitserinnerung an Howth Head hegte. Ihre eigene hatte damit zu tun, dass sie als Achtjährige versehentlich im Museum für alte Radios eingesperrt worden war. Noch heute musste sie daran denken, wenn sie heißen Staub roch.

In einer Kurve bog sie auf einen Schotterweg und durchquerte ein niedriges Eisentor, während der Wind auffrischte. Im Vorbeifahren erkannte Willow ein Schild, das Fahrräder verbot, allerdings zogen sich etliche Reifenspuren durch den Kies. Sie wollte nicht riskieren, zu spät zu kommen. Bald passierte sie den gedrungenen Martello Tower, der sie an einen unfertigen Leuchtturm erinnerte. Zwei Wanderer mit knallroten Rucksäcken standen am Meer, Hand in Hand. Willow drosselte das Tempo, denn hier endeten die Instruktionen des schwarzen Flyers – nach einem halben Kilometer sollte sich das Institut zeigen. Der Untergrund wurde zu kaum mehr als einem Trampelpfad, gelbe Schilder warnten vor den Klippen. Sie spürte die Blicke der beiden Wanderer im Nacken.

Ihre Großeltern, die Eltern ihrer Mutter, liebten es, von einem Herrenhaus zum nächsten zu wandern, Pferde und Schafe zu fotografieren und sich schließlich bei Shortbread und Earl Grey zu stärken. Sie hatten dabei sogar dieselben gelben Regenjacken und Wanderschuhe getragen. Die Familie ihres Vaters hätte allein beim Wort *Regenjacke* die Nase gerümpft. Willow hatte die langen Wege genossen, da ihre Großeltern nicht dazu neigten, die ganze Zeit zu reden. Innerlich machte sie sich eine Notiz, bald bei ihnen anzurufen.

Während ihrer Masterarbeit hatte sie nie gewusst, was sie erzählen sollte. Dabei ahnte sie, dass sie einfach ihre Stimme hören wollten. Vermutlich konnte sie ohnehin niemandem von diesem Ausflug berichten.

Willow hatte nicht gewusst, woran sie Tholeros Kosmos erkennen sollte, aber in diesem Moment sah sie es: Eines dieser Häuser, das auch eine teure Privatschule oder das Anwesen eines Prominenten hätte sein können. Ungehinderter Meerblick, eine halbhohe Steinmauer, und dahinter eine der kupferfarbenen Felsformationen, die diesem Teil der Halbinsel ihren Namen gaben – Red Rock. An der Rückseite des dreistöckigen Herrenhauses erkannte sie einen runden Turm und ein gläsernes Gebilde, bei dem es sich wahrscheinlich um ein Gewächshaus handelte. Auf den rauchgrauen Dachziegeln hockten zwei aufgeplusterte Möwen.

Willow schluckte nervös und richtete ihren Blick auf den Eingang des Gebäudes, der sich unter einem efeubedeckten Vordach befand. Etwa zwanzig Personen in ihrem Alter standen dort in Trenchcoats, Chesterfields und Tweedjacken, einige rauchten Zigaretten oder starrten auf ihre Smartphones, um beschäftigt zu wirken. Unten an der Mauer lehnten ihre Fahrräder, Willow stellte ihres hinzu. Ihr behagte die Idee nicht, sich schweigend zu den Fremden zu stellen oder Aufmerksamkeit mit hohlem Gequassel zu erregen.

Unschlüssig drehte sie sich um. Ein schmaler Kieselstrand erstreckte sich vor der grauen See, davor wanderte ein Mann mit seinem Labrador. Willow dachte an Aramis. Wenn sie öfter herkommen würde, musste sie ihn mitbringen. Ob Esther ihren Fahrradkorb verlieh?

Einige Studierende schauten inzwischen zu ihr herunter, darum nahm sie zügig die steinerne Treppe nach oben. Quarzviolette Heide bedeckte den Boden, Tautropfen schimmerten darin. Willow scheuchte zwei Finken auf, die sie übersehen hatte. Das genügte, um ihr Herz wachzurütteln. Warum war sie nur so aufgeregt? Anthony hatte ihr doch versprochen, ihr Doktorvater zu werden – egal, was dieses fadenscheinige Institut ihr bot oder verwehrte.

Sie blieb am Rand der Gruppe stehen, grüßte halblaut und erhielt von den meisten ein vages Lächeln oder ein Kopfnicken. Nur einer wandte sich nicht sofort seinen eigenen Angelegenheiten zu. Der Fremde von der Zeremonie trug heute einen dunkelbraunen Pullover, den er in seine Cordhose gesteckt hatte. Das Hemd lugte wie eine geheime Nachricht aus seinem Kragen. Willow wusste nicht, wie sie reagieren sollte – aber irgendwie war sie nicht verwundert, dass er hier war.

Bevor sie den Mut fand, etwas zu sagen, trat ein blasser, langer Mann aus der Eingangstür und hüstelte. Seine Attitüde deutete an, dass er die Regeln des Polosports und den Geschmack des besten Whiskeys kannte. Er trug einen tannengrünen Samtanzug mit Einstecktuch, dennoch schätzte Willow sein Alter auf Ende zwanzig. Kurz blieb ihr Blick an seiner goldenen Krawattennadel hängen, auf der ein winziger, aber täuschend echt aussehender Admiralfalter saß.

»Guten Morgen allerseits«, begann er und schaute mit einem dünnen Lächeln in die Runde. »Ich bin Lloyd Oisín Byrne, Prüfungsbetreuer und Doktorand des ersten Jahrganges, und eure Namen stehen hoffentlich auf diesem Klemmbrett.« Er hielt es demonstrativ nach oben. »Heute Vormittag bin ich für euch Mr Byrne. Ja, auch für dich, Hugo.«

Als sein Name fiel, hob Hugo kurz die Hand vor die Brust und deutete eine Verbeugung an. So hieß er also, der zigarettendrehende Cordhosenträger, der sich mit Anthony anlegte. Mr Byrne hatte Hugo mit einem französischen Akzent ausgesprochen, aber leider half seine vermeintliche Herkunft Willow nicht wirklich dabei, Hugos bisheriges Verhalten zu entschlüsseln. Bevor sie weiter darüber nachdenken konnte, drängte sich ein anderer Gedanke in den Vordergrund – sie stand nicht auf dieser Liste. Zumindest hatte sie sich nicht angemeldet. Aber auf dem Flyer hatte doch gestanden ...

»Miss Willow Dorothea Farley, richtig?« Mr Byrne hob den Kopf und sah Willow an, bis sie nickte, was ihr wie ein Äon vorkam. Zwischen Erkenntnis, Sorge und Auflösung war ein so kurzer Moment vergangen, dass sie sich vor den Kopf gestoßen fühlte.

»Willow reicht«, brachte sie hervor, aber Mr Byrne sprach bereits mit der nächsten Person. Hatte Anthony sie angemeldet? Seltsam.

Sie konnte nicht anders, als auf der Suche nach Antworten zu Hugo zu schauen. Er neigte sich gerade zu einer jungen Frau mit einem feinen, herzförmigen Gesicht und blonden Locken, die lose zu einem Zopf verschlungen waren. Hugo formte soeben zwei lockere Fäuste, hob sie langsam hoch, streckte neben seinem Kopf die Zeigefinger hoch und tippte sich in einem Bogen auf die Schultern. Dabei bewegte er tonlos den Mund. Willow brauchte länger, als sie sich eingestehen wollte, bis sie Gebärdensprache erkannte. Hugos Begleitung antwortete ebenfalls mit ihren Händen. Die beiden wurden unterbrochen, als Mr Byrne die Gruppe mit einer wedelnden Bewegung ins Haus scheuchte. Er erinnerte Willow ein wenig an jenen Orchesterdirigenten im Mädcheninternat, der ihre ohnehin verglimmende Leidenschaft für Oboe vollends mit seinen Lackschuhen zertreten hatte. Willow beeilte sich, niemandem im Weg zu stehen, und folgte der Gruppe. Einige hatten zu ihrer Verwunderung nicht nur Rucksäcke, sondern auch Koffer dabei.

Das Meeresrauschen verstummte hinter ihnen, während sie ein Foyer mit schwarzem Marmorboden und hohen Wänden betraten. Grazile Farne schimmerten auf der opalgrünen Tapete, über ihren Köpfen spannte sich ein Nachthimmel. Sofern Willow das einschätzen konnte, wurden die Gestirne akkurat wiedergegeben. Die Farben waren so tief und kräftig, als wären sie gestern erst aufgetragen worden. Von der Decke hing zudem ein halb verkohltes Banner, geziert von vertrauten goldenen Buchstaben. *Perpetuis futuris temporibus duraturam.* Anscheinend hatten sich Flammen von unten nach oben fressen wollen, aber wieso? Willow traute sich nicht, zu fragen.

Die hölzernen Kleiderständer brachen beinahe unter der Last ihrer Jacken und Mäntel zusammen, was Mr Byrne murmelnd kommentierte. Er öffnete den Knopf seines Anzugs, darunter trug er eine taillierte Weste.

»Lasst elektronische Geräte bitte in den Rucksäcken oder Jackentaschen, selbstverständlich ausgeschaltet. Übrigens bezweifeln wir, dass Smartphones euch irgendwie nützen. Betrugsversuche sind darum doppelt lächerlich. Ihr könnt eure Taschen getrost zurücklassen, nehmt bitte lediglich einen Stift mit.« Schon betrat Mr Byrne eine breite Treppe, die sich in den vermeintlichen Nachthimmel schraubte. Sie knarrte unter den Dutzenden Fußpaaren. Willow versenkte ihr Smartphone im Rucksack, zog einen schwarzen Kugelschreiber hervor und folgte als Letzte. Am oberen Ende der Treppe mündete eine Empore in mehrere schattige Flure, es duftete nach Kaffee.

»Unsere Kursräume, Labore, Büros und einige Studierzimmer verteilen sich über dieses Stockwerk, aber eine ordentliche Führung gibt es erst im Anschluss an die Prüfung. Sofern ihr besteht.« Mr Byrne schaute wachsam in die Runde. »Ach ja, sollte jemand eine Allergie gegen Hülsenfrüchte haben: Teilt mir dies bitte unverzüglich mit. Auf keinen Fall verschweigen.«

Die Gruppe lief langsamer, aber niemand antwortete.

»Hervorragend«, lobte Mr Byrne und gelangte am Ende des Flures an, wo er auf der linken Seite eine Tür aufzog. »Bitte nehmt Platz. Wenn ihr keinen Stift mitgebracht habt, dürft ihr einen aus dem Glas auf dem Pult entnehmen. Bitte gebt ihn später zurück und kaut nicht darauf herum.«

Hugo lachte leise, die Übrigen stimmten nicht ein. Anspannung lag in der Luft, sie knisterte auf Willows Unterarmen.

Auch dieser Raum besaß eine verzierte Tapete in sanft schimmerndem Grün. Jemand hatte die Einzeltische mit akkuratem Abstand zueinander platziert. Die Tafel an der Türseite war mit einem trockenen Schwamm geputzt worden, einige Fragmente von Formeln hatten überlebt. Die chemische Einheit *MOL* erregte Willows Aufmerksamkeit – Anthony schrieb grundsätzlich jeden Buchstaben groß, oft zum Leidwesen seiner Studierenden. Anscheinend hatte er schon in diesem Raum unterrichtet. Sein Doppelleben verursachte ein nervöses Ziehen in Willows Unterbauch, ebenso wie die Vorstellung, bei dieser Prüfung möglicherweise ein leeres Blatt Papier abzugeben. Sie ließ sich auf den erstbesten Platz in der zweiten Reihe fallen und legte den Kugelschreiber vor sich auf die Tischplatte. Ihre Finger bebten. Sie hasste es, sich nicht vorbereiten zu können. Auf dem Flyer hatte es keinen Hinweis auf die Inhalte der Prüfung gegeben.

Als sich disziplinierte Stille über den Raum legte und Mr Byrne begann, bedruckte und leere Zettel zu verteilen, zog sich ihr Magen schmerzhaft zusammen. Mit gesenktem Kopf prüfte sie die angespannten Gesichter um sich herum. Hugo saß in der ersten Reihe direkt neben der jungen Frau mit den blonden Locken und hatte keinen eigenen Tisch vor sich.

Schreibt er nicht mit? Gehört er schon zum Institut?, überlegte Willow und bemerkte, dass sie ihn anstarrte, als Hugo in ihre Richtung sah und ermunternd nickte.

Mr Byrne trat nun vor die Tafel und klatschte dumpf in die Hände. »Ihr habt anderthalb Stunden Zeit. Bitte beantwortet zwei der Fragen, nicht mehr oder weniger. Viel Erfolg.«

Ein Rascheln ging durch den Raum, als alle Blätter umgedreht wurden. Hugo gebärdete Mr Byrnes Worte und nickte dem Prüfer zu. Es wurde gespenstisch still.

Willow las die erste Frage und hielt die Luft an. Ihr Blick huschte weiter, verschlang die Zeilen. Antworten lösten sich aus ihren Gedanken, schwebten durcheinander. Als sie sämtliche Fragen gelesen hatte, fühlte sie sich, als wäre eine Bibliothek über ihrem Kopf zusammengestürzt.

01. Hat der Tod seine Bedeutung verloren?
02. Ist es möglich, einen Zufall komplett auszuschließen?
03. Sollte es ein Mindestalter für den Gebrauch des Internets geben?
04. Ist Mathematik Teil der Geisteswissenschaften?
05. Wie prägen Streamingdienste die Musikindustrie?
06. Sollte man wissenschaftliche Erkenntnisse anwenden, wenn man sie nicht vollständig versteht?
07. Welche Maßnahmen gegen den Klimawandel sind wirtschaftlich tragbar?
08. Sollten sich Nordirland und Irland zu einem Land vereinen?
09. Welchen Zweck erfüllt Literatur?
10. Lässt sich Magie definieren?
11. Was ist Wahrheit, was Wirklichkeit?
12. Definieren und diskutieren Sie Allgemeinwissen.
13. Was haben Literaten zur Geschichtsschreibung Irlands beigetragen?
14. Wie viele Menschen sollte es auf der Erde geben?
15. Hat die Natur Rechte?
16. Welchen Zweck erfüllt das Konstrukt von zwei Geschlechtern in der Gesellschaft?
17. Ist die moderne Physik in einer neuen Grundlagenkrise angekommen?
18. Sollte historische Akkuratesse in Unterhaltungsmedien verpflichtend sein?
19. Kann ein Klimakollaps im Kontext einer Demokratie aufgehalten werden?
20. Kann eine Exekution human sein?
21. Inwiefern ist es sinnvoll, einen Test primär aus uneindeutigen und kontroversen Fragen zu erstellen?

Willow konnte nicht einmal beantworten, ob die letzte Frage ein Witz sein sollte. Wie sollte dies eine Aufnahmeprüfung für all jene sein, die sich den Naturwissenschaften widmeten? War es nicht sinnvoller, wenn man die relevanten Grundlagen ihrer Fachbereiche abfragte, die immer spezieller und schließlich regelrecht absurd wurden? Die vorliegenden Fragen beschäftigten sich mit Geisteswissenschaften, mit ... Willow hielt inne. Offenbar ging es nicht um ihr Wissen, sondern um Methode. Dieses Institut wollte herausfinden, wie ihr Verstand arbeitete. Eine Überprüfung ihres Fachwissens war wenig zielführend. Sie, die Fremden, wussten bestimmt, dass Willow einen hervorragenden Abschluss vom Trinity College erhalten hatte. Zumindest ging sie davon aus, dass Anthony sie empfohlen hatte. War er heute überhaupt hier? Willow klickte unruhig mit dem Stift. Sie zwang sich, tief durchzuatmen, betrachtete die Fragen erneut. Zwei sollte sie beantworten, und sie hatte fast keine Zeit. Bei genauer Betrachtung hätte sie Monate mit nur einer Antwort verbringen können, Umfragen durchführen, Experimente zusammenstellen. Jetzt blieben ihr nur saubere Argumente. Die zweite Frage über Zufälle lächelte sie an, aber sie erkannte die Fallstricke. »Gott würfelt nicht«, hatte Albert Einstein angeblich einmal gesagt. Er hatte seinen Nobelpreis für den photoelektrischen Effekt erhalten, das bedeutete jedoch nicht, dass er mit der Quantenmechanik befreundet war. Und wenn Willow ehrlich zu sich selbst war, langweilte sie der Diskurs über Chaos und Zufall, seit sie ihre Sommermonate darauf verschwendet hatte. *Verschwendet.* Wenn sie dieses Wort laut gesagt hätte, hätte sie sich bestimmt korrigiert, aber in diesem stillen Moment zweifelte sie daran. Es hätte etliche andere Themen für ihre Masterarbeit gegeben, simplere Themen. Aber ihre Ambition hatte gesiegt. Sie hätte sich damit rühmen können, dass sie an dem verdammt jungen Thema der Zeitkristalle forschte – was für ein Name, wie aus einem Videospiel! – statt sich irgendetwas Einfachem zu widmen, wofür sie wahrscheinlich dieselbe Note bekommen hätte. Zeitkristalle waren spannend, keine Frage, aber auch echte Diven. Eine neue Form von Materie. Sie existierten nur im Labor und widersprachen offenbar dem zweiten Hauptsatz der Thermodynamik, indem sie sich ohne äußere Einflüsse veränderten. Ihre Teilchen schwangen, lieferten dabei aber keine Energie. Absurd. Faszinierend. Und aus Willows Sicht eher geeignet für mehrere Dissertationen als für ihre vergleichsweise dünne Masterarbeit.

Kopfschüttelnd schob sie die Frage nach dem Zufall auf die *Vielleicht*-Liste, obwohl dort zugegebenermaßen auch die übrigen zwanzig Fragen lauerten. Sie begann damit, all jene Aufgaben durchzustreichen, denen sie sich nicht stellen wollte. Wertvolle Zeit rann die unsichtbare Sanduhr hinunter, aber eine vorschnelle Entscheidung wäre unklug gewesen. Willows Gedanken verfingen sich an Frage elf. *»Was ist Wahrheit, was Wirklichkeit?«*, kitzelte ihren Verstand wie der Gesang einer Sirene.

Als sich ihre Eltern scheiden ließen, hatte ihre Mutter darauf bestanden, den großen Kleiderschrank zu behalten. Er passte kaum in ihre neue Wohnung, aber sie hatte keine Sekunde gezögert, den Schrank zu einer Dunkelkammer umzubauen, als hätte sie ihre gesamte Ehe nur darauf gewartet.

»Die Wahrheit kann nicht einmal eine Kamera einfangen«, sagte sie gerne, wenn sie mit ihrer Tochter durch Dublins Botanischen Garten ging und die Blütenblätter, fremde Passanten oder das Werkzeug der Gärtner fotografierte.

Mit sieben Jahren hatte Willow das erste Mal gefragt, was sie damit meinte. Die Antwort ihrer Mutter verstand sie aber erst, sobald sie ihre eigene Kamera in den Händen hielt. Die Realität hinter ihrer Linse tummelte sich unbeeindruckt weiter, als kümmerte sie sich nicht darum, dass sie auf Film gebannt wurde. Einmal, sie war etwa sechzehn, beobachtete Willow ein junges Paar in einem Café, das die ganze Zeit Händchen hielt. Die Frau trug einen zart glitzernden Ring am

Finger und schaute ihren Partner immer dann an, wenn er den Blick von ihr nahm. Ihr Lächeln war vollkommen verzaubert.

Willow hatte nicht anders gekonnt, als den Auslöser herunterzudrücken. Ihr Herz paukte so kräftig, dass die Schläge ihre Finger erzittern ließen. Als sie den Film im Schlafzimmerschrank entwickelte, war davon nichts zu sehen, das Bild war scharf. Stattdessen bemerkte Willow einen jungen Mann direkt hinter den Verliebten, der ebenfalls eine Kamera auf sie richtete, seinen Finger krümmte. Er fokussierte nicht auf das glückliche Paar, sondern auf eine Fremde, die es heimlich fotografierte. Zwei Voyeure ertappten einander auf frischer Tat. Mittlerweile lichtete Willow gar keine Menschen mehr ab, obwohl sie es gerne wieder getan hätte. Aber ihr fehlten die Motive und der Mut, darum zu bitten.

Dennoch hatte Willow damals begriffen, dass die Wahrheit im Moment lebt, geschaffen von all jenen, die sie betrachten. Egal, ob erlaubt oder unerlaubt. Und diese Perspektiven waren nichts anderes als Wirklichkeiten. Von ihnen gab es unzählbar viele, aber die Wahrheit blieb stets allein.

Willow schreckte hoch, als hinter ihr ein Stuhl über den Boden geschoben wurde. Jemand ging mit einem Stapel Papier nach vorne. Kupferrotes Haar, Hornbrille, ein sandfarbener Pullover mit Zopfmuster. Seine Hose hatte am unteren Saum grüne Flecken, als wäre er durch eine frisch gemähte Wiese gegangen. Hatte er jetzt schon zwei Fragen beantwortet?

»Fertig?«, raunte Mr Byrne. Die Kette seiner Taschenuhr klimperte. »Name bitte?«

»Doherty«, murmelte der junge Mann, sodass Willow es kaum hören konnte. »George.«

»Ah, natürlich. Du darfst bitte im Wartebereich auf dem Flur Platz nehmen.« Aus den Worten des Aufsehers schimmerte keine Wertung durch, weder Anerkennung noch Zweifel.

Die Tür schloss sich beinahe lautlos, und nach wenigen Sekunden gelang es Willow, sich wieder in ihre Argumentation einzufinden. Sie wusste nicht, ob eine derart persönliche Herangehensweise gerne gesehen wurde, wahrscheinlich nicht. Stattdessen lag vor ihr ein ungewohnt intimes Essay, während eine Stimme aus ihrem Hinterkopf brüllte, dass sie sich für eine weitere Frage entscheiden musste. Doch jetzt gab es kein Zurück mehr, und so führte sie ihre Gedanken fort. Als sie ein relativ elegantes Fazit verfasst hatte, zog sie die Liste wieder heran und las zuerst die durchgestrichenen Fragen, aber ihre Meinung hatte sich nicht geändert. Sie mochte Bücher, wollte jedoch nicht über sie reden. Der Klimawandel bereitete ihr Sorgen, allerdings hatte sie keine Ahnung von Politik oder Wirtschaft. Willow ahnte, dass sie die Fragen auch ohne solches Wissen hätte bewältigen können, wenn sie es gewollt hätte. Trotzdem glitten ihre Augen weiter. Frage 10 fand sie komplett absurd. *Lässt sich Magie definieren?*

Wahrscheinlich mit einem schwarzen Flyer, den niemand sieht oder ansprechen kann, dachte sie und strich eine Strähne hinter ihr Ohr. Sie suchte den Rest der Fragen ab, eine nach der anderen. Die letzte forderte sie zu einem Duell heraus, das sie unmöglich gewinnen konnte. *Inwiefern ist es sinnvoll, einen Test primär aus uneindeutigen und kontroversen Fragen zu erstellen?*

Das konnte nur eine Falle sein. Andererseits ... Willow hob den Kopf und sah sich im Raum um. Sie konnte nicht einschätzen, wofür sich die anderen entscheiden würden, aber derartige Fragen wurden hochstens belächelt, nie ernsthaft angegangen. Und vielleicht wollte dieses Institut genau das testen. Konnte sie hinter die Fassade blicken und verstehen, wie Dinge funktionierten, obwohl sie nie darüber nachgedacht hatte? Machte es womöglich Spaß, sich Fragen auszudenken, zu denen man selbst nicht einmal die Antwort wusste? Willow stellte fest, dass sie alle Antworten lesen wollte, egal, ob sie naheliegend oder komplett erfunden waren. Sie sah lang schwelende Konflikte wie jenen zwischen Irland und Nordirland, erkannte in der betont wertfreien Formulierung von Frage 16 ihre eigene Meinung wieder. Es ging den Prüfenden nicht um Wissen oder Bildung, das war nur ein Teil des Ganzen. Was sie wirklich kennenlernen wollten, war ihr Blick auf die Wahrheit, eine möglichst kreative Perspektive. Willow wusste nicht, was aus ihnen wurde, sobald sie diese Gedanken in Sätze formte, aber nun waren sie da. Es war schwer, eine Idee aufzuhalten, selbst wenn sie sich später als unsinnig herausstellte.

Während sie mit ihrem zweiten Essay begann, standen weitere Personen auf. Willow ermahnte sich zur Konzentration. Stattdessen sah sie zu, wie Hugo und seine Begleitung abgaben und freudig gestikulierend den Raum verließen, gefolgt von einer anderen Anwärterin, deren Namen Willow überhörte.

Ihr dämmerte, dass Anthony und Hugo sich durch das Institut kennen mussten. Bevor sie weiter darüber nachdenken konnte, begegnete sie Mr Byrnes missbilligendem Blick. Willow löste sich aus ihrer Starre, senkte rasch den Stift aufs Papier und schrieb. Die übrigen Personen, die aufstanden und ihre Texte abgaben, beachtete sie kaum noch. Sie versuchte, die Zeilen nicht zu erzwingen, gemächlich zu schreiben, aber das hohe Tempo der anderen bereitete ihr ein flaues Gefühl im Magen. Mr Byrne notierte die Zeiten, ohne Frage. Jedes Mal schaute er auf seine Taschenuhr. Disqualifizierte sich die langsamste Person?

Willow schüttelte den Kopf, tadelte sich selbst. Wann war sie das letzte Mal so nervös gewesen? Nicht einmal das Kolloquium zu ihrer Masterarbeit hatte sie derart verunsichert. Sicherlich war das auch ein Grund für diese Art der Prüfung – wenn es möglich gewesen wäre, sich vorzubereiten, wäre sie wohl ruhiger und nicht derart von den Fragen überfordert. Sie nahm das in ihre Argumentation mit auf, als es sich anbot. Dann führte sie den Text allmählich zu einem Ende, sortierte ihre Blätter und begann damit, Flüchtigkeitsfehler auszubessern.

»Sorry? Ich muss dich unterbrechen.«

Willow hob den Kopf. Mr Byrne sah sie mit ineinander verschränkten Händen an und lächelte freudlos, er lehnte mit dem Gesäß am Pult. Die anderen Stühle waren leer. Sogar ein *Sorry* klang aus seinem Mund wie eine tote Sprache.

»Oh, kein Problem«, erwiderte sie, obwohl ihr Puls in die Höhe schnellte. »Ich wollte nur sichergehen, dass ich keine Flüchtigkeits...«

»Du musst dich nicht verteidigen.« Er streckte seine Hand aus. Willow erhob sich eilig, schob die Zettel zusammen und brachte sie ihm. Mr Byrne dankte mit einem schiefen Nicken. »Gönn dir bitte eine Pause, und viel Erfolg bei den weiteren Prüfungen.«

Willow nickte und folgte ihm auf den Flur. Draußen saßen die anderen Prüflinge, die meisten hielten Bücher in den Händen oder unterhielten sich mit ihren Sitznachbarn. Blicke durchbohrten Willow. Sie alle wussten, dass sie die Langsamste gewesen war. Vielleicht glaubten sie, ihr überlegen zu sein. Willow atmete tief durch und vermied jeglichen Augenkontakt, als sie sich auf einen gepolsterten Hocker sinken ließ.

»Wir rufen euch für den zweiten Teil der Prüfungen in der Reihenfolge auf, in der ihr abgegeben habt«, verkündete Mr Byrne. »Doherty, du beginnst bitte.«

Der Typ mit den rostroten Locken stand auf und ging in den gegenüberliegenden Raum. Irgendwie war er anziehend, wie Willows erster Jugendschwarm im Orchester – nur wegen des schüchternen Sohns des Dirigenten hatte sie überhaupt weitergespielt. Die Tür schloss sich lautlos. Keiner der Anwesenden rührte sich. Erst der Schrei einer Möwe, der durch ein offenes Fenster drang, durchdrang die Stille, und nur das Mädchen mit den blonden Locken zuckte nicht zusammen. Hugo hatte eine Hand auf ihre Schulter gelegt und schaute mit ihr in ein Buch. Sollte Willow hinübergehen? Falls sie den nächsten Teil der Prüfung nicht bestand – und wer wusste, ob sie den ersten bestanden hatte? –, würde sie womöglich nicht erfahren, warum Hugo und Anthony im Reading Room gestritten hatten. Wie von selbst erhob sie sich und ging zu den beiden hinüber.

»Äh, hi«, begann sie und winkte unbeholfen, wofür sie sich prompt schämte. Hugo blickte auf.

»Willow! Darf ich dir Florence vorstellen? Sie ist quasi meine Schwester. Du kannst sie Echo nennen. Sie hat den Namen gewählt, weil sie das Wort leichter erkennt. Wenn du dir ein wenig Mühe gibst, kann sie ziemlich gut Lippen lesen.« Parallel tippte er Echo an und gebärdete für sie. »Übrigens finde ich es großartig, dass du wie ein Baum heißt. *Willow.*« Er verschränkte seine starren Finger ineinander, tippte dann mehrmals auf eine Kuppe und die Handinnenfläche und verschränkte die Finger erneut, sodass sie wie ein Futtertrog oder ein Zeitschriftenständer aussahen. Sollte das die Gebärde für eine Weide sein? Und woher kannte er überhaupt ihren Namen? Bevor sie fragen konnte, erhob Echo ihre Stimme.

»Wenn ich ihn richtig verstehe, heißt du wie dieser Baum«, sagte sie trocken. Ihre langen Wörter waren etwas verwaschen, die Betonung unvertraut. »Eine Weide ... *Willow?* Freut mich jedenfalls. Hugo, wolltest du nicht ISL üben?«

Hugo verdrehte entschuldigend die Augen.

»Danke, freut mich auch«, sagte Willow mit einem raschen Lächeln und nickte ihr zu. »Echo, wie die Geliebte von Narziss?«

»Streng genommen war sie nicht seine Geliebte«, korrigierte Hugo und überlegte. »Ich kenne nur das BSL-Zeichen für die Blume.«

Er deutete mit seinen Fingern einen Samen an, der in der Erde versank und direkt aus ihr emporkroch. Die raschen Bewegungen im Anschluss konnte Willow nicht einordnen, aber Echo lächelte schüchtern.

»Passt«, stimmte sie zu.

»Sie liebt Mythologie«, erklärte Hugo. »Gut erkannt.« Willow lächelte. »Wenn ihr wie Geschwister seid, kennt ihr euch schon lange?«

»Ich kann mich an sie als Baby erinnern und habe ihr das Fahrradfahren und Lesen beigebracht. Erst später, natürlich. Unsere Familien haben ein paar Jahre getrennt voneinander gelebt, solange gab es Briefe. Inzwischen haben wir unsere Abschlüsse vom Trinity, machen die Gegend unsicher und sind obendrein im elitärsten Buchclub von Howth Head.«

Obwohl Hugo bei seiner Erzählung lächelte, huschte ein Schatten über Echos Gesicht.

»Ein Buchclub?«, fragte Willow. »Ich würde durchaus einem beitreten, aber ... irgendwie möchte ich nicht mit einer riesigen Gruppe in einem ungenutzten Kursraum hocken und über Literatur palavern.«

»Die meiste Zeit sitzen wir in bequemen Sesseln, trinken Rotwein und lesen. Viel geredet wird da nicht. Vor allem nicht, seit alle Mitglieder die hiesige Gebärdensprache lernen. Die hat angenehme Wurzeln in der französischen.«

Willow hob die Augenbrauen. »Bemerkenswert.«

Doch Hugo lächelte amüsiert. »Echo und ich würden uns über ein drittes Mitglied freuen.«

Jetzt konnte Willow ihr Kichern nicht unterdrücken. »Entschuldigung«, schob sie rasch hinterher. »Ihr seid ... ihr seid mir irgendwie sympathisch, wenn ich das so sagen darf.«

Hugo dankte und gab das Kompliment an Echo weiter. Ihr Gesicht hellte sich auf. Im selben Moment öffnete sich die Tür, der Prüfer rief *Thabisa Sisulu* auf.

»Puh, dann sind wir gleich dran«, murmelte Hugo und rieb nervös seine Handflächen aneinander. »Willow, wurdest du eingeweiht, was hier gleich passiert?«

»Ich ... nein?«

»Dann wird das wohl ein magischer Moment für dich«, sagte er spöttisch und streckte zweimal rasch seine Finger, als würde er Wassertropfen von ihnen verspritzen. Seine Tonlage sank abrupt. »Ich wünsche dir, dass sich Anthony nicht in dir getäuscht hat.«

Willows Kehle zog sich zusammen.

»Das schaffst du schon«, meinte Echo aufmunternd, obwohl Hugo den letzten Satz nicht gebärdet hatte.

»Danke«, entgegnete Willow. Sie schaffte es nicht, ihre Stirnfalte zu glätten, sie musste furchtbar missmutig aussehen. Gleichzeitig erkannte sie ihre Chance. »Hugo, du ... kennst also Professor Morris?«

»Wie so ziemlich alle hier«, kam es steif zurück, während die Tür aufschwang. Er wich der eigentlichen Frage aus, indem er sich auf die Oberschenkel klopfte, was Echo sofort als Zeichen zum Aufbruch verstand. Willow wünschte viel Erfolg und sah den beiden nach. Sie war keinen Deut klüger geworden und hatte stattdessen Angst vor der Prüfung dazugewonnen. Höhnisch gratulierte sie sich zu dieser Leistung.

Gleichzeitig fiel ihr auf, dass die Geprüften nicht zurückkehrten. Was mussten sie überhaupt vorführen? Willow erinnerte sich nur zu gut an die Prüfungen bei Anthony, insbesondere die mündlichen. Er hatte sie nie vorbereitet, keinen einzigen Hinweis gegeben – trotz ihrer guten Beziehung, und das hatte sie bis heute als richtig empfunden. Anthony betonte oft, dass sie auf ihre Intuition und ihr Wissen vertrauen sollte, das sei ihre größte Stärke. Bei diesem Gedanken hoffte Willow, dass zumindest ihr schriftlicher Teil auf diese Weise überzeugen könnte. Oder sie würde unwissend zurück nach Dublin radeln.

Allmählich verschwanden die anderen Anwärter aus dem Flur, bis nur noch Willow übrig blieb. Sie beschloss, ihre Beine zu strecken, und lief ein wenig umher, blickte aus dem Fenster auf die See. Dieses Mal schien es besonders lange zu dauern, bis sich die Tür erneut öffnete. Als sie es tat, lächelte Mr Byrne.

»Miss Farley«, sagte er hart. »Ich wünsche viel Erfolg.«

Sie nickte und folgte ihm hastig in einen vertäfelten Tanzsaal mit hohen Decken und drei Kristalllüstern unterschiedlicher Größe. Mr Byrne verbeugte sich leicht und verließ den Saal auf der gegenüberliegenden Seite durch eine angelehnte Tür, die er hinter sich zuzog. Schwere Luft umfing Willow, der Geruch kam ihr bekannt vor. Schwefel? Links neben der Tür erstreckte sich eine Fensterreihe mit feingliedrigen Ornamenten, der Himmel war gewohnt grau. Davor befand sich ein langer Tisch, der sie an einen Gerichtssaal erinnerte. Vier Personen saßen daran, und einer von ihnen schien sich größte Mühe zu geben, seine Bekanntschaft mit Willow zu verbergen.

»Hallo«, grüßte sie und löste rasch den Blick von Anthony.

Ganz links nickte ihr Professor Joseph Archer zu, den sie nur als Witzfigur aus dem Fachbereich Pharmazie am Trinity College kannte. Im Gegensatz zu sonst wirkte er jetzt allerdings hellwach, mit klaren Augen und seiner nachdenklichen Hand am Kinn. Seine dünnen, weißen Haare waren von der linken auf die rechte Seite gekämmt worden und spannten einen Bogen über seinen kahlen, fleckigen Kopf. An seiner Brust trug er ein winziges blaues *Armas na hÉireann,* das irische Wappen mit der Harfe, sowie einen goldenen Pin in Gestalt eines Schmetterlings.

Neben ihm thronte eine Frau, die vielleicht Mitte vierzig war. Auf ihrer Nase ruhte eine Brille mit perfekten, runden Gläsern. Sie trug einen grauen Rollkragenpullover mit einer schwarzen Perlenkette darüber, die wie aufgefädelter Kaviar schimmerte. Daran hing ein Amulett in Form eines Trauerfalters mit weißen Punkten. Das Lächeln der Frau war hauchdünn und allem Anschein nach nicht an Willow gerichtet. Vor der Prüferin lag ein akkurater Stapel Essays neben einem zusammengehefteten Dokument, dessen Handschrift Willow sofort erkannte. Ihr Hals fühlte sich binnen eines Augenblicks wie zersplittertes Holz an.

Rechts von der Frau saß Anthony Morris, der ihr nur ein flüchtiges Lächeln entgegenbrachte. Er trug dasselbe Sakko wie am Abend der Doktorandenbegrüßung, allerdings hatte er kein Dreieckstuch eingeschoben und sich für ein weißes Hemd entschieden. Seine Finger nestelten an einem gebundenen Notizbuch herum.

Bestimmt ist er enttäuscht, dass ich keine Frage aus der Physik gewählt habe, dachte Willow und begrüßte mit einem steifen Nicken den hochgewachsenen Schwarzen Mann auf der rechten Seite des Tisches. Er trug einen ordentlich getrimmten Bart, und seine lockigen Haare ergrauten bereits, obwohl er nicht viel älter als Anthony sein konnte. Mit dem Maßanzug und der Paisleymuster-Krawatte, auf deren Nadel ein silberner Monarchfalter saß, wirkte er wie ein Geschäftsmann.

»Miss Farley, herzlich willkommen bei Tholeros Kosmos«, sagte die Frau. »Mein Name ist Professor Battaglini, und ich leite diesen Teil des Trinity College Dublin. Die Herren Archer und Morris dürften Sie bereits kennen.«

Willow wusste nicht, ob sie antworten sollte, darum nickte sie nur.

»Ich möchte Ihnen außerdem Professor Dr. Raymond Gunt vorstellen, der nach dem Gelingen der praktischen Prüfung die psychologische durchführen wird.« Willows Nacken verspannte sich allmählich, der Schmerz zog bis in ihren Kiefer.

Professor Battaglini warf einen Blick auf ihre Notizen. »Zu Ihrer Information: Ich habe sämtliche Essays gelesen und das Gremium nach bestem Gewissen über Inhalt und Argumentationsstruktur informiert. Da Sie mit der pythagoreischen Gemeinschaft noch nie in Verbindung standen, steht es Ihnen frei, direkten Einspruch zu erheben.«

Willow nickte. *Pythagoreisch,* also zugehörig zu Pythagoras – das Wort war ihr schon auf dem Flyer aufgefallen. Und wozu ein Einspruch? Wie war es möglich, so viele Seiten in dieser Geschwindigkeit zu erfassen? Nutzte das Gremium künstliche Intelligenz? Allerdings lag nicht einmal ein Laptop auf dem Tisch.

Professor Battaglinis Räuspern ließ Willow zusammenfahren. »Nun aber zu Ihren Texten. Sie haben sich als einzige Person für die Fragen 11 und 21 entschieden, was uns ... erfrischt hat. Warum haben Sie sich für Frage 21 entschieden, Miss Farley?«

Willow zögerte. Das war die Frage über die anderen Fragen gewesen. Derartiges Chaos verführte sie gelegentlich, das lag wohl in ihrer Forscherinnennatur, und dann kam die Scham. Sie räusperte sich. »Im Grunde ... habe ich das im Essay selbst dargelegt. Meine Ausführungen waren Überlegungen und Fragen, die mir beim Nachdenken über die verschiedenen Fragen zugeflogen sind. Mich haben die meisten von ihnen interessiert, und ich wollte ausdrücken, warum das so war.«

Professor Battaglini notierte ungerührt etwas mit einem Füllfederhalter. »Tatsächlich haben Sie viele Gedanken festgehalten, die dem Komitee bei der Erstellung des diesjährigen Fragenkataloges durch den Kopf gegangen sind. Aber um ehrlich zu sein: Professor Morris hatte die Frage als Scherz gemeint.«

Willows Magen zog sich schon wieder zusammen.

»Würden Sie sich als risikofreudig beschreiben?«, fuhr Professor Gunt dazwischen. Die Übrigen warfen ihm einen Blick zu, als würde er die natürliche Ordnung ihres Gremiums stören.

Willow schüttelte sofort den Kopf. »Nein.«

»Würden Sie Frage 21 demzufolge nicht risikoreich nennen?«

»Doch. Das bedeutet aber nicht, dass ich im Allgemeinen nicht gerne auf Nummer sicher gehe.« Willow bemerkte, dass sie die Arme verschränkte, und löste sie sofort wieder voneinander.

»Hm«, bestätigte Professor Gunt nickend. »Welche Frage wollten Sie auf keinen Fall beantworten, Miss Farley?« Er schien wieder dem Plan des Gremiums zu folgen, denn alle Blicke richteten sich nach vorne.

»Ich habe lange über Frage 2 gegrübelt. In meiner Disziplin, der Quantenmechanik, ist Zufall ein zentrales Phänomen. Grundsätzlich kann ich dazu viel sagen, möglicherweise aber zu viel. Das erschien mir risikoreicher als Frage 21.«

Anthony nickte bedächtig, was Willow mit einem gewissen Stolz erfüllte.

»Kommen wir zu ihrer vergleichsweise persönlichen Antwort auf Frage 11.« Professor Battaglini nestelte am Steg ihrer Brille herum. »Können Sie uns bitte erklären, warum Sie auch hier nicht rein wissenschaftlich argumentiert haben?«

Professor Gunt nickte, als wollte er seine Frage von vorhin wiederholen.

»Das war eine rein intuitive Entscheidung«, antwortete Willow und senkte den Kopf, hob ihn aber direkt wieder. »Ich musste an meine Mutter denken, wie Sie ja gelesen haben. Es fühlte sich richtig an.«

Professor Battaglinis Stirn legte sich in winzig kleine Wellen. Missfallen zog ihre Mundwinkel herunter, aber sie sprach nicht.

»Diesbezüglich sind wir uns nicht einig, müssen Sie wissen. Wir haben so eine Begründung bereits befürchtet.« Professor Archers keuchende Stimme hatte Willow schon immer Unbehagen bereitet, aber heute lief es ihr kalt den Rücken herunter. »Wissen Sie, Miss Farley, derart emotionale Herangehensweisen sind nicht unbedingt das, was wir bei Tholeros Kosmos suchen.«

Nervös verschränkte Willow ihre Hände ineinander, erkannte aber aus dem Augenwinkel, dass Professor Gunt widersprechen wollte.

Professor Battaglini schnalzte mit der Zunge. »Zu der Beantwortung von Frage 21 müssen wir ebenfalls sagen, dass Ihre Antwort zwar genau jene war, die wir erwartet haben, aber leider auch nicht mehr als das.«

Willows Wangen prickelten, als das Blut aus ihnen wich. Unangenehme Stille eroberte den Raum. Sollte sie etwas sagen? Wäre ihre Zunge dazu überhaupt in der Lage? Sie klebte wie Pappe an ihrem Gaumen.

»Wir benötigen jedoch dringend eine Physikerin und Mathematikerin. Ihr Mentor hat uns versichert, dass Sie über herausragende Expertise in Ihrem Fachbereich verfügen«, fuhr Professor Battaglini fort. Anthony nickte mit einer knappen, entschiedenen Bewegung. »Trotzdem fällt uns die Entscheidung nicht leicht, da wir zahlreiche Bewerberinnen und Bewerber haben und nur wenige Plätze pro Jahrgang bereitstellen können.«

»Vier«, betonte Professor Archer. »Die vollkommene Zahl. Und wir haben alle Plätze bereits mit Studierenden besetzt, die hervorragende essayistische und magische Fähigkeiten besitzen.«

Was? »Magische Fähigkeiten?«, wiederholte Willow und kniff verwirrt die Lippen aufeinander. Hatte sie sich verhört?

»Ja«, sagte Anthony mit Nachdruck. Er senkte seinen Kopf und musterte sie eingehend. »Tholeros Kosmos untersucht die Dunkle Ordnung, die Gesetze der Magie, und ist ein Institut, das vor der Öffentlichkeit verborgen bleibt. Zunächst. Von außerhalb darf sich nur bewerben, wer bereits familiäre Verbindungen zu uns hat oder unsere Flyer sehen kann.«

»Darauf war aber keine Rede von Magie«, entgegnete Willow, während sich ihre Kehle verschnürte.

»Bitte halten Sie Ihre Überraschung kurz oder verschieben Sie diese auf nachher«, bat Professor Battaglini kopfschüttelnd.

»Also ... soll ich jetzt *was* genau tun?«, fragte Willow und schaute zur Tür. Konnte sie sich einfach ihren Rucksack schnappen und von hier verschwinden? Am liebsten wäre sie zwischen den Rillen des Parketts versickert.

»Sie zeigen uns Ihre Magie. Keine Sorge, nicht alle, die sich heute hier bewerben, sind diesbezüglich informiert und vorbereitet.« Anthonys warmer Tonfall erinnerte sie an Besprechungen in seinem Büro, bei einer Tasse Tee und Shortbread. Der Gedanke, sich vor ihm zu blamieren, ließ Willows Magen rebellieren.

»Wir haben die Formeln für drei absolute Basis-Effekte für Sie notiert.« Professor Battaglini rückte ein Blatt Papier wenige Millimeter in Willows Richtung und forderte sie mit einem Kopfnicken auf, es abzuholen. Während sie vortrat und danach griff, legte Professor Archer drei Gegenstände auf den langen Tisch: ein leeres Trinkglas mit einem Fetzen Papier darin, ein rechteckiges Stück Kupferblech in einer Halterung sowie einen Bleistift, den der Professor aufrecht hinstellte.

»Führen Sie eine der drei Formeln aus«, sagte er. »Entscheiden Sie sich für eine und lesen Sie sie mit absoluter Konzentration durch. Dabei müssen Sie imaginieren, dass die Formel Realität wird. Ihr Ziel lautet, den Fetzen Papier anzufeuchten, das Kupferblech leicht zu erwärmen oder den Bleistift umfallen zu lassen. Sie dürfen dafür bis auf einen Meter an die Versuchsanordnung herankommen.«

»Die anderen haben hier also *Magie* gewirkt?«, entgegnete Willow matt, ohne das Papier anzuschauen.

»Nicht alle. Nur die Begabten unter Ihnen.« Professor Battaglini warf einen Blick auf ihre feingliedrige Armbanduhr.

»Aber ... wenn Ihre vier Plätze schon vergeben sind, warum bin ich dann noch hier?«

»Niemandem wurde der Platz final versprochen. Die Geschwindigkeit, die für ein Essay benötigt wird, ist nicht unbedingt relevant in Bezug auf die Qualität.« Dabei sah Professor Battaglini direkt in Willows Augen, als wollte sie ihr mitteilen, dass ihre Geduld allmählich zu einem Ende kam. »Darum werden wir auch Ihnen eine Chance geben. Jetzt lesen Sie die Formeln.«

Das Gremium schaute sie an. Nicht erwartungsvoll, aber auch nicht gelangweilt. Sie hatten offenbar genug Magie gesehen, waren zufrieden mit ihrer Selektion. *Gut so,* dachte Willow, dann konnte sie trotzdem bei Anthony promovieren. Alles würde so sein wie früher. Aber warum fühlte sich das plötzlich nicht mehr wie eine Alternative an? Sie hatte nur den Vorhang eines Theaters gesehen, das ein unerhörtes Stück aufhören würde. Und doch reizte es sie. *Magie.* War sie so wie in den Büchern und Filmen? *Magie.* Etwas, das gar nicht existieren durfte, das Material für Tagträume. *Magie, Magie, Magie.*

Willow holte tief Luft und hob den Zettel.

Die drei Formeln waren keine lateinischen Wortklaubereien, die magisch klangen und mit viel Tenor vorgetragen werden konnten. Zuoberst stand eine Berechnung von Wärmeentwicklung auf einem Kupferstück, Willow erkannte die Einheiten und Operatoren. Durch Anthony, der sich auf Physikalische Chemie spezialisiert hatte, verstand sie mehr davon, als ihr für gewöhnlich lieb war. Trotzdem fühlte sich ihr Kopf an, als würde darin Beton aushärten. Wie sollte sie sich auf etwas konzentrieren, das sie nicht vollständig verstand? Auch die Formel für den umfallenden Bleistift eröffnete sich ihr nicht, aber dieses Mal lag das an dem trüben Schleier vor ihren Augen.

»Ich ... ich weiß wirklich nicht, was ich tun soll«, gestand sie leise, während das Wort *Magie* in ihrem Kopf herumspukte. Willow dachte an Hugos letzte Gebärde – wie ein Zauberer, der Funken sprühen ließ. Er hatte es gewusst, hatte von

Magie gesprochen. Es war ihr nur wie eine exzentrische Geste vorgekommen, dabei war sie all die Zeit abgelenkt von ihren eigenen Gedanken gewesen. Vermutlich hatte sogar die Heide auf den Felsen mitbekommen, dass es bei Tholeros Kosmos um Fähigkeiten ging, die Willow als Einzige hier nicht besaß. Und jetzt war sie nicht einmal in der Lage, diese beschissenen Formeln zu lesen.

Allmählich bebte ihr Kinn, Druck baute sich in ihrem Gesicht auf. Sie verbot sich, zu weinen, wollte nicht *diese* Person sein. Vor allem nicht vor Anthony. Und auch nicht vor Professor Battaglini, die nur darauf zu warten schien, dass Willow aus dem Raum stürmte. Dennoch spürte sie einen Tropfen auf ihrer Wange. Es war zu spät. Der nächste Tropfen benetzte die andere Wange. Sie stutzte, als etwas auf ihren Handrücken fiel. Professor Archer fuhr sich ins Gesicht und hob den Blick zur Decke. Plötzlich rauschte der Raum, Regen prasselte auf das Parkett, die Papiere und die Prüfer. Professor Battaglini quietschte, während Professor Gunt von seinem Stuhl aufsprang. In dem Glas trieb der weiße Fetzen wie ein Floß im Sturm.

Willow drehte ihre Handflächen nach oben, ließ die Tropfen darauf zerplatzen. Hatte sie das bewirkt? Rasch wischte sie die echte Träne aus ihrem Augenwinkel und sah zu Anthony. Sie erwartete ein erleichtertes Lächeln, vielleicht sogar etwas Stolz. Stattdessen riss er seine Augen auf, als stünde er vor Gevatter Tod.

Die Täuschung der Metis

»Glaube – und sinke nicht!
Zweifle und gehe unter.«

Ada Lovelace

»Lassen Sie es aufhören, Miss Farley!«, verlangte Professor Battaglini, mehr fauchend als rufend. Willow zuckte zusammen, und im nächsten Moment versiegte der Regen. Der Boden schimmerte, alle waren durchnässt. Professor Archer zog Willows tropfende Texte vom Tisch und hob sie vorsichtig an.
»Sie hat ungeheures Potenzial«, begann Anthony sofort. »Sie müssen mir da zustimmen! Roh, aber definitiv formbar.«
Professor Archer runzelte die Stirn, auf der seine Haare klebten. »Miss Farley ist womöglich auf einem Niveau mit Mr Flanagan oder Miss Houdin. Ihre Magie ist ... diffundierend. Müsste man besser bündeln.«
Gunt räusperte sich. »Wenn ich dazu etwas sagen dürfte ...«
»Miss Farley, verlassen Sie den Raum«, verlangte Professor Battaglini und deutete auf jene Tür auf der rechten Seite, durch die Mr Byrne eben verschwunden war. »Wir rufen Sie wieder herein, also bleiben Sie in Hörweite.«

Willow stieß sich den Unterarm an der Türklinke. In ihren Ohren rauschte der Regen weiter. Was war da gerade passiert? Und war es ... gut? Anthony war eindeutig erschrocken. Und er hatte sie bestimmt weinen sehen, das ganze Gremium hatte das.

Beschämt betrat sie ein rundes Zimmer, das Teil des Turmes zu sein schien, den sie auf der Herfahrt erspäht hatte. Ein hohes Fenster zeigte die rötlichen Felsen und einige Wolken. Das Zimmer war eine Art Zwischenstation auf einer großen Wendeltreppe. Unter ihren Stufen verteilten sich Ledersessel mit Beistelltischchen, auf denen jeweils eine bernsteingelbe Bankerlampe stand. Alle vier Anwesenden starrten Willow an, sie hielten dampfende Tassen in der Hand. Kaffeegeruch. Erschöpfung drückte die Luft zusammen. In ihrer Versteinerung glichen sie den Büsten des Long Rooms.

Hugo hob jedoch anerkennend seine Tasse und schien sich einen Kommentar über Willows Zustand zu verkneifen. Erst jetzt begriff sie, dass alle übrigen Anwärter Tholeros Kosmos verlassen hatten. Echo hatte es offenbar geschafft, George Doherty ebenfalls. Dann war da noch eine junge Frau mit hochgesteckten Locken, die wie Obsidian schimmerten. Ein goldenes Septum-Piercing hob sich wie ein Halbmond von ihrer dunklen Haut ab.

Hugo schüttelte plötzlich lachend den Kopf, stellte seine Tasse auf den Boden und trat zu einer Tür zu Willows Rechten. Ein Messingschild mit zwei Piktogrammen hing daran.

»Hey, Evan«, rief er. Anstatt seine Hand zu heben, klopfte er melodisch auf die untere Türhälfte. »Bring doch mal bitte ein paar Tücher raus.«

Einen Moment später schob sich ein kränklich wirkender Blondschopf durch den Türspalt. Er trug ein übergroßes Flanellhemd, Jeans und ausgetretene Chucks. Auf dem Arm hielt er ein graues Handtuch, das er Willow reichte.

»Geht es dir besser?«, fragte George ihn vom anderen Ende des Raumes. Evan nickte kaum merklich.

»Sehr schön. Hier muss niemand umkippen, weil er oder sie das erste Mal Magie verwendet«, meinte Hugo und musterte wieder Willow. »Und wie geht es dir? Man könnte behaupten, dass du das Komitee ganz schön nassgemacht hast.«

Niemand lachte. Willow konnte nicht einschätzen, warum alle so starrten.

»Ich weiß nicht, was passiert ist. Es hat einfach angefangen, zu regnen. Monsunartig. Ist das gut?«

Hugo verschränkte die Arme. »Zumindest grübeln gerade vier Leute in diesem Raum darüber nach, wo sie das kommende Jahr verbringen wollen, falls du ihren Platz einnimmst.«

»Oh, da kann ich euch beruhigen.« Willow schüttelte den Kopf und versuchte, zu allen Anwesenden Blickkontakt aufzubauen. »Sie fanden meine Antworten in der schriftlichen Prüfung furchtbar.«

In der nun einkehrenden Stille vernahm Willow vier Stimmen aus dem Prüfungsraum, die hitzig diskutierten. Sie hatte Anthony noch nie aufgebracht erlebt – nicht einmal, als ein Kommilitone heimlich geschossene Fotos des Professors mit seinem damaligen Partner im Internet verbreitet hatte. Jetzt drang seine Stimme dumpf, aber unverkennbar zu ihnen durch.

»Hoffentlich darf ich bleiben«, nuschelte Evan und fuhr durch seine struppigen Haare.

»Nach diesem Auftritt müssen sie dich hierbehalten«, meinte Hugo kopfschüttelnd. »Deine Magie ist so dezidiert, dass sie dich selbst umgehauen hat. Das nenne ich badass.«

»Oder schwach«, meinte Evan leise. Hugo tätschelte ihm den Rücken.

Die Diskussion im Prüfungsraum verebbte allmählich. Jetzt sprach nur noch eine scharfe Stimme, Professor Battaglini. Das überlaute Wort *unprofessionell* fiel.

»Das ist ja kaum auszuhalten«, murmelte die Anwärterin mit dem Septum-Piercing und knetete nervös ihre Hände.
»Du bist Willow, oder?«
»Genau«, stimmte sie zu. »Und du bist ...?«
»Thabisa. Bitte keine Spitznamen. Ich sage das lieber direkt.«
»Okay. Freut mich.« Willows Herz raste. Das hier war unangenehmer als der erste Tag an einer neuen Schule. Sie würde nie vergessen, wie es sich anfühlte, vor eine Gruppe aus Siebtklässlern gestellt zu werden, die sich mit jeder Pore der eigenen Pubertät hingab. Der pudrige Geruch nach Deodorant und Vorurteilen. Das Geräusch von Mündern, die gleichzeitig Kaugummi kauten und flüsterten.

Willow versuchte, ihre Schultern zu entspannen. Das hier war weder eine Secondary School in Dublins Irishtown noch das ehrwürdige Trinity College. Woher nahm sie die Gewissheit, dass ihre Furcht angebracht war?

Im nächsten Moment rief Professor Battaglini Willows Namen. Dass niemand die Tür öffnete, verschlimmerte ihr Unbehagen.

»Du musst noch mal rein?«, murmelte Hugo und tauschte einen fragenden Blick mit Evan. Willow brachte ein bedauerndes Lächeln zustande und kehrte in den Saal zurück. Auf ihrem Weg gelang ihr ein tiefer Atemzug, wobei ihr Pullover am Bauch klebte.

Die Kleidung der Gremiumsmitglieder war trocken, alle Haare wie frisch geföhnt und onduliert. Professor Battaglini legte ihre ineinander verschränkten Hände vor sich ab und wartete, bis Willow mittig vor dem Tisch stand.

»Miss Farley, wir hatten nicht genügend Zeit, um uns für oder gegen Sie zu entscheiden. Wir nehmen uns diese Zeit jedoch. Sie werden sich den anderen Prüflingen anschließen und das psychologische Gespräch bei Professor Gunt durchlaufen, während wir weiter beraten. Professor Morris wird sich um Ihre nasse Kleidung kümmern. Wir wünschen Ihnen weiterhin viel Erfolg.« Es war keine umfassende Kenntnis der menschlichen Körpersprache nötig, um ihre Lüge zu erkennen. Trotzdem bedankte Willow sich.

Gebannt sah sie dabei zu, wie Anthony aufstand und den Tisch umrundete. Die Aufmerksamkeit des Komitees löste sich schlagartig von Willow, als wären sie erleichtert darüber, die nasse Gestalt nicht mehr tolerieren zu müssen. Professor Battaglini klemmte mit einem lauten Klacken das gewellte Papier ihres Essays in eine Kladde. Professor Gunt nahm seine Tasse und verließ gemeinsam mit Professor Archer den Raum. Sie murmelten wie ein fernes Gewitter.

»Ist es in Ordnung, wenn ich dich trockne? Dafür muss ich deine Schultern berühren«, fragte Anthony, der plötzlich neben ihr stand.

Willow nickte perplex und zuckte trotz der Vorwarnung zusammen.

»Entschuldige.« Er atmete tief aus. Seine Hände waren heiß wie Kohlestücke, aber er ignorierte Willows hilfloses Zischen. »Das war großartig. Margareta – Professor Battaglini – hat es nicht gefallen, dass du unser Parkett überflutet hast. Trotzdem: sehr eindrucksvoll.«

»Ich habe gar nichts gemacht«, erwiderte Willow und wunderte sich, dass Anthony nicht losließ. Doch allmählich verschwand die Nässe aus den Schichten ihrer Kleidung, Dampf stieg auf.

»Ipso facto bist du ein Naturtalent.« Er bemühte sich um ein Lächeln. »Da wird ein Haufen Arbeit auf uns zukommen. Sei bei Professor Gunt möglichst unverkrampft. Alles andere bemerkt er ohnehin sofort. Versuch trotzdem, ihm so wenig wie möglich zu offenbaren, er vergisst nämlich nie etwas.« Dann senkte er seine Hände. »Es tut mir übrigens leid, dass das so laufen muss.«

»Ich ... wäre für ein paar Antworten dankbar.« Willows Blick huschte zu Professor Battaglini, die sich ihren Unterlagen widmete. Es erschien ihr, als neigte sie beide Ohrmuscheln in ihre Richtung.

»Wir haben auch nicht alle Antworten bekommen, die wir wollten. Dafür aber drei hervorragende für Frage 15«, murmelte Anthony schmunzelnd. »Willow, ich muss los – wir sprechen uns später in Ruhe. Bleib einstweilen bitte ... diskret.«

Sie nickte mechanisch. Ihre Haare klebten nicht mehr im Nacken. Ein simples »Wie?« war nur eine von vielen Fragen, die um Aufmerksamkeit kämpften. Wenn es hier tatsächlich um *Magie* ging, konnte sie wenigstens ahnen, warum Anthony so geheimnisvoll tun musste.

Während sie zu den anderen Anwärtern zurückkehrte, widerstand Willow dem Drang, sich umzudrehen und zu prüfen, ob Professor Battaglini ihr nachsah. Doch wahrscheinlich war die Frau in dieser Hinsicht wie das Regent House.

»Und?«, begrüßte Thabisa sie. »Wie geht es weiter?«

Willow brauchte einen Moment, um sich zu orientieren. Sie zog die Tür hinter sich zu und bemerkte, dass sie gemustert wurde, erneut. Alle waren aus den Sesseln aufgestanden und verteilten sich im Raum, die Tassen auf den kleinen Tischen dampften unbeachtet.

»Sie haben noch keine Entscheidung gefällt.« Für Echo hob Willow die Schultern, was sie gleichmütig erwiderte. Die Übrigen schienen mit dieser Antwort nicht ganz so zufrieden zu sein.

»Müssen wir noch mehr Magie vorführen? Um ehrlich zu sein, meine Konzentration geht zur Neige.« Thabisa sah sich prüfend um, als wollte sie herausfinden, ob sie mit diesem Problem alleine war. Evans kalkweißes Gesicht reichte ihr als Antwort.

»Nein, sie wollen die psychologische Prüfung vorziehen und danach ein Urteil fällen.«

»Ich weiß nicht, ob mich das erleichtert.« Evan lachte nervös. Er sah noch immer aus, als hätte er seit Tagen nicht geschlafen.

»Darf ich fragen, warum es euch nicht kümmert, über so etwas wie Magie zu reden?« Die Worte waren ausgesprochen, ehe Willow über sie nachgedacht hatte. Thabisa musterte sie, als würden sie sich das erste Mal begegnen. George senkte ausweichend den Blick. Hugo und Echo wandten sich einander zu. Schließlich war es Evan, der etwas sagte.

»Nun, die anderen haben einen kleinen Vorsprung uns gegenüber, wie ich eben von Thabisa erfahren durfte. Du hast also auch den Flyer gesehen?«

Willow nickte stirnrunzelnd. »Was meinst du mit dem Vorsprung?«

»Gutes Blut.« Evan sagte das, als würde es genügen. Willow ertappte sich dabei, wie sie ratlos zu Hugo hinüberschaute. Der gebärdete die beiden Worte und schnaubte durch die Nase, als dürfte er nicht über einen Witz lachen.

»Gutes Blut – wie eine bestimmte Blutgruppe?«, hakte Willow weiter.

Evan betrachtete seine Schuhe. »Nein, wie das unverschämte Glück, in eine pythagoreische Familie geboren zu werden.«

»Was genau bedeutet das? Also, Pythagoras kenne ich natürlich.«

»Das Institut Tholeros Kosmos gehört zur antiken Gefolgschaft von Pythagoras, allerdings sind wir natürlich nicht an tik«, antwortete Hugo.

»Ich würde diese Zugehörigkeit übrigens nicht als Glück bezeichnen«, vermeldete George finster. »Die Pythagoreer sind ein Bündnis aus Gleichgesinnten, das es schon etliche Jahrhunderte gibt, aber dieses Institut wurde erst vor einigen Jahren gegründet. Wir arbeiten verstärkt zusammen, um unser Wissen besser zu konservieren.« Er schaute in die

Runde. »Die meisten hier kennen sich schon seit ihrer Kindheit.«

Willow runzelte die Stirn. Und doch hatte Mr Byrne nach der schriftlichen Prüfung Georges Namen nicht gekannt. »Wie groß sind die Pythagoreer?«, hakte sie nach.

»Ein paar Hundert Familien weltweit. Einige sind eher lokale Kleingruppierungen, aber Zentraleuropa trifft sich in Dublin«, erklärte Thabisa.

»Evan und ich sind über den Flyer gekommen ...«

»Ja, da wart ihr nicht die Einzigen«, unterbrach Hugo und hob entschuldigend die Hände, um Willow weitersprechen zu lassen.

»Und die Anwärter, die nicht bestanden haben, sind jetzt wo ...?« Allmählich wurde ihr die Fragerei unangenehm. Wahrscheinlich hatte Evan heute schon mehr als genug Zeit gehabt, die Pythagoreer leerzufragen.

»Dieses Gebäude hat eine besondere Eigenschaft, die in Kombination mit Hülsenfrüchten regelrecht unheimlich wird.« Hugo wippte auf seinen Fußballen. »Wenn du hier welche isst, vergisst du alles, was mit unserer Gemeinschaft zu tun hat. Beim Durchfallen gibt es Snickers. Das gilt natürlich nur für diejenigen, die nicht aus einer pythagoreischen Familie stammen.«

»Das klingt ebenso praktisch wie ausgedacht«, stellte Willow fest, doch alle bis auf Evan schüttelten nun den Kopf.

Echo räusperte sich, damit sie die Aufmerksamkeit erhielt, und hob ihre Stimme, während sie mit den Händen einen Bart imitierte. »Professor Gunt hat dazu eine Menge geforscht: Wer kann überhaupt Magie wirken? Wir haben noch keine definitive Antwort, aber ohne seine Arbeit hätten wir das Flyer-Experiment nicht gestartet, und ihr beide wärt nicht hier«, erklärte sie und deutete auf Evan und Willow. »Schließlich können wir nicht zulassen, dass die Existenz des Instituts im großen Umfang nach außen dringt. Zu gefährlich. Wer den Flyer sieht, kann deswegen nicht darüber sprechen. Mich wundert aber ehrlich gesagt, dass nicht deutlich mehr Leute den Flyer gesehen haben. Oder vielleicht sind sie auch einfach nicht hergekommen, wer weiß das schon? Die Veranlagung zu Magie haben Gunt, Nikhil und ich jedenfalls deutlich höher eingeschätzt.« Nun leuchteten ihre Augen. »Wenn ich aufgenommen werde, befasse ich mich intensiver damit. Bislang war das nur ein Zeitvertreib neben dem Masterstudium.«

Willow zögerte. »Das erscheint mir alles so ... furchtbar chaotisch. Und warum überhaupt *Hülsenfrüchte?*«

Hugo grinste und schaute zu George hinüber, der gehässig die Augen zusammenkniff. »Wenn unser Botaniker dieses Jahr initiiert wird, können wir dieser überaus wichtigen Frage weiter auf den Grund gehen.«

»Achte bitte auf deinen Tonfall«, bat Thabisa und ging einen Schritt in Hugos Richtung, sodass sie die Sicht auf George versperrte.

»Du weißt, dass ich es nur gut meine.«

Willow verstand den plötzlichen Umschwung der Stimmung nicht, aber allem Anschein nach bewarb sich George nicht zum ersten Mal bei Tholeros Kosmos. *Dabei war er doch bei der schriftlichen Prüfung der Schnellste.*

»Hugo, wenn das jetzt das ganze Jahr so weitergeht, wirst du mich kennenlernen«, zischte Thabisa.

Hugo wandte sich an George, wofür er einen Schritt zur Seite gehen musste. »Tut mir leid.«

»Kein Problem.«

»Doch, es ist ein Problem«, meinte Thabisa und drehte sich um. »Als Teil von Tholeros Kosmos übernehmen wir Verantwortung. Eine Menge. Die neue psychologische Prüfung gibt es nicht grundlos. Es ist unsere Pflicht, aufeinander Rücksicht zu nehmen.« Sie schaute erneut zu Hugo. Das Septum-Piercing wackelte, als sie tief Luft holte.

»Diese Prüfung gibt es aber nicht meinetwegen«, unterbrach er sie. Der Schalk war vollkommen aus seiner Stimme verschwunden. »Das kannst du mir nicht vorwerfen. Du warst letztes Jahr nicht hier.«

Essigsaures Schweigen presste sich in das Turmzimmer.

»Es ist wirklich alles gut, wirklich.« George knetete seine Finger und schaute zur Saaltür, die in diesem Moment geöffnet wurde.

»Hier herrscht ja eine hervorragende Stimmung«, stellte Professor Gunt fest. Aus seiner Kaffeetasse stieg Dampf. »Mr Doherty, bitte begleiten Sie mich.« Sein Kopf deutete in den Saal, dann schob er nach: »Und Sie brauchen nicht anstehen, machen Sie es sich bequem.«

George nutzte den Moment, um eilig den Raum zu wechseln. Sobald Professor Gunt die Tür hinter sich geschlossen hatte, wandten sich Thabisa und Hugo voneinander ab. Sie trat ans Fenster, während die Übrigen einen Platz unter der Treppe einnahmen. Auf einmal herrschte wieder das schweigsame Interesse für ihre Getränke. Willow sank in einen der Sessel, und ihre Nervosität gesellte sich hinzu, als wäre sie nie fort gewesen. Hoffentlich bemerkte sie sonst niemand.

»Möchtest du eigentlich auch etwas trinken?«, platzte Hugo in ihre Sorgen.

»Mach dir meinetwegen keine Umstände, danke.«

»Es sind keine Umstände«, entgegnete Thabisa. Sie schaute konzentriert nach draußen und nippte an ihrer Tasse. »Lass ihn sein Kunststück vorführen.«

»Das ist kein Kunststück«, schnaubte Hugo, während Echo nach seinem Oberarm griff und ihn zurück in seinen Sessel drückte. Plötzlich war Hugo verschwunden. Echo seufzte und Willow starrte gebannt auf den leeren Platz.

»Und doch zeigt er es«, murmelte Thabisa.

»Wo ist er hin?«, fragte Willow, ihre Stimme schraubte sich ungewollt hoch.

»Ganz vergessen, möchtest du deinen Kaffee mit oder ohne Milch?« Hugo stand jetzt mitten im Raum.

»Kannst du dich teleportieren?«, japste Willow und schaute sich erschüttert um. Allen anderen schien diese Tatsache nicht neu zu sein, selbst Evan nicht.

»Quasi. Milch oder nicht?«

»... ohne.«

»Fein.« Innerhalb eines Wimpernschlags war er verschwunden, als wäre Hugo nichts weiter als eine Illusion. Er hinterließ einen blassen Funken in der Luft, den Willow beim nächsten Blinzeln verlor.

»Wie kann man nur derart vor Konfrontation davonlaufen?«, knurrte Thabisa und sah erst zu Willow, dann zu Evan. »Seid ein wenig vorsichtig mit ihm. Er ist nett, aber lässt euch im Zweifelsfall ins offene Messer rennen.«

»Ist notiert«, sagte Willow mit einem zweifelnden Lächeln. Hugo kehrte offenbar mühelos zurück und drückte ihr den Kaffee in die Hand. »Danke.«

»Nun frag schon. Ich sehe es dir doch an«, sagte er.

»Na gut.« Sie atmete theatralisch aus. »Welche Röstung?«

Thabisa lachte, während Hugo nur amüsiert schnaubte.

»Okay, also.« Willow atmete langsam aus. »Es gibt ein globales Netzwerk von Instituten, die erforschen, wie *Magie* funktioniert. Richtig?«

»Nee. Nicht ganz. Wir sind das einzige Institut. Schön zentral in Europa, wie es sich gehört.« Thabisas Gesicht verkrampfte in einem höhnischen Lächeln.

»Wäre es nicht besser, mehrere Institute zu gründen? Das hier wirkt auch recht ... klein.«

»Eigentlich ja, aber Tholeros Kosmos ist jung, und wir wissen noch nicht, ob wir Erfolg haben werden.« Hugo nahm einen Schluck.

»Ich dachte, ihr besteht seit der Antike. Wegen Pythagoras.«

»Wie gesagt: Die Pythagoreer schon, und es wird auch schon lange an verschiedenen Orten und in verschiedenen Gruppen geforscht, aber ein zentralisiertes interdisziplinäres

Institut einzurichten, ist eine eher neue Herangehensweise.«
Er überlegte einen Moment. »Wissen geht mit der Zeit ... verloren, verstehst du?«

»Das Institut ist dazu da, um gezielt diesem verlorenen Wissen nachzuspüren«, fuhr Echo fort. »Dafür braucht es sehr ... spezialisierte Fähigkeiten. Aber wer die Prüfung nicht besteht, kann selbstverständlich an seiner bisherigen Forschung weiterarbeiten. Würde ich auch tun, sollte ich nicht bestehen.«

»Aber was können all diejenigen, die bestehen, was die Übrigen nicht können?«, wollte Willow wissen. »Sind sie besonders talentiert oder vertrauenswürdig?«

»Kann man so sagen.« Hugo räusperte sich, als hätte er sich verschluckt. »*Alors*, vielleicht sollten wir nicht weiter über die Prüfung sprechen.«

Willow schaute zu Evan hinüber, der ein Gesicht machte, als hätte er einen seiner eigenen Zähne verschluckt.

Sie verbrannte sich beinahe die Zunge am Kaffee, als Professor Gunt allein in der Tür erschien. Er bat Thabisa zu sich.

»Viel Erfolg«, wünschte Willow, zu leise, um gehört zu werden.

Eine Weile sagte niemand mehr etwas. Echo widmete sich einer zerlesenen Ausgabe von *Alice im Wunderland* und hob in regelmäßigen Abständen den Blick, um ihn direkt wieder zu senken, weil es gerade keine Gespräche gab. Willow dachte über Teleportation nach, anschließend über Aramis, der allmählich hungrig werden musste, und dann konzentrierte sie sich darauf, dass ihr Magen keine Geräusche von sich gab. Gegen einen Schokoriegel hätte sie nichts einzuwenden gehabt, wenn auch ohne Erdnüsse darin. Als erst Echo zusammen mit Hugo und wenig später Evan in den Saal verschwanden, fragte sie sich, ob Professor Gunt gleich mit bedauernder Miene zurückkehren würde, um ihr mitzuteilen, dass sie leider nicht bei Tholeros Kosmos aufgenommen werden konnte. Vielleicht würde sie sich am Abend auf ihrer

Couch wundern, warum sie ohne Aramis eine Fahrradtour nach Howth Head unternommen hatte. Es erschien ihr unsinnig, dass sie das alles vergessen könnte, allerdings hatte sie bislang auch noch nie gesehen, dass sich jemand in eine Küche teleportierte und mit einem erstklassigen Kaffee wiederkam.

Anthony hatte ihr einiges vorenthalten. Diese Gemeinschaft. Geheimnisse. *Magie.* Hätte sie den Flyer schon letztes Jahr sehen können, vorletztes Jahr? Wie lange ahnte Anthony wohl schon, dass sie eine potenzielle Kandidatin für dieses Institut war?

Willow krauste die Stirn. Anthony war nicht von Anfang an ihr Mentor gewesen. Im Bachelor war sie von Professor Pearson begleitet worden, die auch bestens in Willows finanzielle Situation eingeweiht gewesen war und ihr einige Türen in der akademischen Welt geöffnet hatte. Gerade in der Physik klemmten diese Türen oft, wenn eine junge Frau daran zog. Ertappt stellte Willow fest, dass sie lange nicht an Professor Pearson gedacht hatte, obwohl sie ihr so viel verdankte. Kurz nach Willows Bachelor war ihre damalige Mentorin in den Ruhestand gegangen und hatte das Trinity College verlassen. Willow war daraufhin eine Weile allein zurechtgekommen, hatte sich Hilfe bei anderen Studierenden geholt und Freundschaft mit Esther geschlossen.

Etwa zur selben Zeit hatte sich Anthony bei ihr gemeldet. Seine Forschung passte zu Willows, und anders als die übrigen Lehrkräfte schenkte er ihr seine volle Aufmerksamkeit, war dabei nie gehetzt oder genervt. Anthony Morris benahm sich, als hätte er einen Weg gefunden, die Zeit langsamer fließen zu lassen. Und nach dem, was Willow heute beobachtet hatte, schien das durchaus möglich zu sein.

Gemeinsam mit ihm war sie im folgenden Semester nach Deutschland geflogen. Dort waren einige Genies dem experimentellen Beweis von Zeitkristallen nachgegangen, und Willow hatte ihnen helfen dürfen. Die Fördersumme für die

Reise hatte Willow allerdings nicht nur für ihre akademische Leistung bekommen. Anthony hatte in allen wichtigen Gremien seinen Charme spielen lassen. Wenn er nicht gewesen wäre, hätte sie schon für den Flug sparen müssen, und selbst das hätte womöglich nicht gereicht. Mittlerweile waren Anthony und sie so etwas wie Freunde, obwohl Willow natürlich klar war, dass es in der Beziehung zwischen Professor und Studentin eine feine, aber klare Linie des Vertretbaren geben musste. Von Anfang an hatte es immer wieder Gerüchte über sie beide gegeben. Sein Alter und Aussehen befeuerten das nur. Dass sie vor anderthalb Jahren Harry kennengelernt hatte, hatte daran gar nichts geändert. Da an den Gerüchten aber nach wie vor nichts dran war, hatte Willow schließlich beschlossen, das Geplapper zu ignorieren. Bis heute tauschten sie und Anthony Schallplatten mit den Kompositionen von Jean Sibelius, schickten sich Physik-Memes und gingen regelmäßig zusammen Kaffee trinken, um über aktuelle Projekte zu sprechen. Er wollte unbedingt ihr Doktorvater werden, und dafür hatte sich Willow mehr als genug vorbereitet. Zumindest bis auf den Teil mit der Magie.

Nun tänzelte die Unruhe in ihrer Magengrube und drehte Pirouetten, ließ die Wände zittern. Sie verstand das alles nicht. Je mehr Willow darüber nachdachte, was in den letzten Tagen passiert war und noch immer geschah, desto verlorener fühlte sie sich. Wie gingen normale Menschen damit um, wenn sie erfuhren, dass es angeblich so etwas wie Magie gab? Oder war sie nur Teil einer Testgruppe, der die Existenz von Magie suggeriert wurde? Willow konnte nicht genau sagen, ob der Regen im Raum tatsächlich von ihr ausgelöst worden war. Andere Menschen in ihrer Lage hätten vermutlich Pläne geschmiedet, wie sie diese Magie für sich nutzen konnten. Bis sie ihnen den Kiefer brach. Zumindest war es logisch, dass diese Medaille eine Kehrseite besaß, warum sonst würde man sie vor der Öffentlichkeit zurückhalten?

Willow schmunzelte verächtlich. Nein, das war eine absurde Frage. Die Menschheit hatte seit dem Turmbau zu Babel bewiesen, dass man ihr keine Geheimnisse anvertrauen konnte.

Jetzt öffnete sich die Tür. Willow brauchte einen Moment, um sie nicht nur zu bemerken, sondern auch ihre Bedeutung zu verstehen. Professor Gunt lächelte geschmeidig, seine Augen blieben starr.

»Miss Farley, jetzt haben wir es gleich hinter uns. Kommen Sie bitte herein.«

Drinnen war der lange Tisch verschwunden und zwei Armsesseln gewichen, die am Fenster auf sie warteten. Der ansonsten leere Raum verursachte ein nervöses Ziehen in ihrem Nacken, als würde eine unsichtbare Gestalt in der Ecke stehen und sie beobachten. Sie setzte sich auf den Sessel, zu dem Professor Gunt deutete, und wusste nicht, ob sie die Beine übereinanderschlagen und die Hände verschränken sollte. Er musterte sie aufmerksam, bevor sie sich entschieden hatte.

»Machen Sie es sich einfach bequem. Waren Sie schon einmal bei einem Therapeuten oder waren Teil einer psychologischen Studie?«

»Dürfen Sie mich so etwas fragen?«

»Natürlich. Sie müssen mir aber nicht antworten.«

Willow überlegte einen Moment. »Nein.«

Professor Gunt hob eine Augenbraue. »Nein«, wiederholte er.

Willow vermisste ein Klemmbrett in seinen Händen, eine Art Liste, die er abarbeiten wollte. Was genau sollte diese Prüfung bezwecken?

»Wir nutzen dieses Gespräch für alle Bewerberinnen und Bewerber, die uns überzeugt haben«, erklärte er wie auf einen geheimen Befehl hin. »Miss Farley, wenn Sie angenommen werden und einmal das Gefühl haben, mit jemandem im Vertrauen sprechen zu müssen: Kommen Sie einfach zu mir. Das akademische Leben ist hart, und wir haben hier die Kapazitäten und oft auch die Gelegenheit, Probleme früh anzusprechen. Die Zeiten, in denen Überarbeitung glorifiziert wird, sind leider noch nicht vorbei. Wir denken aber, dass sich dieses Angebot lohnen wird.«

»Tut mir leid, dass ich Sie unterbreche, aber ...« Sie zögerte.

»Sprechen Sie es ruhig aus. Sie wären nicht die erste Person, die fragt.«

»Nun, es scheint einen Grund zu geben, warum wir hier sitzen. Ich habe gehört, dass eine psychologische Prüfung früher nicht nötig war, stimmt das?«

»In der Tat. Es gab im vergangenen Jahrgang einen Vorfall, der Sie aber bitte nicht verunsichern soll.« Professor Gunt runzelte die Stirn. »Gleichzeitig ist meine Aufgabe, Sie mental darauf vorzubereiten, was demnächst auf Sie zukommen könnte. Und dafür möchte ich Ihre psychische Widerstandskraft messen. Keine Sorge, Sie bekommen das nicht mit.«

Keine Sorge? »Ich muss jetzt aber nicht von meiner Kindheit erzählen, oder?«

»Dieses Gerücht hält sich hartnäckig. Nein, müssen Sie nicht.« Er lächelte vage. »Sagen Sie übrigens sofort, wenn ich Ihnen zu nahe trete.«

»Was würde denn passieren, wenn ich gar nichts sage? Indirekt bin ich trotzdem in der Pflicht, Ihnen zu antworten.« Ihr Widerstand überraschte Willow selbst, trotzdem wollte sie nicht zu einer Offenheit gezwungen werden, zu der sie nicht bereit war.

Professor Gunt lächelte mit der Geduld eines Mannes, der diesen Dialog Dutzende Male geführt hatte. »Psychologinnen und Psychologen haben keine Wunderkräfte, mit denen sie das Innere eines Menschen sofort und vollumfänglich erfassen können. Ich möchte aber ehrlich mit Ihnen sein: Ich bin eine Art Stressdetektor für das gesamte Institut. Ich kann schon beim Betreten des Foyers abschätzen, wie viele Menschen sich in unserem Gebäude aufhalten und wie es ihnen geht. Wenn Ihre anfängliche Nervosität verflogen ist, erhoffe ich mir ein klares Bild.« Er lächelte freundlich, während Willow ihre einprasselnden Gedanken ignorierte, um möglichst wenig gestresst zu wirken. Professor Gunt schien das zu merken, seine Nasenflügel weiteten sich vergnügt. »Dann frage ich mal anders. Miss Farley, was tun Sie, um Stress abzubauen? Gibt es da etwas?«

»Früher einmal Aikido«, antwortete sie und spürte sofort, was ihr Gegenüber sagen wollte, kam ihm zuvor. »Ich habe wegen der Masterarbeit pausiert, aber sie hat mich nicht sehr gestresst.« *Warum lüge ich?*

»Warum lügen Sie?«, fragte Professor Gunt. »Es ist nicht schlimm, eine förderliche Tätigkeit kurzzeitig zu unterbrechen. An einer Masterthesis zu arbeiten, ist eine Sondersituation, und viele empfänden es als falsch, wenn sie dabei nicht unter Druck stehen würden. Tholeros Kosmos ist jedoch eine ständige Herausforderung. Sie würden hier zwar keine Prüfungen mehr schreiben, aber aktiv forschen. Unsere Anforderungen sind hoch und können an den persönlichen Kräften zehren. Nein, streichen wir das Modalverb. Sie zehren tatsächlich. Würden Sie Ihr Training wieder aufnehmen, bevor Sie unter Stress stünden?«

»Womöglich«, entgegnete Willow unsicher. »Ich lese auch gerne oder gehe mit dem Hund Gassi.«

»Sie haben einen Hund?«

»Mein Freund hat einen. Ich passe aber meistens auf ihn auf, wenn er im Ausland ist. Ein Beagle. Könnte ... könnte ich ihn wohl herbringen, wenn ich hier anfangen sollte?«

»Wenn er sich benimmt und stubenrein ist, sicherlich. Aber nehmen Sie mich nicht beim Wort, Professor Battaglini hat in solchen Fragen die Entscheidungsgewalt.«

Willow schloss den Mund ungewohnt fest und unterließ einen Kommentar.

»Zurück zum Thema«, sagte Professor Gunt. »Sie verpflichten sich als Teil von Tholeros Kosmos, einer ausgleichenden Tätigkeit nachzugehen. Sei es ein Buchclub, die gerade entstehende Theatergruppe von Mr Thibault oder jedwede sportliche Betätigung. Wir haben auch eine Gemeinschaftsküche, einen Waschraum und einige recht gut versteckte Ruhebereiche.«

»Das klingt ein wenig, als müsste ich hier einziehen?«

»Sie *müssen* nicht, Sie können. Glauben Sie mir, des Busses nach Dublin werden Sie schnell überdrüssig. Ein Zimmer bekommen Sie hier so oder so, egal, ob sie darin wohnen oder nicht. Es stellt auch Ihr Büro dar.« Er kniff neugierig die Augen zusammen, sodass kleine Krähenfüße hervortraten. »Warum wollen Sie Teil von Tholeros Kosmos werden?«

Willow dachte an Anthony, der sie im Long Room aufsuchte. Sein eigenartiges Verhalten bei der Begrüßungsfeier. Das schwarze Papier mit den weißen Buchstaben.

»Wissenschaftliche Neugierde«, sagte sie.

Professor Gunt wartete unangenehm lange, ob sie noch etwas hinzufügte. Aber was wollte er hören? Die Erinnerung an Anthonys flehendes Gesicht ließ Willows Puls in die Höhe schnellen. Warum war er so nervös gewesen? Durfte sie womöglich nicht über seine Bitte sprechen? Vielleicht war es eine dumme Idee gewesen, herzukommen. Andererseits ahnte sie, dass sie den Flyer niemals ignoriert hätte.

»Haben Sie noch akut Fragen an mich, Miss Farley?«

Willow hob den Blick und suchte erfolglos in Professor Gunts Gesicht nach Unzufriedenheit.

»Tausende.« Sie zögerte. »Aber vermutlich keine, wegen denen Sie hier mit mir sitzen.«

»Anthony hat eine gute Menschenkenntnis.« Professor Gunts Blick trieb durch den Saal, als hätte er kurz vergessen, wo sie sich befanden. »Sie sind mir sympathisch. Ich wünsche Ihnen viel Erfolg, Miss Farley.« Er faltete seine Hände über den Knien. »Bitte kehren Sie in den Raum zurück, in dem die schriftliche Prüfung stattgefunden hat. Wir sehen uns gleich dort. Teilen Sie den anderen Bewerberinnen und Bewerbern gerne mit, dass ich mein Kollegium hole.«

War es das schon? Willow hatte sich diesen Teil der Prüfung länger vorgestellt. Oder bildete sie sich ein, dass die anderen mehr Zeit hier verbracht hatten? Sie verabschiedete sich mechanisch von Professor Gunt, der in seinem Sessel sitzen blieb und ihr nicht nachsah.

Auf dem Flur verharrte Willow einen Moment vor dem Kursraum und bereitete sich auf die neugierigen Blicke vor. Beim Eintreten wurde sie von ihnen verschont. George, Thabisa, Echo, Evan und Hugo sahen nur kurz hoch, nickten.

»Das Gremium kommt gleich zu uns«, verkündete sie halblaut. George und Evan reagierten, indem sie die Arme verschränkten. Willow setzte sich zurück auf den Platz, an dem sie über den Fragen gegrübelt hatte, und wartete ab. Die Stille gaukelte ihr vor, allein zu sein.

Zum Glück ließ das Gremium nicht lange auf sich warten. Zuvorderst trat Mr Byrne ein. Die Professoren Archer, Battaglini, Gunt und Morris bauten sich schweigend vor der Tafel auf. Die Leiterin des Instituts hielt einen Zettel zwischen spitzen Fingern.

»Zunächst möchte ich Sie noch einmal alle gemeinsam begrüßen«, begann sie mit einem ungewohnten Lächeln. »Das Institut Tholeros Kosmos bemüht sich, jedes Jahr eine sorgfältige Vorauswahl zu treffen. Von all den hervorragenden Kandidatinnen und Kandidaten sind Sie übrig. Einige haben die intellektuellen Kapazitäten nicht vorbringen können, andere scheiterten an der Dunklen Ordnung. Wir sind positiv überrascht, dass auch zwei Joker in die Endauswahl gerutscht sind.« Willow fühlte sich angesprochen, obwohl niemand zu ihr schaute. »Ich verkünde nun den neuen Jahrgang von Tholeros Kosmos.«

Willows Puls beschleunigte sich so rapide, dass Schatten über ihre Augen huschten. Anthony würde sie bei sich promovieren lassen, das hatte er ihr versprochen. Aber offenbar kratzte ihre Forschung nur an der Oberfläche, wenn sie die *Gesetze der Magie* nicht kannte. Wie sollte sie je die Geheimnisse des Universums erforschen, wenn ihre eigene Universität sie daran hinderte? Wenn es Dinge gab, die sie sich bis heute nie erträumt hätte? Sie wollte wissen, was möglich war. Wie sie die Physik bereichern konnte, falls ein Joker ins Kartendeck gemischt wurde.

»Mr Charles George Doherty, wir freuen uns, einen herausragenden Botaniker bei uns begrüßen zu dürfen. Sie haben sich auf beeindruckende Weise mit Frage 1 beschäftigt und zudem bewiesen, dass Sie ein Gespür für die Herausforderungen des Klimawandels besitzen. Herzlich willkommen.«

Der Raum applaudierte – bis auf Hugo, der für Echo gebärdete. Willow drehte sich lächelnd zu George um, sein Gesicht lief vor Überraschung rot an. Frage 1 war die über die Bedeutung des Todes gewesen, daran erinnerte sie sich noch.

Die Stille kehrte abrupt zurück. Willow musste unwillkürlich an die langen Oscarnächte denken, die sie mit einem schlafenden Harrison an ihrer Seite verfolgt hatte. Selbst den besten Schauspielern fiel es manchmal schwer, in Anbetracht einer Enttäuschung das Gesicht zu wahren. Panik nistete sich in ihrem Brustkorb ein, klopfte gegen ihre Knochen. Willow hatte gerade erst erlebt, wie es war, nicht aufgerufen zu werden. Würde es dieses Mal schlimmer sein?

»Miss Florence Houdin – Echo –, wir freuen uns außerordentlich darüber, Sie in den Reihen von Tholeros Kosmos begrüßen zu dürfen und werden uns Mühe geben, Sie in Ihrer neurobiologischen Forschung zu unterstützen. Bitte zögern Sie niemals, uns auf Probleme anzusprechen.« Professor Battaglini blickte streng in die Runde. »Es sollte selbstverständlich sein, dass wir auf Echo achten. Auf ihren eigenen Wunsch hin nutzen Sie ab sofort den von ihr gewählten Namen. Echo, herzlich willkommen.«

Echo schaute sich um und gestikulierte mit zittrigen Händen. Ihre Lippen brachten nur ein aufgeregtes Krächzen hervor.

»Sie dankt euch und freut sich, diese Chance zu bekommen«, sagte Hugo breit lächelnd. »Sie bittet außerdem darum, nicht wie Glas behandelt zu werden.«

Willow konnte nicht anders, als gemeinsam mit Echo zu strahlen. Welche Forschung sie wohl betrieb? Eigentlich war sie auch neugierig darauf, welche Fragen sie in der schriftlichen Prüfung beantwortet hatte, aber Professor Battaglini fuhr bereits fort.

»Miss Thabisa Sisulu, als Kosmologin haben Sie beeindruckende Sichtweisen über Literatur verschriftlicht, die gleichzeitig ihre fachspezifischen Stärken betont haben. Von Professor Gunt soll ich auch ein Lob ausrichten. Herzlich willkommen bei uns, Miss Sisulu!«

Die Freude füreinander schien nur lauter zu werden – kein Wunder, denn die Erleichterung verdrängte den Neid. Willow spürte ihre Hände kaum noch. Ihre Arme wurden allmählich schwach und schwer, als lägen sie in Fesseln. Sie sah zu Evan hinüber, der das Kinn auf seinen Brustkorb presste und auf seine verschränkten Finger starrte. Als sein Name fiel, erinnerte sich Willow nicht rechtzeitig an ihr Lächeln.

»Mr Evan Flanagan, Sie haben unsere Ausschreibung gesehen und viel Mut bewiesen, indem Sie heute hergekommen sind. Ihre Essays über den Klimaschutz und die Rechte der Natur flossen nahtlos ineinander, dazu an dieser Stelle erneut unsere Hochachtung. Als Meteorologe warten viele Aufgaben auf Sie. Herzlichen Glückwunsch und willkommen!«

Während Professor Battaglinis Worten breitete sich Unglaube auf Evans Gesicht aus. Unwillkürlich stimmte Willow in den Applaus ein und spürte, dass sich die Augenpaare nach und nach auf sie richteten.

»Miss Willow Dorothea Farley, Sie wären Nummer fünf. Das Institut vergibt jährlich nur vier Plätze. Aufgrund ihres beeindruckenden Auftritts und ihrer bisherigen wissenschaftlichen Arbeit werden wir diese Regel aussetzen. Enttäuschen Sie uns nicht.«

Prometheus in Ketten

*»Jetzt ist nicht der Zeitpunkt,
sich neue Feinde zu machen.«*

Voltaire

Enttäuschen Sie uns nicht. Willow wusste nicht, ob sie sich freuen sollte. Die anderen Studierenden, die nun für sie klatschten, hatten sich anscheinend lange darauf vorbereitet, herzukommen. Sie wussten, was Tholeros Kosmos war. Dass Magie existierte und wie man sie nutzte. Etliche andere hatten das Institut verlassen, womöglich enttäuscht oder wütend. Und sie sollte jetzt einfach hierbleiben dürfen?

Professor Battaglini kündigte knapp an, dass *Lloyd* – Mr Byrne – den neuen Jahrgang herumführen würde. Das Gremium verabschiedete sich zügig und wollte bei einem Mittagssnack wieder zu ihnen stoßen. Willow kam das alles furchtbar normal vor, als wäre dies ein beliebiges Institut des Trinity College. Womöglich war Tholeros Kosmos für die anderen genau das.

Bevor Anthony den Kursraum verließ, blickte er flüchtig über seine Schulter. Sein Lächeln für Willow war kaum mehr als ein Schatten. Sie musste dringend mit ihm sprechen.

»Willow, meinen Glückwunsch!« Thabisa erschien plötzlich vor ihr. »Ich wusste gleich, als ich deine klatschnasse Kleidung gesehen habe, dass du aufgenommen wirst. Da führte gar kein Weg dran vorbei.«

»Danke, und natürlich auch Glückwunsch an dich!« Willow atmete durch. »Ich bin froh, dass niemand von uns aus dem Gebäude geführt werden muss.«

»Ein Freund von mir hat es leider nicht geschafft, ich weiß aber noch nicht, warum. Und mein kleiner Bruder wurde nicht einmal eingeladen«, meinte Thabisa achselzuckend. »Allerdings hat er seine letzte Klausur vergeigt und noch keinen Master. Da ist das magische Talent auch egal. Nächstes Jahr dann.«

»Was studiert dein Bruder?«, fragte Willow, mehr aus Höflichkeit als aus ehrlichem Interesse. Ihre Gedanken glichen einem Wollknäuel.

»Physik, Schwerpunkt Quantenmechanik.« Thabisa lachte glockenhell. »Er ist das Gegenteil zu mir.«

»Witzig, ich habe auch Quantenmechanik studiert, bei Professor Morris.«

»Oh?«, machte Thabisa. »Kennst du Thando?«

»Ach, na klar! Saß bei mir im Tutorium ganz vorne. Überragend schlau und ebenso faul.« Willow grinste unwillkürlich. »Und du promovierst in Kosmologie?«

»Exakt.«

»Mag ich.«

»Schluss mit dem Gequatsche, bitte«, ging Mr Byrne dazwischen und schlug rhythmisch in die Hände. Erneut musste Willow an ihren Orchesterleiter denken. »Es gibt viele weitere Gelegenheiten fürs Kennenlernen. Wenn Sie mir nun bitte folgen würden!« Er lachte über seinen eigenen Tonfall und legte ihn in diesem Moment ab. Seine Stimme wurde rauer. »Ab sofort bin ich für euch Lloyd. Und jetzt kommt, wir haben nicht den ganzen Tag Zeit.«

Mit der Gehorsamkeit überforderter Erstsemester gingen sie zurück auf den Flur.

»Wie ich bereits sagte, befinden sich auf dieser Etage einige Kursräume, Büros und Labore. Die Architektur in diesem Teil des Gebäudes ist etwas konfus und störrisch, aber ich darf mich darüber nicht aufregen.« Lloyd räusperte sich wie ein Baron, der ein Staubkorn missbilligte. »Was wir über die Dunkle Ordnung wissen, werden wir hier miteinander teilen. Bei Tholeros Kosmos promovieren aktuell zwei Jahrgänge sowie die Überreste eines dritten.«

»Überreste?«, spottete Hugo und verharrte in einer Gebärde. »Sehr reflektiert von dir.«

Lloyd tat, als hätte er ihn überhört. »Einige wollen nicht sonderlich gerne ihre Labore und Büros räumen, wer kann es uns verübeln? Manche haben sogar einen Kamin.« Er wiegte den Kopf hin und her, als müsste er etwas zugeben. »Außerdem sind nicht alle Forschungen in der ausgemachten Zeit zu einem Ende gebracht worden. Chaos lässt sich eben nicht allzu leicht bändigen. Und da ist es mir auch egal, wie dringend Professor Battaglini auf meine Ergebnisse wartet.«

»Das heißt, wir haben zwei, drei Jahre für unsere Forschung?«, hakte Evan nach. Er hatte die Haare in seinem Nacken vor lauter Nervosität gegen den Strich gebürstet.

»Offiziell schon.« Lloyd zwinkerte. »Inoffiziell möchte Professor Battaglini bitte morgen eure Exmatrikulation auf ihrem Tisch haben.«

Daran zweifelte Willow keine Sekunde.

»Über das gesamte Gebäude verteilen sich mehrere Archive und Bibliotheken, die ihr euch gerne in Ruhe selbst anschauen könnt. Sollten die hiesigen Bücher nicht genügen: Tholeros Kosmos bekommt uneingeschränkten Zugriff auf die Old Library samt Long Room, aber erst nach 20 Uhr.«

Willow konnte sich nicht erinnern, dass sie schon einmal derart schöne Worte gehört hatte. Was war ein »Ich liebe dich« von Harrison, was ein »Ich bin stolz« ihrer Mutter? In ihrer Brust flatterte Freude, sie konnte ihr Lächeln kaum zurückhalten. Anscheinend ging es den anderen ähnlich, Echo quiekte sogar vor Aufregung.

»Mit dieser Reaktion habe ich gerechnet«, seufzte Lloyd und lief weiter. »Unsere Bibliothek hier ist *auch* schön. Übrigens darf ich aus eigener Erfahrung dazu ermahnen, dass in Regalnähe bitte auf gar keinen Fall geraucht werden sollte. Geht einfach vor die Tür, auch wenn es nervt.«

»Sind die Professoren eigentlich Tag und Nacht hier?«, wollte Evan wissen.

»Archer und seine Frau haben in Howth ein Haus, er ist trotzdem selten dort. Morris pennt immer in seinem Büro. Und Gunt geht jeden Abend um Punkt 18 Uhr zur Haltestelle. Ihr merkt etwas Druck auf euren Ohren, sobald er nicht mehr hier ist, wundert euch nicht darüber.« Lloyd führte sie weiter, ohne auf Professor Battaglinis Verbleib einzugehen.

»Im Erdgeschoss befinden sich die Küche, der Salon, unser Varieté, die erwähnten Bibliotheken und einige Büros. Es wird immer gerne gesehen, wenn jemand kochen kann.« Er warf einen prüfenden Blick in die Runde.

George hob zögerlich eine Hand.

»Sehr schön!«, lobte Lloyd, nicht ohne Erleichterung. »Glaubt mir, ihr wollt keine Pizzakartons auf einem Fahrrad herbringen. Die sind dann grundsätzlich kalt. Unsere neue Physikerin soll bitte zuerst thermische Veränderungen erlernen. Oder kannst du das schon, Thabi?«

Neben Thabisas Nase erschienen verdrießliche Falten.

»Kriegen wir hin«, warf Willow hastig ein, um von dem unerwünschten Spitznamen abzulenken. »Ich habe übrigens eine Frage.«

»Ich bin ganz Ohr.«

»Dieses Institut soll geheim bleiben, ja? Die Magie auch?«

Lloyd nickte.

»Ich lebe mit meinem Freund zusammen, darf ich ihn gar nicht einweihen?«

»Enge Partnerschaften können bei unserem Jahresschwur initiiert werden. Solange dein Freund nicht gegen Hülsenfrüchte allergisch ist, bekommen wir das solange trotzdem hin. Obwohl es selten vonnöten ist, mit dem Gedächtnis zu spielen. Viele von uns haben Partner oder Freunde von außerhalb, die nichts von den Pythagoreern oder Tholeros Kosmos ahnen. Wir haben nämlich eine essenzielle Tatsache festgestellt.« Lloyd erwartete, dass sie nachfragte.

»Und was?«

»Niemand ist so versessen auf das eigene Leben wie man selbst. Die meisten Menschen juckt es nicht, wo du bist.«

Willow atmete mit einem Stoß aus. »Das ...«

»Und weiter geht es! Wir haben nicht den ganzen Tag Zeit!«, verkündete Hugo überdeutlich, fuhr herum und zeichnete mit seinem Zeigefinger einen Halbkreis in die Luft.

Lloyd rollte mit den Augen und übernahm zügig die Führung. »Bitte folgt mir nach unten und seid nachsichtig mit den alten Stufen.«

Im Foyer verblieb nur ein Viertel der Mäntel und Taschen des Vormittags. Wahrscheinlich hatte sich jemand mit Erbsenpüree, Bohnenpaste oder Erdnussbutter um diejenigen gekümmert, die den schwarzen Flyer gesehen hatten und nicht gut genug für Tholeros Kosmos waren. Bis auf George hatten alle einen Koffer mitgebracht. Als Willow und er ihre Rucksäcke schulterten, nickten sie sich mit einem kameradschaftlichen Lächeln zu.

»Links vom Eingang finden sich größere Räume für entspannte Nachmittage und Nächte, insbesondere der Salon. Hier darf sogar geraucht werden, dafür dürft ihr euch bitte bei mir bedanken oder beschweren – also, beim ersten Jahrgang.« Lloyd hob seine Nase so hoch, dass Willow die Haare darin zittern sehen konnte. »Die grobe Aufteilung des Gebäudes solltet ihr jetzt im Kopf haben, die Details schaut ihr euch bitte in Ruhe selbst an. Wir gehen nun zum Anbau.«

Die Gruppe verließ das Haupthaus durch eine Tür links der großen Wendeltreppe. Säulen stützten den Ausläufer der zweiten Etage, die sich direkt über ihnen befand. George gab ein dumpfes, aber freudiges Geräusch von sich, als er zur Linken ein Gewächshaus im viktorianischen Stil entdeckte. Inmitten des sorgsam verlegten, erschreckend symmetrischen Kopfsteinpflasters des Hinterhofes sprudelte ein Brunnen mit einer hellen Statue, die einen Krug ausgoss. Zu ihrer Rechten erstreckte sich ein L-förmiger Anbau. Normalerweise verbarg sich hinter diesem Wort ein Betonklotz, der mit irgendwelchen Metall- oder Glaselementen seine Hässlichkeit zu verbergen versuchte, aber dieses Gebäude war ausgesprochen hübsch, mit reliefiertem Sandstein und länglichen Fenstern. Auf den Dachziegeln flitzte gerade ein Eichhörnchen in seine Kobel an einer nahen Kiefer.

»Hier werdet ihr unterkommen«, verkündete Lloyd.

»Ich habe auch mal eine Frage«, warf Thabisa unbeeindruckt ein. »Ich habe gehört, dass es für unseren Jahrgang nur vier freie Zimmer gibt. Warum ist es dann möglich, dass wir dieses Jahr zu fünft sind?«

Willow zog den Kopf ein, als Lloyd zu ihr sah.

»Wir haben ein freies Zimmer, das letztes Jahr zeitweise auch schon belegt war. Archer hat mir gesagt, dass Willow das bekommen soll. Es liegt auch nicht weit von euch entfernt.«

»Dann wäre jetzt vielleicht ein guter Zeitpunkt, um Evan und Willow von Felice zu erzählen, oder?«, fragte Thabisa spitz. Neben ihr spannte sich Hugos ganzer Körper an.

Lloyd senkte die Augenbrauen und schob mahnend den Kiefer vor. »Da müssen wir nichts erzählen. Das Zimmer hat Felice Bonaccorso gehört, unserem Mathematiker. Ein apulischer Gaststudent.«

»Und was ist mit diesem Felice?«, hakte Thabisa ungeduldig weiter, obwohl sie anscheinend die Antwort kannte.

Hugo seufzte. »Er wurde vermisst gemeldet. Und es wäre schön, wenn wir das Thema in diesem Jahr nicht mehr allzu hoch aufhängen, es ist Monate her.«

»Und Felice bleibt verschwunden?«, fragte Thabisa. »Das ist es, was ihr beschlossen habt?«

»Wir *haben* gesucht. Das gesamte Institut, auch die Profs, sogar die Polizei. Es war zermürbend und hat uns von der Arbeit abgehalten.« Lloyds Worte wurden zunehmend dringlich. »Es gibt überhaupt keinen Hinweis, wo Felice ist, und – so spannend das auch klingen mag, aber wenn so kluge Köpfe wie wir, die obendrein Magie wirken können, keine Spur finden, dann sollte man die Suche bitte irgendwann beenden. Wahrscheinlich hat Chaos ihn zu sich geholt, das wäre nicht unmöglich.«

Hugo nickte. »Bitte glaubt nicht, dass ihr klüger seid als die älteren Jahrgänge und die Profs. Es macht euch kaputt und hilft niemandem.«

»Professor Gunt hat mir gesagt, dass es im vergangenen Jahrgang einen Vorfall gab. Darum die psychologische Prüfung«, überlegte Willow laut.

»Stimmt.« Hugo wollte die Arme verschränken, merkte aber, dass er dann nicht mehr gebärden konnte. »Sicherlich wird Professor Battaglini noch ein paar Worte zu diesem Thema sagen, sonst gibt es zu viele Gerüchte durch die älteren Jahrgänge.« Er begegnete Lloyds gehobener Augenbraue. »Gut, durch den zweiten Jahrgang. Der erste konnte sich ja bis auf Lloyd erfolgreich von den Kaminzimmern trennen.«

Lloyd nickte und nutzte die Aufmerksamkeit, um die Gruppe in Richtung des Wohngebäudes zu leiten. »Ich muss auch bei den Vorbereitungen für heute Abend helfen, also sollten wir bitte langsam fertig werden.«

Willow trat widerwillig durch eine Doppeltür ins Innere. Sie war noch nicht bereit, das Thema Felice abzuschließen, andererseits konnte ihr Anthony vermutlich bessere Informationen bieten. Dieser Ort schrie nach erfundenen Geheimnissen und wahren Gerüchten.

»Im unteren Stockwerk sind eure Räumlichkeiten. Vergesst bitte nicht, dass sie auch als euer *Arbeitsraum* fungieren, aber definitiv *nicht* als Labor. Das soll ich insbesondere zu Echo, Thabisa und Willow sagen.«

Echo rollte mit den Augen.

Den Türen war anzusehen, dass hier Menschen lebten. An einigen hingen Himmelskarten oder Lithografien von Schmetterlingen. Kisten mit Büchern und anderen Dokumenten standen vor den meisten Zimmern.

»Die Schmetterlinge gehören Senta, fasst sie nicht an. Sie ist zwar bis Neujahr im Amazonas, das schützt euch aber nicht davor, dass sie mitten in der Nacht in eurem Zimmer steht und fragt, warum ihr ein Plakat abgenommen habt.«

Willow wünschte sich, ein Notizbuch für all diese Anmerkungen parat zu haben. Konnten sich alle Mitglieder von Tholeros Kosmos teleportieren? Und wenn ja, wie weit? Wie oft? Gab es Beschränkungen?

Lloyd wies ihnen nacheinander Räume zu. Nach einem kurzen Blick in ihre Zimmer tauschten Thabisa und George ihre Schlüssel. Achselzuckend trat Lloyd zu Willow.

»Und du musst bitte ein paar Meter mehr gehen.« Er vollführte eine rasche Handbewegung und lief mit ihr an weiteren Türen vorbei, bis er am Ende des Ganges ankam. Von hier konnte Willow die Gespräche der anderen nicht mehr hören.

»Danke«, murmelte sie und griff nach dem Schlüssel, der unter der Klinke auf sie wartete.

Lloyd verbeugte sich, murmelte eine Verabschiedung und entschwand wie ein ungewöhnlich schillernder Nachtfalter.

Willow öffnete. Der Raum war kaum größer als das Zimmer am Trinity College, das sie sich mit Esther geteilt hatte. Gegenüber der Tür befand sich ein unbezogenes Bett unter zwei langen Sprossenfenstern, welche die Küste zeigten. An nahezu allen Wänden standen wuchtige, zum Bersten gefüllte Bücherregale. Nur ein Schreibtisch und eine Kommode zwängten sich dazwischen.

Willow stellte den Rucksack ab und zog unschlüssig das Smartphone hervor, um es anzuschalten. Hoffentlich durfte sie das überhaupt.

Eine Nachricht von Harrison begrüßte sie auf dem Sperrbildschirm. *Ich zähle die Tage!*, schrieb er und schickte eine Schar Emojis hinterher. Darunter wartete eine sechs Minuten alte Nachricht von Anthony. *Welches Zimmer ist deins geworden?*

Willow entsperrte. *Felices*, antwortete sie.

Anthonys Status wechselte zu *online* und verharrte einige Sekunden so. Plötzlich klopfte es an der Tür.

Reflexartig versenkte Willow das Telefon wieder in ihrer Tasche, als wäre es eine Todsünde, in diesem Gemäuer Technik zu verwenden.

»Herein?«

»Störe ich?« Ihr Mentor steckte seinen Kopf durch den Spalt und lächelte müde. Wie war er so schnell hergekommen – konnte er sich teleportieren, so wie Hugo?

»Ich wüsste nicht, wobei«, entgegnete Willow irritiert und trat einen Schritt zurück, um ihn hereinzubitten.

»Felice ist ein … sensibles Thema. Darüber sollten wir besser persönlich sprechen«, murmelte er, schloss die Tür und blieb direkt daneben stehen. »Oder haben dir die Schnattermäuler schon von seinem Verschwinden erzählt?«

»Ja.«

Für einen Wimpernschlag glaubte Willow, echte Verärgerung in seinen Augen zu erkennen. »Ich könnte versuchen, ein anderes Zimmer für dich zu organisieren.«

Sie zuckte mit den Achseln. »Ich versuche es hiermit, aber danke. Es ist ja nicht so, dass es hier spukt.«

Anthony stimmte nicht in ihr nervöses Lachen ein. »Ich weiß, dass Felices Verschwinden eine gewisse Neugier entfacht, aber sie hat dieses Institut ... beschädigt. Wir haben einige harte Monate hinter uns, seitdem ist auch Raymond hier. Professor Gunt. Jedenfalls ... tu mir bitte den Gefallen und ...« Anthony hielt inne und schaute sich im Raum um, als hätte er etwas gehört. Dann seufzte er. »Ich weiß, dass dich das nicht loslassen wird, wenn du in Felices Zimmer schläfst, darum bitte ich dich direkt. Lass das Thema ruhen.«

Willow konnte sich nicht erinnern, dass ihr Professor sie jemals dazu aufgefordert hatte, etwas *nicht* zu tun.

»Du forderst neuerdings viele Gefallen«, stellte sie nicht ohne Vorwurf fest. »Also, ich kann ... verstehen, dass du mir nicht von *Magie* erzählt hast.« Den Rest schluckte sie herunter. Tatsächlich fragte sie sich, warum er sie nicht längst eingeweiht hatte, vor Monaten, Jahren. Immerhin hatte Echo ihr erzählt, dass bei Weitem nicht nur hinter den Mauern des jungen Instituts mit der Dunklen Ordnung gearbeitet wurde. Ihre Forschung wäre eine andere gewesen, und die mannigfaltigen Probleme der Menschheit konnten übernatürliche Nachhilfe gebrauchen. In der schriftlichen Prüfung war nur ein Fragment davon skizziert worden, trotzdem betrachte Willow das Vermögen des Instituts Tholeros Kosmos schon jetzt wie einen Silberstreif. Wenn kluge Köpfe ihre Worte zu Wirklichkeit werden ließen, würde sich die Welt anders drehen.

»Das tut mir wirklich leid. Es war ein langer Weg, die Pythagoreer zu überzeugen, auch talentierte Außenstehende hier aufnehmen zu können. Ich selbst musste mir mein Vertrauen und meine Position hier erst aufbauen.« Anthony sah ihr direkt in die Augen. »Willow, ich möchte, dass du unter meiner Anleitung zu einer unvergleichlichen Quantenphysikerin wirst. Ich möchte dich in all das einweihen, was du wissen musst, um mit jenen mitzuhalten, die ... einen Vorsprung haben. Das Institut ist ein eingeschworener Haufen, für den aber letztlich nur Integrität und Expertise zählen.«

Daran zweifelte sie nicht. Nachdenklich drehte Willow sich um und betrachtete Felices Zimmer. Es fühlte sich auf einmal surreal schwer an, hier zu sein, als würden Wassermassen die Wände zusammendrücken.

»Jetzt gibt es wohl kein Zurück mehr«, murmelte sie. »Oder werde ich doch eines Tages mithilfe von Hülsenfrüchten aussortiert?«

»Das reicht irgendwann nicht mehr, aber darüber solltest du dir keine Gedanken machen«, meinte Anthony kopfschüttelnd. »Wir bekommen das hin. Jetzt bist du hier, ab jetzt wird alles leichter.«

»Ich wünschte trotzdem, es wäre anders gelaufen«, entgegnete sie ungewohnt scharf. »Hast du im Reading Room noch mehr Leute nicht aufgerufen?«

»Nein. Hugo hat mir verraten, dass du den Flyer gesehen hattest.«

»Was?«

»Wenn sich der Flyer jemandem offenbart hat, hat Hugo quasi eine Pushnachricht in seinem Kopf erhalten. Er ließ dann eine Notiz in meiner Tasche erscheinen.« Anthony schnaubte amüsiert. »Ich habe immer geahnt, dass du zu den Pythagoreern passt.«

Willow runzelte die Stirn. Rührte daher ihre enge Zusammenarbeit? Sie drängte den Gedanken zurück. In ihrer Erinnerung sah sie Anthonys ausweichenden Blick, sein eindeutig verärgertes Gespräch mit Hugo. Irgendwie passten seine Worte noch nicht zu dem, was sie beobachtet hatte.

»Du scheinst trotzdem ... ein angespanntes Verhältnis mit Hugo zu haben.« Sie wandelte auf dünnem Eis, an der Grenze seiner Offenheit, das wusste sie. Noch nie zuvor hatten sie explizit über andere Studierende gesprochen, das war nicht seine Art.

Doch Anthony seufzte. »Wir sehen uns nicht nur hier ständig, sondern auch in der Abendschule. Irgendwann brauche ich eine Hugo-Pause.« Er schaute wieder in Willows Gesicht und interpretierte ihren fragenden Blick. »Wir lernen Gebärden.«

»Für Echo?«

»Hugo lernt für Echo, ich für meine zunehmend schwerhörige Mutter.« Er lächelte stoisch.

»Entschuldige«, sagte sie beschämt. Jetzt wurde es tatsächlich privat.

»Gar kein Problem.« Trotzdem wurde es nun unbehaglich still.

»Ich habe noch eine Bitte«, entfuhr es Willow. »Ich kann Aramis nicht in Dublin lassen.« Der Gedanke an Harry fuhr wie ein Schauer durch ihre Glieder. »Und ... ich möchte Harry nicht belügen.«

»Das musst du auch nicht.« Ernst legte sich auf seine Züge. »Wir sprechen später darüber, ja? Ich informiere Battaglini jetzt gleich über Aramis, das geht schon in Ordnung. Wenn etwas ist, findest du mein Büro im obersten Stockwerk. Ist nicht zu verfehlen.«

»Okay«, erwiderte Willow. Dumpfer Kopfschmerz stieg wie eine Blase in ihrem Schädel auf. »Danke.«

Anthony lächelte zum Abschied, verschwand auf den Flur und zog den Bolzen mit einem zarten Klacken ins Schloss. Seine Schritte verklangen, als würde er sich in Luft auflösen.

Die Einsamkeit überwältigte Willow wie eine Welle, sie konnte für einen Moment nicht atmen. Langsam wich sie von der Tür zurück. Sie konnte sich vage daran erinnern, am Morgen ihre Schuhe angezogen zu haben. Danach hatte sie scheinbar die Realität verlassen.

Der Raum hatte sich seit Anthonys Fortgang nicht verändert, und doch jagte er ihr nun Angst ein. Dieser Felice war also verschwunden. Sie hatte genug Mathematik gelernt und angewendet, um zu wissen, dass damit kein lebensgefährliches Risiko einherging. Mathematik war zwar ein wichtiger Grundstein für die Physik, aber im Grunde keine eigene Naturwissenschaft. Sie stellte das Vokabular bereit. Felices Ver-

schwinden war so, als würde ein Dolmetscher abhandenkommen.
 Sie hielt inne und zwang sich, zu atmen. Die Gedanken in ihrem Kopf formten einen Strudel. Es fiel ihr schwer, die Übersicht zu wahren, also blieb sie stehen und wartete, bis der Tumult wie flüchtiger Schwindel verschwand.
 Eins nach dem anderen. Das Credo ihrer Mutter. In allem, was sie tat, hielt sie sich an irgendeine Reihenfolge. Für sie waren die Zubereitung von Tee und das Anfertigen einer Fotografie kleine Rituale im Alltag, welche die Ordnung wiederherstellten.
 Willow begriff, dass dies nun ihr Zimmer sein würde, trotz alldem. Offenbar konnte sie Aramis herbringen, aber was bedeutete das hier für Harrison und sie? Sie wollte ihn nicht belügen, aber vielleicht konnte sie ihn initiieren lassen. Wahrscheinlich ging das nicht so leicht, weil sie auch erst neu sein würde, Vertrauen verdienen musste. Und was, wenn Harrison und sie sich einmal trennten? Wie gingen die Pythagoreer damit um? Wie viel *später* wollte Anthony eigentlich mit ihr über dieses Thema sprechen?
 Allmählich wurde ihr Felices Zimmer wieder unbehaglich, also atmete sie tief durch und warf einen Blick hinaus auf den leeren Flur. Vor den Fenstern drehte Hugo mit einer Zigarette in der Hand Kreise über den Innenhof. Zögernd zog Willow die Tür hinter sich zu.

Hugo verweilte neben dem Brunnen, als Willow zu ihm trat.
 »Schon fertig?«, begrüßte er sie. »Sehr vorausschauend, kein Gepäck mitzunehmen.«
 Willow verkniff sich einen Kommentar.
 »Schau mal, wie schnuckig er sich freut«, fuhr er fort und deutete mit der Zigarette in Richtung des Gewächshauses. George, der Botaniker, schlenderte dort ehrfurchtsvoll durch die Holzregale und schien sich für die Bewässerung zu interessieren. *Schnuckig* war er nicht, aber seine stille Faszination

für die Pflanzen mochte Willow. Das kräftige Pink der Bougainvilleas hatte sie zuletzt im Botanischen Garten von Dublin gesehen, es wirkte in diesem Institut seltsam fehl am Platz.

»Endlich bringt jemand das wichtige Thema *Bohnen* zurück ins Bewusstsein der Pythagoreer.« Hugo grinste und strich sich mit dem Daumen am Kinn entlang. »Obwohl er sich auf Rosengewächse spezialisiert hat, glaube ich. Wusstest du, dass da Apfelbäume zugehören?«

»Nein. Aber sei doch froh, dass sich jemand gerne mit Pflanzen auseinandersetzt und vielleicht etwas Zeit für eure komische Vergesslichkeits-Sache erübrigt, die scheint ja irgendwie wichtig zu sein«, murmelte Willow, obwohl sie ihm deutlich härtere Worte entgegnen wollte. Thabisas Tonfall gegenüber Hugo hatte sie offenbar dazu angestiftet, und irgendetwas an ihm nervte sie.

Hugo hielt mitten in der Bewegung inne und löste sacht die Zigarette von seinen Lippen. »Er weiß, dass mein Hohn nicht echt ist. Ich mag ihn etwas necken, aber George ist eine wundervolle Person, Willow. Alles, was er tut, ist ... zauberhaft. Das meine ich primär im ursprünglichen, nicht-magischen Sinne, was schon ein wenig absurd ist.« Nun drehte er sich nicht nur mit seinem Oberkörper in ihre Richtung, sondern auch mit seinen braunen Lederschuhen. »Wir müssen auf ihn aufpassen. Wenn du mitbekommst, dass jemand wie Nikhil auf ihm herumhackt, musst du es mir mitteilen.«

Willow stieß ein verwundertes Lachen hervor. »Ich hätte nicht gedacht, dass ich am ersten Tag zwischen irgendwelche Fronten gerate. Nikhil stammt aus deinem Jahrgang?«

»Ja. Unser Bioinformatiker, bestimmt wird er Echo noch heute unter seine Fittiche nehmen.« Hugo kniff die Augen zusammen, als würde unverhofft die Sonne durch die Wolkendecke schneiden. »Nachdem er letztes Jahr mit ihr gearbeitet hat, fing er an, die meisten BSL-Gebärden zu lernen. Hat ihn keine zwei Monate gekostet.«

»Wie lange braucht man sonst dafür?«

»Ich lerne seit drei Jahren. Anthony erst eins, er lernt primär BSL für seine Mutter. Das ist die verbreitetste britische Gebärdensprache.«

»Und Echos Forschung passt zu diesem Nikhil?« Willow erinnerte sich an die Bekanntgabe des Jahrganges. »Sie ist Neurowissenschaftlerin, richtig?«

»Richtig. Man kennt sich in unseren Familien. Das ist schlimmer als jede Studierendenverbindung, glaub mir. Dass Echo die Prüfung schafft, war jedenfalls allen klar, sie war auch vorher bei einigen Projekten dabei. Nikhil hat letztes Jahr ständig davon gesprochen, dass Echo dauerhaft herkommen könnte. Das war übrigens nur eine Frage ihres Willens, immerhin habe sogar ich es geschafft, hier aufgenommen zu werden.« Er warf Willow einen Blick zu, den sie nicht einordnen konnte. »Also, das wäre sonst furchtbar peinlich. Als unser Rat, die Ekklesia, beschlossen hat, ein wissenschaftliches Institut zu gründen, wurde unser Ehrgeiz angestachelt. Meine Eltern und ich sitzen bei der jährlichen Gala mit den Mallicks an einem Tisch. Ich würde nichts herunterbekommen, wenn Nikhil mich die ganze Zeit angrinst.«

»Eine Gala?«, fragte sie. *Geht es noch protziger?* Ihr Blick wanderte zu George, der sorgsam die Blätter eines Salbeis prüfte. Sie würde viel lieber mit ihm sprechen, er war doch ziemlich *schnuckig*. Willow hob bei diesem Gedanken verwundert die Augenbrauen und wandte sich wieder Hugo zu, der sie interessiert musterte.

»Hast du schon einmal von antiken Gelagefeiern gehört? Schwitzige Körper, nur in dünne Tücher gekleidet. Der Wein fließt in Strömen, Minderjährige servieren gebratenes Fleisch. Es spielt sanfte Harfenmusik. Kannst du es dir vorstellen?«

Willow blinzelte verwirrt. »Ja, ich ... ich glaube schon.«

»Gut. Jetzt denk dir einfach, dass wir all das tun, während wir in Abendgarnitur an Tischen mit gestärkten Decken sitzen, ein Cateringdienst eine vegane Option anpreist – und im Hintergrund spielt die unsägliche Ska-Band von Professor Archer.«

»Immerhin habt ihr Wein.«

Hugo knuffte sie in die Seite. »Ha! Ich mag dich.«

George wurde jetzt auf sie aufmerksam, er lächelte verlegen und trat aus dem Gewächshaus. »Auch schon fertig?«, fragte er Willow, während er zur Begrüßung die Hand hob.

»Ich wusste nicht, was ich in meinem Zimmer anstellen soll«, gab sie zu.

»Mein Zimmer ist in Ordnung«, meinte George. »Obwohl mich die Nordseite stört. Was soll da wachsen?«

Hugo löste Asche von seiner Zigarette und lächelte. »Du hast genug Platz für dein Grünzeug.«

Willow sah zu dem überfüllten Glashaus hinüber und fragte sich, ob es noch weitere Pflanzen vertragen konnte.

»Es ist nicht nur das da«, durchschnitt Hugo ihre Gedanken. »Während wir nachts in den Long Room dürfen, kann er den ganzen Tag im Botanischen Garten buddeln.«

Mit offenem Mund drehte sie ihren Kopf zu George. »Das klingt großartig! Ich war mit meiner Mutter oft dort.«

»Du solltest Willow eine Sonderführung geben«, schlug Hugo vor.

Das Gesicht des Botanikers wirkte, als hätte er in eine rohe Quitte gebissen. Willow konnte seinen Blick nicht deuten, darum sprach sie hastig weiter.

»Und, äh, gibt es sonst irgendwelche Privilegien, von denen ich wissen sollte?«

Hugo verschränkte die Arme, während George zur Seite schaute. Beide überlegten. Willow kam in den Sinn, dass dieser Prozess etwas länger dauern konnte, falls sie sich erst ihrer Privilegien bewusst werden mussten.

»Bestimmt«, sagten sie dann beinahe synchron.

»Alles klar«, meinte Willow, irgendwo zwischen Unglauben und Erheiterung. »Das Zimmer ist schon enormer Luxus, oder? Am Campus habe ich mir so einen Raum geteilt.«
»Das Gebäude gehört all unseren Familien, obwohl eine gereicht hätte«, erwiderte Hugo abwinkend. »Willst du jetzt weiter über so etwas quatschen?«
»Lass sie doch«, murmelte George.
»Ich lasse sie auch, aber meine erste Frage wäre doch nicht: *Hey, Hugo, wer bezahlt meine Unterkunft?*, sondern eher: *Hey, Hugo, es gibt Magie? Erzähl mir alles.*«
Der Wind frischte auf. Willow verschränkte schaudernd die Arme.
»Okay, woran wird hier geforscht? Habt ihr Labore? Warum versammeln sich hier so viele Fachrichtungen auf einmal?«
»Na bitte, das sind ein paar gute Fragen«, lobte Hugo. »Ja, wir haben Labore, aber ich bin Geograf, also frag mich nicht nach Details. Wir forschen an Tholeros Kosmos, was wir meist mit der Dunklen Ordnung übersetzen. Laienhaft ausgedrückt: das versteckte Potenzial der Naturwissenschaften, die Gesetze der Magie. Das Institut ist interdisziplinär aufgestellt, weil alle Forschungsgebiete eine einzigartige Herangehensweise haben. Wobei ich gerne zugebe, dass die Physik besonders vielseitig ist.«
»Hm. Nachdem ich den Prüfungsraum geflutet habe, hat mich Professor Morris ... getrocknet, es hat sogar gedampft. Er ist Physiker, chemischer Physiker, also gehe ich davon aus, dass ich so etwas auch tun könnte?«
George nickte. Eine Locke auf seiner Stirn kräuselte sich mit der Spontaneität eines zerplatzenden Maiskorns. »Die Physik ist ein sehr breites Feld, in dem eine Menge möglich ist. Du solltest darauf achten, dich nicht auf zu viele Dinge auf einmal zu konzentrieren, sonst gelingt dir nie etwas.«

»Und der Regen?«, fragte sie weiter. »Der ... das klingt jetzt vielleicht komisch, aber er schien auch mit meinen Emotionen zusammenzuhängen?«

»Ja, manchmal passiert so etwas ungewollt«, meinte George mit einem papierdünnen Lächeln. »Tendenziell tröpfelt es nur, und zwar draußen. Deine Prüfung klang, als hättest du einen Wasserfall erschaffen.«

Willow öffnete wortlos den Mund, um zu widersprechen, aber Hugo kam ihr zuvor. »Jetzt übertreib mal nicht.«

Unterdessen trat Thabisa auf den Hof und stellte sich mit einem kurzen Gruß zu ihnen.

»Sie war nass wie eine Sumpfdotterblume«, entgegnete George beharrlich. Willow lächelte nervös, unsicher darüber, ob das eine verstecke Beleidigung war.

»Du kommst genau richtig«, meinte Hugo und hielt Thabisa die offene Zigarettenschachtel hin. Sie schüttelte dankend den Kopf.

»Jetzt nicht. Warum komme ich genau richtig?«

»Willow möchte mehr darüber erfahren, wie Magie funktioniert.«

»Ah. Darum sind wir alle hier.«

»Nein, ich meine ...« Hugo atmete tief durch. »Evan und sie haben doch noch keine Ahnung.«

»Wir werden gemeinsam darüber sprechen. Spart Zeit und ist fairer.« Sie lächelte Willow zu. »Aber natürlich darfst du gerne fragen, wenn du etwas Spezielles wissen möchtest.«

»Du hast recht, ich sollte mich gedulden. Es ist alles ... seltsam und neu.«

»Das glaube ich sofort.« Dann nickte Thabisa in Richtung des Hauptgebäudes. »Was ist eigentlich mit diesem berüchtigten Mittagssnack? Allmählich bekomme ich Hunger. Das Essay hat mich ausgenüchtert.«

Sie lachten. Willow erleichterte es, dass sie anscheinend nicht die Einzige war, die Schwierigkeiten mit den Essays gehabt hatte. Und dass es nicht nur ihr Bauch war, der grummelte.

Hugo steckte sich eine weitere Zigarette an, während sie darauf warteten, dass auch Evan und Echo auf den Hof kamen. Anschließend kehrten sie in das Hauptgebäude zurück, durchschritten das Foyer mit seinem Sternenhimmel und traten rechts vom Haupteingang in eine geräumige Küche. Die Schränke aus Walnuss erinnerten Willow an ihre Großeltern, allerdings hatten sie keine Arbeitsplatten aus schwarzem Marmor besessen. Darauf ruhte Tiramisu in einer gläsernen Form, das Kakaopulver sorgfältig vom Rand gestrichen. Am Herd stand ein hochgewachsener junger Mann mit dunkelbrauner Haut und schwarzen, zurückgekämmten Haaren, der sein schieferblaues Hemd hochgekrempelt hatte. Darüber trug er eine Schürze, die jemand mit einer hübschen Schleife in seinem Rücken geschlossen hatte. Obwohl Willow noch andere Gerichte entdeckte – Salat mit Feta und Granatapfelkernen, Zimtschnecken und geröstetes Gemüse –, war der weiße Stoff makellos, als hätte er die Schürze erst angelegt, als er fertig war.

»Das ist Nikhil aus meinem Jahrgang«, sagte Hugo und sah sich prüfend um. Der Essbereich, der durch einen Bogen von der Küche getrennt wurde, bestand aus leeren Tischen und Stühlen. »Hat man dich allein gelassen?«

Nikhil wandte sich ihnen gemächlich zu. »Wie so oft.« Dann schaute er in die Runde, während er jedes seiner Worte mit den Händen beschrieb. »Willkommen bei Tholeros Kosmos. Schön, dass ihr es geschafft habt.« Sein Blick galt vor allem Echo, wanderte dann aber zu Evan und Willow. »Die Flyer haben also funktioniert. Spannend. Wie heißt ihr?«

»Evan.«
»Willow Farley.«
»Flanagan«, schob Evan rasch hinterher.

Nikhil schien das zu amüsieren. »Und worauf seid ihr spezialisiert?«

»Quantenmechanik.«

»Meteorologie.«

Nikhil schaute zu Hugo und hob seine dichten Augenbrauen, dann wandte er sich wieder dem Herd zu. »Ein sehr gesprächiger Jahrgang.« Im Wegdrehen fiel Willow seine steile Nase auf, die sie an Nathan Fillion erinnerte. »Können wir bei etwas helfen?«, fragte sie.

»Sehr freundlich. Deckt gerne den Tisch, Hugo zeigt euch das Geschirr. Thabisa, magst du den Saft tragen? Steht im linken Kühlschrank.«

»Ich kann Flüssigkeiten sicher transportieren«, raunte Hugo und hielt aus dem Nichts eine gläserne Karaffe in den Händen, deren Inhalt gefährlich schwappte.

»Wir essen aber noch nicht, oder?«, fragte Thabisa und stellte sich vor eine Vitrine, als müsste sie das enthaltene Geschirr verteidigen. »Es sind nicht alle hier.«

»Es gibt Probleme mit den Vorbereitungen für heute Abend. Der Lehrkörper lässt sich entschuldigen, Battaglini und Lloyd sind in die Stadt gefahren, und der Rest ist meines Wissens in Archers Büro. Also lasst ihnen ein paar Zimtschnecken übrig.« Nikhil griff nach einer glänzenden Kelle und schob einen Topf vom Gas. »Wer möchte Cottage Pie ohne Erbsen?«

Beim Essen wurde Willow vollends bewusst, wie gut sich die übrigen kannten. Sie sprachen über den Weinberg von Echos Onkel und eine Eigenproduktion von Shakespeares *Hamlet*, die Hugo inszenieren wollte. Willow hörte so aufmerksam zu, dass sie beinahe vergaß, ihre gerösteten Möhren mit Balsamico zu genießen. Das Kartoffelpüree schmeckte nach Muskatnuss, der Salat salzig und süß. Aramis hätte bei all den feinen Gerüchen mit der Rute auf den Boden geklopft, bis er etwas abbekam. Willow schaute auf ihre Armbanduhr. Schon halb zwei. Sie musste zurück nach Dublin.

»Hast du Termine?«, fragte George so leise, dass das Gespräch der anderen nicht gestört wurde. Er saß rechts neben ihr. Sein Teller war beinahe unberührt, obwohl er nur zuhörte. Auch er hatte sich gegen den Cottage Pie entschieden, er sei Pescetarier. Nikhil hatte das auf einem Zettel notiert, der an einem der Kühlschränke hing.

»Ich habe einen Hund daheim, der mich vermisst.«

»Hol ihn am besten einfach her. Du musst auf jeden Fall heute Abend im Institut sein und sicherlich auch in deinem Zimmer übernachten.« George schüttelte den Kopf. »Kaum zu glauben, dass Evan und du jetzt hier seid.«

»Wie meinst du das?« Willow strich mit einem Stück Möhre durch die Soße.

»Die Dunkle Ordnung ist das Privileg der Pythagoreer. Wir sind unabhängig von Regierungen und Religionen. Es scheint einerseits fraglich und andererseits längst überfällig gewesen zu sein, Außenstehende einzuweihen.«

»Das vereint eure Familien also.« Sie löste den Blick von George und stellte fest, dass alle aufmerksam zuhörten. Ihre nächsten Worte wählte sie bedächtig. »Aber ... die antiken Anhänger von Pythagoras, zumindest die, von denen ich aus dem Studium weiß, waren doch kaum mehr als frühe Mathematiker ... ah, und sie hatten eine Harmonielehre, wenn ich mich recht entsinne.« Willow hoffte, dass sich alle wieder ihrem Essen zuwenden würden.

»Stimmt.« Thabisa nickte. »Vertrau dennoch nicht zu sehr darauf, was du über die Pythagoreer zu wissen glaubst.«

»Warte mal, wenn Evan und ich diese Flyer gesehen haben und bei der Prüfung mit dieser Dunklen Ordnung hantiert haben, dann müssten wir doch zu euch gehören, oder?«

Echo zeigte auf sie und ahmte mit ihren Fingern ein Vorhängeschloss nach, das einrastete.

»Ihr gehört zu uns«, sagten Echo, Hugo und Nikhil synchron.

»Wir könnten also auch Nachkommen der Pythagoreer sein?«, fragte Willow.

»Das müsst ihr nicht«, betonte Thabisa nachdrücklich.

»Ihr gehört zu uns.«

Kollektive Zustimmung.

»Ihr kennt uns doch gar nicht ... Warum vertraut ihr uns dann? Ich verstehe es so, dass Magie ein Geheimnis bleiben soll«, bohrte sie weiter, was zumindest bei Nikhil eine unverhohlene Reaktion provozierte – er kniff die Augen zusammen, als hätte sie gefragt, ob sie sich zum Nachtisch eine Tiefkühlpizza in den Ofen schieben könnte.

»Professor Gunt stellt beim dritten Teil der Prüfung sicher, dass wir keine ungebetenen Gäste haben«, sagte er knapp.

»Außerdem: Nur, weil etwas geheim ist, heißt das nicht, dass Leute es in Erfahrung bringen wollen«, fuhr Thabisa fort und pickte einen Krümel von der Tischplatte. »Dazu gehört nämlich, dass sie von der bloßen Existenz des Geheimnisses wissen müssten, und das ist kaum möglich.«

»Warum?«, fragte Willow.

Nikhil streckte seine Finger. Bei einem seiner Ringe handelte es sich um einen Schmetterling mit ausgebreiteten Flügeln. »Wir leisten den Chlamys-Schwur, der uns fest an die Dunkle Ordnung bindet«, erklärte er. »Wir verlieren Teile unseres Verstandes, wenn wir uns den Regeln von Kosmos und Chaos widersetzen und zum Beispiel die Gemeinschaft verraten. Das äußert sich dann in immer größeren Gedächtnislücken – du könntest dein komplettes Studium vergessen. Was manchmal ein recht attraktiver Gedanke ist, zugegeben. Der Schwur ist jedenfalls ein jährliches Ritual unserer Familientreffen und auch ein Teil der Initiierung hier.«

»Evan und du habt den Schwur ja noch nicht geleistet, deshalb könnt ihr durch andere Mittel nicht über uns sprechen, zumindest nicht mit Fremden oder außerhalb des Instituts.

Auch nicht am Telefon, per Brieftaube oder Morsecode«, warf Echo ein. »Darauf haben wir bei der Erstellung des Flyers besonderes Augenmerk gelegt. Der Effekt hält von der Sichtung des Flyers bis zum Schwur an und hätte sich spätestens mit den Hülsenfrüchten erledigt.«

Willow dachte an Anthony auf der Bank im Long Room, der kein Wort hervorbrachte und dennoch alles sagte, was sie für den Moment wissen musste. Gingen sie zu leichtfertig mit ihrem jahrhundertealten Geheimnis um? Oder hatte die Zeit ihnen Gewissheit geschenkt?

Nikhil atmete belustigt durch die Nase aus. »Die meisten Menschen würden sowieso nichts mit unserem Wissen anfangen können. Also, wie schaut es aus – hat jemand Platz für Tiramisu?«

»Sehr gerne«, sagte Evan laut und stand auf, als hätte er auf diese Frage gelauert. »Wem soll ich etwas mitbringen?«

Willow schüttelte den Kopf, während sich der halbe Tisch erhob. Auf einmal hatte sie Bauchschmerzen. All die Eigenheiten von Tholeros Kosmos musste sie erst mal verdauen. Warum war sie nicht am Trinity College geblieben? Sie hätte nach Hamburg oder Genf fliegen sollen, ihre Forschung vorantreiben, Vorträge auf Konferenzen halten, Tutorien geben. Neben all dem wissenschaftlichen Kram hätte sie in Ruhe entschieden, wie es zwischen Harrison und ihr weitergehen sollte, wenn er weiterhin ständig fort war. Das stellte ein normales Maß an alltäglichen Herausforderungen dar. Doch dorthin gab es kein Zurück. Schon das wenige Wissen, das sie gekostet hatte, genügte vollkommen, um sie hungrig auf das ganze Geheimnis zu machen.

Aramis lief neben dem Fahrrad her, als hätte er sich seit Tagen nicht rühren dürfen. Der Himmel hatte die Wolkendecke abgeschüttelt, die See schimmerte im Sonnenlicht. Allmählich schmerzten Willows Schultern – sie hatte einen von Harrys übergroßen Wanderrucksäcken mit Kleidung gefüllt und eine Decke aus kariertem Flanell für Aramis auf den Gepäckträger gebunden, nachdem sein Kissen überzeugenden Widerstand geleistet hatte. Das musste für den Anfang genügen. Noch hatte sie keine Idee, was sie tun sollte, wenn Harry von Sizilien zurückkehrte. Meistens nahm er den Beagle mit zu sich ins Büro, ein kleines Kämmerchen mit weißen Möbeln und Archäologie-Memes an den Wänden, das er sich mit zwei anderen Doktorandinnen teilte. Eigentlich war es unverantwortlich, dass er überhaupt einen Hund besaß, aber seine Mutter war eine renommierte Züchterin. Harry hatte Aramis sogar selbst aufgezogen.

Sie erreichten den Pfad zum Institut am späten Nachmittag. Evan hatte seine Hose hochgekrempelt und stand breitbeinig im Wasser, seine Schuhe lagen unweit hinter ihm auf den Steinen. Er hatte zunächst darauf bestanden, sie nach Dublin zu begleiten, aber Willow hatte dankend abgelehnt. Hugo hatte sie dann dazu ermahnt, außerhalb von Tholeros Kosmos keine Magie zu wirken, was sie immer noch amüsant fand. Sie wusste nicht einmal, was in diesem Saal passiert war.

Aramis schnüffelte in Evans Richtung, während sie das Fahrrad abschloss, er zog aber nicht an der Leine. Erst wollte Willow ans Wasser hinunter, entschied sich aber dagegen und ging zum Gebäude – der Rucksack plagte sie. Obwohl Aramis allen Grund dazu hatte, schien er nicht in der Stimmung für Ungehorsam zu sein. Das Letzte, was sie gebrauchen konnte, war ein randalierender Beagle, der unentwegt bellte und Professor Battaglinis Aufmerksamkeit auf sich zog.

Über dem Institut lag die schwere Stille von Menschen, die Türen grundsätzlich hinter sich schlossen. Willow ging ohne Umwege in den Hinterhof und grüßte im Vorbeigehen George, der in grünen Gummistiefeln auf einer Bank neben dem Gewächshaus saß und immer wieder ein Messer über ein Stück Holz führte, das Willow an das unfertige Rohrblatt einer Oboe erinnerte.

»Oh, der ist aber süß!«, entfuhr es ihm, und er beugte sich in Aramis' Richtung.

»Oder?«, fragte Willow, blieb stehen und schaute genauer hin, was George in der Hand hielt. »Täusche ich mich oder bist du Oboist?«

Kurz sah er aus, als hätte sie ihn auf Altgriechisch angesprochen.

»Ja«, sagte er irritiert blinzelnd und hielt das Rohrblatt hoch. Es steckte in einer fachmännisch angefertigten Hülse aus Kork und Bindfaden. »Ich hatte gestern Abend damit angefangen und offensichtlich nicht geglaubt, dass ich diesmal tatsächlich aufgenommen werde. Also mach ich das noch fertig, bevor hier der ganze Ernst losgeht. Warum erkennst du das Rohr, spielst du auch?«

»Früher mal«, murmelte sie. »Ich weiß nicht, ob ich es noch kann. Lange her.«

»Ach, das verlernt man nicht! Ich kann dir gerne eine Oboe mitbringen, wenn ich das nächste Mal in meine Wohnung fahre.« Etwas an seinem Tonfall beschwor ein Lächeln auf Willows Lippen.

»Das klingt richtig gut, danke! Du, wir kommen gleich wieder«, versprach sie aufgeregt und deutete auf ihren Schulterriemen. »Der Rucksack muss erst weg.«

»Keine Eile.«

Sie hob die Hand, betrat das Wohngebäude und zog den Zimmerschlüssel aus ihrer Hosentasche. Mittlerweile wurde Aramis doch unruhig, er schritt eilig voran.

»Bei Fuß«, zischte sie gedehnt, aber er hörte nicht. Die Tür neben Felices Zimmer stand offen. Der Beagle ging prompt hinein, Willow stolperte hinterher.

»Was zum ...«, begann eine Stimme. Der vertraute Klang ließ Willow versteinern, Schwindel setzte ein. Ihr Gesicht kribbelte, als das Blut aus ihren Zügen wich.

Harry starrte sie an. Harrison Cunningham, eine Hälfte des Klingelschilds *Cunningham/Farley*, starrte sie an. Ihr Freund, der Willow antike Bücher schenkte, im Schlaf murmelte und an seinem Geburtstag besorgniserregend melancholisch wurde, starrte sie an.

Warum ist er hier? Andere Fragen zwängten sich zwischen Willows Gehirnwindungen, prügelten um ihre Aufmerksamkeit. Ihr Freund war nicht auf Sizilien. Er kehrte nicht erst nächste Woche zurück. Er hatte gelogen. Er hatte sehr oft gelogen. Enttäuschung knirschte zwischen ihren Gedanken, während Aramis schwanzwedelnd an Harrisons Knien hochsprang. Der löste sich aus seiner Starre, sein offener Mund formte sich zu einem Lächeln.

»Was machst *du* denn hier? Du ... du hast dich beworben? Wahnsinn ...« Harrison schien trotz seines Lächelns unsicher darüber zu sein, ob er näher kommen und seine Freundin umarmen durfte. »Das ist ja unfassbar!«

»Du sagst es«, brachte Willow hervor. In ihrem Kopf herrschte Leere.

»Es ist so schön, dich zu sehen! Ich bin ... also, ich *konnte* nicht hierüber reden, weißt du. Ich war wirklich auf Sizilien, bin heute früh zurückgeflogen, also ... oh Mann, ich weiß gar nicht, was ich sagen soll. Es ist so schön, dich zu sehen.«

»Das sagtest du bereits«, murmelte Willow tonlos.

Sie presste die Lippen aufeinander und wehrte sich gegen die nahende Flut. Er hätte einen Weg finden sollen, sie einzuweihen. Wie oft hatte sie selbst in der kurzen Zeit mit dem Gedanken gehadert, Auswege zu finden versucht und auch in Zukunft nicht vorgehabt, eine Lösung für diesen Zwiespalt aufzugeben? Hatte Harrison es wenigstens versucht? Sie brauchte keine verlogenen Selfies oder sündhaft teure Mitbringsel. Sie brauchte jemanden, der den Unterschied zwischen Wahrheit und Wirklichkeit kannte und dennoch nicht log.

»Hey, sei bitte nicht so. Du weißt doch inzwischen bestimmt, wie es hier läuft. Es gibt Regeln. Und ich habe mich trotzdem bemüht.« Harrison ging in die Knie und streichelte jenem Beagle über den Kopf, der seit Wochen auf seine Rückkehr wartete. In diesem Moment spürte Willow nichts als Verachtung für Aramis, diese treudoofe Seele. Ging mit schlechtem Beispiel voran und lebte ihr vor, wie man sich über dieses unerwartete Treffen zu freuen hatte. Aber Willow war kein Hund.

Harrison beugte sich näher zu Aramis hinab, seine Stimme war ein freudiges Raunen. »Und hey, dir habe ich Fleischbällchen mitgebracht!«

Willow ließ die Leine fallen und trat rückwärts aus Harrisons Blickfeld, flüchtete zu Felices Zimmer. Sie hörte seine Schritte. Steckte den Schlüssel ins Schloss.

»Willow!« Er folgte ihr polternd, blieb aber auf Abstand, als befürchtete er, gebissen zu werden. »Tut mir leid.«

»Es tut dir leid«, schnaubte sie. Ihre Hand war zu schwach, um den Riegel aufzudrücken. Frustriert stemmte sie die Klinke herunter, die Tür flog auf.

»Ich musste lügen!«, verteidigte Harrison sich.

»Meine Wut ist nicht rational!«, rief Willow zitternd. Aramis jaulte, als die Tür knallte. Willow presste sich gegen das Holz, die Tasche knirschte.

Sie konnte sich nicht daran erinnern, dass sie Harrison jemals zuvor angeschrien hätte. Schuldgefühle schnürten ihr die Kehle zu, aber ihr Körper blieb starr.

»Ich ... ich lass dir Zeit, ja? Ich bin in meinem Zimmer«, hörte sie ihn gedämpft sagen. Willow löste sich von der Tür und ignorierte ihre verschwommene Sicht. Mit bebenden Fingern nahm sie den Rucksack hinunter und leerte seinen Inhalt auf dem Bett aus. Ein Handgriff nach dem anderen, sich beruhigen. Nicht still sitzen. Nicht innehalten. Wahrheiten konnte man nur akzeptieren. Willow wünschte sich, dass es mit dieser Erkenntnis getan wäre.

Klopfen.

Willow schwieg. Sie war keine 14-Jährige mehr, die ihre Mutter durch die Tür anschrie und dann zum Abendessen so tun musste, als wären die Wogen geglättet. Als hätte der Hunger die Wut getilgt.

»Ist alles in Ordnung?« Das war nicht Harrisons Stimme.

»George?«, fragte sie und versuchte, nicht zu schniefen.

»Darf ich reinkommen?«

»Nein.« Zögern. »Danke.«

»Okay.«

Schritte entfernten sich, Chaos blieb. Willow betrachtete die ausgebreitete Kleidung und bereute abermals, hergekommen zu sein. Dann löste eine Erkenntnis die Schuld ab. Sie war nicht wütend auf Harrison, weil er sie belogen hatte. Sie wollte nur, dass er nicht hier war.

Im Kopf von Dionysos

»*Der Tod ist der große Schlüssel,
der den Palast der Ewigkeit öffnet.*«

John Milton

Willow verbrachte den weiteren Nachmittag damit, ihre Kleidung in der Kommode zu verstauen und eine Weile apathisch auf dem Bett zu sitzen, bevor sie die Bücherregale inspizierte. Darin ruhten fast ausschließlich mathematische Werke. Felice schien auf den ersten Blick kein festes Spezialgebiet zu haben, seine Sammlung umfasste Algebraische Geometrie bis Zahlentheorie. Allerdings fand sie schließlich eine überwältigende Menge signierter und annotierter Bücher über Modelltheorie, von Mathematikern wie Robinson, Hrushovski, Marker und Tarski. Letzterer war Willow im Gedächtnis geblieben, weil er die Undefinierbarkeit von Wahrheit bewiesen hatte. Für eine Weile ärgerte sie sich über ihr mieses Essay, das größtenteils von Fotografie schwadronierte. Sie war Wissenschaftlerin, verdammt, das konnte sie besser! Frustriert blätterte sie durch einen Sammelband, ohne die Zeilen wirklich zu lesen. Am Rand standen kleine, meist italienische Anmerkungen. Dann fielen ihr gleich drei gefaltete Seiten mit Berechnungen entgegen. Ja, Felice war ziemlich sicher ein Modelltheoretiker. Gewesen? Willow runzelte die Stirn. Sie stellte sich vor, dass er zurück ans Institut kam, mit einem logischen Grund für seine Abwesenheit und vielen neuen Büchern, die er in sein Zimmer stellen wollte. Und dann? Was wurde aus Willow? Naserümpfend schalt sie sich für diesen Gedanken. Es ging in dieser Angelegenheit nicht um sie. Lieber verließ sie das Institut, wenn das bedeutete, dass der Fremde wohlauf war und sein Studium fortsetzen konnte. Noch gehörte sie nicht nach Tholeros Kosmos. Und vielleicht würde sie das nie, schließlich kannten sich die meisten hier schon ihr ganzes Leben lang. Allerdings waren bislang alle freundlich zu ihr, *ungewohnt* freundlich. In ihrem Wohnheim am Trinity College hatte mal jemand stilisierte Sticker mit der tränenübersäten Fratze einer Kommilitonin verteilt, weil sie die ganze Nacht geweint hatte. Der Text besagte: »Heul leiser, wir studieren hier.« Seitdem hatte Willow stets unter ihrer Decke geweint, wenn die Klausurenphase alle Lebensfreude aus ihr wrang, das Geld kaum reichte oder es keinen rationalen Grund gab. Selbst in der gemeinsamen Wohnung mit Harrison kamen die Tränen nur noch, wenn sie im Bett lag.

Willow schob den Sammelband zurück ins Regal und stellte mit einem Blick auf ihre Armbanduhr fest, dass sie sich längst für das Abendprogramm umziehen sollte. Trotzdem rührte sie sich nicht. Sie hatte das Bedürfnis, Esther anzurufen, ihre vertraute Stimme zu hören. Aber sie konnte ohnehin nichts erwidern, höchstens Lügen und ersticktes Stammeln, weil ihr eine unsichtbare Macht gefährliche Wörter wie *Flyer* verbot. Womöglich war es besser, wenn sie sich auf den bevorstehenden Abend konzentrierte, und auf jene Menschen, die tatsächlich hier waren.

Willow wandte sich der Kommode zu und entschied sich für eine karierte Stoffhose, eine Bluse mit Rundkragen und einen braunen Pullover. Sie hätte sich gerne ein letztes Mal im Spiegel angesehen, aber Felice hatte bei seiner Innenausstattung nur an Bücher gedacht. Sie verurteilte ihn nicht dafür.

Bevor sie das Zimmer verließ, warf sie einen flüchtigen Blick zu Harrisons verschlossener Tür. Am anderen Ende des Flures standen George und Thabisa, schauten gemeinsam in ein schmales Buch und berieten sich darüber. Beide hatten sich stilvoll für den Abend eingekleidet. George trug eine Hose mit Bügelfalte, ein cremefarbenes Hemd und eine kupferrote Weste, die im Dämmerlicht samten schimmerte. Thabisa hatte eine mit Schmetterlingen bestickte Bluse gewählt, und ihr langer, amethystfarbener Rock besaß einen eleganten Schnitt an der Seite, der ihre dezent gemusterte Strumpfhose offenbarte. Sie hatte Kajal aufgetragen und ihre Locken frisch hochgesteckt. Als Willow näher kam, hielten die beiden inne.

»Alles in Ordnung?«, wollte Thabisa wissen und löste die Finger vom Papier, George schloss das Buch.

»Geht so.« Willow fragte sich, wie viel George von ihrem Wiedersehen mit Harrison mitbekommen und weitererzählt hatte. Sie sah ihn abwartend an.

»Ich wollte mich nicht aufdrängen ... Hoffentlich habe ich die Situation nicht verschlimmert. Entschuldige bitte«, sagte er, aber sie schüttelte rasch den Kopf.

»Du kanntest Harry also schon vorher?«, fragte Thabisa.

»Wir sind seit anderthalb Jahren zusammen«, bestätigte Willow und schaffte es nicht mehr, ihren Blick aufrecht zu halten.

»Ich weiß nicht, wie ich reagieren würde, wenn ich in deiner Situation wäre«, meinte Thabisa kopfschüttelnd. »Lass dir Zeit damit. Heute ist genug passiert.«

»Er musste ja lügen. Ich weiß nicht, warum es mich dennoch so verletzt.« Das entsprach nur der halben Wahrheit.

»Die Lüge ist ein armseliger Ersatz für die Wahrheit, aber leider auch der einzige«, bemerkte George und verschränkte die Arme, wobei Dante Alighieri zwischen zwei Fingern baumelte.

»Ja.« Willow seufzte und verspürte das dringende Bedürfnis, das Thema zu wechseln. »Wartet ihr auf jemanden?«

»Auf dich. Bist du bereit für den Chlamys-Schwur?« Thabisa rieb ihre Hände und verkniff ihr Gesicht zu einem fiesen Grinsen, als wäre sie ein Bösewicht aus einem Kinderfilm.

»Sofern ich dafür keine Kutte tragen muss: Ich denke schon.«

»Wunderbar!« Die Kosmologin schien kurz in die Richtung des Innenhofs zu schweben, aber vermutlich hatte Willow in einem ungünstigen Moment geblinzelt. Unterdessen deponierte George das Buch vor seiner Tür und lächelte matt, als wäre er nach diesem langen Tag zu müde für Anmerkungen.

Vor dem Gewächshaus warteten Echo und Nikhil bereits. Sie unterbrachen ihre Gebärden und grüßten knapp.

»Wir sollten gleich rübergehen, Evan und Hugo sind bestimmt schon oben«, meinte Echo und beschützte die Gruppe vor unangenehmem Schweigen.

»Ich habe sie nicht vorbeigehen sehen«, entgegnete George.

»Das ist bei Hugo kein Kriterium«, erinnerte Nikhil ihn. Seine Gebärden waren ruckartiger als die des Geografen, beinahe militärisch. Er trug einen dreiteiligen grauen Anzug mit einer gekürzten Hose, hohe Socken mit Argyle-Muster und braune Lederstiefeletten. Willow stellte sich vor, wie Nikhil und Lloyd in einem exklusiven Club zum Brunchen gingen, um danach auf Pferde zu wetten. Echo hatte sich hingegen weder gekämmt noch umgezogen, der Kragen ihrer Bluse saß schief.

Zum Glück fragte niemand nach Harrisons Verbleib. So wie Willow ihn kannte, half er bei irgendwelchen Vorbereitungen mit. Hoffentlich nahm ihm jemand die wichtigen Entscheidungen ab, sonst würde heute definitiv kein Schwur mehr stattfinden. Harrison brauchte ewig, wenn ihm niemand half. Sein eigener Vater hatte ihn dazu gezwungen,

Willow zu einem Date einzuladen – das hatte er sogar direkt zugegeben. Diese unbeholfene Ehrlichkeit hatte sie einmal so an ihm geschätzt.

Willow folgte der Gruppe zurück in das Hauptgebäude, wo sie eine Treppe nach oben nahmen und schließlich jenen Saal betraten, in dem sie am Vormittag ihr Können vorgeführt hatten. Jetzt standen hier vier Stuhlreihen. Sie erinnerten Willow an Hugo, der neben ihr im Reading Room saß, eine Zigarette drehte und den Kopf über Anthony schüttelte. Sie nahm sich vor, ihn darauf anzusprechen, aber noch konnte sie ihn nirgends entdecken.

Im Saal versammelte sich stattdessen der Lehrkörper vor einer schwarzen Marmorbüste, die gegenüber der Fensterfront stand. Normalerweise ähnelten sich diese Darstellungen berühmter Wissenschaftler, da sie ähnliche Frisuren besaßen, aber Pythagoras erkannte Willow sofort – er wurde meist mit einem Turban dargestellt, der seine Reisen nach Babylon symbolisierte.

Während Nikhil, Thabisa und Echo ein Gespräch begannen, überlegte Willow, ob sie sich zu Anthony stellen sollte. Sie bemerkte erst, dass sie ihn anstarrte, als Professor Battaglini in ihr Blickfeld trat. Willow wandte sich ab.

»Können wir uns darauf einigen?«, fragte Thabisa gerade.

Nikhil und Echo nickten, George war hingegen Willows Blick gefolgt und zuckte in ebendiesem Moment zusammen.

»Worauf einigen?«, fragte er und erntete ein mütterliches Kopfschütteln von Thabisa. Ein Luftzug kroch unter den rechten Ärmel von Willows Pullover. Irritiert stellte sie fest, dass ein scheinheilig dreinblickender Hugo neben ihr aufgetaucht war.

Thabisa seufzte. »Noch mal: kein Alkohol in Büros *Schrägstrich* unseren Zimmern.« Willow mochte, wie sie den Schrägstrich betonte, er verlieh ihren Worten eine erhabene Förmlichkeit.

»Ich bin dagegen.«

»Natürlich bist du das, Hugo.« Nikhil lupfte eine Augenbraue. »Für dich besteht ab dem ersten alkoholischen Getränk Teleportationsverbot.«

»Erstens nennt sich das *Humane Relokalisierung*, und zweitens ist es dafür zu spät.«

»Es ist mir herzlich egal, wie du es nennst, es ist gefährlich.« Nikhil deutete auf die Gruppe Professoren. »*Humanrelokalisier* dich doch mal neben Professor Morris, er macht gerade die Gebärde für deinen Namen.«

Willow drehte sich ebenfalls um. Für die Gebärde war sie nicht schnell genug, aber immerhin sah sie noch ein gequältes Lächeln auf dem Gesicht ihres Mentors, der nicht mit der plötzlichen Aufmerksamkeit gerechnet hatte.

»Nikhil auch, bitte«, sagte Anthony laut und winkte sie heran. Während die beiden hinübergingen, betrat Evan den Raum, gefolgt von einer großen Doktorandin in einem karierten Rock, einem Pullunder mit V-Ausschnitt und militärischen Stiefeln. Ihr Gesicht erinnerte Willow unwillkürlich an Schneewittchen – Haut so weiß wie Schnee, Lippen so rot wie Blut, Haare so schwarz wie Ebenholz. Sie grüßte gehetzt, stellte sich knapp als Ophelia aus dem zweiten Jahrgang vor und ging in einem seltsam federnden Gang zu den Professoren hinüber.

Und dann erschien Harrison in der Tür. Willow hielt reflexartig die Luft an und hoffte, auf diese Weise unsichtbar zu werden.

Er trug ein weißes Hemd und eine Anzughose mit einem schmalen Gürtel, das Jackett hielt er lässig über dem Arm. Als er Willow entdeckte, schürzte er die Lippen und warf einen raschen Blick zu allen anderen Anwesenden. Dann trat er zu ihr, umgeben von einer Wolke frischen Aftershaves. Er sagte kein Wort, nickte nur kurz in die Runde.

»George Doherty«, stellte George sich vor und reichte ihm die Hand, was Harrison für einen Moment zu blockieren schien. Dann besann er sich seiner Manieren, nickte freundlich und nannte seinen Namen.

»Der Botaniker, ja? Ich habe dich im Gewächshaus gesehen.« Ein Seitenblick auf Willow, gefolgt von einem Lächeln. Soziale Ereignisse ermüdeten ihn. Er nannte es abfällig *Geplauder,* obwohl er selbst hervorragend darin war, über alles und gleichzeitig nichts zu sprechen.

»Stimmt.«

»Also ... bist du durch den Flyer auf uns aufmerksam geworden?«, fuhr Harrison fort, während er sein Jackett über den anderen Arm legte und auf den Fersen wippte. Willow fragte sich, wieso er das verhasste Geplauder nicht abbrach.

»Nein, wir sind in den letzten Jahren nicht mehr zu den Galas gekommen.« George versuchte, irgendetwas wegzulächeln, als wollte er signalisieren, dass er das falsche Interesse längst durchschaut hatte.

»Ach so«, entgegnete Harrison und hielt dabei in seiner wippenden Bewegung inne.

»Harrison, du kennst Willow also schon länger?«, fragte Thabisa mit jener Präzision, mit der sie einen Schrägstrich in ihre Sätze stieß. Harrison wurde getroffen, er neigte sich von Willow fort und schaute sie fahrig an, als hätte er gerade erst bemerkt, dass sie neben ihm stand.

»Ja, wir sind ... zusammen.«

»Und du hast sie nie eingeweiht? Du weißt schon, dass du sie als Partnerin zum jährlichen Schwur anmelden kannst?«

»Thabisa, bitte«, unterbrach Willow, während ein Stich durch ihre Brust fuhr. »Wir klären das schon.«

»Ja, wir reden noch darüber«, versprach Harrison. »Ich kann ohnehin nichts Sinnvolles tun, außer zu hoffen, dass sie mir verzeiht.« Dennoch wagte er keinen weiteren Blick in ihre Richtung.

»Wie ihr meint«, sagte Thabisa achselzuckend.

Bitterkeit kroch Willows Speiseröhre hoch. Was bildete sie sich ein? Eben noch wirkte sie so rücksichtsvoll, und jetzt wollte sie wohl einen öffentlichen Streit provozieren. Oder stachelte sie nur gegen Harrison, um ihn bloßzustellen? Willow hatte kurz vergessen, dass sie sich schon länger kannten. Vielleicht waren sie wie Cousins, die sich auf Familienfeiern gegenseitig aufzogen, sich einander über Jahre hinweg an alte Fehler erinnerten. Willow kam es vor, als ruhte statt eines Hirns eine Faust in ihrem Schädel.

Ihr Schweigen schien Harrison zu beunruhigen. Er knetete seine Finger und wandte sich mehrmals um, als suchte er nach einer Person, die irgendetwas von ihm wollte.

Die Bitterkeit erreichte Willows Mund. Sie versuchte, sie nach unten zu würgen, aber ihre Kehle schien diesen Weg vorsorglich zu versperren. Immerhin entschied sie in diesem Moment selbst, welche Worte sie nicht aussprach.

»Ich werde mir jetzt einen Platz suchen«, verkündete George und drückte sich an Harrison vorbei, Thabisa und Echo folgten ihm wortlos. Es war, als hätte jemand mitten in der Nacht ein Fenster geöffnet und durch eine physikalische Anomalie nicht nur Kälte, sondern auch Dunkelheit hereingelassen. Willow hielt ihr nicht lange stand und flüchtete ebenfalls. Bis sie in der zweiten Reihe neben Echo Platz genommen hatte, rechnete sie damit, Harrisons Griff an ihrem Handgelenk zu spüren. Aber so jemand war er nicht, bedauerlicherweise.

Er konnte sich jeden Jahrestag merken und wusste genau, was Willow liebte und verabscheute, allerdings zeigte er seine Leidenschaft für sie geradezu systematisch. Wenn er in Dublin war, holte er freitags frische Blumen für die Küche. Er sorgte dafür, dass sämtliche Hygieneartikel vorrätig waren, und tat sogar mehr für Willows Hautpflege als sie selbst. Harry war der Richtige für lange, komplizierte Gespräche, und er schien immer eine schlüssige Antwort zu haben. Aber wenn Willow ihre Forschung verfluchte, auf ihren Vater schimpfte oder grundlos schlecht gelaunt war, verstand er oft nicht, was sie brauchte. Eine Umarmung. Aufmunternde Worte. Oder einen beherzten Griff an ihr Handgelenk. Warum konnte sie sich nicht darüber freuen, dass er hier war? Sie kannte ihn doch, er war ihr Harry. Sie verstand, warum er ihr nicht von den Pythagoreern erzählt hatte, zumindest rein logisch.

Sie rieb ihre kalten Finger und entgegnete Echos fragenden Blick mit einem Lächeln, womit sie sich glücklicherweise begnügte. Natürlich schätzte Willow die Sicherheit und das komfortable Leben, dass sie mit Harry führen konnte. Nach einiger Zeit bemerkte er, wenn etwas nicht stimmte, und brachte die Dinge rasch ins Lot. Zwar nutzte er dafür selten das Wort *Entschuldigung*, aber daran hatte Willow sich gewöhnt, ihr Vater verhielt sich ähnlich. Neuerdings steckte Harrison allerdings in einer italophilen Phase, in der er Willow ab und zu ein trockenes *Calmati* entgegnete. *Beruhige dich.* Das machte sie rasend, als wäre er dazu übergegangen, sie mit *Baby* anzusprechen. Je länger sie über solche Nichtigkeiten nachdachte, desto genervter wurde sie.

Plötzlich nahm Anthony neben ihr Platz. Er trug einen schwarzen Anzug, den man sowohl zu einer Hochzeit als auch einer Beerdigung tragen konnte. Willow beeilte sich, den verkrampften Ausdruck abzulegen, der ihre Nasenfalten und Augenbrauen beherrschte.

»Tut mir leid«, raunte er und faltete seine Hände über den Knien.

»Was? Das mit Harry?«

»Ja.«

»Braucht es nicht.« Die inzwischen vertraute Bitterkeit verweilte auf ihrer Zunge. Willow schaute zu Harrison hinüber. »Tut weh, nicht die Wahrheit zu kennen.«

Sie spürte Anthonys Lächeln, ohne ihn anzusehen. »Ich weiß.«

Schon wieder kribbelte ihr Nacken, aber dieses Mal verblasste das Gefühl nicht, sondern kroch in einem kalten Schauer an Willows Rücken hinab.

»Alles klar, lasst uns beginnen!« Ophelia klatschte in die Hände und tänzelte mit ihrem wehenden Rock über die freie Fläche des Saals, während die Gespräche verebbten. Kurz war Willow hypnotisiert von Ophelias langen Haaren, die ihr wie eine schwarze Welle folgten. »Heute dürfen wir euch endlich vorführen, was der zweite Jahrgang im vergangenen Semester geplant hat. Es handelt sich um ein interdisziplinäres Projekt, das beweist, dass wir unsere Talente kombinieren können. Professor Archer, Professor Gunt und ich haben eine Illusion vorbereitet, die euch die Geschichte unserer Gemeinschaft in aller Kürze zeigt. Es geht um einige wichtige Ereignisse und Personen, von der Gründung der Pythagoreer bis hin zur Gegenwart. Nikhil hat hinter den Kulissen eine Menge Daten visualisiert oder so was« – hinter ihr verdrehte der Bioinformatiker kaum sichtbar die Augen – »und Hugo hat die historische und geografische Archivarbeit geleistet.« Sie drehte sich kurz zu den übrigen Mitgliedern des zweiten Jahrganges um. »Im Anschluss führen wir den regulären Chlamys-Schwur durch, bei dem ihr einen von Harrison und Felice entwickelten Talisman erhaltet, der euch weitestgehend vor Chaos-Effekten schützt. Für unsere Illusion bitten wir euch nun, eines dieser Sektgläser zu leeren und eure Beine im Sitzen nicht zu überkreuzen.«

Hugo nahm ein volles Tablett und ging mit einem professionellen Lächeln durch die Stuhlreihen. Echos Glas erschien plötzlich in ihrer Hand, weshalb sie es beinahe fallen ließ.

»Was ist in den *Sekt*gläsern?«, fragte George skeptisch.

»Ein alkoholfreies Serum mit minimalen Nebenwirkungen, das für die Illusion notwendig ist«, raunte Professor Archer hinter ihm. »Ich bürge für die Sicherheit des Projekts.«

Trotzdem roch Willow erst an der Flüssigkeit und bewegte das Sektglas in kleinen Kreisen, wobei sich nur winzige Luftbläschen zeigten. Das Serum schmeckte nach Jasmintee und biss im Abgang wie eine Zwiebel. Sie rechnete mit einem Gefühl von Wärme, mit einem Prickeln, aber lediglich ihr Herzschlag wurde schneller. Das Pochen spürte sie in den Fingern, bis es versickerte und Willows Körper weich und taub wurde.

Ophelia und Professor Gunt öffneten mehrere Notizbücher, wie Pianisten vor einem wichtigen Auftritt. Dann roch Willow Salzwasser, ein Sonnenstrahl blendete sie. Sie wollte blinzeln, schaffte es nicht. Die Eindrücke prasselten ungefiltert auf ihren visuellen Cortex, ohne die Netzhaut zu streifen. Sie drängte die aufquellende Panik zurück, was ihr erstaunlich leichtfiel. Keine Frage, diese Illusion befand sich nur in ihrem Kopf. Sie hatte den Saal im Institut nicht verlassen, und doch spürte sie, dass sie weit, weit weg war.

Ophelias körperlose Stimme meldete sich, und obwohl Willow nicht zusammenzucken konnte, erschrak sie.

Unsere Zeitreise beginnt hier: Süditalien im 6. Jahrhundert vor Christus. Genauer gesagt befinden wir uns in Kalabrien, in Kroton am Golf von Tarent. Heute nennt man die Gemeinde Crotone. Hugo besteht darauf, dass ich das so genau erzähle, beschwert euch bitte bei ihm.

Zu Willows Linken erstreckte sich ein Olivenhain über eine Anhöhe, rechts lag das windstille Meer. Sobald sie ihren Blick abwandte, wurde er korrigiert, als sollte sie auf gar keinen Fall eine spannende Szene in einem Film verpassen.

»Dort wird meine Schule entstehen, die sich gleichermaßen mit Mathemata und Akusmata beschäftigt«, sagte plötzlich jemand neben ihr, und Willows Blickfeld verschob sich, als hätte sie den Kopf gedreht. Neben ihr stand der leibhaftige Pythagoras von Samos und deutete für eine kleine Schar Anhänger zu einem Fleck Land, auf dem Schafe grasten.

Das sind die frühen Pythagoreer! Wie ihr gerade gehört habt, bestand ihre Arbeit aus zwei Teilbereichen, Mathemata und Akusmata. Mathemata hatten wenig mit heutiger Mathematik zu tun und waren kaum mehr als früheste Naturwissenschaft. Akusmata waren größtenteils Dogmen und Weisheiten.

Willow und die Pythagoreer folgten einem staubigen Pfad, während sich Tag und Nacht in rascher Folge abwechselten. In der Ferne erhoben sich wie von Zauberhand schlichte Gemäuer aus Lehmziegeln. Die Schafe flüchteten blökend.

Disclaimer!, meldete sich Ophelia aus dem Off. *Das ist keine Magie, sondern ein cineastischer Kunstgriff. Aber Magie ist ein gutes Stichwort.*

Die Szenerie wandelte sich. Eine Gestalt, die Willow den Rücken zuwandte, stand unter wolkenlosem Himmel auf einem Feld und notierte etwas auf Papyrus. Im Hintergrund spazierten andere Pythagoreer an der Küste entlang. Plötzlich wurde es gleißend hell, Donner erschütterte das Land.

Dieser Pythagoreer hat wahrscheinlich das entdeckt, was wir Magie nennen, erklärte Ophelia. *Er hatte quasi einen Gedankenblitz.* Sie ließ eine Pause für Lacher, bevor sie fortfuhr. *Leider ging sein Name mit der Zeit verloren. Oder man hat ihn aus der Geschichte radiert, weil erst nicht an ein Wunder, sondern an Zeus' Zorn gedacht wurde. Jedenfalls hat sein Tod für Aufruhr gesorgt.*

Ein weiterer Szenenwechsel folgte. Pythagoras stand nun inmitten von Anhängern und erhob seine warnende Stimme.

»Lasst bei euren Studien Vorsicht walten und bedenkt, dass wir Chaos niemals herausfordern werden. Es wird uns von allein finden.«

Chaos – seit jeher der mächtigste unserer Feinde. Es nutzt jeden unserer Fehler aus, füllt die unvollkommenen Variablen und sorgt mitunter für die schlimmsten Konsequenzen.

Ohrenbetäubender Lärm ließ Willow zusammenzucken, oder zumindest bildete sie es sich ein. Sie stand auf einem schwelenden Schlachtfeld.

Dann kam der Krieg zwischen Kroton und Sybaris, erklärte Ophelia. Direkt vor Willow stieß ein Kämpfer seinem Gegner einen Speer zwischen die Rippen. Der Schmerzenslaut erklang als wütendes Gurgeln.

Die Pythagoreer wurden in politische Machtkämpfe verstrickt, wodurch es auch zu Zerwürfnissen in den eigenen Reihen kam. Wie gesagt waren Akusmata oft Dogmen. Wer sich den Dogmen widersetzte, wurde zunächst nur von den Pythagoreern ausgeschlossen, ohne weitere Konsequenzen. Diese Männer wurden dann Teil anderer Gemeinschaften wie den Sybariten, ein besonders genusssüchtiges Volk. Die waren in ihrer Forschung angeblich so fokussiert auf den Hörsinn, dass sie in ihrer Gemeinde keine Zimmerer und Schmiede zuließen. Tatsächlich wollten sie einfach ausschlafen. Kaum verwunderlich, dass die Sybariten die Zeit nicht überdauert haben. Andere Gruppierungen sind uns hingegen seit der Antike ein Dorn im Auge.

Die Umgebung wechselte in einem schwindelerregenden Rhythmus. Namenlose Männer und Frauen jubelten über ihren Schriften, wuschen Blut von ihren Händen, schritten nachdenklich durch Olivenhaine, wurden aus den griechischen Kolonien vertrieben. Dann ging die Sonne unter.

»Lasst mich Eurem Geheimbund beitreten«, rief ein Mann, dessen scharfkantiges Gesicht von einer Fackel erhellt wurde. Dutzende weitere Lichter spielten mit den grimmigen Zügen seiner Gefolgschaft und dem Feld zu seinen Füßen.

Das ist Kylon, Tyrann von Kroton. Wir befinden uns im süditalienischen Metapont, flüsterte Ophelia, als wollte sie nicht, dass sich die Illusionen von ihr gestört fühlten. Pythagoras, deutlich gealtert, stand Kylon inmitten von schattenhaften Pflanzen gegenüber und schwieg. Sein stechender Blick bohrte sich durch die Düsternis.

Wir wissen nicht, ob Pythagoras jemals Magie gewirkt hat. Fakt ist, dass er sich nicht gegen unsere Feinde wehrte. Er starb in dieser Nacht – getötet von Kylon, weil Pythagoras sein Wissen nicht mit einem Tyrannen teilen wollte. Daraus wuchs eine Feindschaft zwischen den Pythagoreern und Kylonern, die

Jahrhunderte andauern sollte. *Tatsächlich ist die Gemeinschaft der Kyloner bis zum heutigen Tag die einzige, die neben den Pythagoreern besteht und ebenfalls an Magie forscht. Im Laufe der Geschichte sind wir immer wieder aneinandergeraten. Seit dem Ende des Zweiten Weltkrieges herrscht aber so etwas wie Frieden. Womöglich, weil unsere nächste Auseinandersetzung im Informationszeitalter dazu führen würde, dass die gewinnende Partei ihre Geheimnisse nicht vor dem Rest der Welt bewahren kann. Sagt zumindest Nikhil.*

Ophelia schwieg einen Moment, aber auf dem Feld bewegte sich niemand. Plötzlich erschien Willow an einem breiten Strand. Der Nachthimmel war surreal sternenklar. Eine Gruppe Pythagoreer drückte den Kopf eines Mannes in die Fluten. Weit entfernt, in ihrem realen Körper, verengte sich Willows Kehle.

Das ist kein schönes Kapitel in unserer Geschichte, aber wir müssen es trotzdem betrachten. Hippasos von Metapont war einer unserer klügsten Köpfe. Er behauptete, dass es nicht möglich sei, die Verhältnisse eines Pentagramms zu berechnen. Für seine Zeit stimmte das auch, heute lösen wir das Problem mit Fraktalen. Wie ihr wahrscheinlich wisst, lautet einer unserer wichtigsten Grundsätze, dass sich das gesamte Universum harmonisch verhält und mit Zahlen erfassen lässt. Alles ist Zahl. Wie unerträglich ist da die Behauptung, dass es geometrische Formen gibt, die sich eben nicht berechnen lassen? Chaos sollte sich nicht in der Mathematik zeigen, niemals.

Der Mann am Wasser verlor seine Lebenskraft, seine Glieder wurden schlapp wie Tang. Willow hätte gerne fortgesehen.

Zunächst schlossen wir Hippasos aus der Gemeinschaft aus, wie die vorherigen Querköpfe. Aber wie gesagt, wurden solche Ausgeschlossenen oft Teil anderer Gruppierungen – und dieser hier wurde ausgerechnet Teil der Kyloner und verriet ihnen, was die Pythagoreer über die Dunkle Ordnung wussten. Durch Hippasos waren wir also nicht mehr die Einzigen, die Magie verstanden. Er war der erste Verräter, den wir ertränkt haben. Er sollte nicht der einzige bleiben.

Der Tote trieb noch immer zwischen den Wellen, während die umstehenden Männer ein unverständliches Gespräch begannen. Natürlich wird heutzutage nicht mehr wirklich ertränkt, erklärte Ophelia weiter. *Aus dieser traditionellen Praxis entwickelte sich über die Jahrhunderte ein Vorgehen, das bis heute noch so durchgeführt wird. Wir sorgen dann in einem Ritual am Meer dafür, dass die Dunkle Ordnung und wir vergessen werden, ohne dass jemand sterben muss.*

Ophelias makabrer Tonfall störte Willow, aber immerhin verstand sie jetzt, wovon Anthony in Felices Zimmer gesprochen hatte – eine effektive Methode zum Vergessen, wenn die Hülsenfrüchte nicht ausreichten.

Keine Sorge, das ist sehr selten notwendig. Wer die Pythagoreer verrät, vergisst große Brocken des eigenen Wissens von selbst – dafür sorgt der Chlamys-Schwur. Mit jedem falschen Wort zerfällt euer Gedächtnis stärker. Das ist seit Jahrtausenden Teil unseres Schwurs und hat leider dazu geführt, dass wir etliche Gesetze der Magie wieder verloren haben. Insbesondere in internationalen Konflikten wie den Weltkriegen. Bitte sorgt während eures Studiums dafür, sehr sorgfältig Buch darüber zu führen, wie ihr mit der Dunklen Ordnung umgeht. Besten Dank!

Am Strand zogen die Pythagoreer den Toten zurück in Richtung des Festlandes, hoben ihn routiniert hoch. Geheimnisse, für deren Verrat Menschen getötet wurden ... Und diese Konflikte schienen bis heute anzudauern? Willow hatte noch nie von den Kylonern gehört, also war diese Geheimgesellschaft anscheinend wirklich gut darin, verborgen zu bleiben. Wieso hatte es bis zum Zweiten Weltkrieg gedauert, bis so etwas wie Frieden eintrat? Das hätte man doch bestimmt viel eher beilegen können.

Willow, deine Fragerei verzögert deine Illusion, aber wenn du all die blutigen Details wirklich sehen willst ... Die Stimme klang plötzlich nicht mehr nach Ophelia, sondern barsch und tief.

Abrupte Schwärze umhüllte sie, gefolgt von einem Blitz, der eine Reihe von Eindrücken auf Willow niedergehen ließ. Die Bibliothek von Alexandria stand in Flammen. Ein Speer trat durch den Hinterkopf eines Kriegers. Auf einer Theaterbühne gellte ein Schuss, doch der Magier fing die Kugel nicht mit seinen Lippen, sondern sackte in sich zusammen. Asche bedeckte Pompeji. In einer dunklen Kammer erdolchte ein Gelehrter einen anderen, der ohne jeglichen Laut zu Boden ging. Menschen tanzten bis zum Tod. Jemand mischte pürierte Erbsen unter das Frühstück einer Diplomatin. Ein Schatten stürzte aus einem Fenster auf das Prager Straßenpflaster. Blut brodelte. Bücher brannten. Beine brachen. Ein Handelsschiff verlor sich im Nebel, aus der sich die finstere Stimme erhob.

Eine lange Geschichte hat auch viele Tote, Willow. Das ist nur natürlich. Kriege, Krankheiten, Verrat. Ein Geheimbund kann nur bestehen, indem er geheim bleibt und seine Macht trotz aller Widrigkeiten aufrechterhält. Insbesondere, wenn die Pythagoreer nicht die Einzigen sind, die sich die Dunkle Ordnung zunutze machen. Aber willst du jede Ertränkung sehen, jeden Giftmord, jede Brandstiftung? So viel Zeit haben wir nicht. Es reicht, wenn du verstehst, dass unsere Geschichte mit den Kylonern komplex und lang ist. Wir haben den Frieden am Ende erreicht, und wir müssen und werden ihn wahren.

Der nächste Szenenwechsel traf Willow wie ein Schlag ins Gesicht. Sie brauchte einen Moment, um sich zu orientieren.

Ovid, Verfasser der Metamorphosen, meldete Ophelias Stimme, als wäre sie nie fort gewesen, noch bevor Willow die steile Nase des Mannes und die Inneneinrichtung eines römischen Hauses erkennen konnte. Der Dichter saß mit gefalteten Händen vor seinem Papyrus und beobachtete, wie es sich Vers um Vers zu einem Text verwandelte.

Nach dieser dramatischen Einführung in die Geschichte der Pythagoreer stelle ich euch nun einige der wichtigsten Mitglieder in chronologischer Reihenfolge vor. Ophelias Worte klangen abgelesen, als hätte ihr jemand den Text zugeschoben.

Ovid war kein Forscher, aber er hat das Gedankengut der Pythagoreer verbreitet und bekleidete in den Rängen des inzwischen internationalen Geheimbundes eine wichtige Rolle für die Anwerbung wissenschaftlich und magisch begabter Mitglieder.

Im nächsten Augenblick vergingen anderthalb Jahrtausende, die als Prozession vermummter Gestalten an ihr vorbeizogen. Erst nach dem Ende des Mittelalters klärte sich die Sicht. Willow stand an der Seite Johannes Keplers, den sie problemlos selbst erkannte.

»Die Planetenbewegungen sind Ausdruck einer vollkommenen Weltharmonie«, murmelte er und legte sein Auge an das Okular eines Fernrohrs. »Jetzt muss es mir nur gelingen, die astronomischen Proportionen mit den musikalischen zu verbinden ...«

Bildete sie sich das ein oder vernahm Willow die achte Sinfonie von Gustav Mahler, mitsamt des Chores? War der Komponist etwa auch Pythagoreer gewesen? Sie befand sich noch immer in Keplers Arbeitsstube, deren Fußboden sich jedoch rapide zu Gras wandelte. Ein knorriger Apfelbaum spross hervor, und darunter saß ein Mann. Der Himmel wechselte von sternenklar zu strahlend blau.

Lincolnshire im Jahr 1665, verkündete Ophelias Stimme, die noch immer seltsam monoton klang. *Isaac Newton.*

Ein weiterer Akteur im Rätsel um die Struktur des Sonnensystems. Ein weiterer Pythagoreer? Soweit Willow sich erinnerte, war auch er für das grobe Konzept der Sphärenharmonie empfänglich gewesen, für eine allgegenwärtige Melodie des Kosmos. Bruchstückhaft fielen Willow Zeilen eines Gedichts aus dieser Zeitspanne ein, das Esther ihr gerne vorgetragen hatte, weil es wie Musik von ihrer Zunge glitt. *Darin kam eine Göttin auf ihrem leuchtenden Thron vor, die silberne Fäden aussandte.* Sicherlich eine Metapher für das Sonnensystem.

Arcades von John Milton, flüsterte Ophelia. *Gut erkannt, ebenfalls einer von uns. Er suchte nach Alternativen zur Mathematik für das Wirken von Magie, war aber nicht erfolgreich. Ovid hatte seine Geheimnisse etwas zu gut gehütet, das Wissen über den nicht-mathematischen Zugang zur Dunklen Ordnung ging im Mittelalter komplett verloren.*

In diesem Moment fiel Newtons berühmter Apfel, aber das Bild wandelte sich, bevor er sein Ziel erreichte. Willows Bewusstsein schwebte nun neben einem murmelnden Mann, der einen staubigen Pfad beging. Papier lugte aus den Taschen seines Reisemantels, und wo auch immer er entlangging, färbten sich die Blüten der Sträucher von weiß zu blau.

Johann Wolfgang von Goethe, ein wichtiger deutscher Dichter, half Ophelia ihr aus. *Er entdeckte erneut, wie man mit Worten statt Mathematik Magie wirken kann. Wir sind irgendwo zwischen Neapel und Sizilien und erleben einen Teil seiner Italienreise, die er in seinen Berichten nicht festhielt.*

Allmählich brummte Willows Schädel wie ein wartender Bus, dessen Motor lief und lief und Abgase produzierte. Sie sehnte sich nach einer Pause, gleichzeitig wollte sie keine Sekunde der Illusion verpassen. Das alles fühlte sich wie ein Traum an, der nur so lange natürlich wirkte, bis sie erwachte.

Warte mal, Willow, mir ist ein Fehler unterlaufen. Diese Szene hättest du erst später sehen sollen, entschuldige. Ich behebe das schnell, und danach springen wir ins 19. Jahrhundert, als wäre nichts passiert.

Was?, dachte sie, da tat sich schon irgendeine Universität in irgendeinem Spätsommer auf. *Was soll das?*

Sorry!, säuselte die Stimme, die nur noch entfernt an Ophelias erinnerte. *Jetzt pass auf!*

Ein alter Mann verließ mit einem deutlich jüngeren Kollegen den Speisesaal der Universität. Seine Augen waren glasig, eines halb geschlossen. Willow erkannte nach einem kurzen Moment der Verwirrung Leonhard Euler. Dieses Genie gehörte also auch zu den Pythagoreern? Eulers Arbeiten waren meist mit einem naturphilosophischen Kontext versehen, den Willow zwar gelesen, aber immer als Beiwerk verstanden hatte. Dabei schien das die Handschrift der Pythagoreer zu sein, ihre Sicht auf den Kosmos.

»Ein neuer Planet bringt viele Veränderungen für unsere Gemeinschaft mit sich. Ich bin gespannt, ob das Modell von kosmischer Harmonie noch tragbar ist, wenn sich mehr Sphären auftun. Aber immerhin besitzt der Uranus einen griechischen und keinen römischen Namen«, meinte Euler mit einem belustigten Schnauben. »Für einen Musiker ist Herschel eine Bereicherung für die Pythagoreer, meinen Sie nicht?«

»Die Berechnungen der Umlaufbahn hat er trotzdem nicht selbst angefertigt«, erinnerte sein Kollege ihn mit erhobenen Augenbrauen.

Euler verlangsamte seine Schritte. »Nun, womöglich müssen wir uns ohnehin von unserem streng mathematischen Weg lösen und mehr Universalgelehrte finden, mehr Kreative. Ovid hat es schließlich auch ohne Mathematik geschafft. Es ärgert mich, dass wir dieses Wissen verloren haben. Es ärgert mich maßlos.«

»Vergessen Sie bitte nicht, dass die Mathematik zuverlässiges Vokabular bietet und einfache Worte zu viele Bedeutungen haben«, mahnte sein Kollege. »Wir sollten keine vorschnellen Entscheidungen fällen, nur weil sich eine unserer antiken Theorien als unwahr herausstellen könnte. Warten Sie ab, was Ihnen meine neuen Berichte verraten. Wurden sie Ihnen schon vorgelesen?«

»Teilweise.« Euler lächelte. »Was ist mit dem rätselhaften Objekt, das die Umlaufbahn des Uranus stört? Ist es auch nach zwei Jahren noch Teil Ihrer Berechnung?«

Sein Kollege zögerte kurz. »Ja, es ist noch da, ich kann es nicht ignorieren. Vermutlich ein weiterer Planet, Chaos habe ich ausschließen können. Aber schauen Sie sich bitte den gesamten Bericht an, bevor Sie daran arbeiten. Insbesondere nicht nebenbei.«

»Sie verlangen viel von mir.«

Im Gesicht seines Begleiters erschien unverhohlene Besorgnis, die seine Stimme jedoch nicht erreichte. »Denken Sie daran, sich nicht zu überlasten. Insbesondere nicht, wenn Sie die Variablen nicht kennen. Im Alter sind Sie anfälliger für Chaos.«

»Im Alter, pah«, schnaubte Euler. »Ich kann die Formeln nicht sehen und nutze sie allein im Geist, und dennoch hat mich bislang kein Problem umgebracht, insbesondere kein mathematisches. Ich weiß, was ich tue.«

Sie setzten ihren Weg schweigend fort. Nach wenigen Metern blieb Euler stehen und legte eine Hand an seine Schläfe, griff nach der Schulter seines Kollegen.

Er starb in dieser Nacht an einer Hirnblutung, dachte Willow, und die körperlose Stimme setzte ihren Gedanken fort. *Wir gehen davon aus, dass diese Blutung von Chaos ausgelöst wurde, weil Euler zu viele unbekannte Variablen ignorierte.*

Willow versuchte, zu schlucken, um das Engegefühl in ihrem weit entfernten Hals zu beseitigen. Wenn es in dieser Illusion darum ging, die Gefahren von Chaos zu verbildlichen, dann hatte sie es spätestens jetzt begriffen. Eine unsichtbare, zerstörerische Kraft, die Fehler gnadenlos bestrafte.

Ehe Willow geblinzelt hatte – konnte sie überhaupt blinzeln? –, fand sie sich in einem quadratischen Raum mit Betonwänden wieder. Vor ihr hing ein verkohltes, weiß-goldenes Banner mit dem Motto des Trinity College. Von irgendwoher drang die achte Sinfonie von Gustav Mahler, dieses Mal deutlich lauter. Sie hatte sich in Keplers Arbeitszimmer also nicht getäuscht.

Willow wartete, ob etwas geschah, aber mit jeder verstreichenden Sekunde wurde ihr unbehaglicher – falls überhaupt noch Zeit verging. Das war gewiss kein gewollter Teil der Illusion.

»Was tun Sie hier?«, fragte plötzlich ein Mann neben Willow. »Junge Frau, Sie sollten nicht hier sein.«

Rechts von ihr stand Alan Turing, links Ada Lovelace. Zwei der bedeutendsten Wegbereiter der Informatik. Nur dass sie definitiv nicht zur selben Zeit gelebt hatten.

»Verstehen Sie uns?«, fragte Lovelace, und Willow begriff jäh, dass sie gemeint war.

»Ja«, brachte sie mit ihrer körperlosen Stimme hervor.

»Was *tun* Sie hier? Sie gehören nicht zu uns.« Das rechteckige Gesicht und der strenge Seitenscheitel von Turing erschienen direkt vor ihr.

»Ich, äh, habe den Chlamys-Schwur noch nicht abgelegt«, verteidigte Willow sich, wollte zurückweichen. Wann endete diese Vorführung endlich? »Ist ... ist das alles *Chaos?*«

»Sagen Sie es mir.« Auch Ada Lovelace baute sich vor ihr auf. »Sie wollen also den Schwur ablegen? Mutig, mutig! Was ist Ihr Spezialgebiet?«

»Quantenphysik.«

»Quantenphysik?« Fragend schaute Lovelace zu Turing, der entschuldigend den Kopf schüttelte.

»Weit nach deiner Zeit. Extrem gefährlich und chaotisch, wir sollten diese Disziplin auf gar keinen Fall zu uns einladen.«

Willow kam es vor, als hätte sie den Kontakt zu ihrem Körper vollends verloren, sie spürte weder ihren Puls noch die Enge ihres Halses.

»Ich würde jetzt wirklich gerne aufwachen«, stieß sie hervor.

»Aufwachen?«, fragten die beiden Pythagoreer synchron, ihre Stimmen waren kaum mehr als ein Sirren.

»Lassen Sie mich Ihnen einen Ratschlag geben: Geben Sie auf. Legen Sie den Chlamys-Schwur nicht ab. Sie sind Chaos nicht gewachsen. Eines Tages ersticken Sie an Ihrer Arbeit.« Turings Züge zeigten keine Wut mehr, sondern Ekel. »Wie konnte es nur so weit kommen? Bestimmt hat dieser Morris sie eingeschleust.«

»Zu meiner Zeit hätte man das junge Ding nicht in die Gemeinschaft gelassen«, behauptete Ada Lovelace. »Wir sollten Sie beseitigen, solange wir noch können.«

»Wir sind keine Mörder mehr«, murmelte Turing und musterte Willow triumphierend. »Nur noch indirekt.«

»Es gibt immer Ausnahmen«, widersprach Lovelace und kam näher an sie heran.

Wie gerne hätte Willow die Augen zusammengekniffen, sich versteckt, wie damals als Kind, wenn die Monster nach ihrem Bettlaken haschten. Und dann gelang es ihr. Ihre Augen schlossen sich, um direkt wieder aufgerissen zu werden. Im selben Moment kehrte ihr rasender Puls zurück, die viel zu schnelle Atmung, der Schwindel.

»Willow und George hyperventilieren – Hugo, hol Tüten. Jetzt!« Ophelias dumpfe Stimme schaffte es kaum durch das hohe Fiepen in ihren Ohren. Harrison erschien in ihrem Blickfeld, ging vor ihr auf die Knie und griff nach Willows Händen, aber sie zog sie zurück. Das war alles zu viel. Ein Schweißtropfen rann ihren Nacken herab, und für einen Moment war das alles, worauf sie sich konzentrieren konnte.

Hugo erschien neben ihr, reichte ihr eine Papiertüte. Dann rückte Anthony seinen Stuhl in ihr Sichtfeld.

»Etwas ist schiefgelaufen«, raunte er. »Für die meisten endete die Illusion mit Mandelbrots Gastvortrag bei einer unserer Galas, 2008 – er sprach sich für dieses Institut aus. Hast du ihn gesehen? Humboldt, Milton, Noether, Germain? Oder Wittgenstein im Botanischen Garten?«

Willow war darum bemüht, ihren Atem zu kontrollieren, und antwortete erst einige Minuten später. In dieser Zeit erzählte Anthony unbeholfen von der Zerreißprobe der Pythagoreer während des Zweiten Weltkrieges, aber sie merkte sich nichts davon. Ophelia half George dabei, sich wieder zu beruhigen, Hugo hielt Evans Hand, und Nikhil unterhielt sich mit Echo, die aber ebenso wie Thabisa erstaunlich gefasst wirkte. Unterdessen redete Professor Battaglini mit gedämpfter Stimme auf Professor Gunt ein.

»Nein, ich habe ... all diese Leute nicht gesehen«, sagte Willow schließlich, als von der Hyperventilation nur ein Kribbeln in den Fingern und die Beklommenheit in der Brust zurückblieb. »Da ist etwas schiefgelaufen. Es fing damit an, dass Euler und Goethe zeitlich vertauscht wurden.«

»Du hast etwas Ähnliches erlebt wie die anderen aus deinem Jahrgang«, murmelte Anthony und sah flüchtig über seine Schulter. Harrison stand neben Ophelia und warf dem Professor einen finsteren Blick zu, den er nicht erwiderte. »Vielleicht hättet ihr den Chlamys-Schwur vorher ablegen sollen, vor der Illusion. Allein die Initiierung schützt euch ein wenig vor Chaos. Die Talismane hätten uns dann zusätzliche Sicherheit geboten.«

»Es war also wirklich dieses *Chaos*«, stellte Willow schaudernd fest. »Zum Schluss wollten mich Lovelace und Turing umbringen.«

Anthony runzelte die Stirn. »Was?«

»Dabei haben die nicht einmal zur selben Zeit gelebt!«

Er schaute erneut über seine Schulter, dieses Mal zu Gunt und Battaglini, dann senkte er seine Stimme. »Willst du sagen, dass die Illusionen dich *bemerkt* haben?«

Sie blinzelte. »Ja, sie ... haben direkt mit mir gesprochen. Und ich mit ihnen. Das war nicht gewollt, oder?«

»Definitiv nicht, nein. Es tut mir leid, dass das so gelaufen ist.« Er schluckte. »Aber gut, dass wir diesen Zustand aufheben konnten. Wir haben ganz schön blöd geguckt, als ihr nicht mit uns applaudiert habt.«

»Es war ... trotzdem interessant. Aber sehr verwirrend.«

»Das war nicht die letzte Iteration des Projekts, dafür ist schon zu viel Arbeit reingeflossen«, murmelte Anthony. »Feedback kannst du an Raymond und Ophelia geben.«

»Vielleicht sollte auch erklärt werden, wie die Dunkle Ordnung genau funktioniert, das habe ich immer noch nicht mitbekommen.«

Ihr Mentor grinste. »Keine Sorge, das erledige ich rechtzeitig.« Dann schob er seinen Stuhl an seinen ursprünglichen Platz und gab Professor Battaglini ein Zeichen. »Erst einmal sollten wir euch vor Chaos schützen.«

Argos' Fehltritt

»Noch nie wurde der Tod durch Schreie verjagt.«

Timur

»Ich schwöre, Kosmos und Chaos im Gleichgewicht zu wahren und den Flügelschlag eines Schmetterlings zu fürchten. *Perpetuis futuris temporibus duraturam.«*
Sie traten einzeln vor Pythagoras' schwarze Büste. Echo sprach leise, aber deutlich, während George nur flüsterte. Evan brauchte vor dem lateinischen Part eine kleine Bedenkpause, und Thabisa rezitierte den Schwur mit der Hochachtung einer Königin bei ihrer Krönung. Willow fürchtete, die Bedeutung jeglicher Worte zu vergessen, aber sie schafften es dennoch aus ihrem Mund. Anschließend überreichte Professor Battaglini allen ein Schmuckstück in Form eines Schmetterlings.
»Sie zähmen Chaos«, sagte sie und behielt weitere Erläuterungen für sich. George erhielt eine Krawattennadel, Evan einen Kettenanhänger, und die drei jungen Frauen bekamen fein gearbeitete Broschen. Thabisa und George tauschten, sobald sie wieder nebeneinandersaßen.
Schließlich gab es höflichen, nein, akademischen Applaus und einen raschen Wechsel zum Büfett, das von den älteren

Jahrgängen im Erdgeschoss vorbereitet worden war. Offenbar schien sich diese Gewohnheit auch in diesem Teil des Trinity College durchzusetzen.

Willow fand neben der Küche den Salon und ein angrenzendes Varieté mit staubigen Samtvorhängen, runden Tischchen für Speisen und Getränke sowie eine Bar mit einer beeindruckenden Auswahl Spirituosen. Außerhalb dieses Raumes waren die Wände grundsätzlich mit Bücherregalen bedeckt: Die gesamte untere Etage bestand aus einer Aneinanderreihung thematischer Bibliotheken, die sich auf verschiedene Naturwissenschaften und die griechische Antike spezialisierten. In kleinen Gruppen standen gemütliche Lesesessel sowie Arbeitstische mit honiggelben Bankerlampen.

Während die Gespräche der anderen dumpf und fern wurden, wanderte Willow durch die Räume und nippte an einem Glas Rotwein. Die Brosche ruhte über ihrem Herzen, ein auf ewig versteinerter Glasflügelfalter. Hugo lachte hinter ihr sein lautes, ehrliches Lachen, das offenbar die halbe Küche ansteckte. Von irgendwoher drang Dvořáks Streicherserenade.

Willow durchschritt einen hölzernen Bogen und erreichte eine weitere Bibliothek. Ein Pythagoras aus Alabaster begrüßte sie stumm, als wollte er fragen, wie ihr Tholeros Kosmos gefiel. Die schweren Teppiche schluckten ihre Schritte, bremsten sie sogar. Willow blieb stehen und betrachtete die in Leder gebundenen Folianten, horchte in sich. In letzter Zeit kam es ihr vor, als hätte die Masterarbeit ihre Emotionen in Formeln übertragen. Jede Regung war berechenbar geworden, nichts Besonderes mehr. Es war logisch, hinnehmbar, dass sie sich nach ihrem Bett sehnte, nach einer verschlossenen Tür und einem austauschbaren, nicht enden wollenden Strom aus Internetvideos, der alle weiteren Gedanken so lange unterdrückte, bis sie zu einem kompakten Gefühl des Unbehagens verschmolzen. Jenem Gefühl, dass irgendetwas nicht stimmte. Für gewöhnlich löste es sich nach einer Weile auf, denn Sorgen kamen mit zerberstenden Türen und verschwanden wie Hugo. Dass gewisse Sorgen plötzlich von Sizilien zurückkehrten, hatte sie hingegen nicht erwartet. Und im Gegensatz zu sonst war da ein klarer, beinahe brüllender Gedanke, der sich immer wieder nach vorne drängelte. Sie wollte nicht, dass er hier war. Sehnsucht nach einer Lüge ergriff sie, nach dem alten Harry. Aber gleichzeitig dachte sie an ihre Mutter und an die Verblendungen ihres Vaters, die sie einfach hingenommen hatte. Warum er stets so lange arbeitete. Wohin und mit wem er unterwegs war.

Willow nahm einen Schluck Wein. Ihre Zweifel trübten das Aroma.

Ohne Eile führte sie ihren Rundgang durch das Erdgeschoss fort. Sie passierte das Büro von Professor Archer und fand sich unter dem aufgemalten Sternenhimmel des Foyers wieder. In der angrenzenden Küche stellte sie das Glas ab, schnappte sich einige Kanapees und gesellte sich zu Hugo und Evan, die inzwischen deutlich angetrunken waren und über die Zentrifugalkraft der Erde schwadronierten.

»Das ging ja schnell«, meinte Willow in einer Gesprächspause.

»Wasn?«, nuschelte Evan. Über seiner Schulter drehte sich Anthony kurz zu ihnen um, dann kehrte er in sein Gespräch zurück. »Das sind ganz normale Themen für einen Geografen und einen Meteorologen.«

»Ich meine auch eher euren Alkoholpegel.«

»Das Ding ist«, sagte Hugo lasziv und legte eine Hand auf ihre Schulter, »dass ich zu viel trinke und Evan zu wenig. Der verträgt nichts. Und Harrison is'n super Sommelier. Und was is' mit dir, Willow?« Die letzte Silbe klang regelrecht obszön.

Sie deutete auf ihr Weinglas und hoffte, dass die Diskussion damit beendet war. In diesem Moment entdeckte sie Aramis unter einem der Esszimmertische.

»Entschuldigt mich«, murmelte sie und eilte hinüber, ging in die Hocke. »Was machst du denn hier? Passt Harry nicht auf dich auf?«

Der Beagle zuckte mit der Nase und legte seinen Kopf auf ihr Knie. Suchend schaute sie sich um, Harrison war nicht hier. Stattdessen näherte sich Ophelia – sie stellte eine braune Bierflasche auf den Tisch und ließ sich neben Willow nieder.

»Da ist er ja! Wir suchen Aramis schon überall.« Als Willow nicht antwortete, schlug sie sich sanft an die Stirn. »Ah, sorry. Ich bin Ophelia, Ophelia Murphy. Wir haben uns noch gar nicht richtig kennengelernt.« Ihr Akzent verriet, dass sie aus Dublin stammte.

»Freut mich«, meinte Willow und kraulte den Beagle zwischen den Ohren, in der stillen Hoffnung, dass die Doktorandin wieder ging.

»Ich, äh, also, ich habe mit Harry nicht viel zu schaffen«, sagte sie. »Falls du dir darüber Sorgen machst.«

Und doch darfst du ihn Harry nennen. »Mache ich nicht.« Willow konnte sich nicht dazu durchringen, ihre Worte in Freundlichkeit zu tunken.

»Okay.« Ophelia zögerte kurz, dann ließ sie Willow allein. Sie wusste also, dass der Beagle bei ihr bleiben konnte. Aramis atmete stoßweise aus, als wäre er ein Teenager, der sich eine gefärbte Haarsträhne aus der Stirn blies. Immerhin schien Harrison ihn zu suchen. Die Aussicht darauf, mit ihrem Partner auch Aramis zu verlieren, presste Willows Herz zusammen. Seufzend nahm sie den Beagle auf den Arm und stand auf. Harrison trat gerade aus dem Foyer, Erleichterung überkam sein Gesicht. Bevor er etwas sagen konnte, schnitt Willow ihm das Wort ab.

»Ich bring ihn gleich zurück, wir gehen frische Luft schnappen.«

»Oh, in Ordnung. Ich werde ... Lia Bescheid geben, dass wir die Suche beenden können.«

Willow ließ ihn wortlos stehen und setzte Aramis erst vor der Eingangstür ab. Inzwischen ging die Sonne unter, vom Ozean kroch die Nacht heran. Der Lärm aus Gesprächen und Musik, der ihre Gedanken umzingelt hatte, verflüchtigte sich. Irgendwie schaffte sie es, die Stufen ohne Stolpern zurückzulegen, wobei ihr der ferne Schein des Baily-Leuchtturms kaum half. Frischer Wind empfing sie, atmete alle Geräusche fort. Willow lief zu jener Stelle am Kiesstrand, an der sie nachmittags Evan gesehen hatte. Die Dämmerung flößte Aramis Respekt ein, er wich kaum von ihrer Seite. Unter ihrem Pullover fröstelte sie, aber sie wollte nicht mehr umkehren. Ihr Weg endete auf einem flachen Felsen. Der Horizont verschmolz mit dem Meer. Sie hörte zu, wie Aramis in die Wellen trat und begeistert hechelte. Dachte an all die Dinge, die passiert waren, seit sie am Morgen die Haustür hinter sich zugezogen hatte. Dass es so etwas wie Magie gab, war im Laufe des Tages geradezu beiläufig von ihr akzeptiert worden. Beim nächsten Einatmen verkrampfte sie. *Magie.* Sie hatte Magie gewirkt, einen Regenschauer aus dem Nichts hervorgerufen. Wie hatte sie das gemacht?

Willow betrachtete ihre Hände. Wie oft hatte sie sich als Kind vorgestellt, eine Hexe zu sein, Tränke zu mischen, Zaubersprüche aufzusagen. Und jetzt sollte eine Träne genügen?

»Abrakadabra«, murmelte sie und spreizte die Finger in der Gebärde für Magie, schnaubte amüsiert. Vor wenigen Jahrhunderten wäre experimentelle Physik tatsächlich als Magie durchgegangen. Womöglich erhielt die Forschung von Tholeros Kosmos in einigen Jahren einen anderen Namen als *Gesetze der Magie*. Sie wusste nicht, ob ihr dieser Gedanke gefiel.

Willow schaute über ihre Schulter. Sie war zwar darum gebeten worden, keine Magie außerhalb des Instituts zu wirken, aber hier war niemand außer ihr und dem Beagle. Hatte Thabisa nicht gesagt, dass sie sich während der Prüfung stark konzentrieren musste? Willow hatte sich nicht konzentriert, höchstens darauf, möglichst elegant im Boden zu versinken. Dennoch schaute sie erneut auf ihre Hände. Sie musste es versuchen, sich überzeugen. Aber worauf sollte sie ihre Aufmerksamkeit richten? Gewiss war dieser Regen nicht aus den Formeln des Gremiums entstanden. Sie hatte nicht einmal alles lesen können, bevor ihre Sicht verschwommen war. George hatte doch gesagt, dass Emotionen so etwas bewirken konnten, oder? Bloß fühlte sie gerade wenig, höchstens unruhige Erschöpfung, wie Koffein in der Nacht. Sie ahnte, dass es leichter war, wütend als traurig zu sein. Darum lenkte sie ihre Gedanken auf Harrison, den Klimawandel, Ölkatastrophen, und plötzlich auch auf Anthony. Ihr Kopf fühlte sich an, als würde ihn jemand unter Sand begraben. Die Körner rieselten in ihre Gehörgänge, juckten, verklumpten. Ansonsten geschah nicht viel. Vermutlich war es ohnehin besser, dass in diesem Moment kein Blitz aus dem klaren Himmel zuckte. Dafür war diese Ruhe zu kostbar.

Willow ließ ihre Hände fallen und schaute Aramis hinterher. Er hatte sich von ihr entfernt und schnupperte an Algen. Wie schön es doch wäre, den weiteren Abend nur mit den eigenen Gedanken zu verbringen, weit weg vom Trubel der Feier. Vielleicht konnte sie sich durch das Foyer in das Wohngebäude schleichen und ...

Ein plötzliches Geräusch ließ sie zusammenfahren. Es klang, als hätte sich ein großer Vogel vom Himmel ins Wasser gestürzt. Ein Schrei folgte, ein menschlicher Schrei. Willow suchte den Ozean ab und entdeckte einen Schatten. Auf die Distanz konnte sie das Gesicht nicht erkennen, nur einen dunklen Seitenscheitel, ein weißes Hemd.

»Hugo?«, brüllte Willow. »HUGO?«

Sein Kopf verschwand zwischen den Wellen. Aramis bellte. Mit zitternden Fingern löste Willow ihre Schnürsenkel, zerrte Schuhe und Socken von ihren Füßen. Dann hielt sie inne. Was, wenn sie es nicht zu ihm schaffte? Sie schaute sich um, tastete ihre Kleidung ab, doch ihr Telefon hatte sie seit dem

Vormittag nicht wieder an sich genommen. Es ruhte auf dem Grund ihrer Tasche, in Felices Zimmer. Panik spülte durch ihren Körper, lähmte ihre Beine. Der Wind blies ihr nun derart kräftig ins Gesicht, als wollte er sie vom Meer zurückdrängen. Hugos Kopf tauchte auf, aber sie konnte nicht verstehen, was er rief. Ein Arm winkte. Im nächsten Moment verschwand er, erschien viele Meter weiter draußen. Seine Bewegungen wurden hektischer.

»HILFE!«, brüllte Willow und drehte sich zum Institut. »HILFE!«

Als die Eingangstür aufschwang, fiel warmes Licht auf die Heide. Sie erkannte die Silhouette nicht, aber jemand rannte zurück ins Innere, rief etwas Unverständliches. Keine zehn Sekunden später materialisierte sich Anthony neben Willow. Er fasste wankend nach ihrer Schulter, um nicht zu stürzen.

»Ich hol ihn, bleib hier«, zischte er und schlüpfte aus seinen Schuhen, kramte in den Hosentaschen. Der Wind trug Hugos grelle Rufe zu ihnen.

»Solange wir ihn hören, lebt er noch«, murmelte der Professor und fand einen Zettel und einen winzigen Bleistift. Auf seinem Oberschenkel notierte er etwas, eine Berechnung.

»Was machst du da?«, würgte Willow hervor. Sie konnte kaum atmen.

»Beaufort 5 oder 6? Dreht der Wind die ganze Zeit?«

»Was? Nein.« Sie schüttelte den Kopf. »Ich schätze 30, 35 Kilometer die Stunde, keine Ahnung!«

»Also Beaufort 5«, sagte Anthony und schaute rasch zu ihr hoch. Trotz der Klarheit seiner Worte verweilte die Angst wie eine Maske auf seinem Gesicht. »Ich komme so schnell wie möglich zurück. Hilf Ophelia, wenn sie kommt. Lass nicht zu, dass noch jemand ins Wasser geht.«

Willow sah aufs Meer, nickte. Hugo kämpfte mit den Wellen, aber immerhin hatte er sich nicht weiter nach draußen relokalisiert. Eine Böe schlug ihnen entgegen, über die

Anthony fluchte. Sobald sie abflaute, löste er sich in Luft auf. Atemlos versuchte Willow, Hugo mit ihrem Blick zu fixieren und ihn Kraft ihres Willens zurück ans Ufer zu holen, aber sie konnte keinen klaren Gedanken fassen. Die Wellen tanzten in einem grausamen Reigen um Hugo herum, zogen sich scheinbar wie eine Schlinge zusammen. Endlich erschien Anthonys Kopf auf der Wasseroberfläche, doch er trieb Hunderte Meter von Hugo entfernt. Aramis' Bellen wurde lauter.

Willow rief ihn zu sich und ging in die Knie, streichelte ihn grob, als könne man einen Hund mit sanfter Gewalt beschwichtigen. Vom Institut kamen jetzt einige Leute herunter, angeführt von Ophelia. Beunruhigtes Murmeln. Während Hugos Kopf seltener zwischen den Wellen auftauchte, wechselte Anthony ins Kraulen. Willows Füße wurden eiskalt, sie zog die Zehen ein.

»Was ist passiert?«, fragte Ophelia, ihr Gesicht schimmerte blass in der Dämmerung. Sie trug eine alte Arzttasche mit sich, die bei jedem Schritt klapperte. »Ertrinkt Hugo?«

»Er kann den Kopf kaum über Wasser halten«, sagte Willow. An Ophelias Seite war nur Nikhil, der Rest des Instituts hielt Abstand. Wie Schaulustige standen sie da, legten eine Hand auf den Mund, flüsterten. Doch sie waren nicht schaulustig, sondern machtlos.

»Die Überlebensrate von Menschen, die nach einem solchen Vorfall reanimiert werden müssen, ist gering.«

»Nikhil, das ist *nicht hilfreich*«, zischte Ophelia und schlug ihm mit der flachen Hand an den Oberschenkel, während sie mit der anderen am Verschluss zerrte.

»Sollen wir den Rettungsdienst rufen?«, fragte Willow. »I- ich habe mein Handy nicht hier.«

»Statistisch unerheblich.«

»Hör endlich auf!«, rief Ophelia, ihre Finger zitterten, rissen an der Tasche. Willow ließ den Beagle los und half ihr mit der verklemmten Schnalle.

»Das war als Lob an dich gedacht, Lia«, murmelte Nikhil.

»Bist du Ärztin?«, keuchte Willow.

»Sozusagen«, nuschelte Ophelia und rieb gedankenverloren ihre Hände, als würde sie einen alten Defibrillator aufladen. Sie studierte angestrengt den Inhalt ihrer Tasche. Willow erkannte neben Desinfektionsmittel, Verbandszeug und einigen Medikamenten vor allem zerfranste Notizbücher mit unzähligen bunten Fähnchen an den Seiten.

»Ruhig atmen«, erinnerte Nikhil sie beide und hob den Kopf zum Horizont. »Morris ist gleich bei ihm. Ich glaube nicht, dass er den Sprung zurück fehlerfrei schafft.«

»Hugo hat sich eben weiter nach draußen relokalisiert«, berichtete Willow, um überhaupt etwas beizutragen, und legte ratlos ihre Hände auf die Knie. Aramis saß vollkommen still neben ihr.

»Ich brauche nicht zu erklären, warum, richtig?« Nikhil seufzte überlaut, als er Willows fragendem Blick begegnete. »Also bitte, er hat nicht auf mich gehört. *Don't drink and port.*«

»Er wird schon einen Grund gehabt haben, warum er sich in diesem Zustand relokalisiert hat«, meinte Ophelia kopfschüttelnd. Nikhil schnaubte lediglich zur Antwort. Willow bemerkte erst jetzt, dass sich die anderen Mitglieder von Tholeros Kosmos auf dem Felsen verteilten. In der Dämmerung waren sie kaum mehr als Schatten.

»Was machen die da?«

»Hoffen, dass Morris nicht bei ihnen auftaucht, sondern bei uns«, sagte Nikhil und kniff die Augen zusammen. »Dürfte jeden Moment so weit sein.«

Die Felsen erzitterten, als zwei Körper an der Küste aufschlugen. Sie keuchten, husteten. Sand legte sich auf die nasse Kleidung. Der Professor rutschte auf seine Knie, schüttelte an Hugos schlaffer Schulter. Ophelia erhob sich und rannte mit der klappernden Tasche durch Willows Sichtfeld. Aramis wimmerte. Tholeros Kosmos hielt die Luft an.

»Wir haben Puls und Atmung«, vermeldete Ophelia aus fünf Metern Entfernung, dennoch klang es, als redete sie mit sich selbst. »Hugo, kannst du mich hören?«

Ein Ächzen kam zur Antwort.

»Reicht«, meinte Nikhil ungewohnt behutsam. »Professor, alles in Ordnung?«

»Hätte besser laufen können«, fluchte der, während er seine Hände rieb. Als er Hugos Oberarme umfasste, stieg Dampf aus dem Stoff des Pullovers. Hugo blickte starr an Anthony vorbei in den Himmel und schien binnen Sekunden nüchtern geworden zu sein. Auf sein Gesicht legte sich Bitterkeit.

»Tut mir leid, wollte euch nich' erschrecken«, nuschelte er. Für einen Moment flüchtete sein Blick zu Willow, aber dann überkam ihn ein Hustenanfall. »Ah, *putain* ... hier tut's weh, Lia, schau mal ...«

»Bestimmt geprellt, vom Aufschlag.« Sie legte sacht eine Hand an seine Rippen, was Hugo mit einem weiteren Fluch kommentierte. Als Ophelia den Kopf zu Anthony hob, schien ihr Gesicht vor Anstrengung zu glühen. »Wirklich alles okay?«

»Wütend bin ich«, entgegnete der Professor, als hätte die tiefe Falte auf seiner Stirn diese Tatsache nicht längst offenbart. »Das war ein großer Fehler, Mr Thibault.«

»Hab' ich selbst schon bemerkt, danke.« Mit verzerrter Miene neigte Hugo den Kopf in Richtung des Instituts. Vor der Mauer standen die anderen wie Geister, die beim Spuken erwischt worden waren.

»Wo wolltest du überhaupt hin?«, fragte Nikhil.

»Das geht dich gar nichts an.«

Nikhil setzte sich ein entschiedenes Lächeln auf. »Aha.«

»Ich kümmere mich schon darum«, drängte sich Anthony zwischen die beiden.

»Professor Battaglini würde mir solche Fehltritte nicht durchgehen lassen.« Nikhil hob die Schultern und wandte sich zum Gehen.

Anthony hob abschätzig die Augenbrauen. Sein Kiefer mahlte. »Geht zurück zur Feier!«, verlangte er dann laut und kehrte zu Hugo zurück. Unruhe überspülte die Felsen. Alle wandten sich unwillig ab, vereinzelte Gespräche begannen.

»Die Prellung müsste jetzt besser sein«, meinte Ophelia. Hugo legte seinen Kopf in den Nacken und sah dabei zu, wie sich das Institut meeresgleich zurückzog. Er fühlte sich erst angesprochen, als sie ihn in die Seite knuffte.

»Uff, ja, ist schon besser. Danke.« Er schaute an sich herab, nur seine Hosenbeine trieften noch. »Tut mir wirklich leid.«

»Ich ... bringe Aramis aufs Zimmer«, sagte Willow, als wäre es notwendig, dass sie sich erklärte. Vermutlich hätte sie längst gehen sollen, als Anthony sie alle dazu aufgefordert hatte.

»Aramis ist ein witziger Name für einen Beagle«, erwiderte Hugo amüsiert. »Harrison hätte ihn längst herbringen sollen.« Er hatte offenbar beschlossen, so effizient wie möglich von sich selbst abzulenken.

»Ein Musketier«, merkte Willow hilfsbereit an und tastete in der Dunkelheit nach ihren Schuhen.

»Könnte aus *Star Trek* sein.« Ophelia schloss die Schnallen ihrer Tasche, hob sie hoch.

»Ich glaube, Harry liest lieber die *Drei Musketiere* auf Italienisch, als auch nur eine Folge von irgendetwas anzuschauen«, meinte Willow mit einem stoischen Lächeln.

Ophelia nickte achselzuckend. »Vielleicht würde es ihm gefallen, das Weltall zu erkunden und Alien-Artefakte auszubuddeln ...« Ihr Nicken schmolz in ein Kopfschütteln. »Ich meine, er ist mit einer Physikerin zusammen.«

Willow zog unwillkürlich die Mundwinkel nach unten. »Mag sein. Aramis, komm.« Die anderen sprachen deutlich zu viel über Harrison, als lauerten sie auf ein offizielles Statement von seiner vor den Kopf gestoßenen Freundin.

Barfuß betrat sie den kalten Weg und bereute diesen Abgang sofort. Einerseits musste sie total hochnäsig wirken, andererseits stachen ihr etliche Steinchen in die Fußsohle. Zu allem Überfluss folgte Ophelia ihr, während Hugo und Anthony am Meer zurückblieben.

»Ich wollte dir nicht zu nahe treten, tut mir leid«, begann sie. Ihre Tasche klapperte.

»Nein, entschuldige dich bitte nicht. Ich bin heute furchtbar dünnhäutig«, entgegnete Willow, ohne stehen zu bleiben. Aramis war längst vorausgeeilt und wartete unter dem Vordach. »Mir tut es leid.«

»Okay.« Ophelia klang immer noch nicht überzeugt, womöglich auch, weil sie kaum Schritt halten konnte.

Willow hielt Aramis und der jungen Ärztin die Eingangstür auf. Sie hielt inne, als das Licht des Foyers auf die Schuhe in ihrer Hand fiel.

»Ich habe einen der Socken verloren«, seufzte sie und warf einen Schulterblick in die Nacht, während Ophelia ihre Tasche im Foyer abstellte.

»Ich achte auf Aramis«, schlug sie mit einem unsicheren Lächeln vor.

Willow steckte den einsamen Socken in ihre Hosentasche und schlüpfte in die Schuhe. »Danke. Langer Tag.«

»Langer Tag«, bestätigte Ophelia, obwohl sie nur noch Augen für den Beagle hatte.

Willow schloss die Tür hinter sich und brauchte einen Moment, um den Pfad in der Düsternis zu erkennen. Offenbar waren Anthony und Hugo noch nicht aufgebrochen, zumindest kamen ihr keine Schatten entgegen. Während sie nach unten tappte, biss sich ein Schauer in ihrem Nacken fest. Was, wenn die beiden etwas Wichtiges besprachen?

An der Grundstücksmauer blieb sie stehen, außer Sicht. Es sei ein Reflex, sagte sie sich. Sie wollte nicht lauschen.

»Das hast du ja ganz prima gemacht«, hörte sie Anthony sagen. »Ich dachte, du wolltest sie im Auge behalten.«

»Hab' ich doch. Ich hätte mich nur nich' relokalisieren dürfen, das hab' ich jetzt auch begriffen.«

Einer der beiden schnaubte, wahrscheinlich der Professor. »Sehr verantwortungsbewusst.«

»Zu meiner Verteidigung: Harrison hat mir sooo schönen Wein und Likör zum Probieren dargeboten. Ja, *dargeboten,* er ist beinahe getänzelt, es war ziemlich anmutig.«

»Es ist mir egal, wie anmutig Harrison dich abgefüllt hat! *Don't drink and port,* Hugo, verdammt. Du weißt, wie gefährlich es dort draußen ist. Wie schnell du ertrunken wärst. Und« – er machte eine mahnende Pause – »ich hatte definitiv keine Lust, dem ganzen Institut vorzuführen, dass ich mich relokalisieren kann. Margareta und Joseph werden *Fragen* stellen.«

»Das ... ja, das waren alles viele ... blöde Dinge auf einmal.« Hugo klang, als würde er endlich das volle Ausmaß seines Fehltritts begreifen. Der Professor ließ ihm Zeit dafür.

Zögernd wagte Willow einen Blick über die Mauer und sah Hugo noch immer im Kies sitzen, während Anthony mit verschränkten Armen auf das finstere Meer starrte.

»Soll ich dir hochhelfen?«, fragte er hölzern. Hastig zog sich Willow in die Schatten zurück, aber vom Strand drang nur das Rauschen der Wellen zu ihr.

»Hey, ich wollte keinen Stress machen. Und ich rechne dir hoch an, dass Evan jetzt hier ist, weißt du?«, sagte Hugo so leise, dass Willow sich fragte, ob sie sich verhört hatte.

»Er hat das ganz alleine geschafft, ich habe damit nichts zu tun.«

»Jaja«, nuschelte Hugo. »Weißt du, nicht alles Schöne ist auch wahr. Wenn es nach Anaximenes ginge, wären Sterne die glühenden Seufzer der Erde.«

Anthony schwieg lange. Schließlich sagte er: »Du bist eigenartig, wenn du getrunken hast.«

»Ich sollte ins Bett gehen«, stellte Hugo fest.

»Ja. *Gehen.*«

Willows Herz setzte sich abrupt in Bewegung. Sie trat die Flucht nach vorne an und lief möglichst unbehelligt durch das Tor. »Ich bin wieder da«, verkündete sie in einem beschämt-genervten Tonfall. »Hab einen Socken verloren.«

Beide Männer erschraken, erwiderten aber nichts. Sie tauschten einen Blick, kaum langsamer als der Flügelschlag eines Schmetterlings. Dann erschien ein kräftiger Lichtschimmer auf Höhe von Anthonys Brustkorb.

»Den finden wir schon«, versprach er.

»Ich seh ihn!« Willow kam näher, stopfte den verlorenen Socken zu dem anderen und spürte echte, glühende Scham auf ihren Wagen. »Äh, lasst euch nicht stören. Oder braucht ihr noch Hilfe?«

»Wir wollten gerade gehen«, meinte Anthony.

»Genau. *Gehen*«, wiederholte Hugo und lächelte schelmisch.

Die einst belebte Party war in halblaute Gespräche zersplittert, die stets mit einem Glas Alkohol in der Hand geführt wurden. Während Anthony in der Küche verschwand, holte Willow den Beagle ab und beeilte sich, zu Hugo aufzuschließen, der in seiner triefenden Hose über den Innenhof schlurfte.

»Du musst nich' auf mich aufpassen«, grummelte Hugo, als er sie bemerkte.

»Ich ... ich hatte gehofft, dass wir reden könnten. Ich bräuchte ein paar Antworten.«

»Antworten sind hier rar.« Er blieb stehen und kreiste seine Schultern, während Aramis schnüffelnd über das Pflaster schritt.

»Das habe ich schon gemerkt, meine Güte. Warum so geheimnisvoll?«

»Macht doch Spaß«, entgegnete Hugo, auf einmal lallte er wieder. Willow hatte fast vergessen, wie betrunken er war.

»Warum bist du mir an den Strand gefolgt?« Sie starrte ihn an, als wollte sie auf keinen Fall jenen Moment verpassen, in dem er sich unerlaubt in Luft auflöste.

»Ich wollte nach dir schauen.« Er beförderte eine Zigarette aus seiner Hosentasche und wühlte nach einem Feuerzeug.

»Und warum?«

»Du warst weggegangen.« Ihre Augen brannten, nun kniff sie doch die Lider zusammen. »Du musst nicht auf mich aufpassen.«

»Einigen wir uns darauf, dass wir beide nicht aufeinander aufpassen müssen.« Er durchwühlte die andere Hosentasche, fluchte dumpf auf Niederländisch.

»Was läuft zwischen dir und Anthony?«, hakte sie weiter, während sie sich fragte, woher sie dieses Selbstbewusstsein nahm. Willow konnte sich nicht erinnern, jemals derart mit jemandem gesprochen zu haben, aber sie genoss das kurze Gefühl der Befriedigung.

»Was da *läuft?*«, wiederholte Hugo und lachte etwas zu laut. »Er ist mein Mentor hier, genauso wie er Evans und deiner sein wird. Die Professoren nehmen hier jedes Jahr einen neuen Doktoranden unter ihre Fittiche. Offenbar nimmt Anthony immer die Extras.«

»Hä?« Sie konnte seinem Gedankenstrom kaum folgen.

»Na, Felice war auch sein Schüler. Harrison hatte Felice aus Italien mitgebracht, da gibt's ja auch Pythagoreer, die forschen. Wenn auch ohne schickes Institut, sondern *heimlich* unter den gewöhnlichen Studis.« Hugo drehte die unangezündete Zigarette in seinen Fingern. »Felice war Gaststudent für ein Semester, nur ist er halt, äh, vorher *verschwunden*. Klingt das unsensibel? Bestimmt.«

»Harry hat Felice mitgebracht?«, wiederholte Willow. Kälte jagte über ihre Arme.

»Klar, die beiden sind enge Freunde gewesen.« Er taktierte sie mit zusammengekniffenen Augen, als wäre er ein Psychologe, der etwas herauszufinden versuchte. »Hey, guck nicht so.«

»Wie gucke ich denn?«, entgegnete sie.

»Wie jemand, der sich fragt, was der geliebte Partner noch alles verheimlicht. Freunde, Liebschaften, Drogenkonsum.« *Äußerst scharfsinnig*, stellte Willow ertappt fest.«... und?«

»Frag mich nicht. Der Typ ist doch fast nie hier.« Hugo suchte erneut nach einem Feuerzeug, amüsiert und frustriert zugleich. Willow dachte an ihre Mutter, deren Zigaretten sie einmal versteckt hatte. Einige Minuten lang hatte sie noch Scherze gemacht, während ihre Suche immer hektischer wurde. Schließlich war sie zur Tankstelle gegangen, und Willow hatte sich tagelang schlecht gefühlt.

Ein lauter Seufzer von Hugo riss ihre Aufmerksamkeit an sich. Er steckte die Zigarette in seine Brusttasche. »Hätte Anthony nach dem Trockenlegen drum bitten sollen, dass er mir Feuer gibt. Jedenfalls ... jedenfalls, Willow, hör mir zu, Harrison ist ein feiner Kerl. Reich und eingebildet, klar, wie wir alle hier. Außer Thabisa und Evan vielleicht. Und George. Und ...« Er schaute ins Leere, sein Gesprächsfaden schien an einem Ballon in den Himmel zu steigen. Sekunden vergingen, in denen Willow nur das unaufhörliche Schnuppern von Aramis vernahm. Schließlich schüttelte Hugo den Kopf. »Also, Harrison ist auf jeden Fall ganz nett und bodenständig ... hey, *bodenständig*, das ist doppeldeutig. So als Im-Dreck-Buddler.«

»Ich glaube, du solltest wirklich ins Bett«, unterbrach sie ihn.

»Nicht, dass du dunkle Geheimnisse aus mir herauskitzelst!«, mahnte Hugo mit erhobenem Zeigefinger. Willows Lächeln erstarb in dem Moment, als er sich von ihr abwandte und auf das Wohngebäude zusteuerte.

Sie folgte ihm, ließ Hugo vor seinem Zimmer allein und brachte anschließend Aramis zu sich. Er stürmte geradezu auf das Bett unter dem Fenster. Willow hatte es versäumt, ihm das abzugewöhnen. Seufzend zerrte sie ein Handtuch aus ihrem Rucksack und trocknete seine Pfoten, dann ließ sie ihn allein im Zimmer.

Wollte sie überhaupt zurück zu der Feier? Wenn sie ehrlich war, hätte sie sich gerne unter der Bettdecke verkrochen. Frust trieb sie dennoch ins Hauptgebäude. Sie musste noch etwas klären.

Drüben schnappte sie sich in der Küche ein frisches Glas Wein, weil sie ihr altes nicht mehr fand, und wurde von Lloyd spinnengleich in einen Monolog über die angebotenen Sorten verstrickt. Offenbar hatte er die halbe Woche damit zugebracht, im Keller nach den perfekten Jahrgängen zu suchen. Stur lächelnd ließ sie sich jenen Wein einschenken, den er empfahl, und stürzte ihn in einem Zug herunter, während sie in die angrenzende Bibliothek trat. Die Professoren und Doktoranden verteilten sich im Raum, aber die ursprüngliche Partystimmung war Schwere gewichen. Nikhil, Echo und Anthony unterhielten sich mit Gebärden, Thabisa stand interessiert daneben und ließ sich Stichwörter geben. Hinter ihnen lag Professor Archer in einem Sessel, die Beine über die Lehnen gelegt, seine Augen geschlossen. Professor Battaglini und George saßen im Varieté, ihre Füße wippten synchron im Takt einer unsichtbaren Melodie. Wenn Battaglini lachte, tanzte ihre Perlenkette. Sie legte dann eine Hand über ihren Mund, als wollte sie nicht, dass jemand ihre Zähne sah. Willow wunderte sich, dass sie an diesem Abend überhaupt noch lachen konnte. Zyklisch knackte die Auslaufrille einer Schallplatte.

Sie fand Harrison im Salon, wo er mit Professor Gunt sprach. Mit einem tiefen Durchatmen, das ihren Puls nur weiter befeuerte, trat sie zu ihnen.

»Guten Abend, Miss Farley«, begrüßte der Psychologe sie. »Haben Sie sich von dem Schrecken erholt?«

»Ich denke schon«, antwortete sie und schalt sich innerlich, warum sie nicht einfach zustimmen konnte. »Hugo geht es ja gut.« *Zumindest anscheinend.*

Professor Gunt krauste die Stirn und schien einen Moment zu brauchen, um ihre Worte in seine Gedanken zu integrieren. »Hm«, machte er dann. »Ich meine vielmehr den Schrecken, dass Mr Cunningham hier ist.«

Willow weigerte sich, darauf einzugehen. »Harrison, kann ich einmal unter vier Augen mit dir sprechen?«

Der Professor presste die Lippen aufeinander, als wüsste er um die Bedeutung dieser Worte.

»Klar«, meinte Harrison und lächelte, allerdings nur mit dem Mund. Er folgte ihr in die Küche, wo Lloyd inzwischen glasierte Zimtschnecken auf einen Teller stapelte. Er brauchte nur wenige Sekunden, um zu begreifen, dass er unerwünscht war, und verschwand ins Varieté, um eine neue Platte aufzulegen, wie er überdeutlich mitteilte.

»Ich mache es kurz«, setzte Willow an. Am liebsten hätte sie vollkommen außer Hörweite der anderen gestanden, aber irgendwie beruhigte es sie, dass direkt nebenan Menschen waren.

»In Ordnung«, murmelte Harrison, sein Lächeln erbebte. Er wahrte es mit Mühe, aber Willow wusste, dass er ihre ungesagten Worte längst verstanden hatte. Hinter ihr begann Samuel Barbers Adagio für Streicher. Die Melodie versuchte, sie bei den Schultern zu greifen und rückwärts aus dem Raum zu ziehen, bevor sie einen Fehler beging.

»Ich möchte ... eine Pause.«

»Du machst also Schluss.«

»Nein, ich möchte eine Pause«, beharrte sie. »Ich brauche Zeit.«

Sein Gesicht verfinsterte sich.

»Es ist nicht nur die ... Lüge über Tholeros Kosmos«, fuhr sie fort und zwang sich, den Blickkontakt zu halten. »Ich verstehe, dass du nicht darüber sprechen durftest. Das ändert aber nichts daran, dass du ... nie da warst.«

»Ich habe mich bemüht«, stellte Harrison fest.

»Ja.«

»Ich habe angerufen, geschrieben, obwohl ich kaum Antworten bekommen habe. Wenn ich in Dublin war, habe ich so viel Zeit wie möglich mit dir verbracht.« Er filterte den Vorwurf nicht heraus.

Willow schluckte. »Ich weiß nicht, was ich dir sonst noch sagen soll. Bitte gib mir etwas Zeit.«

»Das war es also?«, zischte er, plötzlich packte er ihren Unterarm. Sofort zuckte er zurück, als hätte ihn etwas gestochen, haspelte eine Entschuldigung. Ungelenk fuhr er sich durch die feuchten Augen, er rang nach Luft und Worten. »Eine Pause ist nie eine *Pause*, Willow! Ich dachte, jetzt wird alles einfacher! Hier kann ich endlich ehrlich zu dir sein. Glaubst du, dass mich die Lügen nicht belastet haben? Glaubst du ernsthaft, dass mir das alles leicht gefallen ist, oder dass ich dich verletzen wollte?«

Willow widerstand dem Drang, nach weiteren rationalen Erklärungen zu suchen, nach *Argumenten*. Zwar ähnelte diese Situation einer Prüfung, aber ein Essay war kein Teil von ihr. Die Magie war ebenfalls verschwunden, sodass nur der psychologische Part verblieb.

»Es tut mir leid«, brachte sie hervor, dann lief sie an ihm vorbei. In ihrer Brust wallte der Wein, raubte ihr den Atem. Auf dem Weg hinaus schaute Willow nicht nach links durch den Torbogen, dennoch spürte sie die Blicke aus der Bibliothek. Sie ging schneller, als sie Schritte hörte. Die Tür zum Innenhof klapperte hinter ihr im Schloss, aber das Geräusch verstummte abrupt. Sie atmete tief ein und aus, fuhr herum. Harrison hob beschwichtigend die Hände. Sein Gesicht kämpfte gegen etwas, von dem Willow nicht klar sagen konnte, was es war.

»Was hat Morris dir erzählt?«, fragte er und drückte die Tür mit seiner Hüfte zu.

»Morris? Was soll er mir erzählt haben?«

»Du bist doch sicher seinetwegen hier.« Eine Falte ruhte wie ein gebrochener Buchrücken auf seiner Stirn. »Du kannst ehrlich zu mir sein.«

»Nein, ich bin freiwillig hergekommen«, behauptete sie. »Ich habe den Flyer am Campus gesehen, als wir letzten Freitag telefoniert haben. Schieb unsere Probleme nicht auf ihn, okay? Anthony hat mit uns überhaupt nichts zu tun.«

»*Anthony.*« Harrison schnaubte. »Ich habe es immer gewusst. Du fickst ihn.«

Willow überkam Wut, so abrupt und wuchtig wie ein Tritt ins Gesicht. »Das tue ich *definitiv* nicht!«

»Dann würdest du es eben gerne, was macht das für einen Unterschied?« Harrison hob angriffslustig die Schultern. »Ich habe einfach keine Chance gegen unser schönes Genie und seine Tweedjacken. Er hat dich völlig eingewickelt.«

»Hör auf!«

»Weil du die Wahrheit nicht vertragen kannst, und ich kann es auch nicht!« Er sprach so laut, dass sein Speichel durch die Luft sprühte. Willows Ohren klingelten, aber ihr Blick blieb klar. Sie hätte über diese unsinnige Anschuldigung gelacht, wenn es nicht Harrison gewesen wäre, der vor ihr stand.

»Anthony«, begann sie langsam, »ist mein *Mentor*. Und er ist der Einzige, der weiß, wo ich hingehöre.«

»Du bist aber keine Pythagoreerin, Willow!«, fuhr Harrison ihr ins Wort, dann wurde sein Gesicht weich. »Nein, entschuldige, so wollte ich das nicht sagen. Ich ... ich hätte einfach nie gedacht, dass du herkommst. Du gehörst nicht zu uns ... also, nicht wirklich.«

»Doch, das tue ich. Und ich dachte auch, dass ich zu dir gehöre. Dass sich das geändert hat, hat aber weder mit den Pythagoreern zu tun noch mit dem Institut und schon gar nicht mit Anthony.«

Harrison schien seine Worte zu bereuen, aber offenbar schaffte er es nicht, dieses Gefühl zu verbalisieren. »Du scheinst mein Problem nicht zu verstehen.«

»Dass du mich belügen musstest?«

»Nein.« Seine Stimme rutschte ungewohnt hoch. »*Bellina*, Morris ist dafür verantwortlich, dass Felice verschwunden ist. Er hat mir meinen besten Freund genommen und vertuscht es. Und jetzt holt er dich her, meine Freundin. Das ist doch kein Zufall! Was, wenn dir auch etwas passiert?«
Willow brauchte einen Moment, um seine empörte Syntax zu sortieren. Seine Worte ließen sich in keiner Silbe mit dem Anthony vereinen, den sie kannte.
»Felice war also dein bester Freund?«, fragte sie, beinahe spöttisch. »Und *Morris* hat etwas damit zu tun, dass er verschwunden ist? Ich habe bis heute noch nie von einem Felice gehört.«
»Ich habe dir von ihm erzählt!«, beharrte Harrison. »Schon früher! Es gibt Fotos von uns.«
Enttäuscht schüttelte Willow den Kopf. »Vielleicht hast du mir ja ständig Erdnüsse und Bohnen untergejubelt.«
»Willow. Das würde ich nie tun. Trotz allem gehörst du zu mir, ja? Du weißt, dass ich nicht lügen wollte. Du weißt es. Und du darfst Morris nicht so vertrauen, wie du es gerade tust.«
»Warum sollte ich dir mehr vertrauen als ihm? In deinem Fall kann ich mir sicher sein, dass du mich belogen hast. Was sind überhaupt deine Beweise, dass er für Felices Verschwinden verantwortlich ist? Und, ganz ehrlich, ich werde nicht darüber hinwegsehen, dass du ernsthaft glaubst, dass wir miteinander schlafen.«
Harrison starrte sie einige Sekunden lang an.
»Ich bringe dir Beweise«, sagte er knapp und drehte sich zum Hauptgebäude um. »Gute Nacht.«
Willow antwortete nicht. Sie war noch immer wütend, aber darunter schlummerte die Erkenntnis, dass es kein Zurück mehr gab. Zweifel kroch wie ein Parasit durch ihren Schädel, und keiner ihrer Gedanken würde ihn vollends zurückdrängen können. Bis vor wenigen Minuten waren da zwei Verbündete bei Tholeros Kosmos gewesen, denen sie al-

les anvertraut hätte. Aber wusste Anthony wirklich, wo ihr Platz war? Schaudernd dachte Willow daran, wessen Zimmer sie bewohnte. Und dann, wessen Wohnung bislang ihr Zuhause gewesen war.

Im Garten der Hesperiden

*»Es ist besser, hier zu sterben,
als all diese armen Bohnen zu töten.«*
Pythagoras

»Warte. Ich möchte dir etwas geben«, entfuhr es Anthony. Er blieb vor dem Kursraum stehen. »Fast vergessen.«
Willow und er waren zu spät, weshalb sie nur zögernd die Hand von der Türklinke gleiten ließ und ihren Mentor betrachtete. Seit dem Streit mit Harrison lauerte sie darauf, dass er sich merkwürdig verhielt – ein Detail, das ihr irgendetwas verriet, das sich nicht mit Harrisons Eifersucht erklären ließ. Doch da war nichts, oder zumindest sah sie es nicht. Da war nur der altbekannte Anthony. Der berüchtigte Semesterbart eroberte bereits seine Mundpartie, wie jedes Jahr zu dieser Zeit, aber immerhin wirkte er nicht so unausgeschlafen wie bei seinen üblichen Vorlesungen an einem Dienstagmorgen. Aus seiner Tweedjacke beförderte er eine Münze hervor, die er Willow mit feierlicher Miene überreichte. Sie bestand aus Bronze, zeigte die abgegriffenen Konturen von Zeus und seinem Adler. Ein Kreuz aus schwarzem Faden umfing die Münze und mündete in einem Messingverschluss.

»Für Aramis«, erklärte er. »Befestige sie an seinem Halsband. Ich habe sie gestern Abend zum Schutz vor Chaos angefertigt, vielleicht funktioniert sie etwas schlechter als die Chlamys-Artefakte. Oder besser. Auf jeden Fall ist er dann nicht mehr ungeschützt.«

»Danke«, murmelte Willow und fuhr mit dem Daumen über eine winzige Kerbe in der Bronze, während Anthony die Tür aufstieß. Er sorgte sich also um Aramis. Das sah ihm ähnlich, und doch wunderte es sie. Nicht einmal Harrison schien daran gedacht zu haben, den Beagle vor unberechenbaren Chaos-Effekten zu bewahren. Willow steckte die Münze ein und folgte dem Professor.

Der Raum war deutlich leerer als am Tag der schriftlichen Prüfung. Echo war ohne Hugo gekommen, was sie nicht zu stören schien. Thabisa und George saßen nebeneinander vor einem Roman, dessen Titel Willow nicht erkennen konnte, und Evan schaute aus dem Fenster. Er trug einen weinroten Kaschmirpullover, der jenem von Hugo stark ähnelte. Erst, als Anthony grüßte, zuckte er zusammen. Willow ließ sich auf dem freien Platz neben Evan fallen und wurde das Gefühl nicht los, dass irgendetwas fehlte. Irgendjemand. Die Abwesenheit von Hugo und Harrison wirkte verdächtig, obwohl sie wusste, dass sie nicht hier sein mussten. Beim Frühstück hatten die beiden gefragt, ob sie etwas Spezielles vom Einkaufen mitbringen sollten, die Doktoranden hatten sich auf ein gemeinsames Mittagessen aus Fettuccine mit Pfifferlingen geeinigt. Willow fand es noch immer befremdlich, dass sie jetzt hier wohnen würde. Seltsamerweise war es nicht die Magie gewesen, die sie in dieser Nacht wachgehalten hatte, sondern die Frage, wer ihr dabei helfen würde, all die Kartons mit ihren Büchern nach Howth Head zu bringen. Sie schüttelte kaum merklich den Kopf und konzentrierte sich auf Anthony, der gerade vor die Tafel trat und seine Tweedjacke sorgfältig über einen Stuhl hängte. Als er sein Hemd hochkrempelte, bemerkte Willow das Tattoo. Früher hatte sie sich nichts dabei gedacht, obwohl er es selten zeigte. Auf seiner linken Ellenbeuge ruhte ein Monarchfalter. Wenn Anthony den Arm bewegte, schlug er träge mit den Flügeln. War das Teil seines Chlamys-Schwures? Willow konnte sich nicht erinnern, bei ihm jemals ein Schmuckstück in Form eines Schmetterlings gesehen zu haben.

»Guten Morgen. Schön, dass wir beginnen können. Hattet ihr alle bereits Gespräche mit euren Mentoren?«, fragte Anthony. Die anderen nickten. Hugo hatte es ihr gestern versucht, zu erklären, aber inzwischen wusste Willow auch aus einer nüchternen Quelle – von Anthony –, dass die Professoren in jedem Jahrgang je einen Doktoranden begleiteten.

Professor Archer, der zu Biologie und Medizin forschte, betreute Ophelia, Echo und einen Genetiker aus dem ersten Jahrgang, der sich aktuell in Südkorea aufhielt.

Professor Gunt hatte für sein erstes Semester bei Tholeros Kosmos einige Studierende von Professor Battaglini übernommen, für die er sich offenbar persönlich interessierte, was Anthony mit einem missbilligenden Lächeln kommentiert hatte. Unter dem Psychologen studierten Harrison, George und eine Paläontologin aus Paraguay.

Da die Leiterin des Instituts *aus Lloyds Prokrastinationstalent gelernt hatte,* wie Anthony es formulierte, übernahm sie die Supervision von Thabisa und Nikhil, die sich ihrer Auffassung nach hervorragend allein organisieren konnten. Auch hier hatte Willow einen gewissen Unterton festgestellt.

Anthony selbst fokussierte sich grob auf den Bereich Physik, Chemie und Meteorologie, weshalb er neben Evan, Hugo und Willow eine Klimatologin aus dem ersten Jahrgang betreute. Und natürlich Felice.

»Falls es Probleme mit euren Mentoren gibt, meldet euch gerne ... bei mir, den Kollegen oder Professor Battaglini, versteht sich, ich bin auch nicht perfekt.« Anthony lächelte freudlos. »Es wird nicht viel Frontalunterricht geben, aber es ist recht nützlich, dass wir uns zunächst gegenseitig auf denselben Stand über die Dunkle Ordnung bringen. Einerseits haben wir Evan und Willow hier, die sich noch einfinden werden, und andererseits erzählen manche Familien gerne Stuss.« Für das letzte Wort schien er keine passende Gebärde zu finden, aber Echo nickte eifrig.

»Verstehe schon«, sagte sie, Anthonys Lächeln wirkte nun ehrlich.

»Okay, gut! Danke. Also: das Einmaleins der Magie nach dem Verständnis des Instituts Tholeros Kosmos.« Er nahm ein Stück Hagoromo-Kreide. Während er *1 x 1 der Magie* an die Tafel schrieb, dachte Willow, wie seltsam er doch sein konnte. Als der japanische Hersteller seiner liebsten Kreide stillgelegt wurde, hatte er kartonweise davon gekauft. Sie sei so angenehm zu führen und zerbrach nicht versehentlich zwischen seinen Fingern, behauptete er. Inzwischen hatte eine südkoreanische Firma die Produktion übernommen und sorgte für Nachschub, aber Anthony hatte genug Kreide für zwei akademische Leben erworben, womöglich für mehr.

»Wir wissen nicht *genau,* was die Dunkle Ordnung ist, darum wurde dieses Institut gegründet«, fuhr er fort. »Allgemeinhin sprechen wir von zwei gegensätzlichen Kräften, die auf alles im Universum wirken – Kosmos und Chaos. Wenn wir dem einstimmigen Zeugnis des Altertums glauben, verwendete Pythagoras als Erster das Wort Kosmos für Weltordnung und Himmelsraum. Chaos ist hingegen ein archaisches Wort, eine ungeordnete, aber fruchtbare Leere, die durchaus in der Lage ist, Kosmos selbst hervorzubringen.« Anthony schrieb *Kosmos* und *Chaos* an die Tafel und drehte sich wieder zu den Doktoranden um. »Wir sprechen nicht nur von dem, was jenseits der Erde irgendwo im Weltraum geschieht, sondern von grundsätzlich allem. Wir sprechen von allgegenwärtiger Ordnung.« Er schaute regelmäßig zu Evan und Willow hinüber, um zu prüfen, ob sie ihm folgen konnten. »Da ergibt sich natürlich die Frage: Wenn Kosmos alles ist, was ist dann Chaos?«

»Auch alles«, murmelte Echo und sah sich um, doch niemand sonst wusste eine Antwort.

»Korrekt«, bestätigte Anthony nickend, als Echo ihn wieder ansah. »Chaos ist nicht nur ebenfalls alles, wahrscheinlich besteht es sogar schon länger als Kosmos. Vor der Ordnung herrschte Unordnung, und ich wette, dass Miss Sisulu dazu viele interessante Gedanken hat.«

Thabisa, die Kosmologin, nickte und lächelte. »Sie sind aber aktuell sehr ... chaotisch. Wenn es euch nichts ausmacht, spreche ich noch nicht darüber.«

»Verständlich«, stimmte Anthony zu. »Meine persönliche Theorie ist, dass Chaos alles erschafft, während Kosmos sortiert und lenkt. Einstein sagte angeblich, dass nichts ohne Ordnung existieren könne, aber ohne Chaos auch nichts entstehe.« Er schaute in den Raum und schwieg einen Moment. »Mr Doherty, wie wirken wir Magie?«

»Oh, äh, das kommt darauf an«, entgegnete George. Seine Finger spielten am Rand des Buches herum, das er zugeklappt vor sich abgelegt hatte. »Wittgenstein sagte ja, dass die Grenzen der eigenen Sprache die Grenzen der Welt ausmachen. Wir stützen uns auf Naturgesetze und verändern diese mit Berechnungen, was uns viel Konzentration abverlangt. Je mehr Variablen unser Wille hat, desto schwieriger und gefährlicher wird dieser Prozess.«

»Richtig.« Anthony hielt das Kreidestück wie eine Zigarette zwischen zwei Fingern. »Ich komme ungern darauf zu sprechen, aber Hugos falsche Humane Relokalisierung von gestern Abend soll uns ein mahnendes Beispiel sein. Mr Thibault braucht entsprechende Formeln und seine Konzentration, um Entfernung zu überbrücken, wobei eine weite Entfernung für mehr Variablen sorgt. Vereinfacht gesagt: Irgendwann muss man nicht nur daran denken, wie viele Wände zwischen einem selbst und dem Ziel liegen, sondern

auch, wie stark der Wind weht und wie rasch die Erdrotation auf einem gewissen Breitengrad ist. Wir haben es hier nicht nur mit *Fehlern* zu tun. All die Dinge, die wir nicht berechnen, all das Unsichtbare, das ist Chaos.«
Echo nickte und schaute sich um, bevor sie sprach. »Wir Hirnforscher haben eigene Chaostheorien, die Meteorologen auch.« Sie blickte zu Evan, der ihr nickend zustimmte. »Ist also der Schmetterlingseffekt real und nicht nur metaphorisch gemeint?«
»Bisweilen haben kleinste Veränderungen unvorhersehbare und langfristige Konsequenzen. Manche glauben, man könne damit fast alles erklären«, bestätigte Anthony. Er wandte sich zur Tafel und schrieb neben *Kosmos* die Worte *Dunkle Ordnung*. »Chaostheorien unterscheiden sich. Evan hat eine andere Vorstellung davon als eine Medizinerin wie Ophelia. Der Begriff *Schmetterlingseffekt* wurde tatsächlich von einem Meteorologen geprägt und wird gerne mit Flügelschlägen und Stürmen erklärt. Wir wissen: In unserer dynamischen, komplexen Natur kann ein unscheinbarer Schmetterling in Irland für einen gewaltigen Hurrikan an der brasilianischen Küste sorgen. Das Wachstum von Mr Dohertys Pflanzen beeinflusst womöglich die irische Apfelernte. Oder mein Frühstückstee trägt dazu bei, wie freundlich Professor Battaglini heute Abend zum Kassierer im Supermarkt ist.« Anthony lächelte. »Was jedoch bemerkenswert ist: Wenn wir davon ausgehen, dass Chaos grundlegend vorherrscht, dann müsste es bei der Schaffung von Ordnung, von Kosmos, regelmäßig zu kleinen Fehlern kommen. Wir begegnen zwar gelegentlich Abweichungen von der Norm, aber längst nicht so häufig, wie wir es theoretisch sollten.« Er legte das Stück Kreide ab und klopfte sich sacht den Staub von den Fingern. »Es scheint neben Chaos und Kosmos noch eine weitere Kraft zu geben. Eine, die regulierend einschreitet und das Gleichgewicht wahrt.« Sein Blick ruhte einen langen Moment auf Willow, dann verschränkte er die Arme hinter dem

Rücken. »Kosmos ist das, was ist. Chaos ist alles, was möglich ist. Und Tholeros Kosmos, die Dunkle Ordnung, ist die dritte Kraft. Mit ihr können wir an Kosmos und Chaos rütteln, das Gleichgewicht zu unseren Zwecken stören. Das klingt nicht nur riskant, sondern ist es tatsächlich.«

Er hielt inne, dann entschuldigte er sich bei Echo und wiederholte den letzten Teil mit Gebärden.

»Und was bewirken die Artefakte, die wir bei der Initiierung bekommen haben?«, fragte Willow. Ihr fiel auf, dass sie als einzige Studentin keinen Schmetterling trug – sie hatte ihn nicht von dem Pullover gelöst, den sie beim Schwur getragen hatte. Zumindest erkannte sie unter Evans Shirt die Beule seiner Kette, eine Brosche an Echos Revers, eine weitere an Georges Brusttasche. Als Thabisa sich nach vorne lehnte, glänzte die Nadel an ihrer Krawatte.

»Harrison hat viele der Artefakte an den Wirkstätten der antiken Pythagoreer gefunden und im vergangenen Jahr einen Weg entwickelt, einen mathematischen Schutzmechanismus an sie zu binden.« Anthony schien ein Wort zu verschlucken, und Willow war sich im nächsten Moment sicher, dass es der Name eines Verschwundenen war. Zumindest konnte sie sich nicht erinnern, dass Harrison je begeistert von Mathematik gewesen wäre.

Nach einem Räuspern sprach Anthony weiter. »Es wird sich zeigen, wie gut die Chlamys-Artefakte im Alltag funktionieren, aber bei unseren bisherigen Tests konnten wir die Chaos-Effekte um etwa die Hälfte reduzieren. Es wäre darum wichtig, dass ihr alle sie tragt, Willow.«

Ertappt nickte sie. Noch war sie es gewohnt, dass Zeremonien lediglich eine Show waren, die den unliebsamen Auftakt zu einem Fressgelage darstellte.

»Darüber hinaus empfehlen wir euch, ausreichend zu schlafen, auf Alkohol und Nikotin zu verzichten, gesunde Ernährung sowie Sport zu pflegen und euch kreativ zu zerstreuen. Das scheint sich positiv auf den Schutz des Schwures auszuwirken.«

»Jetzt mache ich mir Sorgen um Hugo«, murmelte Thabisa belustigt. »Verzeihen Sie mir die forsche Frage, aber warum höre ich zum ersten Mal von diesem neuen Ansatz für den Chlamys-Schwur?«

»Sie haben noch nie davon gehört, weil unsere Forschungen nicht beendet sind. Dieses Institut gibt es ja auch erst seit drei Jahren. Sollte sich dieser Ansatz als falsch erweisen, haben wir immerhin nicht allen pythagoreischen Familien im Detail davon erzählt und keine unnötige Hoffnung geweckt, sich effektiv vor Chaos schützen zu können. Haltet euch im Austausch mit euren Verwandten also gerne zurück.« Anthony lachte nervös. »Wollt ihr noch etwas wissen?«

»Äh, mich würde interessieren, wie Magie konkret funktioniert. Wie wir sie wirken können«, warf Willow verlegen ein und deutete flüchtig auf George. »Was hast du eben gesagt, wir berechnen Naturgesetze?«

»Meistens«, bestätigte er. »Ich als Botaniker *rechne* weniger, aber Professor Morris und du habt Zugang zu einer Menge Formeln, die euch den physikalischen Umgang mit Kosmos und Chaos erleichtern.«

»Und das muss ich im Kopf tun? Oh, Moment, ihr macht Notizen.« Sie dachte an Ophelias Medizinkoffer und Anthony, wie er sie um Informationen zur Windstärke bat, einen Zettel auf seinen Oberschenkel gepresst.

Leise zustimmend, beugte sich der Professor nach unten, öffnete eine Schublade und legte einige Schiefertafeln und Kreidestücke auf das Pult. »Die umweltfreundliche Variante, nehmt euch später gerne welche mit«, sagte er amüsiert. »Ich kann nur empfehlen, ein gut sortiertes Notizbuch mit allen elementaren Formeln eures Fachgebiets anzulegen. In vielen Fällen kann man Berechnungen vorab durchführen und mit den letzten Variablen vervollständigen, wenn ihr sie braucht. Konzentriert euch bei diesen Notizen aber bitte nicht darauf, einen Effekt zu beschwören, das könnte chaotisch werden.«

»Entschuldigung, dass ich wieder unterbreche, aber ich habe in meinem Leben schon wirklich viel gerechnet«, merkte Willow an. »Es ist nie irgendetwas Außergewöhnliches passiert.«

»Das ist eine Frage der Absicht und der Konzentration«, sagte Echo. »Neurologisch wollen Nikhil und ich dem auf den Grund gehen.«

»Genau, das ist ... schwer zu erklären, aber wenn man einmal weiß, wie man eine gewisse Barriere durchbricht, funktioniert es einfach. Das ist, als würde man das erste Mal mit drei Bällen jonglieren.« Thabisa deutete die Bewegung an. »Plötzlich weiß man, wann man den dritten Ball werfen muss.«

Willow war nicht überzeugt, aber sie beschloss, der Erfahrung der anderen zu vertrauen. »Und dann sind da noch Emotionen«, schob sie zögerlich nach.

»Dein Regenschauer.« Anthony schürzte die Lippen. »Das war Chaos.«

»Mutmaßlich«, merkte Thabisa an.

»Mutmaßlich, ja.«

»Heißt das, dass starke Emotionen gefährlich sind?«, hakte Willow nach.

»Manchmal. Mit den Artefakten dürfte da eigentlich nichts passieren.« Anthony sah angestrengt zu Willow, beinahe besorgt. Tatsächlich hatte weder die Panik über Hugo noch die Wut auf Harrison irgendeinen physikalischen Effekt gehabt, und da hatte sie die Brosche getragen.

»Aber hier ist es doch wie bei meinen Berechnungen ... ich hatte schon viele Gefühle.« Willow drehte die antike Münze in ihren Fingern und wich Anthonys Blick aus. »Einen Indoor-Wolkenbruch gab es trotzdem nie.«

»Schmetterlingseffekt«, nuschelte Evan.

»Hm?«

Der Meteorologe hob den Kopf. »Sorry. Ich verstehe es so: Chaos ist alles, was möglich ist. Das kann ein Regenschauer sein oder eine Milbe im Teppich, die plötzlich verstirbt. Folglich: schwer zu messen oder vergleichen. Wenn du einen schlechten Tag hattest, muss nicht direkt die Welt untergehen.«

»Aber sie könnte.«

Auf Georges Gesicht stahl sich ein schelmisches Lächeln. »Vielleicht solltest du die Brosche tragen, wenn du glaubst, du könntest den Niedergang unseres Planeten herbeiführen.«

Willow fühlte sich verhöhnt, aber er hatte recht. »Mache ich«, presste sie hervor.

»Großes Unheil nur durch Emotionen ist unmöglich«, warf Thabisa ein. »Darum waren wir auch so beeindruckt, als du nass aus dem Saal kamst. Mir ist so etwas noch nie passiert.«

Willow wollte etwas erwidern und erhielt keine Gelegenheit dazu.

»Das stimmt, aber macht euch da bitte keine Sorgen. Gut. Die weitere Planung des Jahres und eurer Projekte regelt ihr mit euren Mentoren – Evan und Willow, wir treffen uns heute Nachmittag für eine praktische Einführung. Passt euch um halb drei?« Anthony sah auf seine Uhr und erhielt ein zweistimmiges Ja. »Schön. Euch allen wünsche ich übrigens eine erfolgreiche Zeit bei Tholeros Kosmos, ich bin gespannt auf eure Fortschritte.«

»Wer möchte, kann nach dem Mittagessen zu Nikhil und mir ins Labor kommen«, sagte Echo rasch. »Wir probieren etwas aus.«

»Was denn?«, fragte Thabisa, was Echo ohne Gebärde verstand.

»Wir messen das Potenzial, das magische Potenzial. Die Messung soll im Laufe des Jahres wiederholt werden, um ein eventuelles Wachstum zu beobachten.«

Als Anthony etwas sagte, kratzte seine Stimme. »Wie soll das gehen?«

»Nikhil hat ein Paper dazu geschrieben, ich ... kann das schwer mündlich erklären«, meinte Echo, sie schürzte die Lippen.

»Entschuldige bitte. Ich werde Nikhil bei Gelegenheit darauf ansprechen.« Er griff nach seinem Tweedjackett und warf es über seinen rechten Arm. »Ihr findet mich bis zwölf in meinem Büro, wenn etwas ist. Echo, ist es in Ordnung für dich, wenn ich gehe?«

Sie nickte zwar, aber Willow erinnerte sich an ihre Bitte vom Vortag, nicht wie Glas behandelt zu werden. Wie ätzend musste es sein, ständig ungewollte Aufmerksamkeit zu bekommen? Andererseits konnte sie sich vorstellen, dass Echo rasch zur Außenseiterin wurde. In dem Moment, als Anthony den Raum verließ, baute sich eine unsichtbare Wand zwischen ihr und dem Rest des Jahrganges auf. Laut Hugo dauerte es Jahre, bis man die Grundlagen einer Gebärdensprache beherrschte.

Inzwischen war Echo aufgestanden, schulterte ihre Tasche. Evan trat wortlos zu ihr, beide nickten sich zu, dann verließen sie den Raum. Willow blinzelte verwundert, als sie begriff, wie einfach Kommunikation sein konnte.

»Und was machst du noch bis zum Essen?«, fragte Thabisa und lehnte sich auf ihrem Tisch nach vorne. Willow brauchte einen Moment, um sich angesprochen zu fühlen.

»Ich dachte, dass das hier länger dauert«, gestand sie. »Was macht ihr?«

»Wir fahren in die Stadt, du kannst gerne mitkommen«, meinte George und schob den Stuhl zurück. Sie wollte erst zustimmen, aber als Willow Thabisas flüchtig gehobene Augenbraue sah, überlegte sie es sich anders.

»Vielleicht ein andermal, danke.«

Sie verabschiedete sich etwas zu hastig. Auf dem Flur fielen ihr die Schiefertafeln ein, doch sie wollte nicht mehr umdrehen. Ohne Umwege kehrte sie auf ihr Zimmer zurück, wo

Aramis sie verwundert anstarrte. Willow musste nach Luft schnappen.

»Sorry«, japste sie. Warum war sie so schnell gelaufen? Hoffentlich hatte sie niemand gesehen. Sie ging in die Knie und bemühte sich, langsamer zu atmen, während Aramis an ihrer Hand schnupperte und sich den Kopf streicheln ließ. Willows Herz wurde schwer. Er gehörte nicht ihr, hatte er noch nie. Trotzdem fühlte es sich an, als wäre gestern Abend ein Teil von ihr geraubt worden. Vielleicht waren es die Spaziergänge, bei denen Willow mehr als einmal die Lösung für mathematische Probleme gekommen war. Oder die Abende auf der Couch. Oder sein ungeduldiges, ewiges Warten an der Tür, dieses nagende Gefühl der Sehnsucht, das er mit ihr teilte und sie mit ihm.

Willows Atem beruhigte sich nicht, sondern verwandelte sich in ein Schluchzen. Aramis erschrak kurz, kam aber sofort wieder näher. Seine Nase zuckte aufmerksam. Willow hatte das Bedürfnis, ihn in den Arm zu nehmen, wie einen Freund, einen *menschlichen* Freund, aber etwas hielt sie zurück. Er gehörte nicht ihr. Sie hatte die Beziehung mit Harrison angehalten. Sie sollte sich nicht bemitleiden, wenn Aramis es doch war, der ständig auf jemanden wartete. Die Einsamkeit aushielt. Von stärkeren, größeren Wesen gezogen und geschoben wurde wie ein Joker beim Kartenspiel.

Der Beagle zog sich aus der Streicheleinheit und ging beinahe anklagend zu seiner Leine hinüber, die über der Lehne des Schreibtischstuhls ruhte.

»Ach, Aramis ... ich bin nicht mehr dein Frauchen«, murmelte sie und fuhr sich durch die Augen. »Aber gut, ich gehe mit dir.«

Als sie nach der Leine griff, bemerkte sie den Pullover mit der Chlamys-Brosche. Am Vorabend hatte sie ihn auf die Sitzfläche geworfen und derart zerknüllt, dass sie heute Morgen lieber ihre Tweedjacke übergezogen hatte. Sie löste den Schmetterling und setzte ihn an ihr Revers, horchte nach einer Veränderung – einem statischen Prickeln oder einem magischen Summen –, aber nichts dergleichen geschah. Dann holte sie die antike Münze mit Zeus und seinem Adler hervor, ging vor Aramis in die Knie und befestigte sie an seinem Halsband. Auch er reagierte auf keine Neuordnung des Universums. Unterwältigt ließ sie sich von dem schwanzwedelnden Beagle nach draußen führen.

Irgendwo in der zweiten Etage des Wohngebäudes telefonierte Lloyd. Der Wind strömte durch die Bäume, und am Gewächshaus klapperte etwas, aber niemand war zu sehen. Willow besorgte Aramis in der Küche einen Snack und trat schließlich vor den Haupteingang. Über dem Meer regnete es, der Himmel zeichnete diagonale Streifen in den Horizont. Auf den Felsen wanderten Echo und Evan umher. Willow wandte sich nach rechts, aber von dort kamen ihr Hugo und Harrison auf ihren Fahrrädern entgegen. Ihr Kampf-oder-Flucht-Reflex konnte sich nicht schnell genug entscheiden, also blieb Willow stehen.

Die beiden transportierten je einen großen Karton auf ihren Gepäckträgern. Trotz des windigen Wetters trug Harrison seinen Strohhut, aber immerhin hatte er eine Regenjacke um die Hüfte gebunden. Eines von Hugos Hosenbeinen war hochgekrempelt, Schlammspritzer zierten seine Wade. Er winkte, und Willow überlegte kurz, ob sie noch zum Institut umkehren konnte. Es musste praktisch sein, sich erfolgreich an einen anderen Ort wünschen zu können.

»Hi«, grüßte Harrison, während er vom Rad stieg, wobei er mehr den Beagle als Willow anschaute.

»Hi«, entgegnete sie und taxierte Hugo. »Wie geht's?«

»Besser.« Er bückte sich, um seine Hose zu richten. »Entschuldige bitte noch mal wegen gestern.«

Sie nickte. »Soll ich euch beim Tragen helfen?«

»Geht schon«, meinte Harrison. »Mach dir keine Mühe.« Einen langen Moment haderte er, dann brachen die Worte aus ihm heraus. »Würde ... Willow, würde es dir etwas aus-

machen, noch eine Weile auf Aramis aufzupassen? Ich bin ab Sonntag wieder für eine Woche auf Sizilien.«
»Klar, kein Problem.« Ihr Herz wummerte.
»Danke.« Er wich ihrem Blick aus und hob die Einkäufe vom Gepäckträger. Willow trat zurück, aber Aramis baute sich vor ihm auf. Er bellte.
»Jetzt tu nicht so beleidigt«, knurrte Harrison, was den Beagle nicht besänftigte.
»Wir gehen erst einmal eine Runde«, meinte Willow und zog Aramis sanft, aber bestimmt fort. Er ließ sich davon nicht beirren, bellte weiter, als würde er Harrison für seinen Schlafplatz am Fuße von Willows Bett verantwortlich machen. Sie verabschiedete sich flüchtig und bog auf einen Trampelpfad.
»Trennungen sind scheiße, ich verstehe dich«, sagte Willow, als sie außer Hörweite waren. »Vielleicht hilft es dir dabei, erwachsen zu werden.« Sie kniff die Zähne zusammen und schüttelte irritiert den Kopf. Der wohl schlimmste Satz ihrer Kindheit, und sie hatte ihn einfach wiederholt. »Vergiss, was ich gesagt habe«, murmelte sie, aber Aramis trippelte längst voran und scherte sich nicht um sie. Sein Ziel war offenbar ein Felsen, auf dem Evan und Echo saßen und aufs Meer blickten. Willow hielt die Leine fester, ihre Schritte verlangsamten sich.

Obwohl Evan durch den Flyer hergekommen war und vermutlich genauso wenig Ahnung von Magie und den Pythagoreern wie Willow hatte, wirkte er unheimlich gelassen auf sie. Und noch etwas fiel ihr jetzt wieder ein: Hugo hatte sich bei Anthony *bedankt,* dass Evan nun hier war. War er also doch nicht ganz so unbedarft, wie er behauptete? Sie hätte sich gerne zu den beiden ans Wasser gesetzt, um Evan auszuhorchen, aber Aramis brauchte dringend Bewegung und sie etwas Zeit für ihre Gedanken. Zumindest sagte sie sich das.

Auf dem Weg vom Erdgeschoss zu Anthonys Büro stieß Willow mit Professor Battaglini zusammen. Sie keuchte empört.

»Entschuldigung!«, bat Willow atemlos, während die Uhr im Salon unter ihnen dreimal schlug. Sie war noch keine Minute wach. Wann hatte sie das letzte Mal Mittagsschlaf gebraucht? Zu ihrem Ärger gesellte sich nun auch noch Scham. Die Leiterin des Instituts hob die Brauen. »Warum so eilig?«

»Ich habe mich, äh, ein wenig verspätet.«

Willow wollte sich an ihr vorbeidrücken, aber die Professorin blieb mitten auf dem Treppenabsatz stehen. Auch heute trug sie einen Rollkragenpullover mit ihrer Perlenkette darüber. Es mussten echte Perlen sein, denn zwischen jeder von ihnen befand sich ein kleiner Knoten, der verhinderte, dass sie einander zerkratzten.

»Ich habe Sie gar nicht bei der Messung von Miss Houdin und Mr Mallick gesehen«, schnarrte sie. »Das finde ich ärgerlich. Ich bestehe darauf, dass Sie sich später im biologischen Labor vorstellen. Ihre konkreten Werte auf dem Bildschirm von Mr Mallick interessieren mich brennend.«

Willow nickte nachdrücklich. Endlich trat die Professorin beiseite, wie eine Sphinx, deren Rätsel gelöst worden war. Trotzdem würde sie nach Willows Kopf schnappen, wenn sich die Gelegenheit ergab. Wäre Willow auch so misstrauisch, wenn sie Fremde in *ihre* Geheimgesellschaft lassen würde? Vermutlich. Sie hatte zu wenig mit anderen Menschen zu tun, um darüber nachzudenken, eine solche Gesellschaft zu gründen. In diesem Moment hoffe sie, dass Professor Battaglini zwar rasant Texte lesen konnte, aber keinen Zugriff auf ihre seltsamen Gedanken hatte.

Willow dankte knapp und nahm nun zwei Stufen gleichzeitig. Sie hasste es, zu spät zu sein. Der Spaziergang und das Mittagessen hatten sie so ermüdet, dass sie sich nicht einmal an den Titel des Romans erinnern konnte, mit dem sie sich in den Salon gesetzt hatte. Hugo hatte sie schließlich geweckt, und das auch nur, weil er in der Küche eine Karaffe umstieß und mit dem Pathos eines dänischen Prinzen fluchte. Alle, die nicht nach Dublin gefahren waren – die Professoren eingeschlossen –, waren zu diesem Zeitpunkt anscheinend im biologischen Labor gewesen. Wieso schaffte sie es immer wieder, aus der Reihe zu tanzen? Verärgert ließ sie die letzte Stufe hinter sich.

Anthonys Büro war das einzige Zimmer unter dem Dach. Vor seiner Tür befand sich lediglich ein schmaler Treppenabsatz, der zur Hälfte mit Bücherkartons vollgestellt war. Ein Milchglasfenster ließ etwas Licht herein, auf dem Fensterbrett lagen lose Spielkarten im Staub. Ein hämisch grinsender Joker lag obenauf.

Willow klopfte. Um sie herum atmete das Institut unbeirrt weiter, der Wind strich katzenhaft um das Gemäuer. Unten erklangen die Schritte von Professor Battaglini, die sich auf dem schwarzen Marmor entfernten. Sie klopfte erneut, nun kribbelten ihre Hände. Wo waren Anthony und Evan, wenn nicht hier? Wie sollte sie die beiden finden? Sie hatte nicht einmal ihr Smartphone griffbereit, weil das mobile Netz innerhalb der Mauern von Tholeros Kosmos kaum existent war. Lloyd hatte im Wohntrakt einen bemitleidenswert ausgelasteten Router installiert und ließ alle Studierenden daran teilhaben, in den Laboren gab es wohl LAN-Anschlüsse. Willow haderte, ob sie noch warten sollte, atmete tief aus und drückte die Klinke nach unten, zwecklos. Ihre Arme wurden schwer. Das verdammte Nickerchen hing ihr noch immer in den Gliedern, die vergangene Nacht verhöhnte sie. Unschlüssig verließ sie das Stockwerk. In der zweiten Etage hörte sie nun Stimmen, kaum lauter als ein ferner Kontrabass.

Das biologische Labor lag auf der linken Seite des Treppenabsatzes in einem Gang, den Willow bislang nicht betreten hatte. Die Fenster zeigten nordwärts, sodass sie jenes

Licht eines Sonnentages hereinließen, an dem man sich unerlaubt nach drinnen geflüchtet hatte. Schattig und friedlich.

Sie klopfte an die Tür des Labors und wurde nach einer unangenehm langen Gesprächspause hereingebeten. Der Raum war erstaunlich schmal, zu allen Seiten standen Vitrinen sowie Apothekerschränke mit Dutzenden Schubladen aus dunklem Holz. Unter dem Wort *Labor* hatte sich Willow eine sterile Umgebung vorgestellt, stattdessen schien man hier buchstäblich Chaos auf den Grund zu gehen. Echo, Nikhil, Hugo und Ophelia schauten sie an, in Schweigen und cremeweiße Kittel gehüllt. Willow kam sich vor, als hätte sie vier Ärzte bei der Besprechung vertraulicher Unterlagen gestört.

»Du kommst ja früh«, meinte Nikhil naserümpfend. Er war es auch gewesen, der sie hereingebeten hatte. Die anderen sagten nichts, und insbesondere Hugos Schweigen wunderte sie.

»Ich suche Professor Morris und Evan, Entschuldigung.« Sie trat rückwärts aus der Tür.

»Halt, wir wollen dich nicht verscheuchen«, beteuerte Ophelia rasch. »Wir ... äh, wir haben nicht über Archer gelästert, ganz bestimmt nicht, aber ... angenommen, wir hätten es getan, dann würdest du auch etwas seltsam aus der Wäsche schauen, wenn jemand stört.«

Dennoch war da dieser Moment des Schweigens gewesen, dieser kollektive Blick, den Willow persönlich verstand.

»Ich bin spät dran«, murmelte sie unschlüssig.

»Ach, der werte Professor kommt bestimmt gleich wieder«, meinte Hugo. »Lass ihn ruhig kurz mit Evan allein.«

»Dann erklärt Anthony doch alles doppelt.« Willow fühlte sich, als müsste sie sich aus einer übergroßen Hand winden, die ihre Knochen zusammendrückte. Sie hätte hier nicht klopfen dürfen. Dass sie den Vornamen ihres Professors genannt hatte, bemerkte sie erst, als Ophelia die Stirn runzelte.

»Wir haben zwar streng genommen schon abgebaut, aber das lässt sich schnell rückgängig machen. Oder, Echo?«

»So viel Zeit hat Willow auch wieder nicht«, sagte Hugo mit einer abwinkenden Handbewegung. Sein Kittel war etwas heller als jene der anderen, offenbar trug er ihn sonst nie. Neben der Tür entdeckte Willow Kleiderhaken mit weiteren Kitteln, einer wies Brandspuren auf.

Echo nickte lediglich. »Ich kann noch.«

Hugo gebärdete, ohne zu sprechen. Seine Bewegungen waren hastig und strikt, als würde er ihr etwas verbieten. Ohne eine Antwort abzuwarten, holte er ein Handy mit Tasten aus seiner Hosentasche, dessen Bildschirm giftgrün aufleuchtete, und drückte darauf herum.

Echo wedelte mit ihren Händen in seinem Blickfeld. »Unhöflich!«, blaffte sie.

»Das kann jetzt dauern«, murmelte Ophelia lächelnd.

»Was macht ihr überhaupt mit den Ergebnissen?« Willow freundete sich widerwillig mit der Tatsache an, unpünktlich zu sein und auch zu bleiben.

Nikhil, der die zweite Konversation verfolgte, antwortete nicht, sondern verschränkte die Arme, lehnte sich gegen einen unaufgeräumten Tisch und musterte Hugo kopfschüttelnd. Also musste Ophelia antworten.

»Äh, unsere beiden Geeks wollen herausfinden, ob alle Menschen auf die Dunkle Ordnung zugreifen können und inwiefern unsere pythagoreische Zugehörigkeit damit zusammenhängt. Sie wollen auch in der Stadt fremde Leute untersuchen, wissen aber noch nicht, wie sie das anstellen. Wahrscheinlich schreiben sie auf dem Campus eine Testreihe mit Freiwilligen aus und tarnen es als etwas anderes, für zehn Euro stellt niemand Fragen.« Seufzend strich Ophelia eine Haarsträhne hinter ihr Ohr. »Eigentlich haben Echo und ich auch ein gemeinsames Projekt, aber das scheint noch ein paar Tage warten zu müssen.« In ihren Mundwinkeln ruhte

Frust, den sie im nächsten Moment mit einem Lächeln vertrieb. »Aber es ist ihre Forschung.«

»Ist es«, murmelte Nikhil, ohne sich zu rühren. »Zwing sie nicht.«

»Ich zwinge sie nicht.«

Inzwischen verkrampfte Willows Magen. Sie wollte gerade einen schönen Nachmittag wünschen und versprechen, ein andermal für die Messung wiederzukommen, als es neben ihr polterte.

»Da bist du!« Anthony hatte sich nachlässig auf dem Flur relokalisiert und hielt sich den Ellenbogen, der gegen eine Türklinke gestoßen war. Seine Stirn glitzerte vor Schweiß. »Ich dachte ... Hugo sagte mir, du wärst im Erdgeschoss eingeschlafen.«

Willow blinzelte verwirrt. »Vielleicht wäre es, na ja, klüger, wenn alle die Treppe nehmen, dann verpasst man sich nicht.«

»Ich merke es mir.« Anthonys Tonfall wurde dunkler. »Komm jetzt bitte.«

Sie verabschiedete sich von den vier im Labor, folgte ihm zu seinem Büro und stolperte auf den Stufen beinahe, weil sie kaum mit seinem Tempo mithalten konnte.

»Warum kannst du dich eigentlich relokalisieren?«, fragte sie möglichst gleichgültig. »Ich dachte, das kann nur Hugo.«

»Ich berechne es einfach komplett anders als ein Geograf. Ihr Studis solltet euch auf euer Fachgebiet fokussieren, solche Exkurse sind nicht unbedingt erwünscht. Ihr müsst alle Variablen kennen, um das Chaos nicht zu locken.«

»Kannst du ... kannst du es mir trotzdem beibringen?«

Anthony hielt inne, sein Schlüsselbund klimperte leise zwischen den Fingern. »Ich meine es ernst, lass dich nicht von solchen Spielereien ablenken.«

Sie war kurz verwirrt davon, dass er nicht lächelte, weder scherzhaft noch entschuldigend. Andererseits hatte Chaos sogar in den durchdachten Plänen von Professor Gunt und

Ophelia gewildert, die zumindest in ihrer Auffassung wie zwei äußerst gewissenhafte und gründliche Menschen wirkten. Wenn sie so darüber nachdachte, war Leonhard Euler womöglich nicht umgekommen, weil sich Chaos in die Formeln geschlichen hatte, sondern weil seine Hybris gefährliche Lücken öffnete.

»Und du hast dich nicht testen lassen, oder?«, fuhr Anthony fort.

»Testen? Ach so, nein. Ich habe die Gelegenheit verpennt. Buchstäblich.« Willow hatte etwas Zeit, das Unbehangen aus ihrem Gesicht zu vertreiben, während Anthony die Tür öffnete. »Wo ... ist Evan überhaupt?«

»Draußen, wo er auch hingehört. Er versucht, den Regen zu uns zu lenken, was ihn bestimmt den ganzen Nachmittag kosten wird.« Anthony betrat sein Büro und sammelte rasch zwei zerknitterte Hemden von einer Stuhllehne.

»Also seid ihr schon fertig?«

Er nickte langsam und verstaute die Kleidung achtlos in einer schweren Truhe. »Ja. Entschuldige bitte den Anblick.«

Willow blieb in der Tür stehen, als hätte er sie vor die Stirn gestoßen, und erfasste das Durcheinander. Eine Eigenart von Anthony Morris war, dass er wie ein Feldherr organisierte – strategisch und höchst effizient, jedoch mit einkalkulierten Verlusten. Er sortierte Stifte, als wären sie das Besteck eines Gänge-Menüs, aber wenn er ein Buch nicht wiederfand, akzeptierte er das als Willen des Schicksals. Das penible Chaos seines Büros am Trinity College begriffen seine eingeweihten Studierenden nach einiger Zeit. Doch hier konnte Willow überhaupt keine Ordnung erkennen, fast so, als wäre es Teil eines neuen Schlachtplans. Sie würde sich erst Sorgen machen, wenn er joggen ging oder kochte, weil er dabei seine Gedanken sortierte. Das hatte er ihr bei einer Tasse Kaffee verraten – zusammen mit der Tatsache, dass seine Küche seit seinem Umzug aus Manchester nach Dublin unbenutzt war.

Wobei er offensichtlich nicht mehr in einer eigenen Wohnung übernachtete, sondern hier.

Durch ein riesiges rundes Fenster drang das Licht des kaum bewölkten Himmels, das die Papierstapel und Erlenmeyerkolben in weiche Schatten hüllte. Zwischen der korpulenten Fachliteratur verbarg sich eine zerlesene Ausgabe von *Ready Player One*. Im hinteren Teil des Raumes lag ein gefalteter Futon mit einer Decke und einem Kissen darauf. Die gesamte linke Wand wurde von einer Tafel bedeckt, auf der Anthonys eigenwillige Handschrift explodiert war. Es roch nach Staub und Bergamotte, seinem Rasierwasser.

Ein unheimliches Gefühl überkam Willow, als würde ihr Körper beim Einschlafen hochschrecken, weil er zu sterben glaubte. Ihre Knie wurden weich. Sie schaffte es, die Tür ins Schloss zu drücken, aber der Boden wankte.

»Alles okay?« Anthony stand plötzlich neben ihr, seine Hand schwebte über ihrem Arm und griff vorsichtig zu, als sie nicht antwortete.

»Mir ist nur etwas schwindelig.«

»Deine Gesichtsfarbe ist ... umgeschlagen. Setz dich besser.« Hastig zog er ein Jackett von einem der Stühle und wartete, bis Willow seinem Vorschlag folgte. Ihr Kopf bestand aus Watte, die Müdigkeit zerrte schon wieder an ihr.

»Hast du genug gegessen, getrunken?«

»Ja ...« Sie knetete ihre Finger, aber der Schwindel ließ nicht von ihr ab. »Ich habe auch nichts mit der Dunklen Ordnung gemacht.«

»Aber sie vielleicht mit dir«, meinte Anthony und setzte sich auf die vordere Kante eines Stuhls. Er musterte den Glasflügelfalter.

»Warum sollte sie?«, fragte Willow. Wenn sie so darüber nachdachte, hatte sie der Schlaf nach dem Mittagessen ebenfalls unerbittlich an sich gerissen.

»Ich habe leider keine Antwort für dich.« Er legte nervös die Hände an seine Knie, die Finger tanzten ohne Rhythmus.
»Wird es denn besser? Musst du dich hinlegen?«
»Ich glaube, es geht schon«, log sie. Willow hatte keine Lust darauf, bemuttert zu werden.
»Okay ...«
»Wirklich.«
Anthony rieb sich die Stirn und öffnete eine Schreibtischschublade, ohne Willow aus den Augen zu lassen. »Es ist wahrscheinlich auch deswegen besser, wenn du nur unter meiner Aufsicht übst. Es liegt in der Natur des Chaos, dass wir seine Auswirkungen nicht vorhersagen können.«
Sie schwieg, während das Büro sie abzuschütteln versuchte.
»Womit möchtest du beginnen? Thermodynamik ist für den Anfang praktisch.«
»Gern.« Es war ihr egal.
»Oder ein paar Spielereien mit Licht? Damit habe ich begonnen.«
»Auch gut.«
Er sah von seinem Zettel auf. »Wir müssen das nicht tun, wenn es dir nicht gut geht.«
Ertappt griff Willow nach der Stuhllehne, als gäbe es während einer Flugreise Turbulenzen. Unwillkürlich dachte sie an Harrison, der in diesen Situationen keine große Hilfe war. Jedes Luftloch ließ ihn quietschen. Und dennoch vermisste sie ihn in diesem Augenblick.
»Willow?«
»Ich weiß nicht, was ich hier verloren habe.« Der Satz entwischte ihr. Anthony neigte den Kopf, legte das Papier in seinem Schoß ab und faltete die Hände darüber.
»Warum«, fragte er tonlos.
»Ist das nicht offensichtlich?«
»Gunt würde wollen, dass du es ausspricht.« Flüchtig zuckte seine Oberlippe.

»Ich kann überhaupt keine *Magie*. Ich habe zufällig einen Flyer gesehen, wurde von dir eingeladen und bin jetzt in diesem Gebäude mit einem Haufen anderer Leute, die ich nicht kenne – nun, bis auf einen.« Sie dachte an Harrison und erinnerte sich dann an den Mann, der vor ihr saß. »Zwei«, korrigierte sie.

»Das sind alles keine Argumente dafür, dass du nicht hierhergehörst. Oder war das erste Semester am Trinity College anders?«

»Nein ...«

»Gib mir mal deine Hand, wenn du möchtest.«

Sie gab sie ihm, ihre Finger bebten. Er berührte sie vorsichtig, der Nebel in ihrem Kopf wurde dünner.

»Hilft das?«

Verwundert schaute sie auf. »Ja.«

»Ophelia hat es mir beigebracht.« Er zwängte die Lider zusammen. »Ist nicht mein Fachgebiet, aber ich kann es nicht lassen.«

Der Schwindel verschwand vollkommen. Willow kam es vor, als würde sie ein Trampolin verlassen und wieder festen Boden betreten.

»Das ist beeindruckend«, murmelte sie und ließ los. »Danke.«

Doch über Anthonys Stirn huschte eine Welle aus Schmerz, er blinzelte rasch und schaute zur Seite. »Gern.«

»Hast du den Schwindel jetzt?«, fragte sie mit einem nervösen Lachen, aber er stimmte nicht ein. Stattdessen zog er eine Schublade auf und holte etwas Bronzefarbenes heraus, das er fest in die Hand schloss.

»Alles gut«, sagte er nach einer kurzen Pause, räusperte sich. »Also, Willow. Was glaubst du, musst du tun, um Licht zu erschaffen?«

»Was ich tun muss?«

»Was müsstest du berechnen?«

»Hmm.« Sie schaute an ihm vorbei aus dem Fenster. Es regnete noch nicht, aber der Himmel wurde dunkler. »Wenn wir die Ränder des sichtbaren Spektrums bedenken, brauchen wir eine Funktion für die Verteilung. Und müssen darauf achten, dass die Intensität in den oberen Bereichen niedrig bleibt, um ... na ja, um keine Hautschäden zu verursachen. Instinktiv würde ich erst mal nur von einer einzigen Wellenlänge ausgehen, auch wenn es kein schönes weißes Licht werden würde.«

»Guter Ansatz.« Ein kaum merkliches Lächeln stahl sich auf Anthonys Gesicht. »Versuch dich einfach daran. Du weißt, was zu tun ist.«

Er reichte ihr eine Schiefertafel und ein Stück Kreide. Willow nahm beides entgegen und wartete vergeblich darauf, dass er ihr noch einen Hinweis gab. Wahrscheinlich war das wahre Problem nicht die Kalkulation, sondern die Manifestation. Sie berechnete eine kompakte Lichtquelle in fünfundzwanzig Zentimetern Entfernung mit einer hohen Wellenlänge und schaute erwartungsvoll zu Anthony hoch.

»Intuitive Konzentration«, sagte er. »Stell dir vor, die Formel wäre ein Schlüssel.«

»Ein Schlüssel«, wiederholte sie und starrte auf die Kreidestriche. In ihrer Vorstellung formten sie sich tatsächlich kurz zu einem Schlüssel, dann konzentrierte sie sich auf die Einheiten. Ein schwacher Schimmer legte sich auf die Tafel, ihre Stirn wurde warm. Willow schaute hoch, sah eine Sphäre aus rot glimmendem Licht.

»Tadellos«, lobte Anthony. »Jetzt kommt die zweite Herausforderung.«

Willow wurde erneut von Schwindel gepackt, nun überrollte sie das Gefühl aus allen Richtungen. »Und welche?«

»Schalte es aus, bevor du ohnmächtig wirst.«

Das Atmen fiel ihr schwer. Hastig wischte sie die Formel von der Tafel, aber der Schimmer verschwand nicht. Das Licht schien irgendwo auf Höhe ihres Gesichts entstanden zu sein, denn sie konnte Anthony nicht in die Augen sehen. Er presste die Lippen zusammen, wartete ab. Seine Hände waren bereit, sie aufzufangen. Willow brachte kein Wort hervor, Lichtblitze stachen in ihr Sichtfeld. Ihre Konzentration war vollkommen verloren, als hätte sie ein rettendes Seil losgelassen.

Das Licht verglomm. Erst verbuchte Willow das als Erfolg, aber dann wurde ihr bewusst, dass sie auf dem Parkett lag, ihre Beine ruhten auf einigen Büchern. Ein Knie in einer schwarzen Strumpfhose schob sich in ihr Sichtfeld.

»Willkommen zurück«, summte Ophelia. Sie und Anthony saßen neben Willow auf dem Boden und tranken aus dampfenden Tassen. »Hugo hat Tee gekocht, aber du begnügst dich besser mit Wasser. Alles gut?«

»Ich ... glaube schon. Der Schwindel ist auch weg.«

»Was für ein Schwindel?«, fragte Ophelia und nahm einen Schluck Tee.

»Der übliche«, raunte Anthony. Willow wollte etwas sagen, aber er hielt ihr bereits seine freie Hand hin. »Versuch mal, hochzukommen.«

»Wagen Sie es ja nicht, die Übung fortzusetzen. Willow, lass dich nicht belabern.«

Willow glitt von dem Bücherstapel und kam ungelenk in die Vertikale.

»Es regnet«, bemerkte sie. Dicke Tropfen schlugen gegen die Scheibe, klopften auf das Dach.

»Wenn Evan Regen mag, haben wir einen betrüblichen Herbst vor uns«, meinte Ophelia und legte Willow prüfend eine Hand in den Nacken.

»Dafür ist er zu gerne draußen«, erklärte Anthony und reichte Willow ein Glas Wasser. »Ich fürchte vielmehr, dass wir gar keine verregneten Nachmittage erleben, sobald er den Bogen raus hat.«

»Furchtbar«, sagte Willow.

Ophelia schüttelte grinsend den Kopf, erhob sich, machte einen ironischen Knicks und trat zur Tür. »Ich gehe wieder nach unten. Einfach schreien, wenn etwas ist, ja?«

»Danke«, sagte Willow hastig, ehe sie verschwand.

»Ich habe nicht geschrien«, stellte Anthony klar, als die Tür ins Schloss fiel.

»Hätte mich auch gewundert.«

»Ich habe sogar die Treppe genommen.«

Willow runzelte die Stirn. Warum war es so ungewohnt für sie, dass er scherzte? Gestern war er nach ihrer praktischen Prüfung laut geworden, auch das hatte sie noch nie erlebt. Als wäre er innerhalb der Wände von Tholeros Kosmos mehr er selbst.

»Wir üben tatsächlich nicht weiter«, kündigte Anthony plötzlich an und deutete vage in Richtung der Ledertasche, mit der man ihn stets am Trinity College antraf. »Ich muss die letzten Klausuren des Sommersemesters korrigieren.«

»Wenigstens regnet es.«

Anthony lächelte bitter.

Auf der Treppe ins Erdgeschoss hielt Willow einen Moment inne, aber sie entschied sich dagegen, noch einmal das Labor aufzusuchen. Stattdessen ging sie ins Foyer, lugte in die Küche und fand dort Harrison und Aramis, die gemeinsam aus dem Fenster sahen. Der Beagle hatte sich beim Mittagessen zunächst gesträubt, bei ihm zu bleiben, jetzt hatte er sich anscheinend beruhigt.

»Hi«, murmelte Willow, und Harrison fuhr herum, als hätte sie ihn dabei erwischt, die Scherben einer zerbrochenen Vase zusammenzukehren.

»Hi.« Sein Blick klärte sich. »Ist alles in Ordnung? Du ... siehst blass aus.«

»Es geht, danke.« Unschlüssig kam sie näher. »Harry, wie lange weißt du es schon?«

»Was?«

»Die Dunkle Ordnung und ... was du mit ihr tun kannst.«
Er atmete stoßartig aus. »Mein Leben lang.«

Sein Mund war kaum mehr als ein Strich. Willow wusste, dass er von seinen Eltern in sein Studium gedrängt worden war, obwohl sie den wahren Kern seiner früheren Erzählungen erst jetzt begriff. Harry wollte die renommierte Hundezucht seiner Mutter übernehmen, aber sein Vater lehrte Anthropologie am Trinity College und hatte in den Neunzigern mehrere internationale Bestseller geschrieben. Eine akademische Laufbahn empfand er als selbstverständlich. Das einzige Mal, dass Harry in Willows Armen geweint hatte, war kurz vor seinem Master-Kolloquium gewesen. Er hatte auf hundert Seiten die Reliefs von spätantiken Grabstätten analysiert und immer häufiger Witze darüber gemacht, wie seine eigene Ruhestätte auszusehen hatte.

»Kann es sein, dass du keine Beagles züchten darfst, weil das keine Wissenschaft ist?«, überlegte sie laut. »Wird die Veranlagung für Magie eigentlich vererbt? Bleibt das über Generationen dominant? Falls ja, müsste es viel mehr Menschen wie Evan und mich geben, also ...«

»Willow.« Harrison verschränkte die Arme und bemühte sich um einen sachlichen Tonfall, obwohl seine Nasenflügel zitterten. »Das zwischen uns hast du beendet. Oder *pausiert*. Du kannst nicht einfach herkommen und so tun, als wäre nichts.«

»Ich ... das tut mir leid, wirklich. Das war unüberlegt.« Sie biss sich auf die Unterlippe. Ihr Versuch, ein ganz normales Gespräch zu führen, war bravourös gescheitert.

Er wandte sich wieder dem Fenster zu. »Ich würde gerne darüber reden, warum wir nicht mehr zusammen sind, aber du sprichst lieber über Dinge, die du jede andere Person hier fragen könntest. Das verstehe ich nicht.«

»Hmhm.« Sie beugte sich zu Aramis hinunter und fuhr flüchtig über Anthonys Münze, die ihn vor Chaos bewahrte. Zumindest vor dem außerhalb ihrer Gefühle.

»Willow, was ist wirklich los? Du bist ... mir gegenüber ziemlich unfair. Nur, weil ich in einer Sache gelogen habe, lügen *musste*, heißt das nicht, dass ich das immer tue. Morris hat dich auch belogen, und trotzdem redest du normal mit ihm.«

»Ja, weil Morris und ich keine Beziehung führen.« Es fiel ihr schwer, nicht wie ein trotziger Teenager zu klingen. »Ich habe gehört, dass es durchaus einen Weg gibt, Außenstehende einzuweihen. Du hast dich dafür entschieden, zu lügen.«

»Wir waren nicht so weit.«

»Ach so?« Willow runzelte die Stirn.

»Nein, hör mir zu. Diese Feierlichkeit wäre einer Hochzeit gleichgekommen. Das ist eine lebensverändernde Entscheidung. Du lässt dir doch kein Tattoo stechen, weil du weißt, dass du es später weglasern kannst. Genauso wenig lasse ich dich initiieren und sage: *Hey, lass dich doch ertränken, wenn du nicht mehr dabei sein willst.* Außerdem hätten sie dich befragt und durchleuchtet, dein ganzes Leben. Um zu erfahren, ob du Fäden zu den Kylonern hast. Gunt leitet die Kommission dafür und ist *sehr* gründlich. Der Prozess dauert Tage und soll sehr belastend sein. Wer wäre ich, so eine Entscheidung für dich zu fällen? Außerdem wollte ich dich nicht aus deinem gewohnten Umfeld reißen.«

»Mein *gewohntes Umfeld* besteht zur Hälfte aus Pythagoreern«, erwiderte sie barsch, obwohl sie ruhig bleiben wollte. »Womöglich ist Esther auch eingeweiht und hat mir nur vorgespielt, dass sie den Flyer nicht sehen konnte!«

Harrison schnaubte amüsiert. »Eine Literaturstudentin bei den Pythagoreern. Sicher. Battaglini würde dich auslachen. Der fehlt es doch an Fantasie, interdisziplinär zu denken und Esther als Chance wahrzunehmen.« Endlich drehte er sich wieder zu ihr um. »Willow, dein Problem ist ein anderes. Du weißt nicht, wo dein Platz ist. Du glaubst, deine Zugehörigkeit läge in der Verantwortung anderer Menschen. Dir muss jemand das Gefühl geben, wertvoll zu sein, obwohl du es längst weißt.«

Willow konnte kaum schlucken. »Was ist falsch daran?« Sie ließ Aramis los, der einen Laut der Entrüstung von sich gab.

»Du suchst, aber findest nicht, weil du längst alles hast. Du wirfst sogar das Gute weg.« Harrison atmete tief ein. »Du hättest deinen Doktor am Trinity machen sollen, daran wäre nichts gewöhnlich oder verwerflich. Und du wärst sicher.«

»Vor was?«, erwiderte sie kopfschüttelnd und erinnerte sich im selben Moment an Felice.

»Vor dem verdammten Chaos, Willow. Und den Menschen, die es auslösen.«

»Sehr dramatisch.« Sie wollte noch versichern, dass sie zurechtkam, aber Harrisons Worte hatten sich erfolgreich eingenistet. Ja, sie wollte dazugehören. Um jeden Preis.

»Ich verlange nicht, dass du dich ertränken lässt und in dein altes Leben zurückkehrst«, sagte er plötzlich. »Aber du solltest nicht mehr jedem vertrauen, der dir ein gutes Gefühl gibt.«

»Glaub mir, hier gibt mir niemand ein gutes Gefühl.« Dennoch dachte sie plötzlich an George, der vor dem Gewächshaus Mundstücke für seine Oboe schnitzte.

Harrison antwortete nicht und richtete seinen Blick wieder nach draußen. Erst jetzt begriff sie, dass sie ihn mit diesen Worten verletzt hatte.

»Entschuldige bitte«, murmelte sie, aber nach einigen Sekunden seiner und ihrer Reglosigkeit stand sie auf und bedeutete Aramis mit ihrem Zeigefinger, sitzen zu bleiben. Der Beagle winselte, als sie im Foyer nach ihrer Jacke griff und das Institut verließ.

Evans Experiment dauerte an, und Willow wusste nicht, ob sie ungewollt etwas dazu beisteuerte. Wieso war sie nur so feige, so ... was eigentlich? Warum schaffte sie es nicht mehr, offen mit Harry zu sprechen? Wann immer sie ehrlich war, musste sie sich fragen, ob eine freundliche, warme Lüge nicht die bessere Option wäre. Und auch er musste gegen diese Zweifel gekämpft haben, wann immer er ihr nicht von den Pythagoreern erzählen konnte. Er hatte es bestimmt nur gut gemeint. Sie glaubte ihm.

Auf dem Weg zu ihrem Fahrrad nahmen die Tropfen zu, während sie sich innerlich ohrfeigte. Warum nur konnte sie nicht damit abschließen und ihre Beziehung wiederbeleben? Etwa, weil Harry nicht der Einzige war, der sie belogen hatte? Denn damit hatte er vollkommen recht: Sie brauchte nicht nur ein gutes Gefühl in ihrer Brust, sondern Worte, die ihre Zweifel bereinigten. Ehrliche Worte. Es war ungerecht, ihren Zorn nur gegen Harry zu richten, wenn er nicht nur ihm galt.

Sie wischte den Sattel halbherzig trocken und radelte los. Die Reifen gruben sich in den Trampelpfad, aber das war ihr egal. Sie strampelte, bis ihre Beine brannten und sie den ersten Hügel hinter sich hatte. Willows Nase lief, sie rieb mit dem Ärmel darüber, fuhr weiter. Nach Dublin, um endlich mit einer normalen Person zu sprechen.

Als sie eine knappe Stunde später zitternd und durchnässt auf Esther O'Malleys Klingelschild drückte, öffnete ihr niemand. Sie stand in der Gegend zwischen dem Griffith Park und dem Botanischen Garten. Die winzigen Häuser hier besaßen höchstens zwei Stockwerke. Nachdem Willow mit Harrison zusammengezogen war, hatte Esther ihr gemeinsames Zimmer aufgegeben – angeblich, weil ihre neue Mitbewohnerin unausstehlich war, aber tatsächlich reichte das Geld nicht mehr. Jetzt wohnte sie wieder bei ihrer Mutter, die in dieser Gegend eine Montessori-Schule leitete und jeden Herbst so viele Stachelbeeren einkochte, dass ihr Umfeld dazu überging, die Gläser mit einem leicht angeekelten Lächeln weiterzuverschenken.

»Was für ein beschissener Tag«, murmelte sie nach ihrem dritten Klingeln. Auf dem Nachbargrundstück kläffte sie ein

Hund an, schwarze Ohren blitzten immer wieder über dem Zaun auf. Ratlos kehrte Willow zu ihrem Rad zurück und schob es einige Meter. Ihren Wohnungsschlüssel und das Smartphone hatte sie in Felices Zimmer gelassen. Geld hatte sie auch nicht dabei. Dennoch hatte sie keine große Lust, direkt wieder nach Howth Head zu radeln. Willow irrte durch etliche Querstraßen, bis sie den Haupteingang des Botanischen Gartens erreichte. War der Eintritt noch kostenlos? Vielleicht konnte sie sich in den Gewächshäusern aufwärmen. Sie schloss ihr Rad ab und ging am Besuchercafé vorbei, das zu dieser Uhrzeit voll besetzt war.

Nach einer Kurve erblickte sie das Herzstück des Gartens, die großen Glashäuser mit den charakteristischen weißen Eisenstangen aus der Mitte des 19. Jahrhunderts. Bis auf einen langen Blütenstreifen für Bienen und vereinzelte Sträucher und Bäume war die Wiese leer, als hätte jemand jedes herumstreunende Blatt aufgesammelt. Noch hielt sich der Herbst zurück, aber bald würden hier überall kleine Laubhaufen liegen. Wie verärgert ihr Vater doch damals gewesen war, als sie bei einem Ausflug in jeden einzelnen Haufen gesprungen war. Er hatte geschimpft, bis Willow geweint hatte. Sie schürzte die Lippen und ging schneller. Warum fiel ihr so etwas als Erstes ein? Später hatte sie so viele schöne Nachmittage mit ihrer Mutter hier verbracht, Fotos geknipst, im Schrank entwickelt. Es war nicht alles schlecht.

Ihre kalten Füße trugen Willow bei einer Abzweigung nach rechts, in Richtung des Rosengartens. Die meisten Besucher ignorierten ihn womöglich, weil er zu weit abseits lag, aber Willow und ihre Mutter hatten hier jeden ihrer Foto-Nachmittage begonnen. Sie umrundete ein längliches Gewächshaus, nahm einen Pfad zwischen Zypressen und Weiden. Dann überquerte sie eine Brücke über einem künstlichen, laut rauschenden Wasserlauf und erblickte die Rosen, die jeden Regentropfen auskosteten. In diesem nahezu symmetrischen Teil des Gartens wuchsen verschiedene Sorten in

Rot, Rosa, Weiß und Orange in ihren eigenen kleinen Beeten. In der Mitte zweier kreuzender Wege stand auf einer niedrigen Säule eine Sonnenuhr in Form eines Globus, der lediglich aus drei metallischen Ringen und einem Pfeil bestand, welcher die Erdachse darstellte. Es erschien ihr absurd, aber die Tatsache, dass diese Uhr noch hier war, tröstete sie.

Willow zuckte zusammen, als sich im hinteren Teil des Gartens jemand bewegte. Ein rothaariger Gärtner in einer olivgrünen Öljacke schaute zu ihr, wandte sich ab und hob erneut den Kopf. Dann stand er auf, legte eine Rosenschere in einen Plastikeimer und klopfte sich Erde von den Handschuhen, wobei er ein weiteres Mal zu ihr sah. Erst jetzt erkannte Willow ihn.

»Oh, George!«, sagte sie lachend, obwohl ihr die Situation unangenehm war. »Ich hätte mir denken können, dass du hier bist.«

Auch er lachte nervös, leise. »Deine Kapuze hat mich verunsichert, sorry. Ich hätte nicht gedacht, dass mich hier jemand findet, und dann auch noch so schnell.« George kam näher, machte eine unschlüssige, halbwegs einladende Bewegung mit seinen Armen. »Willkommen, würde ich mal sagen. Du hast mich aber nicht gesucht, oder?«

»Nein, ich musste nur mal raus«, gestand sie. Ihre Beine waren klamm und kalt, sie konnte das Zittern kaum verbergen. »Ich wollte spontan zu einer Freundin fahren, die hier in der Nähe wohnt, aber sie ist nicht da.«

George zog seine Gartenhandschuhe von den Fingern und schien nicht zu wissen, was er sagen sollte. Sein Gesicht war rot vor Kälte oder Anstrengung, sodass seine Sommersprossen beinahe verschwanden. Er hatte sich nicht einmal etwas auf den Kopf gesetzt, um dem Regen zu trotzen.

»Es ist seltsam, ich habe eben an dich gedacht«, sagte er.

»Oh?«

»Ich war nebenan in meinem alten Zimmer« – er deutete vage hinter sich – »und hab dir eine Oboe geholt. Also, falls du mal wieder spielen möchtest.«
Sie lächelte. Er hatte sich daran erinnert. »Das ist richtig lieb, danke. Ich freu mich auf sie.«
George erwiderte ihr Lächeln, und eine lange Sekunde verschmolzen ihre Blicke. Dann schien er sich aus einem Bann zu lösen.
»Dir ... ist doch bestimmt kalt, oder? Ich wollte gerade eine Pause machen.« Mit diesen Worten sammelte er seinen Eimer auf, warf die Handschuhe hinein und schaute sie erwartungsvoll an. »Du kannst dich natürlich allein umschauen, aber wir haben eine gute Kaffeemaschine hier.«
»Ich habe selten schönere Worte gehört«, gestand sie. »Außer, als Lloyd meinte, dass wir nachts in den Long Room dürfen.«
George lächelte. »Dann folge mir bitte unauffällig.«
Der Wind frischte auf, verwirbelte die Tropfen in der Luft. Er sprach erst wieder, als sie die Brücke hinter sich gelassen hatten.
»Wie kommst du denn zurecht?«
Willow zögerte. »Ich bin heute Nachmittag vor Professor Morris ohnmächtig geworden und ... nun, Harrison vereinfacht auch nichts.«
»Ihr habt Schluss gemacht, ja?«
»In etwa. Keine Ahnung, ob das eine gute Idee war.« Warum erzählte sie ihm das? Irgendwie mochte sie seine gemächliche Art, seine Höflichkeit. Dennoch schien ihn eine gewisse Neugierde umzutreiben. Oder war er nur aufmerksam?
»Ob das ein Fehler war, wird sich zeigen«, meinte er, als ihnen zwei Spanisch sprechende Touristen entgegenkamen. »Die Eingewöhnung bei Tholeros Kosmos stelle ich mir ohnehin schwierig vor, wenn man sonst niemanden kennt.«

»Ich habe das Gefühl, dass sich schon Bündnisse geschlossen haben«, gab Willow zu. »So wie Thabisa und du, Nikhil und Echo ... und Evan scheint sich auch gut mit Echo zu verstehen.«

»Echo ist toll, ich kenne niemanden, der auch nur ein schlechtes Wort über sie sagen könnte«, meinte George. »Wie gesagt – du darfst nicht vergessen, dass wir uns schon länger kennen. Und, äh, ich für meinen Teil möchte mich nicht aufdrängen. Evan hat mir sogar recht deutlich gesagt, dass er nicht zu viele Kontakte auf einmal knüpfen will. Klingt so, als würde er uns nacheinander auf Spaziergänge einladen. Ich meine, soll er mal, ich verurteile das nicht.« Er lachte, als würde er seine Worte bereuen. »Aber lass dir gesagt sein, dass niemand über dich tuschelt. Höchstens ... über Harrison und dich.«

»Würde ich wohl auch«, entgegnete sie fröstelnd. George öffnete ihr die Tür zu einem steinernen Anbau hinter einem viktorianischen Glashaus. Warme Luft quoll ihr entgegen, der Boden war mit winzigen Pfützen übersät.

»Hat dir Morris schon beigebracht, wie du dich trocknest?« George legte seine Jacke ab, Willow tat es ihm gleich. Der Regen war ihren Nacken hinuntergelaufen und bildete einen Fleck auf ihrem Tweedsakko.

»Leider nein.«

George zögerte, dann ging er nach rechts in einen niedrigen Raum unter einer Dachschräge. »Wir finden schon etwas«, murmelte er. Willow wartete im Türrahmen, während er im Halbdunkel zwischen Kartons und Taschen wühlte. Er holte einen hellbraunen Strickpullover hervor – er glich dem, den er selbst trug.

»Vielleicht etwas groß«, sagte er und reichte ihr den Pullover. Er war samtweich, roch nach Erde und Vanille. »Ich mache kurz die Kaffeemaschine an, dann hast du den Raum für dich, okay?«

Willow dankte und zog sich um, während neben ihr eine nahezu antike Filtermaschine röhrte. Sie schnappte sich zwei lädierte Tassen und trat mit Kaffee zurück auf den Flur.

»Steht dir«, meinte George mit einem kaum sichtbaren Lächeln. Er nahm die Tasse entgegen, legte seine Finger darum und nickte mit dem Kopf ins Innere des Glashauses. »Lust auf eine exklusive Führung?«

Mit Esther hätte sie sich aufgeregt, gezetert, Wein getrunken und vermutlich auch welchen verschüttet. Mit George hingegen wurde der Nachmittag friedlich. Willow erzählte ihm von dem roten Lichtschimmer, den sie erschaffen hatte, und wie Anthony sie danach ihrem Schicksal überlassen hatte. George konnte darüber nur den Kopf schütteln, während sie Olivenbäume, Buntnesseln und pinke Bougainvilleas passierten. Nach einem Moment der Stille wechselten sie das Thema, sprachen über die Pflanzen und Georges Forschung. Er interessierte sich für Blütenbildung und wollte erfahren, ob man diese magisch beeinflussen konnte. Neben Rosen beschäftigte er sich mit Apfelbäumen, und immerhin erkannte Willow einige Sortennamen wieder. Obwohl er zunächst zurückhaltend auf sie gewirkt hatte, kam George nun kaum aus dem Reden heraus. Er verlor sich in Details, erklärte botanische Begriffe verschiedener Farne und vergaß darüber seinen Kaffee. Als sie wieder den Seiteneingang erreichten, wachte Willow aus einem angenehmen Traum auf. Die ganze Zeit hatte sie nur wenig gesprochen, höchstens einige Fragen gestellt und an ihrer Tasse genippt. George hatte recht, der Kaffee war außerordentlich.

»Jetzt bin ich total ausgeufert, es tut mir leid«, endete er und nahm einen offensichtlich kalten Schluck, der ihn schaudern ließ.

»Das macht nichts, es war sehr lehrreich.« Willow lächelte. »Kommst du sonst dazu, jemandem all das zu erzählen?«

»Nee, Thabisa rollt schon immer mit den Augen. Natürlich meint sie das nicht ernst, hoffe ich zumindest, aber lange hört sie mir nicht zu. Danke dafür.«

»Gern.« Willow warf einen Blick nach draußen, obwohl ihr das fehlende Geräusch auf dem Glasdach bereits aufgefallen war. »Es hat sogar aufgehört, zu regnen.«

»Wie bestellt, schön.« George prüfte seine Armbanduhr. »Es ist noch zu früh, um in den Long Room zu fahren.«

»Eigentlich habe ich das nicht vor.«

»Oh, es klang eben danach. Thabisa wollte heute nämlich mit mir hin.«

Willow schaute ebenfalls auf ihre Uhr, es war kurz vor halb sieben. »Lloyd sagte doch, dass wir frühestens um acht in die Old Library dürfen, oder? Ich fürchte, das steht mein Magen nicht durch.«

»Kein Problem.« George klaubte ihre Regenjacken von einer Heizung. »Ich kenne ein hervorragendes Etablissement.«

Sie radelten nordwestlich des Botanischen Gartens in den Stadtteil Darndale, den Willow auf ihrer Hinfahrt gemieden hatte. Das war keine gute Gegend, eine Art Skid Row light. Es war recht bezeichnend, dass in Darndale ein Film mit dem Titel *Cardboard Gangsters* spielte. Sowohl das ordentlich geplante Stadtteilzentrum als auch ein riesiger, blassbunter Kindergarten täuschten kaum darüber hinweg, dass hier regelmäßig Autos brannten und Willow während der Fahrt gleich zwei Drogengeschäfte beobachtete. Gelegentlich musste sie Löchern auf dem Asphalt ausweichen, an denen einmal etwas in Flammen gestanden hatte. Der Oktober und insbesondere Halloween waren so übel, dass zu dieser Zeit nicht alle Buslinien den Stadtteil anfuhren. George schien das nicht weiter zu kümmern, er schloss sein Rad vor einem unscheinbaren Gebäude ab, wartete geduldig auf Willow und führte sie in das *Sip mór* – »großer Schluck« –, das laut einem Sticker an der Eingangstür von einer wohltätigen Organisation geleitet wurde. Im Vorraum war der Holzboden rutschig, die Fußmatte schmatzte. Ein langer Typ in einem gestreiften Pullover zwängte sich an George vorbei und tippte sich grinsend an seine rote Wollmütze. Drinnen rannten zwei Kinder umher, alte Männer lehnten sich auf einen Tresen. Das Licht war hell und freundlich, an den Wänden hingen Bilder von grünen Äpfeln mit schimmernden Tropfen auf ihrer Schale. Frauen in samtig glänzenden Hijabs saßen Rücken an Rücken mit Männern in dreckigen Blaumännern, und vor der linken Fensterfront beriet sich eine Gruppe Teenager lautstark über Snapchat-Filter. In diesem Moment trat Thabisa zu ihnen, in der Hand einen Wischmopp und einen Eimer.

»Ach was«, sagte sie irritiert, aber grinsend. »Merke: George kann nichts für sich behalten.« Thabisa schaute ihn durchdringend an, stellte den Eimer ab und stemmte die freie Hand in ihre Hüfte. »Willow, wenn du ein Wort zu Nikhil, Hugo, Harry oder Lloyd sagst, bist du bei mir unten durch. Und der Pullover steht dir.«

»Was ist denn so schli...«, begann sie, aber Thabisas Gesicht verfinsterte sich. »Ja, verstanden.«

»Brav. Sucht euch einen Platz und schnappt euch eine Karte, ich komme dann.«

George und Willow entschieden sich für einen Tisch am Fenster, der gerade abgeräumt wurde. Das Polster der Stühle quietschte, als sie sich setzten.

»Was ist so schlimm daran, dass sie hier ist?«, zischte Willow.

»Geheimniskrämerei und körperliche Arbeit«, antwortete er ebenso leise und nahm sich eine laminierte Karte vom Nachbartisch.

»Was meinst du mit körperlicher Arbeit?«

»Er meint damit«, schnarrte Thabisa hinter ihr, »dass es selbstverständlich zu sein scheint, dass die Doktoranden von Tholeros Kosmos ihren Kopf auf Geld betten und kein Buch berühren, das jünger als ihr eigener Vater ist. Einen Finger zu krümmen, noch dazu ohne Bezahlung, fiele den meisten niemals ein.« Sie trat in das Sichtfeld von Willow, die beschämt die Mundwinkel nach unten zog. Thabisa war jedoch nicht fertig. »Dieser leidige Begriff des Elfenbeinturms kommt mir ständig in den Sinn, und ich für meinen Teil möchte den Bezug zur Realität nicht verlieren. Was nicht heißt, dass alle davon erfahren sollten.« Sie hob ihren Zeigefinger. »George, in Zukunft entscheide ich, wer herkommen darf, okay? Nichts gegen dich, Willow. Fühl dich willkommen.«

Schlagartig wurde Willow die Funktion des *Sip mór* bewusst. Ein Ruhepol in einem stürmischen Stadtteil, eine Zuflucht. Und für Thabisa womöglich ein Weg, ihren Kopf nicht zwischen den Sternen zu verlieren.

Sie bestellten, was Willow höchst unangenehm war, und die Kosmologin ließ sie allein. Sofort beugte sich George nach vorne und senkte die Stimme. »Sie ist so erwachsen!«

»Wir sind alle erwachsen«, antwortete Willow amüsiert.

»Ich nicht. Ich will ein Eis zum Nachtisch, und dann will ich mit euch beiden in die Bibliothek und verbotene Dinge tun.«

Willow verschluckte sich, obwohl sie noch kein Getränk in der Hand hielt.

»W-was?«

»Bücher berühren!«, fuhr er unbeirrt fort. »Hinter den Absperrungen.«

»Du machst mich schwach«, krächzte sie und musste lachen.

»Was dachtest du denn? ... oh. Oooh.«

»Yep.«

George wurde rot und verbarg seinen Mund in der Hand, schaute lachend zur Seite. Einer von Thabisas Kollegen brachte ihnen eine große Portion Pommes, dann frittierten Fisch für George und Salat für Willow. Sie prosteten sich mit Cola zu und sprachen über Musik, Filme, Bücher, fanden aber kaum Gemeinsamkeiten. Willow mochte Jean Sibelius, *Star Wars* und Jane Austen, George mochte Joy Division, *Star*

Trek und »fast alles außer Jane Austen«. Nach dem Essen schluckte er zwei Tabletten, was ihm offenbar unangenehm war, aber Willow sprach ihn nicht darauf an. Anschließend bezahlte er für beide, wogegen sie gerne protestiert hätte – mangels Portemonnaie konnte sie sich nur bedanken. Während sie auf Thabisa warteten, tranken sie noch eine Cola, und Willow erfuhr von Ophelias und Anthonys Leidenschaft für Manchester City, was ihr gleich zwei Fußball-Witze erklärte, die sie beim Frühstück nicht verstanden hatte. Allmählich schüttelte Willow ihre verkrampfte Trägheit ab, als löste sich ein Muskelkater auf. Sie fühlte sich normal.

Auf einmal wurden die beiden von einer Seniorin auf ihre zueinander passenden Pullover angesprochen. Willows war etwas zu groß, aber die langen Ärmel störten sie nicht. Ihre Tweedjacke ruhte in Georges Rucksack, sie hatte sie beinahe vergessen. Während sie sich vom Lob der alten Dame geschmeichelt fühlte, nickte er nur höflich.

»Hat eure Großmutter die gestrickt?«, fragte sie und deutete mit ihrer knöchrigen Hand auf das Muster. »Ihr wisst ja bestimmt, dass man früher Seemänner anhand ihrer Troyer erkennen konnte, ja? Jeder hat ein eigenes Muster. Dann wusste man auch nach einem Unglück, wer sie waren.«

»Ich dachte, das wäre ein Mythos«, meinte George und warf Willow einen flüchtigen Blick zu.

»Mein Bruder ist zur See gefahren, ich habe ihn gut versorgt«, fuhr die Frau fort. »Bestimmt hat deine Großmutter auch für ihre Verwandten gestrickt.«

Georges Nasenflügel blähten sich. »In diesem Fall nicht. Guten Abend.« Sein Ton war so rau, dass die Frau irritiert den Kopf schüttelte und ging, nicht ohne ihnen einen unverständlichen Blick über die Schulter zuzuwerfen. George mahlte mit den Zähnen und nahm seine Hände in den Schoß.

»Was war das denn?«, fragte Willow.

»Entschuldige, alles gut.« Er war kein talentierter Lügner, nicht einmal ein passabler. »Behalt den Pullover, wenn du möchtest. Ich habe viele davon.«

Wie kam er auf diesen Einfall? Erst wollte sie ablehnen, aber der Pullover war so weich und duftend, dass sie ihn gerne annahm.

Thabisa erlöste sie aus dem nachfolgenden Schweigen wie eine grelle Türklingel um Mitternacht. »Wie kann es sein«, begann sie, »dass mich gleich drei Leute anschreiben, ob ich Willow gesehen habe?«

Sie brauchte einige Sekunden, um den Satz zu verarbeiten. »Was, warum denn?«

»Erst Hugo, sehr direkt formuliert, ohne Tschüss und Danke, dann Evan, das komplette Gegenteil, und jetzt auch Professor Morris.«

»Darum gebe ich niemandem meine Nummer«, murmelte George, während er aufstand und seinen Rucksack prüfte.

Thabisa verkniff sich einen Kommentar und wandte sich stattdessen Willow zu. »Also. Hast du irgendetwas angestellt?«

»Nein«, beteuerte sie. »Würdest du Morris mal anrufen? Ich habe mein Telefon nicht dabei.«

Thabisa seufzte gedehnt, wählte die Nummer und reichte ihr das Smartphone. Ihre Hülle war schwarz mit Sternen und Planetenbahnen darauf. Darunter baumelte ein kleiner Anhänger in Form eines Schmetterlings.

»Danke«, nuschelte Willow, griff nach ihrer Regenjacke und stand ebenfalls auf. Es tutete. Mit dem Kopf bedeutete sie George und Thabisa, dass sie schon gehen konnten, während sie zwei Finger auf das offene Ohr legte und sich durch die Tische schlängelte.

»Danke für den Rückruf, entschuldige bitte die Störung«, begann Anthony. Kurz überlegte Willow, ob sie ihn darüber aufklären sollte, dass er nicht mit Thabisa sprach, aber die Neugierde überwand die Skrupel. »Vielleicht kannst du uns helfen. Wir suchen Willow, sie soll das Institut nicht allein verlassen.«

»Hmhm«, machte Willow, George hielt ihr die Tür nach draußen auf. Die Straße schimmerte vom Regen. Stille in der Leitung, also atmete sie tief durch. »Du sprichst mit Willow. Gibt es irgendetwas, das du mir sagen möchtest?«

Anthony hielt inne, ebenso wie George und Thabisa, die sie schamlos anstarrten.

»Oh«, sagte er dann. Im Hintergrund sprach eine verwaschene Stimme, ebenfalls männlich. »Die Sache ist, dass du nach der heutigen Übung unverhofft umkippen könntest, manchmal lässt sich Chaos etwas Zeit. Ophelia macht mir hier die Hölle heiß.« Wieder Stimmen, die plötzlich versiegten, als hätte Anthony sie mit einer Handbewegung zum Schweigen gebracht.

»Das wusste ich nicht.«

»Heute keine weiteren Spielereien mit Magie, okay?«

Willow rümpfte die Nase. Einerseits wusste sie seine Sorge zu schätzen, aber dass gleich eine derartige Panik geschoben wurde ...

»Okay.«

»Wann kommst du denn zurück nach Howth?«, fragte Anthony, und mit dieser Frage ging er zu weit.

»Weiß ich nicht«, antwortete sie knapp. »Wir fahren jetzt in den Long Room.«

»Gut, okay, dann weiß ich Bescheid.«

Was war nur mit ihm los? Verwundert nahm Willow das Telefon vom Ohr und legte auf, ohne sich zu verabschieden.

»Was war das denn?«, fragte Thabisa kopfschüttelnd.

»Denken die, du brauchst einen Babysitter?«

»Er befürchtet wohl, dass ich umkippe, weil ich heute Nachmittag mit ihm geübt habe.«

»Ach, Quatsch«, entfuhr es Thabisa, sie entsperrte ihr Fahrradschloss. »In meiner Gegenwart kippst du nicht um.«

Willow trat ebenfalls an ihr Fahrrad, schob es rückwärts auf die Straße.

»Weil ich mich auf Gravitation spezialisiere«, erklärte Thabisa grinsend, als sie nicht nachfragte.

»Ach so.« Sie hatte die Lust verloren, noch etwas zu unternehmen, aber eine Rückkehr nach Howth Head, allein, hielt sie nun ebenfalls für eine schlechte Idee.

George trat neben sie, beide Hände am Lenker. »Bücher anschauen?«

»Du verstehst mich.«

Eine Taube pickte im Abendlicht nach Zigarettenstummeln. Sie saßen auf der Treppe vor dem Long Room und warteten, dass die Campanile zur achten Stunde schlug. Willow erfuhr von Thabisa, dass sie in London studiert hatte – ihr Vater war dort lesothischer Diplomat. George hatte auch nicht das Trinity College besucht, sondern das Teagasc College of Amenity Horticulture, das direkt mit dem Botanischen Garten von Dublin zusammenarbeitete. Willow erzählte ihnen darum von den Mythen, welche die Campanile umrankten, gab Tipps für Abkürzungen auf dem Campus und berichtete sogar von der bedrohlichen Aura des Regent House. Schließlich öffnete sich hinter ihnen eine Tür aus Glas und schwarz lackierten Eisenstangen, Colin erschien darin.

»Willow«, stellte er mit nüchterner Freude fest, dann schaute er aufmerksam zu Thabisa und George, als suchte er etwas. »Ich will gerade abschließen.«

»Hi. Wir gehören zu Professor Morris«, erklärte Thabisa lächelnd, erhob sich und deutete auf ihre Krawattennadel.

»Oh, okay. Glückwunsch, Willow, der Doktor bei Morris hat ja doch geklappt.«

»Ja«, antwortete sie rasch, als hätte man sie um ein Haar beim Stehlen erwischt. Ihr Herzschlag beschleunigte, aber sie wahrte ein freundliches Gesicht. Wahrscheinlich ähnelte sie

jemandem, der den ganzen Tag in der prallen Sonne verbracht hatte, was in Dublin gleich doppelt merkwürdig wäre.
»Cool. Zündet nichts an, keine Getränke zwischen den Regalen, lasst nichts liegen und versucht gar nicht erst, das *Book of Kells* umzublättern.« Colin sah nach links und rechts, dann gab er den Weg frei. »Diese Tür kann man von innen öffnen – wenn ihr später geht, zieht sie bitte richtig zu.«
Sie dankten ihm und traten in das Dämmerlicht des Souvenirshops. Das fühlte sich so verboten an, dass Willow unwillkürlich den Kopf einzog. Colin schloss die Tür hinter ihnen und entfernte sich auf dem Kopfsteinpflaster. Die Campanile läutete.
»Du kanntest den Burschen schon?«, fragte George.
»Colin, ja. Er arbeitet bestimmt seit einem Jahr hier und lässt mich kostenlos nach oben, wenn die Touris weg sind.« Sie hielt kurz inne, als die Erkenntnis sie kitzelte. »Aber maximal bis acht Uhr.«
»Er könnte Evans Bruder sein, selbe Haarfarbe und Gesichtsform«, sinnierte Thabisa, ihre federnden Schritte trugen sie zur Treppe. Der Botaniker folgte ihr gemächlich.
Willow spitzte nachdenklich die Lippen. Sie schaute über ihre Schulter nach draußen, aber Colin war längst verschwunden. Etwas prickelte in ihrem Nacken, ein inzwischen vertrautes Gefühl. Dann schloss sie eilig zu den anderen auf.
Es war ungewohnt, die Treppe zum Long Room nicht alleine zu nehmen. Und auch der Duft hatte sich verändert, war voller, unverfälschter. Die letzten Besucher waren vor drei Stunden gegangen, offenbar war ihr Geruch verflogen.
»Ist das genial«, hauchte Thabisa und legte ihre Hände auf den Mund. Ehrfürchtig ging sie an den stummen Gesichtern vorbei. Erst kurz vor dem regulären Eingang blieb sie stehen, neben der Büste von Homer. Plötzlich erschien vor ihrem Gesicht ein goldener Lichtschimmer, warm und kräftig. Er folgte ihr, während sie über eine grüne Absperrung stieg und zwischen den Regalen verschwand.

George atmete belustigt aus und hielt Willow sanft zurück, obwohl sie gerade etwas sagen wollte. Er hob einen Finger und bedeutete ihr, zu warten. Keine drei Sekunden später tauchte Thabisas Lockenkopf wieder auf.

»Ganz vergessen, sorry!«, sagte sie peinlich berührt. »Wir hören mal auf Professor Morris *Schrägstrich* die Stimme der Vernunft, heute übernehme ich das.« Schon wurde auch Willow von Licht umgeben, dann George.

»Wie Heilige«, meinte er grinsend und holte ein zerkratztes Smartphone aus seiner Hosentasche. »Thabisa will nur stöbern. Die Sortierung hier ist mir zu wild, ich habe mir das Verzeichnis runtergeladen. Suchst du etwas Bestimmtes?«

Willow war inzwischen einige Meter von ihm fortgeschwebt und lugte in die Regalreihe neben der Büste von Platon. Sie wagte es kaum, über die Absperrung zu treten, geschweige denn, ein Buch zu berühren. In einem langen Monolog hatte Lloyd vor dem Frühstück die Regeln für den Besuch im Long Room erläutert und dabei mehrfach betont, dass Handschuhe nicht erlaubt waren. Erst glaubte Willow, dass sie sich verhört hatte, aber anscheinend waren saubere, trockene Hände vollkommen in Ordnung und sogar ungefährlicher für die Bücher. Daraus war eine Diskussion über veraltetes Wissen entstanden, aus der Willow lediglich mitgenommen hatte, dass man Blinddärme heutzutage nicht mehr leichtfertig entfernte. Zumindest, wenn sie Ophelias Worten glaubte.

Plötzlich war Georges Stimme direkt hinter ihr. »Bist du noch da?«

»Erinnerst du dich, dass Echo uns gesagt hat, sie wolle nicht wie Glas behandelt werden?«

»Klar.« Er stellte sich neben sie, seine Haare leuchteten kupfern.

»Ich möchte das auch nicht. Also, versteh mich nicht falsch, ich schätze es sehr, wie freundlich ihr zu mir seid, aber ich kann auf mich aufpassen. Ich renne nicht mit Feuerhänden durch die Innenstadt und erzähle aller Welt von dem geheimen Institut auf Howth Head.«

»Wie ... wie kommst du jetzt darauf?«

Willow stutzte und fragte sich das selbst ebenfalls. »Ich glaube, ich verstehe nicht, warum gleich drei Leute nach mir suchen und denken, auf mich aufpassen zu müssen. Thabisa und du, ihr seid da so viel ... natürlicher.«

»Morris hat eben viel Verantwortung und Hugo ist einfach so«, meinte George und hob ein Bein über die Absperrung. »Er macht wohl viel kaputt, verlegt ständig alles, darum muss er sich bemühen, die wichtigen Dinge im Blick zu behalten. Und das übertreibt er dann hin und wieder.«

Willow dachte an ihre nackten Füße auf den Felsen, während Hugo beinahe ertrank. An seine Worte danach, dass er nur nach ihr sehen wollte. Womöglich hatte George recht. Das bedeutete dennoch nicht, dass sie damit einverstanden war.

»Ich schau mich mal um«, murmelte sie und blieb hinter der Begrenzung. George antwortete mit einem Summen.

Willow trat in die dämmergraue Leere des Raumes, in den Torso des Ungetüms. Die Büsten schwiegen. Hatte sie nicht einmal in der Zeitung gelesen, dass vier weibliche in Auftrag gegeben worden waren? Sie musterte die Gesichter, flog über die Namen, aber all diese großen Denker waren ihr vertraut.

Ihr Lichtschimmer traf auf etwas Helles, das sich wie ein Blatt im Sturm bewegte. Willow blinzelte, blieb stehen und erkannte einen Schmetterling. Weiß, mit spitzen Flügeln, wie Origami. Er setzte sich auf die rechte Wange von Isaac Newton und erstarrte. Willow hielt die Luft an. Der Falter bestand tatsächlich aus Papier. Rasch schaute sie hinter sich, aber George und Thabisa waren mitsamt ihren Lichtern zwischen den Regalen verschwunden.

Das Leben wich aus dem Wesen. Zögernd trat Willow näher, hob ihre Hand. Der goldene Schein umrundete sie, wodurch sich der Falter scheinbar bewegte. Reflexartig griff sie zu und hielt das Papier mit drei Fingern. Es wehrte sich nicht. Erneut sah sie sich um. Dann hob sie den Flügel mit der Fingerspitze an, entfaltete ihn. Zuckende, wankelmütige Zeichen begrüßten sie – mal schwunghaft mit der Hand geschrieben, mal mit harten Serifen gedruckt, als könnten sie sich nicht für ein Erscheinungsbild entscheiden.

L. e. 33–35.

Das war alles, aber Willow verstand die Bedeutung dennoch. Sie hob den Kopf und suchte nach einem goldenen Buchstaben in der Säule aus Eichenholz, vor der Isaac Newton stand. *EE.* Sie wechselte auf die gegenüberliegende Seite des Raumes und ging weiter, jeder ihrer Schritte hallte knarrend wider. Sie erreichte Patrick Delany, der das Regal mit dem Buchstaben *L* bewachte. Im Long Room wurden die Texte nicht nach Autor oder Erscheinungsjahr sortiert, sondern primär nach ihrer Größe. Die hohen Folianten standen stets in Bodennähe in einer Reihe, die mit den Buchstaben *a* oder *aa* markiert wurde – je nachdem, von welcher Seite man sich einem Regal näherte. Brett *e* befand sich knapp oberhalb ihrer Augenhöhe.

Am anderen Ende des Raumes begannen Thabisa und George ein Gespräch, er lachte. Willows Herz jagte, aber die Neugier obsiegte. Vorsichtig setzte sie einen Fuß auf die unterste Stufe der Holzleiter, verlagerte ihr Gewicht. Sie atmete langsam aus und hob den anderen Fuß eine Sprosse höher, damit sie Regalbrett *e* betrachten konnte. Der Geruch des Papiers benebelte sie, als wären die Bücher Venusfliegenfallen, die ihre Beute mit süßem Duft lockten.

Die Plätze 33 bis 35 waren von zwei Büchern belegt, in deren Mitte eine Lücke klaffte. *Opuscula Mathematica, Philosophica, & Philologica* – jene Texte von Sir Isaac Newton, die Willow beinahe zu gut kannte, schließlich hatte Harrison ihr antiquarische Ausgaben geschenkt. Aber warum fehlte der zweite der drei Bände? Das Licht, das aus unerfindlichen Gründen hinter ihrem Kopf schwebte, warf störende Schatten. Mit starren Fingern glitt sie zwischen die Bücher, als würden sie Feuer fangen, sobald Willow sie berührte. Sie ertastete etwas, das sich wie ein halb zusammengerollter Flyer anfühlte, und zog es heraus. Staub kitzelte in ihrer Nase. Ein Niesen unterdrückend, drehte sie sich zu ihrer Lichtquelle. Sie hielt ein schlichtes Notizheft in der Hand, schwarz mit einem weißen Aufkleber in der oberen Hälfte. *Serie di esperimenti sulla pulizia matematica del caos* stand darauf, und darunter ein Name. *Felice Bonaccorso.*

Es war kurz nach Mitternacht, als Thabisa, George und Willow ihre Fahrräder an der Mauer unterhalb von Tholeros Kosmos abstellten. Sie hatten unterwegs in einem Pub angehalten, um etwas zu trinken, was Willow nur unfreiwillig zuließ. Eine trockene Kehle war ein geringeres Übel als das unangenehme Drücken des Notizhefts, das sie unter ihren Gürtel geklemmt hatte. Thabisa hatte darauf bestanden, eine Runde auszugeben, aber auch sie war so erschöpft und berauscht von den Büchern des Long Rooms, dass sie letztlich kaum länger als das eine Getränk und einige Anekdoten geblieben waren. Die Rückfahrt war kalt gewesen, trotz Georges Pullover und ihrer Jacke darüber, und mittlerweile spürte Willow ihr Gesicht nicht mehr. Während Thabisa und George in die Küche abbogen, um Tee zu kochen, verabschiedete sie sich und nahm behutsam die Treppe zu dem Büro im Dachgeschoss. Die Ruhe auf den Fluren klang, als hätte eine höhere Macht ein Lesebändchen in ein Buch gelegt.

Es dauerte, bis Anthony auf ihr Klopfen reagierte. Sein Gesicht war zerknittert, etwas farblos und nicht sonderlich erfreut.

»Was willst du denn?«, nuschelte er.

»Ich würde nicht stören, wenn es nicht wichtig wäre«, meinte Willow und hielt Felices Notizbuch hoch. »Trotzdem: Sorry.«

Anthonys Augen weiteten sich. Er zog die Tür weiter auf und drückte sie direkt wieder zu, während er einen Blick hinter sich warf. »Warte kurz. Nicht weglaufen.«

Willow durfte erst eintreten, nachdem er sich eine graue Stoffhose angezogen und einige kleine Lampen eingeschaltet hatte. Er trug noch immer das weiße Shirt, in dem er geschlafen hatte. Der Futon und ein zerwühltes Bettlaken verweilten in der hinteren Raumhälfte unter dem runden Fenster.

»Wo hast du das her?« Anthony hielt ihr seine offene Hand hin. Der tätowierte Monarchfalter auf seiner Ellenbeuge schien im Halbdunkel mit den Flügeln zu schlagen.

»Aus dem Long Room.« Sie überreichte ihm das Heft.

»Weißt du, was es ist?«

»Felices Versuchsreihe zur mathematischen Bereinigung von Chaos«, murmelte Anthony, noch ehe er die Notizen aufgeschlagen hatte.

Willow runzelte die Stirn. »Kennst du das Heft oder hast du gerade den Titel übersetzt?«

»Felice hat es immer bei sich geführt«, entgegnete er lediglich. »Wie du weißt, ist es unverzichtbar, dass wir über unsere Erkenntnisse Buch führen, falls ... nun, falls etwas passiert. Hast du schon reingesehen?«

»Noch nicht. Ich habe es lieber vor George und Thabisa versteckt.«

»Warum?«

»Keine Ahnung. Ich mag die beiden, aber ... ich wollte lieber erst mit einer vertrauenswürdigen Person sprechen.«

Anthony lächelte in sich hinein, obwohl er müde dabei aussah. Dann öffnete er das Heft. »Wie ich befürchtet habe. Es ist verschlüsselt.«

»Das bedeutet?« Willow trat näher und betrachtete die erste Seite. Sie wirkte wie aus unzähligen Schnipseln zusammengesetzt. Die Wörter waren nur drei bis fünf Buchstaben lang, dazwischen hingen Fetzen von Formeln. Anthony blätterte weiter und enthüllte eine bizarre Aneinanderreihung von makellos erscheinenden Seiten, die offenbar dennoch auseinandergerissen und wieder zusammengefügt worden waren.

»Wir werden es dechiffrieren können, wenn wir die richtige Formel finden. Das dürfte nicht unmöglich sein.« Anthony schaute auf eine alte Kaminuhr auf seinem Schreibtisch. »Das hat aber Zeit bis morgen. Mich interessiert vielmehr, wie du dieses Heft überhaupt gefunden hast.«

Ein Prickeln huschte über Willows Gesicht. »Ich hoffe, ich habe keine Beweise verfälscht, als ich es mitgenommen habe. Scheiße, darüber habe ich gar nicht nachgedacht.«

Anthony rührte sich nicht, aber es kam ihr so vor, als würde sein Blick aufmerksamer werden.

»Also, ich habe einen flatternden Origami-Schmetterling gefunden«, schob sie rasch hinterher. »Der hat mich zu einem Regalbrett geführt. Zwischen Band 1 und Band 3 von Newtons *Principia* lag das Heft.«

»Interessant. Ein Schmetterling ... hast du ihn mitgenommen?«

Willow nickte und holte den leblosen Flügler aus ihrer Jackentasche. »Er scheint wieder Papier zu sein.«

»Solche Magie ist meist unbeständig, wahrscheinlich wird er sich nie wieder regen. Es kann auch gut sein, dass dieser Schmetterling ein Kind von Chaos ist.«

»Wie meinst du das?«

»Ist nur eine Theorie. Das Notizbuch wurde mittels Magie verschlüsselt und vielleicht sogar mit ihr versteckt. Womöglich hatte es die Gestalt des zweiten Bandes der *Principia,* bis eine fehlende oder falsche Variable das Konstrukt zusammenfallen ließ und dir die Wahrheit offenbarte. Ein Schmetterling aus Papier, der dir einen Hinweis gibt, erscheint mir da nicht ungewöhnlich.«

Willow runzelte erneut die Stirn. »Und es ist bestimmt kein Zufall, dass ausgerechnet Newtons Standardwerk ausgewählt wurde. Zumal er Pythagoreer war.«

»Ja, aber das gilt für einige der Autorinnen und Autoren, die sich über die Regale des Long Rooms verteilen. Besser, wir richten unseren Fokus darauf, Felices Notizen lesbar zu machen. Bis dahin wäre es klug, wenn wir niemanden beunruhigen.«

Willow nickte und verstand, was er meinte – Stillschweigen. »Und der Schmetterling?«, fragte sie, während sie in Richtung der Tür trat.

»Ist nur Papier, nimm ihn gerne mit.« Anthony verstaute das Notizbuch in seinem Schreibtisch. »Äh, Willow. Eine Sache noch.«

Sie hielt inne, die Rechte auf der Klinke ruhend.

»Entschuldige bitte den Anruf von heute Nachmittag. Ich war unnötig besorgt ... Evan hat dich gehen sehen. Er sagte, du wärst recht eilig aufgebrochen. Dabei geht es mich natürlich nichts an.«

Willow atmete langsam aus. »Es wäre nett, wenn du mich wie die anderen Studierenden behandeln könntest.«

»Ja, ich verstehe das. Es ist schon schwer genug, dass du neu hier bist, während sich die anderen schon als Kinder auf die Nerven gegangen sind.« Er schwieg einen langen Moment, und ein flüchtiger Ausdruck auf seinen Zügen bewegte Willow dazu, sich wieder ganz zu ihm umzudrehen. Seine Lippen verschwanden hinter seinen Fingern. Während er ihrem Blick auswich, senkten sich seine Augenbrauen. »Ich bin auch später dazugekommen.«

»Oh?«

»Ich kam nach Irland ans Trinity und verliebte mich in ... genau die richtige Person. Mein Partner wollte mich initiieren lassen.« Er lächelte hinter seiner Hand, Willow sah die kleinen Falten an seinen Augen. »Bei der Überprüfung wurde mein magisches Potenzial bemerkt. Dadurch wurde ich dank Raymond nicht nur initiiert, sondern erhielt probehalber einen Job am Institut. Als du und ich uns kennenlernten, war ich gerade erst Pythagoreer geworden.« Nun sah er sie an. »Ich möchte nur, dass du das weißt. Auch ich war mal neu und fremd hier. Inzwischen vergessen das die meisten.«

Willow nickte ratlos. »Danke, dass du mir davon erzählt hast.«

Tatsächlich fühlte sie sich nicht leichter dadurch – eher, als schwebte nun eine Messlatte über ihr. Bis heute hatte sie sich nie gefragt, ob sie jemals so klug und versiert wie Anthony sein würde, immerhin war es seine Aufgabe als Professor, sie anzuleiten. Aber dabei vergaß sie leicht sein absurd junges Alter.

»Mach dir nicht so viele Gedanken. Und jetzt: Gute Nacht, Willow«, sagte er nachdrücklich, ohne die freundlichen Falten an seinen Augen.

»Gute Nacht. Tut mir leid, dass ich gestört habe.«

Er unterdrückte ein Gähnen. »War ein berechtigter Grund.«

Vor Anthonys Tür steckte Willow den Schmetterling aus Papier in ihre Hosentasche und schlich die Treppe nach unten. George, Thabisa und Hugo unterhielten sich in der Küche darüber, wer in der Tholeros-Kosmos-Version von *Hamlet* welche Rolle übernehmen würde, wobei sie sich lediglich auf Ophelia als Ophelia einigen konnten.

Sie verließ das Gebäude so leise wie möglich durch die Hintertür, um in keine Diskussion gezerrt zu werden, und wollte gerade aufatmen, als sie gegen Harrison stieß.

»Wo treibst du dich denn noch herum?«, begrüßte er sie barsch. Er trug seine Lesebrille, die Willow schlagartig an gemütliche Abende mit ihm erinnerte.

»Sorry«, erwiderte sie nur. Auf keinen Fall würde sie erzählen, dass sie zu dieser Zeit aus Anthonys Büro kam.

Doch Harrison wich nicht zur Seite. »An dir klebt Magie.« Zu ihrer Überraschung weiteten sich seine Nasenflügel, als hätte er eine Fährte aufgenommen. »Aus Papier oder Karton.«

»Lässt du mich bitte vorbeigehen?« Sie trat zur Seite, aber Harrisons Hand schnellte nach vorne, ergriff ihren Unterarm. Dieses Mal zuckte er nicht zurück.

»Willow. Es ist, als wäre Felice hier vorbeigegangen. Jemand hat etwas von ihm ins Institut gebracht, das vorher nicht da war. Es ist schwach, aber du hast es zumindest berührt. Oder sogar bei dir.«

»Was? Woher soll ich das wissen?«, log sie kläglich und riss sich trotz ihrer weichen Glieder aus der Umklammerung.

»Willst du sagen, du spürst irgendetwas?«

»Als Archäologe bin ich auf Gegenstände und Materialien spezialisiert. Ich habe schon Wochen vor Weihnachten gewusst, dass du mir etwas aus Kaschmir schenkst.« Er schnaubte und knetete seine Fingerknöchel. Dann hob er den Kopf zu den oberen Stockwerken und ging an Willow vorbei ins Hauptgebäude.

»Und wo treibst *du* dich jetzt noch herum?«, rief sie ihm nach, aber Harrison reagierte nicht mehr. Die Tür fiel ins Schloss.

Ging er jetzt zu Anthony? Was, verdammt, *spürte* er? Sollte sie ihn aufhalten? Willow rang hilflos mit sich, fluchte tonlos und folgte ihm, obwohl sie die Entscheidung ihres Verstandes noch nicht entschlüsselt hatte.

»Hey! Bleib stehen, wenn ich mit dir rede!«

Er hielt auf der Treppe nach oben inne. Keine Frage, er wollte zu Anthony. Eilig holte sie den Origami-Schmetterling aus ihrer Tasche und hielt ihn hoch. »Spürst du den?«

Harrison zögerte. Hinter ihm traten George, Thabisa und Hugo aus der Küche.

»Seid mal nicht so laut, Anthony pennt oben«, meinte Hugo irritiert, aber Willow *wollte* gehört werden.

»Harry, nimm ihn in die Hand und sag mir, was du spürst!«, verlangte sie und lauschte erfolglos auf das Geräusch einer Tür, die sich unter dem Dach öffnete.

Der Archäologe hob die Schultern und kehrte geradezu gemächlich um. Sobald er das Papier zwischen den Fingern hielt, wurde sein Blick seltsam leer.

»So hat Felice gerechnet. Ich spüre das Sediment seiner Formel, aber sie verblasst. Der Falter hat bestimmt geflattert, oder?«

»Anthony und ich haben damit experimentiert. Ja, ich sollte ihn flattern lassen. Hat auch geklappt. Wir sind Physiker. Wir nutzen Mathematik, dieselbe wie Felice. Kann es sein, dass es sich nur nach ihm anfühlt?«

Harrison verzog für einen Sekundenbruchteil das Gesicht, blickte zur Seite und dann die Treppe hinauf. »Kann sein.«

Spürt er das Notizbuch?, dachte Willow panisch, während sie sich um eine leicht genervte Miene bemühte.

»Ich versteh gar nicht, was los ist«, murmelte George verwundert. »Meint ihr, es gibt eine Spur zu Felice?«

»Darauf würde ich nichts geben. Harrison behauptet zwar, er könnte magisch veränderte Gegenstände ihren Urhebern zuordnen, aber tatsächlich ist es nur irgendein Bauchgefühl ohne wissenschaftliche Basis.« Während er das sagte, ließ Hugo ein Glas Wein in seiner Hand erscheinen. »Aber schön, dass deine Forschung Fortschritte macht, Willow.«

»Ich glaube, ihr habt alle gar kein echtes Interesse daran, Felice zu finden«, zischte Harrison.

»Du weißt, was Chaos tut«, erinnerte Hugo ihn, ohne mehr als seinen Blick auf ihn zu richten. »Einer meiner Onkel lebt seit den Neunzigern mit einem winzigen Ringelschwanz, weil er einen Winkel ignoriert hat.«

»Maurice?«, fragte Thabisa amüsiert. »Klingt wie Maurice.«

»Ihr nehmt die Situation nicht ernst!« Harrison ließ den Schmetterling zu Boden gleiten. »Würdet ihr nicht wollen, dass wir nach euch suchen, wenn etwas passiert?«

»Wir haben gesucht«, entgegnete Hugo und nahm einen Schluck. Derweil erschien die Origamifigur in seiner freien

Hand. »Aber sag mal, es kann doch auch sein, dass du Felice gerade fallen gelassen hast. Er könnte überall und nirgendwo sein. In jeglicher Gestalt.«

»Willow sagt, es wäre nur irgendein Stück Papier. Aber du willst mich ja sowieso nur verarschen, statt konstruktive Lösungen zu entwickeln.«

»Sorry«, murmelte Thabisa ungewohnt kleinlaut, während Hugo keinen Funken Reue zuließ.

»Spart euch das.« Mit diesen Worten stapfte Harrison an Willow vorbei, zurück in Richtung des Wohngebäudes. Trotz des flauen Gefühls in ihrem Magen gesellte sich Erleichterung hinzu. Immerhin ging er jetzt nicht nach oben.

»Wir werden zu dieser Uhrzeit immer so angenehm kindisch«, kommentierte Hugo. »Wir sollten unsere Proben auf Mitternacht verlegen.«

»Du hast noch niemanden überzeugt, mitzuspielen«, meinte Thabisa.

Unschlüssig sah Willow von der Tür zum Hinterhof zu den dreien und begegnete dem besorgten Blick von George. Er zog sich sofort daraus zurück, hob entschuldigend die Schultern und bedeutete Willow mit einer scheuen Handbewegung, näherzukommen. Gleichzeitig griff er nach seinem großen Rucksack, wühlte sich bis nach unten durch und beförderte eine abgegriffene Schatulle hervor.

»Die wollte ich dir noch geben. Du warst so schnell weg.«

»Ach ja«, entfuhr es ihr. Sie hatte die Oboe längst vergessen, und eigentlich wollte sie sich gerade nicht von Harrison ablenken lassen. Sie wusste sowieso nicht, ob sie sich darüber freuen sollte, so ein Instrument nach all den Jahren wieder in der Hand zu halten. George war so aufmerksam, und sie hatte womöglich sämtliches Harmoniegefühl verloren.

»Danke. Ich teste sie später.«

George lachte kurz. »Noch später?«

»Morgen«, versprach sie mit einem schwachen Lächeln, nahm die Oboe entgegen und hielt Hugo ihre offene Hand hin. Der war kurz verwundert, erinnerte sich dann aber an den Schmetterling. »Jetzt gehe ich ins Bett. Gute Nacht!«

»Gute Nacht«, wünschten die drei anderen asynchron. Beim Hinausgehen warf Willow einen letzten Blick in die oberen Stockwerke, die weiterhin in Dunkelheit gehüllt wurden. Immerhin hatte sie es auch ohne Anthonys Hilfe geschafft, Harrison zu täuschen. Sie musste sich eingestehen, dass kein logischer Grund dafür sprach. Eher diffuse Angst, zweifelnde Vorsicht. Und Anthony hatte anscheinend einen kleinen Vorsprung, was ihr Vertrauen anbelangte.

Erst vor Harrisons Zimmer verlangsamte sie ihre Schritte. Sein Licht brannte noch. Ihr war nicht wohl dabei, aber Willow schloss ihre Tür hinter sich ab. *Du solltest nicht mehr jedem vertrauen, der dir ein gutes Gefühl gibt.* Und Harrison gab ihr im Moment nicht einmal das. Hugo würde ihr Bauchgefühl vielleicht verhöhnen, ebenso wie er es mit Harrisons getan hatte, aber normalerweise behielt ihre Intuition recht. Der zuverlässigste Gefährte in ihrem Leben war womöglich nicht die Wissenschaft.

Sie legte die Oboe vorsichtig auf dem Schreibtisch ab, trat an Felices Bücherregale und stellte sich auf die Zehenspitzen. Seit sie die Lücke im Long Room gesehen hatte, ließ sie etwas nicht los. Ein weiteres Bauchgefühl, das sich auf eine vage Erinnerung stützte. Und da fand sie ihn, den zweiten Band von Newtons *Principia*. Trotz seines Alters war der Einband gut erhalten. Es war dieselbe Ausgabe wie im Long Room. Sobald Willow das Buch hervorzog, schlug der Schmetterling ein letztes Mal mit den Flügeln.

Fiebriger Charon

*»Ich würde gerne die Gedanken eines sterbenden
Mannes zum Nutzen der Wissenschaft aufzeichnen,
aber es ist unmöglich.«*

George Miller Beard

Die erste Woche bei Tholeros Kosmos fühlte sich gleichzeitig wie Sekunden und Monate an. Das war doppelt absurd, weil Willow meistens über die Zeitmessung bei Quantenverschränkungen nachdachte. Seit Anthony vom Schmetterlingseffekt gesprochen hatte, klebten ihre Gedanken an diesem seltsamen Phänomen fest. Zwei Teilchen, die ehemals als Paar auftraten, nahmen dabei selbst nach ihrer räumlichen Trennung stets denselben Zustand an. Als wären sie Schmetterling und Wirbelsturm zugleich, ganz egal, wo sie sich befanden. Vielleicht konnte sie auf diesem Weg etwas dazu beitragen, Kosmos und Chaos zu begreifen.

Anthony gab ihr *selbstverständlich* Zeit, sich auf ein finales Thema für ihre Doktorarbeit festzulegen. Durch die Dunkle Ordnung eröffneten sich ihr nun ganz andere Möglichkeiten, die sie selbst auskundschaften wollte, obwohl sie bislang sogar mit dem Lichtschimmer haderte. Es beruhigte sie zwar, dass Anthony sie nicht hetzte, aber die übrigen Studierenden wussten schon ziemlich genau, womit sie sich in den nächsten zwei bis drei Jahren befassen wollten. Darum setzte sie sich dazu und arbeitete, als wäre sie noch am Trinity College – unwissend, was ihre Berechnungen womöglich auslösen konnten.

Immer wieder schreckte Willow aus ihrer Konzentration, weil George ihr einen Tee brachte oder Echo einen Text unbemerkt laut vorlas. Das geschah meist gegen vier in der Früh, aber niemanden im Salon oder der Bibliothek kümmerte das. Sogar Professor Archer und Anthony streunten mitten in der Nacht durch das Institut. Dann gab es wiederum Nachmittage, an denen sie den Weinkeller leerten, Zigaretten drehten und stundenlang an der Küste saßen, trotz des kalten Windes. Und bei all diesen Gelegenheiten sprachen sie über ihre Forschung, aktuelle Herausforderungen oder interessante Funde. Thabisa erzählte von Gravitationswellen in Vierfachsternensystemen, Hugo datierte Atlanten und Globen nur anhand von Grenzen oder Ländernamen, und Lloyd war schweigend dankbar, sich nicht mit seiner Doktorarbeit auseinandersetzen zu müssen.

Jeden Vormittag verbrachten Evan und Willow nacheinander eine Stunde mit Anthony, um die Grundlagen im Umgang mit Kosmos und Chaos zu lernen. Nach vier Tagen Übung gelang es ihr, den Lichtschimmer zu löschen, ohne ohnmächtig zu werden. Thabisa erzählte ihr ungläubig, dass sie in ihrer Jugend einige Wochen dafür gebraucht hatte. Dennoch wurde Willow von dem Gefühl verfolgt, nicht mit den anderen mithalten zu können. Fast alle gingen sogar am Wochenende ihren Forschungen nach, wofür sie schweigend in einer der Bibliotheken oder in den Laboren saßen. Dabei hörten sie Evans Regen zu, der zwar zu einem vorher festgelegten Zeitpunkt begann und endete, inzwischen jedoch mit immer stärkeren Böen einherging. Willow hatte aus der Dubliner Wohnung all die Unterlagen mitgebracht, die sie gebrauchen konnte, aber die meiste Zeit starrte sie aus dem

Fenster und beobachtete Evan auf den Felsen. Manchmal erschien Hugo neben ihm, brachte Tee oder hielt eine Weile den Schirm fest.

Irgendwann am folgenden Samstagvormittag fand Willow Zeit für ihr Smartphone und scrollte durch etliche Nachrichten von ihrer Mutter und Esther. Sie waren offensichtlich besorgt, weil sie auf keine ihrer Nachrichten reagiert hatte. Es ging zwar immer nur um Nichtigkeiten und für Willow unverständliche Literatur-Memes, aber sie nahm sich vor, regelmäßiger zu antworten. Vorerst entschuldigte sie sich damit, dass sie viel zu tun hätte, und schickte einige Bilder von Aramis zur Beruhigung.

Dann versenkte sie das Smartphone in ihrer Schublade und betrachtete eine Weile den Schmetterling aus Papier. Sie klemmte ihn anstelle des Glasflügelfalters an ihr Revers, wartete zehn Minuten, bevor sie ihn abnahm, und entfaltete ihn in der stillen Hoffnung, er würde sich doch wieder rühren. Nichts dergleichen geschah, und Willow verwahrte das Kuriosum ab sofort auf ihrem Schreibtisch.

George, Thabisa und Echo halfen ihr am Nachmittag dabei, Felices Zimmer etwas umzustellen und einige seiner Bücher in die Kellerarchive zu tragen. Danach übernahmen Thabisa und Echo je eines der leeren Regale, die sie unter Fluchen und Lachen durch den Flur schleppten. Sie feierten ihre Arbeit mit Scones, die Ophelia gebacken hatte, und einem fermentierten Ingwergetränk namens Khemere, das laut Thabisa gleichermaßen gegen Heim- und Fernweh half. Am Abend stellte Willow bei der Rückkehr in ihr Zimmer fest, dass sie nun tatsächlich freier atmen konnte.

Am Sonntagnachmittag fuhren Harrison und Lloyd zum Flughafen. Letzterer hatte spontan entschieden, dass seine Haut Sonne brauchte, wahrscheinlich flüchtete er jedoch vor Professor Battaglinis Deadline für seine Abschlussarbeit. Aramis zog daraufhin wieder bei Willow ein und konnte seine Freude darüber kaum verbergen. Er sprang durch den

Raum und schnüffelte begeistert an allem, was ihm unter die Nase kam. Anschließend ging sie mit ihm eine große Runde über die Halbinsel und kehrte erst kurz vor dem Abendessen zurück. Anthony hatte für das komplette Institut gekocht, Lamm-Moussaka und geröstete Feigen in Weinsoße. Zum Nachtisch gab es Vanilleeis mit karamellisierten Birnen. Das alarmierte Willow ebenso wie die Schatten unter seinen Augen. Nach dem Essen bot sie an, beim Abwasch zu helfen. Anthony brauchte auffällig lange, um sich zu bedanken.

Willow hatte darauf gehofft, die Gelegenheit nutzen zu können, um endlich auch außerhalb seines Büros mit ihm zu sprechen, aber nun konnte sie die winzigen Seifenblasen platzen hören. Tholeros Kosmos war unlängst in die allabendliche Stille getaucht worden. In der benachbarten Bibliothek hielten Hugo und Echo ihren Buchclub ab, was bedeutete, dass sie Rotwein tranken und hin und wieder kicherten.

»Spielst du Dame?«, fragte Anthony so plötzlich, dass Willow beinahe einen Teller fallen ließ.

»Ich kenne nicht einmal die Regeln.«

Er nahm ihr den Teller aus der Hand und trocknete ihn mit einem Tuch ab. »Die sind leicht.«

»Möchtest du etwa spielen?«

»Wenn du nichts weiter vorhast.«

Jetzt war sie sicher, dass ihn etwas beschäftigte. Willow bereitete sich einen Kakao zu, während Anthony mahagonifarbenen Single-Malt-Whiskey in ein Glas schenkte. Im Salon nahmen sie an einem der schmalen Tische Platz, knapp außerhalb des Sichtfelds von Echo und Hugo. Das Damespiel verwahrte der Professor neben dem Fenster in einem Sekretär, dessen Schlüssel stets steckte.

»Ich dachte, dass du lieber Schach spielst«, meinte Willow und drehte ihre Tasse mit winzigen Bewegungen.

Er lächelte, während er die schwarzen Steine heraussuchte und auf seine Seite des Spielfelds legte. »Ich mag Dame. Es zeigt uns, wie tückisch die einfachen Dinge sein können.«

Geduldig erläuterte er die Regeln und gewann die erste Runde, dann die zweite. Willow registrierte allmählich seine Taktiken, konnte dennoch nichts gegen eine dritte Niederlage unternehmen. Zwischendurch kam Nikhil vorbei, um ihnen über die Schulter zu schauen und mitzuteilen, dass Lloyd und Harrison gut gelaunt in Palermo gelandet waren. Nach der vierten Niederlage stellte sich ein gewisser Frust ein, den Willow mit einem zweiten Kakao hinunterzuspülen versuchte.

»Du hast recht, es ist faszinierend. Aber das Spiel ist nicht tückisch, ich bin einfach dösig«, meinte sie und lehnte sich lustlos auf ihrem Stuhl zurück, während Anthony die Steine sortierte.

»Auf den Britischen Inseln spielen die Leute gemeinhin lieber Checkers als Dame, da gibt es nur diagonale Züge. Das vereinfacht das Spiel so sehr, dass ein perfekter Spieler niemals verliert, es kommt höchstens zum Remis.«

»Dann sind Chaos und Kosmos wie Checkers«, bemerkte Willow. »Wenn beide Kräfte gegeneinander wirken, gleicht es sich aus.«

Anthony nickte bedächtig. »Das ist ein schöner Gedanke. Dame ist als komplexere Version von Checkers so, als gäbe es neben Chaos und Kosmos eine dritte Kraft, mehr Komplexität. Andere Regeln.« Ein verschlagenes Lächeln überkam ihn. »Du glaubst, du erschaffst einen harmlosen Lichtschimmer, machst einen unverhofften Zug auf einem schwarz-weißen Brett, und tatsächlich wehrt sich das Universum vehement dagegen. Selbst die leichten Dinge brauchen unfassbar viel Übung. Es ist ermüdend.«

»Thabisa meinte, dass ich ganz gute Fortschritte mache«, murmelte Willow und bemerkte erst, als die Worte in der Welt waren, dass sie ein Lob erwartete. Hastig presste sie die Lippen aufeinander.

»Machst du auch. Du bist nicht grundlos hier.« Er nahm den letzten Schluck Whiskey, seine graublauen Augen wurden leer. »Ich schlage einen Deal vor. Wenn du es morgen wieder schaffst, nicht umzukippen, bringe ich dir eine bessere Eröffnung bei. Die ersten paar Züge sind entscheidend.«

»Gern«, sagte Willow. Es irritierte sie, dass seine Finger am Glas zitterten. Anthony mochte es nicht zugeben, aber die Übungen zehrten an ihm genauso wie an ihr. Der Schwindel wurde seit Tagen schlimmer und zog selbst Stunden nach den Sitzungen Kreise um sie. Vorgestern hatte sie den Nachmittag vollkommen ermattet in der Bibliothek verschlafen, ihre Notizen auf dem Schoß. Aramis hatte sie anscheinend vor allen Räubern beschützt, denn bei ihrem Erwachen wirkte er äußerst zufrieden mit sich.

Ophelia fragte ein wenig zu oft, wie es ihr ging. Inzwischen saß sie bei jeder Übung mit in Anthonys Büro. Einerseits fühlte Willow sich dadurch etwas sicherer, andererseits wurde sie das Gefühl nicht los, dass sie nicht offen mit Anthony sprechen konnte. Das fehlte, dieser Austausch über die kleinen Sorgen und die Selbstzweifel, die er fast ihr ganzes Masterstudium lang ausgehalten und bereinigt hatte. Sie kannte sonst niemanden mit solch einem guten Verhältnis zu einem Professor, natürlich sorgte das für Gerüchte. Und das nicht nur bei einem aufgebrachten, eifersüchtigen Harrison. Bei Tholeros Kosmos war sie von diesem Gemunkel bisher verschont geblieben, was womöglich aber nur bedeutete, dass die Doktoranden hier leiser flüsterten. Willow wusste nicht, ob es sie stören würde, wenn es doch noch dazu kam. Die Wahrheit war, dass sie und Anthony einander mochten – erst platonisch, jetzt auch pythagoreisch. Womöglich fehlte es Anthony genauso wie ihr, gemeinsam einen Kaffee zu trinken und über andere Dinge als ihren Alltag zu sprechen. Hatte er sie deswegen zum Damespiel eingeladen?

Nebenan lachten Echo und Hugo schallend über etwas. Anthony schmunzelte, während die beiden nach Luft schnappten. Dann begegnete sein Blick dem Willows.

»Weißt du, was besonders an diesem Spiel ist?«, fragte er kaum hörbar. »Dieses Exemplar stammt aus der Zeit, als die Pythagoreer ihre Texte und Artefakte unerkannt nach Irland geschmuggelt haben. Du kannst es sogar durch diese Scanner am Flughafen schleusen, ohne dass der wahre Inhalt offenbart wird.«

»Okay?«, fragte Willow, befremdet von seinem bohrenden Blick.

»Pack es also immer gut weg«, murmelte er und hob die alte Spielanleitung hoch, die lediglich aus einem gefalteten Stück Papier bestand. Als Anthony es aufklappte, erkannte sie Felices Notizbuch, das innerhalb eines Wimpernschlags wieder verschwand. Nach Willows täglichen Übungen hatten sie immer versucht, es zu entschlüsseln, bislang ohne Erfolg – zumal Ophelia ständig ins Büro kam, um Willows Wohlergehen sicherzustellen.

»Warum ...«, begann sie.

»Ich bin sehr erschöpft«, unterbrach Anthony sie und fuhr sich über die Stirn. »Ich glaube, ich muss mich in nächster Zeit auf Evan und dich konzentrieren und weniger auf andere Projekte.«

»Sind wir ... wirklich wichtiger?«, fragte sie vorsichtig, aber er schüttelte den Kopf.

»Ich kehre nicht freiwillig in den Klammergriff des letzten Semesters zurück. Raymond würde dafür sorgen, dass ich *Urlaub* nehme«, sagte er, als käme dieses Wort einem Fluch gleich. Willow wagte ein Nicken. Felices Verschwinden hatte das ganze Institut aufgewühlt, und jetzt, da sich die Wogen glätteten, schien Anthony die finsteren Tiefen unter der Oberfläche zu erkennen. Erneute Unruhe könnte diese Klarheit trüben.

»Okay. Ich vertraue dir.« Aber während sie das sagte, beobachtete Willow seine Reaktion mit einer Aufmerksamkeit, die ihrer Worte Lügen strafte. Und ihr Mentor lächelte nur, müde und blass.

Anthony war damit beschäftigt, seine Bettdecke zu falten, als Ophelia und Willow sein Büro betraten. Er trug eine graue Hose mit Bügelfalte und ein weißes Hemd, seine Hosenträger hingen herab.

»Verschlafen?«, scherzte Ophelia und erhielt einen ungläubigen Blick von Willow. Es stimmte zwar, dass er nicht beim Frühstück aufgekreuzt war, aber warum sprach sie ihn darauf an?

»Ein wenig.« Anthonys Stimme schien niemanden wecken zu wollen, obwohl Tholeros Kosmos längst zum Alltäglichen übergegangen war. Nikhil und Echo hatten die Labortür hinter sich geschlossen, George pflegte seine Kräuter, Hugo reinigte die Küche, Thabisa hatte sich nach Dublin verabschiedet, und Evan kontrollierte seine selbst gebaute Wetterstation im Hof. Willow unterdrückte ein Seufzen, während Ophelia die Stühle zurechtrückte. Den gestrigen Sonntag ohne den Dauerschwindel hatte sie gemocht.

Der Professor trat in den vorderen Teil des Büros. Sein Lächeln wirkte fehl am Platz. Er antwortete auf Willows irritierten Blick mit erhobenen Augenbrauen.

»Wollen wir?«

Sie rührte sich nicht, darum klopfte er ihr nachdrücklich gegen den Oberarm, was gleichzeitig Kälte und Hitze über Willows Haut jagte. Glühten seine Hände? Beunruhigt setzte sie sich und öffnete ihr Notizbuch. Anthony ließ sich ihr gegenüber auf seinem Stuhl nieder. Während Willow einen schwarzen Kugelschreiber aus einer Schlaufe zog, ging Ophelia hinter ihrem Rücken auf und ab. Sie tat das immer, und heute störte es.

Bleib entspannt. Bald kommst du ohne sie klar.

An ihrer Berechnung hatte sich seit Tagen nichts geändert, trotzdem wiederholte sie jeden nötigen Schritt für die Formel. Schließlich sah sie auf und musste die Augen zusammenkneifen. Der Lichtschein war ungewohnt grell, messergleich. Anthony hustete, was sie zusammenzucken ließ, dann entschuldigte er sich. Willow senkte Kopf und Stift, um das Licht zu ersticken, was ihr trotz des einsetzenden Schwindels gelang. Als sich der helle Schleier vor ihren Augen lüftete, überkam sie der Triumph wie die Erleichterung nach einer Prüfung. Ophelia schüttelte begeistert Willows Schultern, was ihr Hochgefühl mit Stolz veredelte. Dann sah sie Anthonys verkrampfte Finger an der Stuhllehne, den Schweißfilm auf seiner Stirn. Sein Blick verbot ihr, ihn darauf anzusprechen, aber sein eigener Körper missachtete sämtliche Bemühungen, seinen Zustand zu verheimlichen. Anthony hustete erneut.

»Was ist los?«, fragte Ophelia skeptisch.

»Geht schon.« Seine Finger strichen über die Stirn und endeten zitternd am Nasenbein.

Ophelia verließ den Platz an Willows Seite und legte ihre Rechte in Anthonys Nacken, musterte ihn. »40,8 Grad Fieber und ein Puls von 148 Schlägen die Minute.« Sie schaute besorgt zu Willow, schüttelte ratlos den Kopf, als könnte sie keine Ursache feststellen, und wurde plötzlich von Panik erfasst. Ophelias Augen weiteten sich, schnellten zu Anthony. Er sackte nach vorne, ließ sich kaum auffangen.

Willow warf ihr Notizbuch zu Boden, rutschte vom Stuhl auf die Knie.

»Kein Puls«, keuchte Ophelia.

»Was ...«

»Ruf in den Flur und hilf mir dann, ihn zu stabilisieren! Los!«

Willow widersprach nicht, stellte sich auf ihre weichen Füße und stolperte zur Tür, riss sie auf.

»NIKHIL!«, brüllte sie, obwohl es kein Atemzug in ihre Lunge schaffte. »HUGO! Wir brauchen Hilfe!«

»Das reicht!«, herrschte Ophelia sie an. »Wir sind ohnehin seine größte Chance, komm her.«

Betäubt betrachtete Willow den bewusstlosen Anthony, sein kalkweißes Gesicht. Seinen starren Brustkorb. Er lag mitten im Raum, als hätte man ihn aus einem barocken Gemälde gerissen.

»Willow!«, zischte Ophelia, und erst jetzt bemerkte sie die Tränen in ihren Augen, die Verzweiflung. »*Komm her!*« Dann beugte sie sich über den Professor, legte ihre Hände in seinen Nacken, murmelte.

Willow tat einen oder zehn Schritte, verlor das Gefühl in den Gliedern. Später würde ihre Erinnerung an diesen Vormittag zu einer Singularität schrumpfen, von einer Sekunde zu einer Ewigkeit. Alles geschah gleichzeitig. Hugo relokalisierte sich im Türrahmen und hyperventilierte, als er Anthony sah. Griff nach Willows Unterarm, um sich zu stützen, aber sie blieb starr. Ophelia riss Anthonys Hemd auf, zwei Knöpfe rollten wie Damesteine über den Boden. Nikhil und Echo traten taumelnd und atemlos ein. Ophelias Hände ließen Anthonys Oberkörper erbeben. Sie fluchte, rieb verzweifelt ihre Finger. Nikhil hockte sich neben sie und ging beängstigend gefasst seine Formeln für Vitalzeichen durch, bezeichnete sie als sicher. Es bräuchte nur bessere Konzentration, weniger Emotion. Ophelia antwortete nicht mehr. Die Knorpel des Brustbeins rissen. Sie presste weiter. Rhythmisch. Wortlos. Das Knacken der Rippen hallte in Willows Schädel wider, als wären es ihre eigenen. Nikhil fluchte, weil seine Formeln versagten. Der Druck an ihrem Unterarm ließ nach. Echo führte den panisch atmenden Hugo vor die Tür. Willow wünschte sich, dass auch ihr jemand über den Rücken strich und versprach, dass alles gut wurde. Doch darin fand sich ohnehin kein Funken Wahrheit. Als Professor Battaglini in das Büro eilte, konnte Ophelia nur noch Anthonys Tod feststellen.

Erst da blieb die Zeit stehen, die Welt kam zu einem abrupten Halt. Willow spürte den Ruck in ihren Gliedern.

»Er kann doch nicht tot sein«, murmelte sie matt. »Er ... er war doch nur ...«

»Hatte er ein Chlamys-Artefakt bei sich?«, fragte Professor Battaglini an Ophelia gewandt und ging neben ihr in die Knie.

»Nein«, kam es erstickt zurück.

»Scheiße. Scheiße, scheiße, scheiße.« Die Professorin legte die Faust vor ihren Mund und wandte das Gesicht ab.

Wieso ist er tot?, wollte Willow fragen, aber ihr Hals blockierte. Mit Mühe zwängte sie Luft in ihren Brustkorb. Schwindel zwang sie auf den Boden des Büros. Anthonys Büros. Sein rechtes Bein lag direkt neben ihr.

Er konnte doch nicht einfach tot sein. Das war nicht real. Gestern hatte sie mit ihm abgewaschen, hatte sich im Damespiel besiegen lassen ... und doch war nicht alles in Ordnung gewesen, ganz offensichtlich nicht. Sie hätte ihn darauf ansprechen sollen. Verdammt, sie hatte gesehen, wie seine Finger zitterten. Er wollte eine Pause, weniger Arbeit, und doch war sie hergekommen, um diesen belanglosen Lichtschimmer zu erschaffen.

»Du hast nichts falsch gemacht«, raunte Nikhil, aber als Willow den Kopf drehte, erkannte sie, dass er auf Ophelia einredete. »Das war Chaos. Und zwar nicht deins.«

»Es ... es ging alles so schnell.« Ophelia richtete sich wankend auf und hielt sich an Nikhils Schulter fest. Das Schneewittchengesicht war noch weißer als sonst.

»Sie werden dieses Büro jetzt verlassen, Sie alle«, presste Professor Battaglini hervor. »Setzen Sie sich in den Salon. *Ich* benachrichtige die Kollegen und die anderen Studierenden. Haben Sie mich verstanden?«

Niemand rührte sich. Willow fixierte Anthonys Schuhspitze.

»Miss Farley.« Die Stimme der Professorin ließ sie zusammenzucken. »Schaffen Sie das?«

»W-war das mein Chaos?«

»Jetzt ist nicht die Zeit für Schuldzuweisungen.« Professor Battaglini betrachtete mit zusammengezwängten Augen den

Glasflügelfalter. »Behalten Sie die Brosche bei sich und verlassen Sie das Büro, mehr müssen Sie nicht tun. *Schaffen* Sie das?«

Ophelia stürzte aus dem Raum, auf der Treppe schluchzte sie. Ihr Schmerz resonierte wummernd in Willows Brustkorb. Sie konnte nicht antworten, aber nun reichte Nikhil ihr eine Hand. Während sie ungelenk auf die Beine kam, schreckte sie vor dem leblosen Gesicht ihres Mentors zurück und erhaschte einen Teil des tätowierten Schmetterlings, der unter Anthonys erschlafftem Arm begraben war.

In den folgenden Tagen versiegte der Regen über Howth Head. Die Polizei und ein medizinischer Sachverständiger kamen mehrmals, stellten unzählige Fragen. Sie nahmen Anthony mit, obduzierten den Körper, nannten jedoch keine Todesursache. Ophelia versuchte über ihre Eltern und etliche weitere Bekanntschaften, sich einen Platz in der Gerichtsmedizin zu erzwingen, scheiterte.

Es war Professor Battaglini, die Ruhe bewahrte und Antworten für die neugierigen Invasoren parat hatte. Das Gebäude gehöre zum Trinity College, zu einem exklusiven Kreis von Stipendiaten. Nein, es gäbe keine Besucher von außerhalb. Nein, niemand hätte einen Groll gegen Professor Morris gehegt, insbesondere nicht Miss Farley und Miss Murphy. Ja, man könne jederzeit wieder Fragen stellen, das Institut hoffe selbst auf Antworten. Ob sich Professor Battaglini auf einen solchen Fall vorbereitet hatte oder ob sie schlichtweg in der Lage war, spontan derart eloquent zu sein, wagte Willow nicht nachzufragen.

Das ernüchternde Ergebnis der Ermittlungen und der Autopsie besagte schließlich, dass der Professor an einem plötzlichen Herztod verstorben war und keine Fremdeinwirkung zu erkennen sei. Der Bericht kam am Mittwochmorgen, als sich zum ersten Mal seit Anthonys Tod ein Sonnenstrahl durch die Wolkendecke verirrte.

Willow kämpfte für den Rest des Tages dagegen an, aber am Abend besuchte sie Ophelia in ihrem unaufgeräumten Zimmer voller Comicbücher und Manga.

»Ich traue der Autopsie nicht«, murmelte Willow, nachdem sie erfolglos zu einigen höflichen Floskeln angesetzt hatte, für die ihr die Kraft fehlten. In der letzten Nacht war sie mit Aramis bis zum Leuchtturm gelaufen und hatte dort stundenlang in der Kälte gesessen, hatte dem Rhythmus des Lichtkegels zugeschaut. Eigentlich hatte sie gehofft, dass sie in der Einsamkeit fernab des Instituts würde weinen können, aber ihre wenigen Tränen boten keine Erleichterung.

Die Medizinerin seufzte und schwieg eine Weile, bevor sie antwortete.

»Gesunde Herzen sind dem Chaos zugetan. Sie folgen einem halbwegs harmonischen Grundmuster, aber ein Herz ist definitiv kein Metronom.« Ophelia nestelte an einem abgegriffenen Notizbuch herum. »Es passiert ziemlich häufig, dass Doktoranden zu mir kommen, weil sie während ihrer Arbeit einzelne Aussetzer oder Zusatzschläge merken. Dann sind sie meistens überarbeitet und anfälliger dafür, dass Chaos ihr Unwohlsein verschlimmert.«

»Das klingt ... echt nicht gut«, stellte Willow besorgt fest.

»Ein Grund mehr, dass Professor Gunt hier ist und ein Auge darauf hat, wie es uns geht«, sagte Ophelia und biss sich für einen Moment auf die Unterlippe, als wäre ihr etwas eingefallen.

»Hätte er merken sollen, wie es Anthony geht?«, fragte Willow. Vor ihrem inneren Auge sah sie seine zitternden Finger, Schuld drückte auf ihre Glieder.

Ophelia nickte zögerlich und schüttelte dann den Kopf. »Ich möchte jetzt nicht über Details sprechen, aber es gibt auch genetische Dispositionen für Herzerkrankungen in Morris' Familie. Wahrscheinlich wusste Gunt davon, sie waren mal ... eng. Und wer weiß, ob die beiden in den letzten Tagen vor seinem Tod darüber geredet haben.« Sie krauste die Stirn. »Zumindest habe ich sie ein paarmal zusammen gesehen.«

Was sollte Willow mit dieser Information anstellen? War so etwas *verdächtig?* Dies war kein Kriminalroman und sie keine Detektivin, außerdem hatte sie im Moment des Todes gesehen, was passiert war. Niemand hatte Anthony erwürgt, erstochen oder vergiftet – das hätte sie selbst dann gewusst, wenn es nicht im toxikologischen Befund gestanden hätte, denn er hatte nicht gefrühstückt. Außerdem war bis auf Ophelia und Willow niemand im Büro gewesen, weil Anthony verschlafen hatte. Aber konnte es sein, dass Ophelia seinen Herzschlag manipuliert hatte? Die Erkenntnis über diesen Gedanken durchfuhr Willow wie einen Stromstoß. Verdächtigte sie allen Ernstes die Person, die versucht hatte, Anthonys Leben zu retten?

»Ich weiß, warum du mich so anstarrst. Und ja, ich könnte es tun«, gestand Ophelia mit einem Achselzucken. »Ich kann es zumindest weitaus besser, als Krankheiten und Brüche zu heilen, denn da muss ich mich stärker auf Chaos-Effekte konzentrieren.«

Willow spürte, dass ihr die Farbe aus dem Gesicht wich. »Aber?«

»In diesem Institut gibt es mit Gunt einen wandelnden Lügendetektor und mit Archer einen skrupellosen Pharmazeuten, der *wirklich* interessiert an der Wahrheit ist.« Sie räusperte sich. »Battaglini hat sich ... sehr rasch darum gekümmert, meine Involvierung auszuschließen. Ich habe die Ereignisse aus meiner Perspektive wiedergegeben, und anscheinend sind sie wahr.«

»Komisch, dass sie mich nicht geprüft haben«, entgegnete Willow und verschränkte die Arme vor der Brust. Seit sie über Herzen gesprochen hatten, hatte sich dort ein beklommenes Gefühl festgebissen. Ophelias Zimmer war inzwischen schummrig geworden, aber niemand schaltete das Licht ein.

»Vielleicht hast du es einfach nicht bemerkt«, meinte Ophelia mit einem müden Lächeln. »Aber sei froh, wenn du Archers Mixtur nicht schlucken musst. *Rein freiwillig*, natürlich. Ist trotzdem besser als Salzwasser.«

Obwohl Professor Gunt an Anthonys Todestag nicht in der Nähe gewesen war, ertappte Willow sich dabei, dass sie ihn nun ständig beobachtete. In der Küche, wenn er mit Hugo auf der Terrasse rauchte, auf dem Flur. Und mit jedem Tag verblasste der Psychologe weiter, wie ein Schatten in der herankriechenden Nacht. Er schlief angeblich nicht mehr, nur sekundenweise. Die kollektive Trauer fraß sich in seine Wahrnehmung und ließ ihn so fahrig und zittrig werden, dass er kaum etwas zu sich nehmen konnte. Professor Archer schien ihm mehrfach Medikamente anzubieten, was Gunt erst sanft und schließlich überlaut abwies. Stattdessen versuchte er auf eine auffallend direkte Art, mit allen Doktoranden ins Gespräch zu kommen. Er versprach, ihre Gefühle nicht zu manipulieren, obwohl zumindest Willow sich wünschte, einen Teil der Trauer abtreten zu können. Die Linderung, die er ihr bieten könne, sei nur temporär, erklärte Gunt ihr. Niemand dürfe ihr diesen Prozess nehmen. Er gab sich Mühe, eine professionelle Distanz aufzubauen, aber bald wurde sein Zustand so fragil, dass Professor Battaglini ihn gegen seinen Willen nach Dublin fuhr und ihm auftrug, frühestens zu Echos Geburtstagsfeier wiederzukehren. Die Luft im Institut wurde daraufhin dichter, schwüler, als wäre der Sommer mit seiner Hitze zurückgekehrt, ohne jemanden zu wärmen.

In den ersten Tagen nach Anthonys Tod waren die Doktoranden gleichermaßen still, aber während George, Evan, Ophelia und Willow die zähflüssigen Stunden lediglich in der Bibliothek aushielten, wurden Thabisa, Echo, Hugo und Nikhil aktiv. Sie putzten das Gebäude, kochten, spazierten, als wäre es ihnen völlig zuwider, längere Zeit schwermütig auf der Trauer herumzukauen, statt sie direkt zu schlucken. Doch in stillen Momenten erkannte Willow die Wolken in ihren Gesichtern. Ihr selbst wurde bewusst, dass sie ihren eigenen Gefühlen aus dem Weg ging, was zunehmend schwieriger wurde. Sie kauerten in den dunklen Ecken des Instituts und hockten draußen auf den Felsen, manchmal schnappte Aramis nach ihnen. Jede Nacht warteten sie unter Willows Bettdecke, die kalt und schwer auf ihr lag und ihren Brustkorb zermalmte.

Professor Battaglini hatte erst nach dem Autopsiebericht Lloyd und Harrison informiert und sie gleichzeitig gebeten, nicht verfrüht zurückzukehren. Oder zumindest behauptete sie das, denn zwei Tage nach ihrem Telefonat trugen die beiden ihre Reisetaschen ins Foyer und wussten nicht, wie sie sich verhalten sollten. Insbesondere Lloyd, dessen Nase sich wegen eines Sonnenbrands schälte, schien vollkommen überfordert zu sein.

Professor Archer beauftragte die beiden damit, die besten Weine und Spirituosen für einen Umtrunk auszuwählen, wodurch Harrison zum Glück bis zum Abend beschäftigt war. Das gab Willow Zeit, um ihre Trauer zu maskieren und sich darauf einzustellen, dass Harrison sie früher oder später darauf ansprechen würde. Er würde es nicht wagen, erneut die enge Beziehung zu ihrem Mentor zu kommentieren, nicht unter diesen Umständen. Allerdings hätte Willow auch nie gedacht, dass er »Du fickst ihn« sagen würde.

Aber als das Institut im Salon zusammentraf, ignorierte Harrison sie, und Willow war froh darüber. Vielleicht tat ihm jetzt sogar leid, was er gesagt hatte. Schämte sich. So oder so plante sie nicht, ihn darauf anzusprechen. Zwar hatte sie versucht, ihre Gefühle sorgfältig zu verstauen, aber in ihrem Fall hieß das wenig. Sobald Professor Battaglini mit ihrer Rede begann, wurde ihr Bauch so hart, dass sie nicht mehr richtig einatmen konnte. Feuerameisen krabbelten unter Willows

Haut entlang und fanden einen Nistplatz in ihren Fingerkuppen.
»Der Kosmos gibt, und der Kosmos nimmt. Im Gefüge der Sphären tragen wir unseren Teil zur ewigen Harmonie bei. So, wie aus einer Larve ein Schmetterling entsteht, finden auch wir den Weg zu einem höheren Selbst. Die unsterbliche Seele unseres Gefährten Anthony Morris bereitet sich auf ihre nächste Metamorphose vor. Vielleicht begegnen wir ihr eines Tages erneut.« Professor Battaglini hielt inne. Über ihr Gesicht huschte jener Schmerz, den ihre Worte verdrängen sollten. Sie seufzte und senkte den Kopf. »*Panta rhei. Cuncta fluunt.* Alles fließt.«

Professor Archer trat vor und faltete seine fleckigen Hände. »Es soll sich regen, schaffend handeln, erst sich gestalten, dann verwandeln; Nur scheinbar steht's Momente still. Das Ewige regt sich fort in allen: Denn alles muss in Nichts zerfallen, wenn es im Sein beharren will.« Auch er atmete tief durch. »*Panta rhei. Cuncta fluunt.* Alles fließt. Lasst uns auf Anthony Morris anstoßen.«

Ein vielstimmiges Murmeln erklang, mal auf Altgriechisch, mal auf Latein. Willow blieb still. Sie konzentrierte sich darauf, nicht zu ersticken, und zuckte zusammen, als sie Ophelias tröstende Hand an ihrer Schulter spürte.

»Atme durch die Nase ein und durch den Mund aus«, flüsterte sie. »*Langsam.*«

Willow nickte dankbar. Sobald Ophelia losließ, flutete Schwindel ihren Schädel.

»Du schaffst das.« Die Ärztin reichte ihr ein Glas Wein von einem Tablett, das Lloyd herumtrug. »Einfach weiteratmen.«

Willow wünschte sich, dass ihre Brosche nicht nur gegen magisches Chaos helfen würde, aber das Glas in ihrer Hand war immerhin etwas, an dem sie sich festhalten konnte.

»Auf Anthony.« Professor Battaglini hob ihr Glas an. Das Institut folgte ihrem Beispiel, raunte den Namen des Professors, nahm kleine Schlucke. Der Alkohol brannte auf Willows Zunge.

»Das ist der falsche Anlass für so einen Wein«, zischte Hugo.

»Reiß dich zusammen«, verlangte Nikhil, der neben ihm stand.

»Anthony hätte das nicht gewollt.« Hugo stellte sein Glas hinter sich ab und verharrte, als ginge er im Kopf eine Formel durch. Aber statt sich in Luft aufzulösen, drückte er sich an Nikhil vorbei. »*Excusez-moi.*«

Niemand wagte es, ihn auf seinem Weg nach draußen aufzuhalten. Die Eingangstür fiel ins Schloss, und im folgenden Schweigen rührte sich nur einer.

»Ich kümmere mich«, versprach George und reichte sein Wasserglas an Evan.

Professor Battaglini dankte ihm zerknirscht, während Geflüster die Stille unterwanderte. Willow sah George nach, aber eine sanfte Handbewegung an ihrem Arm riss ihre Aufmerksamkeit an sich.

»Die Atemtechnik hat geholfen, oder?«, bemerkte Ophelia und schaute Willow mit feuchten Augen an.

»J-ja.« Vermutlich war es gelogen, aber zumindest war sie nicht ohnmächtig geworden. Willow zögerte, aber dann umarmte sie Ophelia so fest, als könnte sie die Risse der Trauer dadurch schließen. »Danke.«

Dann beeilte sie sich, ihr Glas neben Hugos abzustellen, und ging George nach. Niemand folgte ihr, niemand hielt sie auf. Und doch jagte ihr Herz nun wieder.

Draußen nieselte es so fein, dass die Tropfen kaum mehr als Nadelstiche waren. Sie entdeckte Hugo zuerst, er stapfte links von ihr auf den Wanderpfad, der ihn in einem einstündigen Marsch zum Baily-Leuchtturm führen würde. George war schon unten an der Mauer und wirkte, als wählte er rein zufällig denselben Weg. Er ging nur gemächlich. Willow nutzte das aus und beschleunigte ihre Schritte, bis sie neben dem Botaniker ankam. Der Wind zog im selben Moment durch ihre Kleidung, sie schlang die Arme um sich. Locker gewobene Dunkelheit tanzte vor ihren Augen und wurde nur vom Schein des fernen Leuchtturms geschwächt.

»Huch«, machte George. »Hast du mich erschreckt.«

»Stör ich?«

»Nee.« Sie mussten auf den Weg schauen, weil sie den Untergrund in der Dämmerung kaum erkennen konnten. Prompt stolperte Willow über etwas und fing sich mit einem groben Griff an Georges Ärmel.

»Sorry!«

Er lachte leise. »Alles gut. Du kannst meine Hand nehmen.«

Willow schluckte mühevoll. Sie hätte einen Lichtschimmer erschaffen können, er wusste das bestimmt. Allein der Gedanke daran verengte ihre Kehle, aber als sie nach der Hand in der Dunkelheit tastete, löste sich die Blockade auf. Wärme entsprang ihrem Brustkorb, sie strahlte bis hinauf zu ihren Wangen. Verstand George, dass sie lieber durch die Nacht stolperte, als Magie zu wirken?

Sie wollte etwas erwidern, da blieb Hugos Silhouette stehen und fuhr herum.

»Was für ein auffällig hartnäckiger Spaziergang, den ihr da veranstaltet«, murrte er. »Warum folgt ihr mir?«

Die beiden zuckten mit den Schultern. Als hätte man zwei Chemikalien vermischt, die besser getrennt blieben, bäumte sich in Willow ein scheußliches Gefühl der Trauer auf, das die Wärme vertrieb. Wenn sie ihre Traurigkeit zu lange unterdrückte, brauchte es nur ein »Alles okay?«, damit es aus Willow herausbrach. Jetzt reichte ein Schulterzucken, und ihre Sicht verschwamm.

»Wollte mal raus«, brummte George. »Ist alles in Ordnung bei dir?«

Hugo schüttelte den Kopf. »Klar. Ich habe nur ... ach, keine Ahnung.«

Eine halbe Ewigkeit ließen sie sich wie Bäume vom Wind umspielen. Willow weinte eine einzelne Träne und spürte, dass sich ihre Kehle erneut verengte. Sie atmete tief durch.

»Ich merk' schon«, meinte Hugo mit einem einseitigen Lächeln und seufzte. »Kommt, wir setzen uns da vorne auf die Felsen.« Seine Rechte deutete in die Düsternis, aus der das Meeresrauschen drang. Die Heide knirschte unter ihren Schuhen, als sie den Pfad verließen, und der Wind blies Willows Haare aus der Stirn. Es fühlte sich wie eine eisige Umarmung an, als hätte sie nach einer durchgemachten Nacht mit Esther plötzliche Nüchternheit erlangt.

George löste ihre Hand erst, als sie sich auf moosiges Gestein fallen ließen, Willow in der Mitte. Dublins Hafen und einzelne Boote schillerten in der Ferne.

»George, du kommst klar?«, fragte Hugo unvermittelt.

»Ist nicht schlimmer als sonst.«

»Okay. Und du, Willow?«

Sie versuchte zu schlucken, scheiterte.

»Was denkst du denn, sie hat ihren Mentor verloren. Du und Morris wart doch auch befreundet, oder?«

»Wackelige Behauptung«, kam es zurück. »Tut mir sehr leid, Willow. Du hast keine Schuld an dem, was passiert ist.«

Sie nickte und schüttelte direkt den Kopf, schluchzte. Dann legte sich Georges Hand auf ihren Rücken, kaum mehr als ein warmer Windhauch.

»Die Zeit vergeht quälend langsam, nachdem sie ihr Urteil gefällt hat. Dabei hätten wir sie viel eher gebraucht«, murmelte er. »Das ist die eigentliche Grausamkeit des Todes. Er raubt alle ungesagten Worte. Als meine Mutter gestorben ist, habe ich zwei Monate kaum gesprochen. Das ist okay.«

»Oh, das ... das tut mir leid.« Willow wusste nicht, was sie mit ihren Händen tun sollte. Unschlüssig warf sie einen Blick zu Hugo, für den diese Information nicht neu zu sein schien, zumindest erwiderte er nichts. Inzwischen wunderte sie das nicht mehr.

»Das war vor längerer Zeit«, sagte George, sie hörte sein bitteres Lächeln. »Wenn du einmal mit jemandem sprechen möchtest: Ich bin gerne da. Die Pullover meiner Mutter sowieso. Und Hugo bestimmt auch.«

Der nickte, sein Hemdkragen raschelte. »Klar. Du fühlst dich dann vielleicht schlechter als vorher, aber wenigstens aus anderen Gründen.«

Willow runzelte die Stirn. »Versteh ich nicht.«

»Selbstherabwürdigung«, antwortete George nonchalant. »Da ist man *ein* Mal etwas aufmerksamer zu Leuten, die man mag, und schon gilt man als sensibler Typ, ehrlich.« Ein ratschendes Geräusch folgte, vor dem Gesicht des Geografen entsprang eine Flamme.

»Och, du magst mich«, witzelte George entzückt, und in diesem Moment wollte Willow an keinem anderen Ort der Welt sein. In ihr verirrte sich ein Funken Freude, obwohl die Küste ihn fortzuwehen versuchte.

Hugo blies den Rauch seiner Zigarette in die Nacht, die ihn unverzüglich verschlang. »Es verfolgt mich, dass ich erst vor einigen Tagen mit Ophelia über unsere letzten Worte gesprochen habe. Kurz nach dem Frühstück, wenige Minuten bevor ... nun, ihr wisst schon.«

»Eure letzten Worte?«, wiederholte Willow.

»Ihr seid ja morbide«, stellte George fest.

»Etwa die letzten Worte, die ihr in diesem Leben sagen wollt?«, präzisierte Willow nachdrücklich und stieß Hugo gegen den Oberarm.

Er seufzte, als bereute er, davon erzählt zu haben. »Ich bin zwar nicht mit der Formulierung *in diesem Leben* einverstanden, aber ja. Wir haben ein Buch dazu in der Bibliothek gefunden und lange darin geblättert. Angeblich sagte Diogenes zuletzt: *Quid igitur mihi nocebunt ferarum dentes nihil sentienti?* Imponierend.«

»Wie können mich die Zähne wilder Biester verletzen, wenn sie kein Bewusstsein haben?«, übersetzte Willow unsicher.

George schnaubte amüsiert. »Ich bin ehrlich – wenn ich jemals einen kompletten lateinischen Satz ausspreche, falle ich vermutlich auch tot um.«

Willow musste über seinen trockenen Tonfall lachen.

»Einer meiner Favoriten ist Caligula. Der tönte in seinem letzten Atemzug, dass er noch lebendig sei«, fuhr Hugo unbeirrt fort. »Und unser guter Freund Pythagoras ...«

»Oh, das weiß ich«, unterbrach George. »*Es ist besser, hier zu sterben, als all diese armen Bohnen zu töten.*«

»Dass du das weißt, war mir irgendwie klar.«

Willow schüttelte den Kopf. »Was ist das denn für ein sinnloser letzter Satz?«

»Das ist wahrscheinlich sowieso Fiktion, lass dir da nichts vormachen. Pythagoras' Leben war zu großen Teilen erlogen«, erklärte Hugo. »Du weißt ja vom Abend des Chlamys-Schwures, dass dieser reiche Typ namens Kylon ein Mitglied der Pythagoreer werden wollte, aber, nun, wir wissen ja, dass das nicht so einfach geht, damals wie heute. Kylon wurde abgelehnt und schickte daraufhin seine Handlanger los. In Croûton, wo Pythagoras ...«

»Crotone«, korrigierte George. »Und wahrscheinlich war das in Metapont, du Geograf.«

»Machst du dich über meinen Akzent lustig?«

»Du hast mit voller Absicht Croûton gesagt!«

Hugo räusperte sich. »Jedenfalls brannten die Kyloner den Sitz der pythagoreischen Bruderschaft nieder. Wie du in der Chlamys-Illusion gesehen hast, konnte Pythagoras angeblich auf ein Bohnenfeld fliehen, wo er niedergestochen wurde. Asche zu Asche, Blut zu Bohnen.« Die Zigarette glühte auf. »Ende.«

Blinzelnd schaute Willow vom einen zum anderen. »Seine letzten Worte ergeben aber trotzdem keinen Sinn.«

»Darum haben wir sie in der Illusion auch nicht eingebaut! Diese ganze Obsession mit den Bohnen ergibt keinen Sinn«, spottete Hugo, sein Mund erschien wie ein schlafender Halbmond in der Dunkelheit.

»Du bist einfach nur ein unverbesserlicher Banause«, entgegnete George. »Ich mag ja, dass der gute alte Oscar Wilde im Tod mit seiner Tapete gerungen haben soll. Das ist ausnahmsweise besser als die Bohnensache.«

»Pff, ich bitte dich. Richard Savage versuchte zum Schluss, sich an irgendetwas Wichtiges zu erinnern, und schaffte es nicht mehr. Das ist die Definition einer Tragikomödie.«

»Grausam«, bestätigte Willow lachend. »Ich weiß nicht, ob ich so etwas meinen Liebsten antun könnte.«

»Glaubst du etwa, das hat er mit Absicht gemacht?« Er drückte belustigt die Zigarette aus.

»Wir werden es nie erfahren«, raunte George. »Aber Hugo, jetzt musst du uns noch verraten, was du dir Nettes vornimmst.«

»Das nimmt doch die Überraschung vorweg, *pas question*.«

Schlagartig wurde Willow die Kälte wieder bewusst. »Es reicht jetzt mit den Todesfällen, bitte.«

»Entschuldigung.« Hugo räusperte sich. Einen Moment lauschten sie dem Wind. »Ich mag die letzten Worte von Marco Polo. Etwas Ähnliches möchte ich auch sagen. In ferner Zukunft, versteht sich.«

»Und wie lauten sie?«, fragte George.

»Du wirst sie erkennen, wenn du sie hörst.« Dafür erhielt Hugo einen Schlag gegen die Schulter. Trotzdem ließ er sich nicht mehr dazu überreden, mit den Worten herauszurücken. Er liebte zwar das Theater, aber an diesem Abend schämte er sich offenbar für seinen Text.

Der Tod ließ sich in den folgenden Tagen nicht aus dem Gemäuer von Tholeros Kosmos vertreiben. Immer wieder spukten die ungesagten Worte durch die Räume und Willows

Kopf. Sie wurde nirgends von ihnen verschont, und dazu brauchte es nicht einmal die ratlosen Gesichter der anderen Pythagoreer.

Anthonys Familie flog aus Manchester herüber, ansonsten erfuhr Willow wenig über die Beerdigung. Sie konnte nichts unternehmen, niemandem beistehen, und doch harrte sie stundenlang aus, als gäbe es jeden Moment eine Erklärung für seinen Tod. Eine, die nicht Chaos hieß. Oder plötzlicher Herztod. Nicht einmal der Regen prasselte noch an die Fenster, nur ein schwacher Niesel traute sich nach Howth Head.

Am Freitagnachmittag saß Willow allein in der Küche. Sie hatte ein Blech Kekse in den Ofen geschoben, eine Glasur angerührt und blätterte gedankenverloren in einer zerlesenen Ausgabe von John Keats' Gedichten, die Thabisa ihr am Morgen überlassen hatte. Willow fühlte sich wie eine Büste des Long Rooms, die sich aus dem Marmor kämpfte. Die Worte legten etwas frei, von dem sie nicht wusste, ob sie es sehen wollte. Es war definitiv nicht der richtige Zeitpunkt für diese Zeilen, und doch verzehrte sie eine nach der anderen.

Die emaillierte Eieruhr klirrte und erinnerte sie an ihren Körper aus Fleisch und Blut. Willow holte die Kekse aus dem Ofen, wartete einige Minuten, die sie mit verschränkten Armen am Fenster stand, und neigte schließlich die Schüssel mit der Glasur über das Blech. Die weiße Flüssigkeit legte sich mit einer für diesen Nachmittag angemessenen Trägheit auf das Gebäck. Minutenlang schaute Willow dabei zu, wie der Zucker erstarrte. Dann nahm sie ein bauchiges Behältnis aus Keramik vom Regal und stapelte die Kekse darin, ohne sich einen einzigen in den Mund zu schieben. Sie wusste nicht, warum sie gebacken hatte. Am Morgen war sie lediglich mit dieser Idee aufgewacht. Erst wollte sie das Gefäß auf den Kühlschrank stellen, dann fiel ihr ein, dass niemand wissen würde, dass es darin eine Leckerei gab – und vielleicht ergab sich daraus in einigen Wochen eine unangenehme Überraschung. Sie ging zuerst am Varieté vorbei, wo Hugo in letzter Zeit an Kulissen malte, aber er war nicht dort. Ohnehin hatte sie keine Ahnung, wer in seiner Inszenierung von *Hamlet* überhaupt mitspielen würde. Vielleicht sprach er das komplette Stück allein und relokalisierte sich ständig hin und her.

Der Salon war neuerdings immer verschlossen, seit es auf Howth Head kühler wurde. Dennoch öffnete sie die knarzende Tür und sah in das erschrockene Gesicht von Echo. Sie hatte sich in ihrem Sessel zu ihr umgedreht, ein Buch in den Fingern. Zwar beeilte sie sich, den Blick abzuwenden, aber Willow runzelte die Stirn. Bildete sie sich das ein oder hatte Echo sie gerade gehört? Ihr Herz schlug plötzlich so laut, dass es in ihren Ohren paukte. Willow umklammerte die warme Keramik und räusperte sich. Ein harmloser Test, mehr nicht, aber Echo wimmerte. Sie legte das Buch auf ihren Schoß. Als Willow sich näherte, atmete sie flach aus.

»Echo, hast du ...«

»Ja. Scheiße. Es ist nicht, wie du denkst.« Ihre Worte verschwammen in Tränen. Sie fuhr sich mit dem Ärmel ihres dunkelgrünen Pullovers durch die Augen und vergewisserte sich, dass die Tür zur Küche wieder geschlossen war, bevor sie weitersprach. »Willow, erzähl es niemandem, ja?«

»Hast du ... hast du uns die ganze Zeit hören können?«, brachte sie hervor und wusste nicht, ob sie sich setzen sollte oder nicht.

»Nein, wirklich nicht. Du musst ... also, es wäre echt nett, wenn du etwas lauter reden könntest.« Echo schniefte. »Du hast so eine schöne Stimme.« Dann schluchzte sie, ihr Körper erzitterte. Rasch stellte Willow die Kekse neben sich auf den Boden und ging vor dem Sessel auf die Knie. Echo ließ sich ruckartig nach vorne fallen, wie eine Kontinentalplatte bei einem Erdbeben. Willow entgegnete die Umarmung und fuhr mit der Hand über den zitternden Rücken, bis Echo ruhiger atmete. Sie war es, die sich zuerst löste und beschämt zurückwich.

»Es tut mir so leid, wirklich, es ist nicht für immer.« Ihre Finger zuckten kurz, als müsste sie sich daran erinnern, dass sie nicht zu gebärden brauchte. Stattdessen richtete sie ihre Chlamys-Brosche.

»Es ist nicht für immer?«, wiederholte Willow leise, blickte in ein fragendes Gesicht und sprach die nächsten Worte lauter. »Dass ... dass du hören kannst?«

»Ophelia und ich probieren etwas aus, ja. Es ist ein fast unsichtbarer Aufkleber hinter meinen Ohren, der von der Dunklen Ordnung beeinflusst wird und unsere aktuelle Formel reguliert. Ohne den Sticker habe ich alle mögliche neurologischen Symptome erlebt, furchtbar. Und bislang hat es immer nur ein paar Stunden funktioniert. Es müsste längst wieder vorbei sein, offenbar machen wir Fortschritte. Normalerweise lese ich auch nicht, solange ich hören kann, aber ... ich bin etwas überreizt, dann erschreckt mich alles. Und manchmal höre ich Dinge, die gar nicht da sind, wie Geister.« Sie knetete ihre Hände, als würde sie darin ein Taschentuch zerrupfen.

»Keks?«, fragte Willow ratlos und hob den Keramikdeckel. Echo bedankte sich, griff hinein und schaute eine Weile kauend aus dem Fenster.

»Warum ... möchtest du nicht, dass die anderen es wissen?«

»Na ja, weil es nicht für immer ist. Und dann bemitleidet ihr mich vielleicht, das passiert schließlich ständig. Das will ich nicht. Hugo hat mich auch schon erschreckt, aber ich habe es irgendwie kaschieren können, sah wie Zufall aus.« Sie seufzte, wobei sie ihre Schultern anhob. »Es fühlt sich allerdings gut an, mit jemandem darüber zu ... reden.«

»Sonst weiß das echt niemand?«

»Nur Ophelia und Nikhil. Die verstehen mich und sind sehr ... professionell in der ganzen Angelegenheit. Ich glaube aber nicht, dass alle im Institut nachvollziehen können, wie es mir hiermit geht.«

»Sie ...« Willow überlegte einen Moment. »Ich weiß nicht, ob ich das sagen kann.«

»Sag es.« Echo schaute sie aus verquollenen Augen an.

»Dir ist es nicht wichtig, ob du hören kannst.« Der Satz war ein einziges Ausatmen, beinahe ein Geständnis. Sie kannte Echo nicht lange, aber in dieser Sache war sie sich sicher.

Echo lächelte, als hätte sie eine komplizierte Formel erklärt, die Willow auf Anhieb verstanden hatte. »Ja. Es ist mir egal. Ich brauche kein Mitleid. Sogar, obwohl ich meine ersten Lebensjahre hören konnte, was meinen *Verlust* aus Sicht vieler ja schlimmer machen sollte. Ich brauche keine Schwestern, die meinetwegen Neurobiologie studieren, und ich brauche auch keine Magie. Egal, welches *aber* dir einfällt, es macht mir nichts, solange ihr mich nicht wie Glas behandelt und mit mir kommuniziert.« Willow wollte etwas sagen, aber Echo war noch nicht fertig. »Ich tu das hier nicht für mich, sondern für diejenigen, denen es nicht egal ist. Ich bin nur eine Gehörlose von vielen, und ich habe das Privileg, hier zu sein. Das darf ich nicht ignorieren. Obwohl es wirklich, wirklich anstrengend ist.«

»Okay, ich glaube, das verstehe ich.« Willow nahm sich selbst einen Keks und ließ sich aus der Hocke auf den Boden sinken. »Mach dir meinetwegen keine Sorgen, du kannst ganz frei mit mir sprechen.« In diesem Moment überfiel sie ein Gedanke, den sie nicht rechtzeitig zurückhalten konnte. Ein eigennütziger Gedanke. Wenn niemand wusste, dass Echo hören konnte, schnappte sie womöglich Dinge auf, die sonst geheim blieben.

»Du siehst aus, als bedrückt dich was.«

»Hm? Nein, alles gut. Also ... klar, mich bedrückt eine Menge.«

»Stimmt.« Echo griff nach einem weiteren Keks und wischte einen Krümel von dem Buch auf ihrem Schoß. »Hugo kann sich gerade nicht ... ich hasse das Wort, wie spricht man das aus?«

»Relokalisieren?«

»Glaube schon. Kann er nicht. Läuft überall hin. Trauer blockiert manchmal.«

»Chaotische Zeiten«, murmelte Willow, aber Echo schien es nicht wahrzunehmen. Sie schwieg eine Weile, ordnete Wörter in ihrem Kopf neu an. Dann wagte sie es. »Hast du irgendetwas mitbekommen, was mit Morris' Tod zu tun haben könnte?«

Echo verneinte. »Ich wünschte, ich hätte einen Schimmer, was mit ihm passiert ist. Sonntag und Montag haben wir eine Pause eingelegt, um ... na ja, um meine Synapsen zu beruhigen. Gehört habe ich zwar nichts, aber er sah schon einige Tage zuvor angeschlagen aus.« Sie legte die Stirn in Falten. »Ich mag Professor Morris, also, ich mochte ihn. Wenn er nicht so darauf bestanden hätte, Evan und dich zu betreuen, hätte ich ihn gerne als Mentor gehabt. Archer ist etwas ... gestrig.«

Willow ließ das sacken. »Es wäre deutlich sinnvoller gewesen, wenn du von jemandem betreut worden wärst, der Gebärden beherrscht«, stellte sie fest. Seltsam, dass Anthony dann nicht nur auf Willow, sondern auch auf Evan bestanden hatte. Gerade Evan erschien ihr in diesem Augenblick regelrecht austauschbar, vor allem im Vergleich zu Echo.

Sie seufzte und spielte an einer blonden Locke herum. »Ich habe Kopfschmerzen«, murmelte sie. »Nichts für ungut, aber hoffentlich hört das Experiment gleich auf. Ich traue mich nicht, es selbst zu beenden, Ophelia würde bestimmt meckern. Wir wollen ja wissen, wie lange es hält, ob es Trigger gibt und so was ...«

Willow nickte lediglich und versteinerte im nächsten Moment. Die Tür zum Salon öffnete sich, Harrison und Aramis erschienen darin. Er grüßte flüchtig und wollte sich wieder zum Gehen wenden, als er innehielt. Der Beagle wuffte empört.

»Hast du Lloyd gesehen?«

Willow verneinte und unterdrückte den Drang, Echo fragend anzuschauen. Die drehte gerade erst den Kopf von Willow zu Harrison und lächelte harmlos. Sobald er die Salontür hinter sich zugezogen hatte, war ihre Stimme noch leiser als sonst.

»Harrison redet viel von dir. Ophelia sollte ihm ein gebrochenes Herz diagnostizieren.«

»Hm, von mir aus.« Willow atmete tief durch und nahm sich noch einen Keks. Nun waren sie ausgekühlt. »Ich glaube, ich fühle inzwischen gar nichts mehr.«

Echo sah sie lange an, ohne den Kopf zu heben. Dann veränderte sich ihr Ausdruck, als wäre sie in etwas getreten.

»Sag mal was«, bat sie.

»Was denn?«

»Hm. Es ist vorbei. Wir ... müssen ein andermal weiterreden. Das war nett.« Sie lächelte. Willow wollte etwas antworten, nickte dann nur.

In der Küche ertönten Stimmen, die sich mit gedämpften Schritten näherten. Evan und Hugo erschienen hinter Willow, grüßten freudig und machten ein Kompliment über den Keksgeruch. Offenbar hatte Evan einige Gebärden gelernt, die er Echo mit zittrigen Fingern vorführte. Sie korrigierte manche Feinheiten und wies dann darauf hin, dass ihr Kopf brummte, woraufhin das Gespräch nur noch verbal fortgeführt wurde. Anscheinend würde Evan ab sofort bei Professor Gunt studieren, während Professor Battaglini ein *tägliches Zeitfenster für Willow schaffen wollte,* wie Hugo es formulierte. Bei diesen Worten lief es ihr kalt den Rücken herunter. Die Drohung bestätigte sich, als die Leiterin des Instituts kurz darauf im Salon erschien und Willow zu einem Gespräch bat, möglichst sofort. Willow fühlte sich, als würde ihre Mutter sie zu früh von einem Spielenachmittag abholen, weil sie zum Zahnarzt musste. Sie ließ die Kekse zurück, rappelte sich auf und zog ihre Kleidung glatt, bevor sie Professor Battaglini in die erste Etage folgte. Während sie die Stufen nach oben nahm, überlegte Willow, ob sie um einen anderen Mentor bitten konnte, aber wenn sie ehrlich war, mochte sie weder Professor Gunt noch Professor Archer als Alternativen. Vielleicht erwies sich Battaglini als Glücksgriff, so wie damals, als Anthony ihre frühere Mentorin ersetzt hatte.

Willow blieb neben der Bürotür stehen und beobachtete nervös, wie die Professorin ihren Schlüssel hervorholte. Dieser Glücksgriff war in etwa so glücklich wie ein Blitzschlag oder ein Flugzeugabsturz.

Die Leiterin von Tholeros Kosmos ließ sie in ihr nahezu leeres Büro treten. Ein polierter Schreibtisch aus Akazienholz verweilte mitsamt eines großen Drehstuhls aus Leder vor einer breiten Fensterfront. Auf einer Kommode standen ein Schachbrett und ein weißes Blumengesteck, in dem eine unberührte Grußkarte ruhte. Schränke, ebenfalls aus Akazie, bedeckten die Wände. Kein einziges Dokument lag offen herum. Professor Battaglini forderte Willow auf, sich in einen niedrigen Sessel zu setzen.

»Sie wissen, dass ich keine Physikerin bin, aber die Umstände erlauben es nicht, dass Sie Tholeros Kosmos ohne Unterstützung besuchen«, begann sie in einem Tonfall, der kaum verbarg, dass sie Willow gerne aus dem Institut entfernt hätte. »Ich habe tatsächlich keinen aktuellen Forschungsschwerpunkt.«

Willow wollte fragen, in welchem Bereich sie ihren Doktortitel gemacht hatte, aber wagte es nicht, die Stimme zu erheben. Immerhin glaubte sie sich zu erinnern, dass Professor Battaglini unheimlich schnell lesen konnte – für die Essays der Aufnahmeprüfung hatte sie höchstens Minuten gebraucht.

»Ich betreue auch Lloyd und seine astrophysikalischen Gedankenblitze, darum ... bin ich mir recht sicher, dass wir bei-

de miteinander auskommen werden.« Sie lächelte papierdünn. »Sind Sie damit einverstanden, dass Sie den Umgang mit der Dunklen Ordnung ab sofort bei mir lernen?«
Mir bleibt keine andere Wahl. »Sehr gern.«
»Wir beginnen damit, dass Sie mich nicht anlügen.« Professor Battaglini nahm ihre Brille ab. »Sie teilen mir mit, wenn Sie Auswirkungen von Chaos bemerken, zu kollabieren drohen oder sonstige Probleme haben. Miss Murphy hat in ihren Unterlagen mehrfach vermerkt, in welchem Ausmaß Professor Morris mit Ihnen geübt hat. Mir war das nicht bewusst. Für dieses unverantwortliche Verhalten möchte ich mich entschuldigen.« Sie wartete Willows Antwort nicht ab. »Wir werden uns jeden Tag um 10 hier treffen und eine Stunde über die theoretischen Grundlagen sprechen, wobei Sie mir mathematisch gelegentlich entgegenkommen müssen, Miss Farley. Das Üben geschieht dann größtenteils in Ihrer freien Zeit und unter Ihrer eigenen Verantwortung.« Professor Battaglini verschränkte interessiert die Arme. »Warum dieser Blick?«

Willow begriff, dass sie ihre Augenbrauen zusammengezogen hatte. »Äh, nun ... Professor Morris hatte mir verboten ...« Sie verstummte, aber ihr fiel kein Grund ein, warum sie das nicht erzählen konnte. »Ich sollte nur in seiner Anwesenheit üben.«

»Wie hat er das begründet?«

»Mit der ... *Natur* meines Zugangs zur Dunklen Ordnung. Und weil ich nicht auf demselben Niveau bin wie die anderen hier.«

»Was hat denn die Messung von Mr Mallick und Miss Houdin bezüglich Ihres konkreten Potenzials ergeben?«

»Ich habe mich noch nicht darum gekümmert«, gestand Willow und kämpfte gegen den Drang, ihre Zähne zusammenzubeißen, was so aussehen musste, als würde sie gerne etwas ausspucken.

Professor Battaglini traktierte sie mit einem Blick, der einer Büste des Long Rooms ebenbürtig war. Dann atmete sie langsam aus. »Haben Sie gerade die Kapazität, mir zu zeigen, was Sie bislang bei Professor Morris gelernt haben? Ich wüsste gerne den aktuellen Stand.«

»Natürlich.« Willow wischte ihre feuchten Hände an der Hose ab. »Haben Sie etwas zum Schreiben?«

Professor Battaglini zog neben sich eine Schublade auf, holte einen Bogen Papier und einen schweren, schwarzen Kugelschreiber hervor, den sie ihr über den Tisch schob. Willow kannte die Formel für den Lichtschimmer inzwischen auswendig, aber sie traute sich nicht, die Berechnungen nur im Kopf durchzugehen. Anthony hatte das erst in einigen Wochen probieren wollen. Als sie geendet hatte, konzentrierte sie sich auf das Geschriebene und visualisierte den Schein vor ihrem Kopf. Sie sah auf und begegnete Professor Battaglinis erwartungsvollem Blick, der ausnahmsweise weniger feindselig wirkte. Dieser Eindruck änderte sich, als nichts geschah. Verwundert schaute Willow wieder auf das Papier, ging die Rechnung durch.

»Es stimmt alles«, murmelte sie.

»Das bezweifele ich nicht.«

Willow wischte sich erneut die Hände trocken, rutschte auf dem Sessel hin und her. Sie versuchte, ein weiteres Mal die Konzentration auf die Formel zu erlangen, die Schwelle zu übertreten, aber der Raum wurde nicht heller.

»Üben Sie, wenn Sie die Zeit dafür finden. Und nicht übertreiben, ich möchte von Miss Murphy nichts Gegenteiliges hören. Ich werde mit Mr Mallick bezüglich der Messung sprechen, ich habe gleich ein Treffen mit ihm.«

»Das mache ich gerne selbst«, sagte Willow etwas zu hastig.

Professor Battaglini hob die Schultern. »Wie Sie wollen. Kümmern Sie sich im Verlauf der Woche darum und bringen Sie mir das Ergebnis schriftlich mit.«

Willow nickte, verharrte einen Moment und stand dann unschlüssig auf. Professor Battaglini nahm die Rechnung vom Tisch, faltete sie und ließ sie unter dem Schreibtisch verschwinden, vermutlich in einem Papierkorb.

Im Salon saßen Hugo, Evan und Echo immer noch zusammen, die Kekse waren inzwischen verschwunden. Willow hatte die Gebärde für Magie nicht vergessen, die Hugo ihr vor der praktischen Prüfung gezeigt hatte. Gemeinsam mit einer Geste, die eine Skala andeuten sollte, bat sie die Neurobiologin um die Messung.

»Jetzt?«, fragte Echo, woraufhin Willow schulterzuckend den Kopf schüttelte. Sie wollte nicht hetzen.

»Ich kann euch helfen«, meinte Hugo stirnrunzelnd, aber Echo legte ihr Lesebändchen ins Buch und ließ es auf ihrem Platz zurück.

»Okay, Willow, komm mit.«

»Habt ihr Geheimnisse vor mir?«, fragte Hugo, seine Gebärden wurden energischer, aber Echo schaute nicht hin. Willow folgte ihr rasch, verwundert über die plötzliche Eile.

Die Neurowissenschaftlerin nahm zwei Stufen gleichzeitig und blieb nicht einmal beim Öffnen der Labortür stehen. Drinnen streifte sie einen Kittel in ihrer Größe über, band die blonden Locken zu einem Zopf zusammen und musterte Willow, als würde sie ein unsichtbares Maß nehmen.

»Setz dich«, murmelte sie dann. Während Echo sich einer Kladde mit Unterlagen widmete, betrachtete Willow die Sitzmöglichkeiten – ein Hocker mit Dokumenten auf der Sitzfläche, ein Bürostuhl mit einer fehlenden Rolle, über dem zwei Kittel hingen, und eine Liege im hinteren Teil des Labors, die sie an die Krankenzimmer ihrer Schulzeit erinnerte. Sie entschied sich für die Liege, obwohl sich darauf weitere Bücher stapelten. Einige davon waren zerlesene Shōnen-Manga, die sich schlecht zwischen den medizinischen Fachbüchern versteckten. Beim Setzen knarrte das Gestell, als würde es jeden

Moment unter Willow zusammenbrechen. Echo schien tatsächlich nichts mehr zu hören, oder zumindest reagierte sie nicht. Seufzend faltete Willow die Hände und widerstand dem Drang, sinnlose Konversation zu betreiben, wie sie es oft bei Ärzten tat. Stattdessen blätterte sie in einem der Manga herum.

»Leg das weg, gehört Ophelia«, murmelte Echo sofort. Willow hob ertappt die Achseln. Die pinke Schrift auf dem Umschlag war die grellste Farbe, die sie seit Tagen gesehen hatte. Wenn sie sich recht entsann, hatte sie auf Ophelias Laptop schon einmal den knallbunten Fetzen eines Anime erhascht, bevor sie den Deckel zugeschlagen hatte.

»Okay, lass uns loslegen«, sagte Echo so leise, als spräche sie zu sich selbst. »Stark vereinfacht gesagt, messen wir jetzt die drei Komponenten Kosmos, Chaos und Tholeros Kosmos, auch bekannt als Dunkle Ordnung. Wie exakt die Ergebnisse sind, können wir noch nicht sagen, aber wir vergleichen die Werte untereinander. Wir haben festgestellt, dass es bei allen drei Parametern unterscheidbare neurologische Impulse gibt, eine Art Grundrauschen im Kopf.«

Willow nickte vage. Sie hatte nicht den geringsten Schimmer von Biologie, geschweige denn von Neurologie. Der Drehstuhl quietschte, als Echo sich auf ihm niederließ und trotz des fehlenden Rades zu Willow herüberrollte. Auf dem Schoß hielt sie einen so eng beschriebenen Notizblock, dass das Papier beinahe schwarz war.

»Hast du neurologische Vorerkrankungen?«, fragte Echo, während sie unter der Liege einen Karton mit der Aufschrift *EEG* hervorzog und neben Willow abstellte. Sie schüttelte den Kopf, der sogleich von Echos kalten Fingern betastet wurde. Ruppig befestigte sie eine Kappe mit Elektroden auf ihrem Schädel.

»Bequem?«, scherzte sie schließlich und wartete keine Antwort ab. Stattdessen holte sie einen mit Stickern bedeckten Laptop von ihrem Schreibtisch. Während sie ihn aufklappte, anschloss und das Programm kalibrierte, musste Willow ihr den Notizblock hinhalten.

»Dann starten wir mal, danke. Das wird übrigens kein reguläres Elektroenzephalogramm, Nikhil hat im vergangenen Jahr an einer Software gesessen, welche die entsprechenden ...«

Sie verstummte, klickte, hielt inne. Dann stand sie auf, legte den Laptop auf die Sitzfläche des Stuhls und zupfte an der Kappe. Echo drehte sich um, betrachtete den Bildschirm und startete einen Vorgang erneut. Willow sah drei schwarze Striche auf weißem Grund, von denen einer beständig von oben nach unten glitt, in breiten, langsamen Wellen. Dennoch schien Echo nicht zufrieden zu sein. Sie deutete auf den Glasflügler an Willows Brust.

»Trägst du immer die Chlamys-Brosche?«

»Außer nachts«, antwortete sie. Allmählich beschleunigte ihr Puls. Sie legte ihre Handflächen aufeinander und ahmte ein Schläfchen nach, wobei sie den Kopf schüttelte.

»Aber sie liegt nachts in deiner Nähe, im selben Raum?«, fragte Echo mit gerunzelter Stirn.

Nicken. »Warum?«

Die Neurobiologin betrachtete den Laptop, die Werte blieben unverändert. »Dann verstehe ich nicht, was das zu bedeuten hat. Schau, die obere Linie ist für Kosmos, die ist stabil, das muss auch so sein, bei allen Menschen. Sonst wäre das Universum kaputt. Die untere steht für die Dunkle Ordnung, die ist auch stabil, das ... das sollte nicht so sein, zumindest nicht für ein Mitglied dieses Instituts. Dabei handelt es sich nämlich um dein magisches Grundrauschen, und das ist für gewöhnlich flatterhaft.«

Willow deutete auf die gleichmäßige Welle in der Mitte.

»Das ist Chaos«, murmelte Echo. »Davor müsste dich die Brosche schützen. Wenn du keine Magie wirkst, sollte das also auch ein Strich sein, aber diese Welle ist ... falsch. Selbst wenn wir Chaos messen, ist es niemals derart gleichmäßig. Vielleicht hat Nikhil das Programm umgestellt, dann hätte er mir das aber mitgeteilt.« Sie schüttelte den Kopf. »Da muss ein Messfehler sein, sonst würde die untere Linie bedeuten, dass du kein magisches Potenzial hättest. Oder es kann ... es kann natürlich sein ...« Mit zusammengepressten Lippen wandte Echo sich zu der Liege, ohne aufzusehen. Sie zupfte am Ärmel ihres Kittels herum. Willow befiel die Erkenntnis, ihre Zunge wurde trocken. Offenbar war ihr das passiert, was auch Hugo davon abhielt, sich zu relokalisieren, Magie zu wirken. *Natürlich.* Sie trauerte. Kein Wunder, dass sie bei Professor Battaglini keinen Lichtschein hatte erschaffen können.

»Morris?«, fragte Willow. Die Gebärde für ihn kannte sie gut – eine Hand, die einen unsichtbaren Kartenfächer hielt, während die andere nach der perfekten Antwort auf einen Spielzug suchte. Gleichzeitig drückte ein bleiernes Gewicht auf ihre Zunge. *Ja, Anthony.*

Echo musterte sie ratlos, hob die Schultern. »Wir können es ein andermal wieder versuchen, ich werde mich mit Nikhil über eventuelle Fehler austauschen.«

»Okay.« Sie kämpfte gegen den Druck hinter ihren Augäpfeln, aber ihre Sicht verschwamm bereits. Echo trat näher und breitete die Arme aus, lächelte sanft. Dankbar nahm Willow das Angebot entgegen.

Kuss der Demeter

»Die Traurigkeit wird ewig währen.«

Vincent Van Gogh

Das Schlimmste an Willows Trauer war nicht der hässliche Tumult in ihrem Brustkorb, auf dem ihr Kopf wie ein Korken saß, sondern die Gesprächigkeit der anderen Pythagoreer. Ihre verdammte *Lösungsorientiertheit.* Seit der ersten Sitzung mit Professor Battaglini hatte sie viele lange, ratlose Gespräche geführt. Nikhil und Echo konnten sich nicht erklären, warum ihre neurologischen Ergebnisse so aussahen – auch ein zweites EEG zeigte keine Veränderung. Die Dunkle Ordnung blieb Willow verborgen, aber sie suchte inzwischen immer seltener danach. Nikhil schlug vor, dass sie mit Professor Gunt telefonierte, um dem *nachzuspüren.* Anscheinend dachte auch Nikhil, dass diese Anomalie psychischer Natur war, und in den folgenden Tagen fragte er immer wieder, wie es Willow ging, ob sie mit Gunt gesprochen hatte und ob sie eine dritte Messung durchführen wollte.

Willow wollte nicht. Sie traf sich zwar häufiger mit Echo im Labor, um die Nachmittage nicht ständig in der Bibliothek zu verbringen, aber sie verneinte Nikhils Fragen immerzu. Was nützte es ihr, wenn sie den Grund kannte? Die Dunkle

Ordnung war ihr gleichgültig. Und allmählich wurde ihr auch das Institut gleichgültig. Zumindest sagte sie sich das. Aber wann immer Willow an andere Optionen dachte, wurden ihre Glieder schwer. Es gab keinen Professor für Physikalische Chemie mehr, bei dem sie ganz normal promovieren konnte. Es gab *Anthony* nicht mehr, ihren Vertrauten, und mit ihm war auch sein Versprechen verschwunden. Die Hintertür zurück an das Trinity College. So jemanden wie ihn gab es wohl kein zweites Mal dort, denn es gehörte eine gewaltige Portion Glück dazu, genau diese Person zu finden, die auf einer Wellenlänge mit ihr war, Begeisterung und Neugierde teilte.

Leider besaß Willow ansonsten keine Leidenschaft, die sie zu einem Beruf formen konnte, und ihr Studienfach bot ihr nicht allzu viele alternative Lebenspfade. Sie würde bei Null starten müssen, um *dort draußen* Geld zu verdienen. Allmählich begriff sie, dass sie genau das tat, was sie ihren Bachelor und Master hindurch gemacht hatte: einfach weiter. Wie ein Tier, das hektische Bewegungen vermied. Dann sagte sie sich etwa einen halben Tag lang, dass alles gar nicht so schlimm wäre. Sie würde am Trinity College definitiv eine Promotionsstelle bekommen, oder halt an einer der anderen Universitäten. Aber genau dieser Gedanke war ihr zuwider. Der Gedanke an neue Orte, neue Leute, neue Erwartungen. Tholeros Kosmos war vielleicht nicht mehr lange Zeit ihr Zuhause, aber es schadete womöglich nicht, auf die Rückkehr ihrer Magie auszuharren. Vielleicht grub sie sich aus der Trauer frei und sorgte dafür, dass Willow ganz normal dazugehörte, hier promovieren konnte. Ihretwegen würde sie das sogar bei Professor Battaglini tun. Und schließlich verstand Willow, dass ihr die Dunkle Ordnung eben doch nicht gleichgültig war, im Gegenteil. Ihre Abwesenheit ließ Angst durch ihre Venen gleiten, mit jedem verstreichenden Tag ein wenig rascher, bis ihre Finger schon beim Aufwachen kribbelten und sie am Abend kaum einschlafen ließen. Sie brauchte eine zweite Chance.

Als sich Nikhil zum fünften Mal nach ihrem Befinden erkundigte, war Hugo im Labor, woraufhin die Stimmung plötzlich kippte. Willow sah noch immer Hugos rotes Gesicht vor sich, eine hervortretende Ader auf der Stirn. Er spuckte, wenn er schrie, und sein Seitenscheitel verlor den Halt, sodass er abwechselnd mit dem Finger auf Nikhil zeigte und durch seine Haare strich. Innerhalb von zwei Sätzen hatte er sich in Rage geredet.

»Lass sie in Ruhe! Trauer braucht Zeit, das ist ganz allein Willows Entscheidung!«, blaffte er. »Bilde dir nicht ein, dass du über uns stehst, weil du so leichtfertig mit Anthonys Tod umgehen kannst. Für einige von uns war er wichtig, verstehst du das bitte endlich? Ein einziges Nein sollte genügen!«

Nikhil hob die Augenbrauen, aber nicht seine Stimme. »Kein Grund, so laut zu werden.«

»*Ferme ta gueule.*« Hugos Atem schien in der Luft vor ihm zu dampfen. »Es reicht mir. Du hast kein Recht dazu, uns zur Normalität zu zwingen! Das hat schon bei Felice nicht funktioniert.«

»Hugo, es ist alles gut, komm wieder runter«, bat Willow. Vergeblich. Später musste sie Echo erklären, was er geschrien hatte, weil er im nächsten Moment aus dem Raum flüchtete und die Tür knallte.

Nikhil entschuldigte sich bei Willow und sah ihr fest in die Augen, bis sie nickte. Eigentlich wollte sie gerne mit ihm darüber reden, was gerade vorgefallen war, woher diese Lautstärke und der Tonfall stammten, aber Nikhil bat darum, allein zu sein.

Später wurde Willow sogar von Harrison auf ihr Befinden angesprochen. Seit seiner Rückkehr hatten sie kein Wort gewechselt. Willow behalf sich mit der klassischen Lüge, dass alles in Ordnung sei und er sich keine Sorgen machten sollte. Für alles weitere fehlte ihr die Kraft.

Am darauffolgenden Tag sprach sie tatsächlich mit Professor Gunt, aber nicht, um ihre Gefühle auszubreiten. Ophelia und er hatten Thabisa und Willow gebeten, die misslungene Chlamys-Illusion zu verbessern. Anscheinend war ihr größtes Problem eine zeitliche Komponente, für die sie Hilfe von zwei Physikerinnen gebrauchen konnten. Dass normalerweise Anthony mit dieser Aufgabe betraut worden wäre, sagte Gunt zwar nicht laut, aber Willow hörte es aus seinem Schweigen. Er nahm ohnehin nur über einen Videomessaging-Dienst teil und entschuldigte sich zweimal, nicht ins Institut kommen zu können. Zu Willows Überraschung lief er auch in seiner Wohnung in einem Anzug herum, Bart und Frisur waren perfekt getrimmt. Aus irgendeinem Grund hatte Willow sich vorgestellt, dass er sich gerade gehen ließ. Zumindest hätte sie das manchmal gerne getan – in Jogginghose in die Gemeinschaftsküche schlurfen und einen Joghurt holen, ohne irgendjemandem über den Weg zu laufen. Laut Musik hören. Den ganzen Tag am Smartphone kleben und alles andere ignorieren. Aber diese Jogginghose, die ganz hinten in ihrer Kommode ruhte, symbolisierte eine Schwäche, die sie sich nicht eingestehen wollte. Und gewiss sollte es nicht doch noch irgendwelche Gerüchte geben, weil die anderen Doktoranden ihre Trauer um Anthony missverstanden.

Thabisa beanspruchte eines der Labore für sich allein und hatte Ophelia nur ausnahmsweise eintreten lassen, während sie etwas von personifiziertem Chaos murmelte. Willow begriff sofort, weswegen: Dieser Raum war ein Sinnbild für Ordnung, aufgeräumter als ein Katalogbild. Thabisas Fachlektüre stand sauber sortiert in einem Regal, das offenbar für exakt diese Anzahl Bücher maßangefertigt worden war. Kein einziger Zettel lag lose herum, Thabisas Stühle quietschten nicht, und ihr schwarzer Laptop, auf dem Gunt zu ihnen sprach, schimmerte wie polierter Obsidian. Ophelia war merklich beeindruckt und brauchte eine Weile, um aufzutauen und gemeinsam mit dem Professor ihr Problem zu erklären. Seit dem Chlamys-Schwur hatten sie versucht, ihre mehrseitige Formel mit vorwiegend biologischen Mitteln zu reparieren. Sie arbeiteten mit sehr präzisen Worten, historischen Daten, der Notation von Neurotransmittern und einigen chemischen Bestandteilen, die Willow bruchstückhaft verstand. Der Flickenteppich verschiedener Fachbereiche sollte also um Physik erweitert werden. Thabisa diskutierte eine Weile mit Gunt und Ophelia darüber, wie sinnvoll das überhaupt war, während Willow die Formel studierte. Mühsam fand sie zwischen den Zeilen einige Schlupflöcher, die Chaos mit der Leichtigkeit von Wasser füllen konnte. Und tatsächlich, das Problem war die Zeit. Einige Ereignisse kollidierten unbemerkt innerhalb der Präsentation miteinander. Das ließ alles gefährlich instabil werden. Kein Wunder, dass der Schwur so verlaufen war.

Als Willow ihre Berechnungen in Thabisas Richtung schob, waren die anderen drei dazu übergegangen, über Ticketverkäufe auf überlaufenen Online-Plattformen zu sprechen. Verwundert fragte Willow, wie sie darauf gekommen waren.

Ophelia nickte wie eine Lehrerin, die dankbar für das Interesse war. »Los ging es bei unserem Problem, von dort kamen wir zu Zeitmessung, zu Kalendern, der Terminierung unseres neuen Schwurs, der aber mit der Anwesenheit von *Obituary* in Dublin korreliert, und dann ...«

»*Obituary*?«, unterbrach Willow verwirrt.

»Eine außerordentlich gute und prägende Death-Metal-Band«, erklärte Ophelia. »Wir sollten den Chlamys-Schwur verschieben und gemeinsam hingehen, auch Archer und Battaglini. Das wird ein Ereignis, das niemand von uns verpassen sollte.«

»Behauptet sie«, merkte die Stimme aus dem Laptop an.

Sie schafften es glücklicherweise, ihre Aufmerksamkeit zurück auf die Formel zu lenken. Thabisa erweiterte einige der physikalischen Überlegungen und lobte Willow für ihre sauber notierten Berechnungen, was sie unbeholfen stammeln ließ. Das Endergebnis war dennoch ein Durcheinander aus Biologie, Geschichte und Physik. Womöglich hatten sich neue Schlupflöcher aufgetan, die bald die Hilfe von Echo, Nikhil oder gar Hugo benötigten. Ohne Gunts physische Anwesenheit konnten sie die neue Illusion nicht testen, aber niemand schien wirklich traurig darüber zu sein. Allerdings hatten sie sich mehrere Stunden erfolgreich abgelenkt, und Willow verließ das Labor mit einem guten Gefühl im Bauch.

Allein das Meer vermochte es, sie herzlicher als jede Umarmung zu trösten. In der Einsamkeit wurde Willows Trauer nicht beurteilt, ihre Tiefe oder Permanenz, und das Rauschen der Wellen vertrieb das betriebsame Summen in ihrem Kopf – jenen Drang, vermeintlich wichtige Dinge zu tun und die schwerfälligen Gedanken zu ertränken. Auf den Wanderwegen zum Leuchtturm begegnete sie Fremden, die ihre geröteten Augen ignorierten und lieber auf den liebenswerten Aramis schauten. Heute riss sich Willow dennoch zusammen, weil George bei ihr war. Er sammelte Blütenstängel und schwieg. Es hatte Willow verunsichert, als er beim Frühstück gefragt hatte, ob er sie begleiten konnte, aber er hatte offenbar kein dringendes Anliegen. Vorgestern hatten George und sie auf der Terrasse gesessen und gemeinsam Mundstücke für die Oboe gebunden und geschabt, während der Regen vom Vordach rann. Er war ein geduldiger Lehrer, mit dem selbst Schweigen erträglich war. Sie traute sich sogar, ihm das Allegro der Diaphonic Suite von Ruth Crawford Seeger vorzuspielen – eine Melodie, die nach all den Jahren noch immer in ihr resonierte. Wie überraschend, dass die Töne weiterhin da waren, unberührt von Zeit und Tod. George applaudierte ihr anerkennend und sagte zum ersten Mal etwas

– »Wunderschön.« Mehr Worte hätte Willow die ganze Woche über nicht benötigt.

Etwas zu spät bemerkte sie, dass George nicht mehr bei ihr war. Sie fuhr herum und fand ihn auf den Felsen zwischen der Heide, über einen Strauch gebeugt. Aramis stellte sich aufmerksam neben Willows Beine, sein Namensschild und Anthonys Münze klimperten an seinem Halsband. Eine Weile beobachtete sie den Botaniker, dann legte sie die Schlaufe der Leine um ihr Handgelenk und zog eine Einmalkamera aus ihrem Anorak. Sie neigte dazu, das letzte Bild grundlos aufzuheben. Bestimmt tauchte ein extraterrestrisches Flugobjekt zwischen den bauschigen Wolken auf, sobald sie abgedrückt hatte. Dennoch schaute sie konzentriert durch den Sucher, positionierte George am unteren Bildrand und ließ den Himmel das Bild dominieren. Als der Verschluss klackte, sah er zu ihr. Ertappt versteckte Willow die Kamera hinter ihrem Rücken, aber George lachte.

»Sehr unauffällig!«, kommentierte er. Während er zu Aramis und Willow aufschloss, blies der Wind seine Locken in die Stirn, er musste sie mit einer Hand bändigen. In der anderen hielt er einen kleinen Strauß, der recht vertrocknet wirkte.

»Thabisa meinte, sie hätte gerne etwas Blumiges für so eine hübsche grüne Vase, die ihr jemand aus dem *Sip mór* geschenkt hat«, erklärte er.

»Ihr versteht euch echt gut.«

»Ja.«

Sie setzten ihren Weg fort, der Wind beruhigte sich. Willow hatte auf eine ausführlichere Antwort gehofft.

»Wäre es wohl möglich, dass du die ... Blüten wieder erblühen lässt?« Sie hatte keine Ahnung, welche Äste George da überhaupt sammelte. »Nicht, dass ich behaupten würde, dass man Frauen grundsätzlich lebendige Pflanzen schenken sollte.« Vielleicht begriff er jetzt, worauf sie neugierig war.

»Theoretisch wäre das möglich, ja.« Er schaute sie flüchtig an, bemerkte ihren aufmerksamen Blick und lachte nervös.
»Muss ich dir jedes Wort aus der Nase ziehen?«, fragte sie grinsend, doch Georges Lachen erstarb, seine Schritte wurden langsamer.
»Ich kann keine Magie wirken, Willow.«
Sie blieb stehen. »Das ... darauf wollte ich gar nicht hinaus.« Er wirkte, als hätte sie ihm ein Messer zwischen die Rippen geschoben, in der Hoffnung, dass er es nicht spürte. Reue zerrte an ihren Knien. George konnte keine Magie wirken? Wie hatte er es dann an das Institut geschafft? Er betrachtete sie noch immer, analysierte ihre Reaktion. Willows Brustkorb verkrampfte, als sie Luft holte. Sie musste dringend etwas sagen.
»Oh Mann, tut mir leid, wirklich. Ich ... wollte wissen, ob du vielleicht mit Thabisa zusammen bist. Entschuldige bitte.«
»Ist schon in Ordnung. Weißt du, Willow, manchmal bist du so unbedarft, dass ich ... keine Ahnung.« Er atmete tief aus, schloss die Augen und sortierte offenbar seine Gedanken. »Thabisa und ich sind nur enge Freunde.«
»Okay.« Wie meinte er das mit der Unbedarftheit? Und warum polterte ihr Puls so? »Und, äh, was die Dunkle Ordnung angeht ... Ich komme gerade auch nicht mit ihr zurecht, und Hugo hat ähnliche Probleme.«
Schweigend sah er aufs Meer. Willow ahnte, dass er gar nichts mehr sagen würde. Die salzigen Böen würden aus ihm ein verkrustetes Denkmal für ihre *Unbedarftheit* schaffen. Warum hatte sie nicht einfach die Klappe gehalten?
»Bei euch geht das bald vorbei.«
Sie zögerte. »Und bei dir nicht?«
»Vielleicht nicht. Es wissen nur wenige, aber ich bin seit vielen Jahren depressiv. Früher konnte ich Pflanzen erblühen lassen, wenn mir danach war. Trauer ist furchtbar für den Umgang mit der Dunklen Ordnung, definitiv, aber ich bin mir sicher, dass du das durchstehst und eine hervorragende

Forscherin wirst.« Er schluckte und sah ihr in die Augen. »So, jetzt habe ich es dir gesagt.«

Wie reagierte man in einem solchen Moment? Er tat ihr leid, das konnte er zweifellos an ihrem Gesicht ablesen, so sehr sie es auch zu verbergen versuchte. »Ich wollte dich nicht dazu drängen, aber ... danke für dein Vertrauen, George«, antwortete sie, und es fühlte sich falsch an. Willow lächelte betrübt. »Ich erzähle es nicht weiter.«

»Ich weiß.« Sein Kinn zitterte, er senkte den Strauß. »Entschuldigung, es geht gleich wieder.«

Sie schwiegen, während er sich sammelte. Zu ihren Füßen schnupperte Aramis, seine Rute wedelte unbeirrt.

»Lass uns zurück zum Institut«, schlug Willow fröstelnd vor. Auf einmal war ihr alles lieber, als hier draußen zu stehen und nach Worten zu suchen. Sollte sie sich erneut entschuldigen? Oder ihn umarmen? War er der Typ Mensch, der dankbar für ein warmes Getränk und verständnisvolles Schweigen war?

George nickte lediglich und betrat den Wanderweg, doch auf seiner Stirn erkannte sie die Enttäuschung. Willow folgte rasch und begriff, dass sie einen Fehler begangen hatte, dass er mehr erzählen wollte. Aber der Moment war vorbei – oder zumindest wagte sie es nicht, dem Pflichtgefühl nachzugeben und weiteren Schmerz zu riskieren. Innerlich ohrfeigte sie sich dafür. Wahrscheinlich war es besser, wenn er mit Hugo oder Thabisa über seine Sorgen sprach, und nicht mit einer fremden Physikerin, die ihn noch keinen Monat kannte. Aber während Willow ihm folgte, dachte sie an die Wollpullover seiner verstorbenen Mutter, die Rosenschere in seinen Händen, den Zettel mit der Erinnerung »George = Pescetarier« am Kühlschrank, an seine Leidenschaft für Literatur und das kaum hörbare Summen, das ihn einhüllte, sobald er sich unbeobachtet fühlte. Er wusste, wie Pythagoras' letzte Worte lauteten, und er ließ sich nie auf eine Diskussion mit Hugo ein. Morgens trank er seinen Kaffee schwarz, nachmittags mit Milch, außer im Botanischen Garten. Manchmal hatte Willow ihn mit Evan verglichen, dem anderen Naturburschen, aber während der Meteorologe durch die Wiesen streifte und das Wetter lenkte, wirkte George selbst unter freiem Himmel wie ein Gefangener.

Sie blieb stehen, als er sich nach einem rostbraunen Strauch bückte und einige Äste entfernte. Er steckte sie in sein Gebinde, besah es sich mit einem gallenbitteren Lächeln und schleuderte es von sich. Willow folgte dem Parabelflug, der ihr ungewohnt langsam vorkam, als würde der Strauß seine Flügel ausbreiten und sich der Erdanziehungskraft widersetzen. Aramis hetzte so abrupt hinterher, dass Willow die Leine entkam.

»Wolltest du ihn nicht verschenken?«, fragte sie und biss sich im nächsten Moment auf die Zunge. *Warum habe ich das laut gesagt?* Sie fürchtete, dass George sie genervt ansah, oder gar wütend, aber stattdessen waren seine Züge unverändert zerbrechlich.

»Hast du noch nie ein Gedicht geschrieben und es dann zerrissen?«

»Du überschätzt, wie gut mein Gefühl für Reime ist.«

Das entlockte ihm sogar ein Lachen, das einem Schnauben glich. »Ich stehe selten unter der Fuchtel von Kosmos und Chaos, da muss ich selbst einige schöne Dinge zerstören.«

»Du *musst*?«

»Nein, nicht wirklich. Keine Sorge. Aber ich fühle mich dann ein wenig normaler.«

Sie näherte sich ihm, während Aramis in der Ferne durch die Heide sprang. »Du hast dennoch deinen Weg zu Tholeros Kosmos gefunden, George. Die meisten anderen Bewerber haben die Prüfung nicht geschafft.«

Er stöhnte. »Es war ja auch mein zweiter Versuch hier, und ich hatte Glück mit den Essay-Themen. Letztes Jahr hatte ich das nicht.«

Willow kannte seine Texte nicht, darum fühlte es sich falsch an, irgendwelche aufbauenden Worte zu sagen, die womöglich nicht stimmten. Woher sollte sie wissen, ob George heute mit ihr auf diesem Felsen stehen würde, wenn er eine andere Frage beantwortet hätte?

»Wie lief denn deine praktische Prüfung ab, wenn du keinen Zugang zur Dunklen Ordnung hast?«, fragte sie stattdessen. »Ich wäre am liebsten tot umgefallen, Professor Battaglini wollte mich mit ihrem Blick vernichten.«

George schüttelte amüsiert den Kopf, hielt dann aber inne. »Wie, im Ernst? Ich mag sie ganz gern. Allerdings ist sie auch eng mit meinem Vater und seinen Schwestern befreundet.« Er zuckte mit den Schultern. »Dem Gremium war meine Situation ... größtenteils bewusst. Professor Archer sagt, das Potenzial sei durchaus vorhanden, wie bei einem ausgetrockneten See – seine Formulierung. Im Bereich der Botanik gehen die Dinge ohnehin langsamer vonstatten als beispielsweise in der Physik. Das ist ... auf eine eigene Weise kompliziert, ohne die beiden Fächer vergleichen zu wollen. Jedenfalls besteht meine Semesteraufgabe darin, wenigstens ein einziges Mal die Dunkle Ordnung zu reizen. Für das Institut bin ich ein lebendiges Experiment.«

Sie gingen einige gemächliche Schritte, Willow versenkte die Hände in den Hosentaschen. »Professor Gunt ist ja dein Mentor, oder? Dann war es vielleicht auch hilfreich, dass er im Gremium saß.«

George verzog das Gesicht. »Ja, aber er ist nur mein Mentor, nicht meine Therapeutin. Er ist ziemlich dankbar, dass ich das mit ihm mache, aber wir brauchen auch eine gewisse ... Distanz zueinander. Und er kann echt ungeduldig sein. Den meisten Zuspruch bei der Prüfung habe ich allerdings von Professor Battaglini und Professor Morris bekommen. Er schien der Meinung zu sein, dass meine Magie wieder aufblüht, wenn man sich ihr mit Geduld und Sorgfalt widmet.«

George lächelte bei der Erinnerung, aber in Willows Brust nistete ein Kondor, seine riesigen Flügel gegen ihre Rippen gepresst. Anthony war nicht nur ihr Mentor gewesen. Die kollektive Trauer von Tholeros Kosmos war weder Mitgefühl noch Schock. Sie atmete tief und flach ein, schloss flüchtig die Augen. Die nahende Schwermut gerann, als sie Georges Hand auf ihrer Schulter spürte.

»Als ich sagte, dass das bald vorbeigeht, da ... da klang ich zu harsch.« Er ließ nicht los. »Lass dir Zeit.«

»Danke.« Ihr Lächeln kehrte von selbst zurück. »Tut mir leid.«

»Dir muss nichts leid tun.« George löste behutsam seinen Griff und betrachtete Aramis, der hechelnd und sichtlich zufrieden zu ihm trottete. In seinem Maul hielt er das Gebinde.

»Das hast du falsch verstanden, Aramis«, sagte George belehrend, beugte sich nach unten und kraulte den braun-weißen Kopf. Die Zweige waren etwas zerkaut und feucht, aber George hielt sie wie eine Trophäe hoch.

»Chaos hat entschieden: Der Strauß soll an Thabisa überreicht werden«, verkündete er feierlich. Plötzlich ließ er das Gebinde fallen, als hätte es Feuer gefangen. Aramis schnupperte aufgeregt, und Willow erkannte den Grund dafür – auf den Ästen entfalteten sich Blüten. Winzige, saftig grüne Blätter schoben sich hervor. George hob das kleine Wunder vom Boden auf und drehte es langsam in seiner Hand.

»Sieht so aus, als hätte sich Chaos für weit mehr entschieden«, murmelte Willow verblüfft. Georges Gesicht war kalkweiß.

»Das ist lange nicht passiert«, stieß er hervor.

»Im Grunde ist das doch ein gutes Zeichen, oder? Es sei denn, Aramis' Speichel hat magische Fähigkeiten.«

Ihm war nicht nach Scherzen zumute. Stattdessen schaute er sie an, als hätte er auf Anhieb eines der größten Rätsel der Physik gelöst. Im nächsten Moment hielt er eine Faust vor seinen Mund, taumelte.

Willow trat instinktiv einen Schritt vor, um ihn zu halten, aber George fing sich wieder.

»Sorry«, keuchte er.

»Ist dir übel?«

»Ich ... ich habe schon sehr lange nichts Derartiges getan.« Vor ihrem inneren Auge sah Willow ihren leblosen Mentor auf dem Boden seines Büros. Sie wollte schlucken, aber ihr Hals wehrte sich.

»Wir ... sollten zurück zum Institut, ja?«, schlug sie vor. »Falls Chaos ... vielleicht können Nikhil und Echo mal schauen, ob sich deine Werte verändert haben.«

»Oh, ihr verdammten Wissenschaftler«, grummelte George und erinnerte sich etwas zu spät an ein Lächeln, das seine Worte schwächte. »Ja, können wir tun.«

Willow pfiff Aramis zu sich, der ebenfalls verwirrt aussah, und löste den Verschluss der Leine von seinem Halsband. Die frischen Böen unterbanden ein weiteres Gespräch, und Willow sah darin ein Zeichen, dass sie ohnehin genug gesagt hatte.

»Es tut mir leid, wie ich eben reagiert habe«, meinte sie, als sie im Windfang vor dem Institut standen und die Tür öffneten. Der Beagle stolzierte geradewegs in die Küche.

»Mach dir bitte keine Gedanken«, murmelte George und ließ sie mit einer scheuen Geste eintreten. »Pass lieber auf, dass Aramis keinen Unfug anstellt.«

Willow stimmte ihm zu, fuhr behände aus ihrer Jacke, warf sie über einen Kleiderhaken und betrat die Küche, wo Aramis schwanzwedelnd neben den Herd saß. Ophelia rührte in einem Topf, es roch nach Fenchel und Gemüsebrühe. Als George hereinkam, legte sie ihren Holzlöffel ab und richtete die Schürze. Ihr Blick inspizierte ihn wie einen Vogel mit gebrochenen Flügeln. Das blühende Gebinde in seinen Händen ließ sie innehalten.

»Was ist passiert?«

»Nichts«, flüsterte er mit einem energischen Kopfschütteln. »*Nichts* ist passiert, Ophelia, bitte mach keinen Aufstand. Wo sind Nikhil und Echo?«

Ihr Kopf zuckte zurück, als hätte sich der Vogel als fauchende Gans entpuppt. »Echo und Thabisa sind gemeinsam in der Stadt. Aber Nikhil dürfte oben sein.« Dann wandte sie sich wieder dem Herd zu, der Löffel schabte vorwurfsvoll über den Topfboden.

»Du kannst ganz schön kratzbürstig sein«, murmelte Willow, während sie die Stufen in die zweite Etage nahmen. Der Beagle hatte sich unter den Esstisch gelegt, er schien Ophelia zu mögen. Willow versuchte, nicht eifersüchtig zu sein.

George antwortete, indem er die Zähne zusammenbiss und schneller lief. Sie holte ihn am Labor ein, wo er bereits klopfte und mit Nikhils Erlaubnis eintrat. Der Bioinformatiker stand mit hochgekrempelten Ärmeln vor einem der Apothekerschränke. Dutzende Schubladen waren aufgezogen worden, der Inhalt verstreute sich über den kompletten Fußboden.

»Schlechter Zeitpunkt«, begrüßte Nikhil sie mit einer für seine Verhältnisse ausladenden Handbewegung, die aussah, als würde er eine unsichtbare Katze streicheln. »Ich sortiere alles neu.«

»Ich habe womöglich Magie gewirkt«, meinte George tonlos, was Nikhil innehalten ließ. Er nickte bloß, bückte sich, schob die Karteikarten, Notizbücher und Objektträger beiseite und trat in die andere Raumhälfte, wo sein schlanker Laptop in einer braunen Lederhülle wartete. George setzte sich an der rückwärtigen Wand auf die Liege und zog den Karton mit der Aufschrift *EEG* mit seinem Fuß nach vorne, während Willow verloren im Türrahmen stand und nicht wusste, ob sie bleiben sollte.

»Hilf doch bitte George mit der Kappe«, murmelte Nikhil geistesabwesend, aber mit einer gewissen Selbstverständlichkeit, die keinen Widerspruch duldete. So fand Willow heraus, dass es sich bei EEG-Kappen wie mit USB-Anschlüssen verhielt – das erste und zweite Mal verwendete man sie stets falsch herum –, und dass Nikhil auf eine gefährliche Art geduldig war. Er schien jener Typ Wissenschaftler zu sein, der anderen ihre Fehler überließ. Würde Willow versehentlich zwei hochreaktive Chemikalien vermischen, würde er mit verschlossenen Lippen und einer Löschdecke bereitstehen.

Schließlich war Nikhil zufrieden mit ihrer Arbeit und verband George mit dem Laptop. Gemeinsam starrten sie auf den Bildschirm und beobachteten die drei Striche.

»Was soll denn dieser Unsinn«, murmelte Nikhil und verschränkte die Arme. Offenbar war das der heftigste Fluch, zu dem er fähig war. »Erst Willow, jetzt du.«

Die schwarzen Linien für Kosmos und die Dunkle Ordnung blieben unverändert gerade, ohne jegliche Regung. Die Linie für Chaos ähnelte einem Seismografen, der vor wenigen Minuten ein Erdbeben registriert hatte und seitdem kleine Nachbeben wahrnahm.

»Ich trage durchgängig die Brosche bei mir«, beteuerte George und zog seinen Wollpullover hoch. Seine *Erasmia pulchella* hatte sich am unteren Saum festgebissen.

»Der Chlamys-Schwur schützt uns aber nicht zuverlässig«, knurrte Nikhil. »Irgendetwas läuft hier falsch. Und allmählich bezweifle ich, dass es mein Programm ist.«

»Wieso das?« Willow verschränkte die Arme.

»Weil ich es bereits zweimal kontrolliert habe. Meine Werte, die von Echo, Ophelia, Thabisa oder Lloyd sind unverändert normal. Georges waren bislang immer schwach ausgeprägt und haben sich nur geringfügig verbessert. Und Hugo ist emotional derzeit angeschlagen, er trauert wie du um Morris. Wir Pythagoreer wissen schon lange, dass sich starke Gefühle auf unseren Umgang mit der Dunklen Ordnung auswirken, und die Aktivität auf Hugos und Willows Linien passt nach meinem empirischen Verständnis dazu. Für die beiden registriert die Software gleichmäßige Wellen, Georges neuer Chaos-Wert ist aber fundamental anders.« Nikhil schaute auf und musterte den Botaniker. »Trauerst du auch um Morris oder ist das deine anderweitige Disposition?«

George senkte die Augenbrauen, als würde er Nikhil jeden Moment ins Gesicht spucken. »Das ist sehr binäres Denken von dir«, sagte er langsam.

»Ja oder Nein?«

»Keine Ahnung, das ist ein Spektrum.«

»Das verstehe ich ja«, seufzte Nikhil. »Aber schau mal. Deine Chaos-Linie hatte einen äußerst asymmetrischen Ausschlag und beruhigt sich nun, während die von Willow gleichbleibend verlief. Es ist definitiv nicht dasselbe Phänomen. Willow, setz du doch mal bitte die Kappe auf.«

George riss sich die Elektroden vom Kopf und fuhr durch seine Locken, bevor er Willow dabei half, die Kappe aufzusetzen. Inzwischen hatte Nikhil eine neue Messung gestartet und deutete beinahe anklagend auf den Laptop.

»Unverändert«, stellte er fest. Tatsächlich zeigte der Monitor dasselbe Bild wie bei der letzten Messung: keinerlei Ausschläge auf den Linien für Kosmos und die Dunkle Ordnung, daneben die gleichmäßige Welle der Chaos-Linie. Keine Spur von Erdbeben.

»Und jetzt?«, fragte sie.

»Wir nehmen George in unseren obskuren Kreis der Anomalien auf und warten ab. Vermutlich fällt Hugo ein schmissiger Name samt zweideutiger Abkürzung ein. Es ist leider nicht so, dass ich unser Problem im Long Room in einem Schmöker nachschlagen kann.« Nikhil zuckte mit den Schultern und schaute zu George. »Aber was auch immer passiert ist, um diese Interferenz zu provozieren – experimentier damit herum.«

Da war es, das Lächeln zu der Löschdecke.

Echo schaute strahlend in die Runde und erhob ihr Glas. Tholeros Kosmos prostete ihr zu, Champagner und Wein schwappten über die Goldränder. Die basslastige Musik wummerte in ihren Bäuchen und ließ gelegentlich die Nadel des Plattenspielers hüpfen. Die Gesichter glühten. Echo hatte darum gebeten, ihren Geburtstag zu ignorieren, aber niemand hielt sich daran. Zwei Tage lang war die Küche buchstäblich in Chaos versunken: Mehl schwebte in der Luft, Lloyd holte Dutzende Weine und Liköre aus dem Keller, der Kühlschrank barst nahezu. Da Thabisa zudem ihre thermischen Formeln einstudieren wollte, gab es zwar keine Ohnmachtsanfälle, aber einige Schmetterlingseffekte. Zunächst landete ein Feuersalamander in Hugos Kaffeetasse, dann stürzten sämtliche Teller in der Vitrine eine Etage tiefer. Sogar Professor Battaglini kam daraufhin aus ihrem Büro, um »die Ursache des Lärms in Erfahrung zu bringen«.

Willow, Ophelia und Thabisa waren noch am selben Tag mit ihren Rädern in die Stadt gefahren, um einige demolierte Teller zu ersetzen, und legten eine etwa zweistündige Pause im *Sip mór* ein. Bei Pommes und Cola schmiedeten sie Pläne für eine gemeinsame Shopping-Tour durch die Bekleidungsgeschäfte der Innenstadt. Allmählich kippte ihr Gespräch hin zum Physikalischen, bis Willow und Thabisa auf das Phänomen Zeit zu sprechen kamen, auf ihre Uhren schauten und erschraken. Der überhastete Rückweg mit dem Porzellan in den Rucksäcken sorgte dafür, dass die Torte an diesem Abend von Tellern mit winzigen Absplitterungen gegessen wurde. Lloyd und Nikhil hatten das grummelnd kommentiert, aber in die Stadt fahren wollten sie auch nicht.

Nachdem Echo ihren Dank für die Feier ausgesprochen hatte, verteilten sich die Gespräche allmählich über den Salon und die Bibliotheken. Willow hatte sich noch nicht entschieden, mit wem sie den Abend einläuten wollte, als sie Harrisons Blick auf sich spürte. Kurz versuchte sie, beschäftigt zu wirken, aber nur mit einem Glas Wein in der Hand war das eine Herausforderung. Es dauerte nicht lange, bis er zu ihr trat.

»N'Abend«, begann er.

»Hi.«

Willow nahm einen Schluck des Weins, den Lloyd ihr empfohlen hatte, und schaute sich hilfesuchend im Raum um. Thabisa fing ihren Blick auf, nickte verstohlen und machte eine beinahe unsichtbare, zu sich bittende Handbewegung. Als sie der Aufforderung nachgehen wollte, um Harrison zu entkommen, spürte sie seine Hand an ihrem Unterarm.

»Warte kurz.«

Sie verpasste den Moment, sich aus dem Griff zu winden, und starrte ihn stattdessen an.

»Lass mich los.«

»Es ist wichtig, bitte hör mir zu.«

»Lass mich los«, wiederholte sie, und er tat es. Entgeistert zog Willow ihren Arm zurück. Inzwischen war Thabisa aufgestanden und durchquerte den Salon.

»Ich habe eine neue Theorie zu Morris' Tod«, zischte Harrison, sein Gesicht schwebte direkt vor Willows. »Und ich brauche dich, um sie zu überprüfen.«

»Wie bitte?« Unter ihren Füßen knarrte eine unsichtbare Falltür, die aufzuspringen drohte.

»Triff mich in einer Viertelstunde vor seinem Büro. Unauffällig.«

»Was? Warum sollte ich?«, entgegnete sie, aber in ihrer Magengrube wallte Neugierde. Sie *kannte* Harrison, trotz seiner Reisen, seiner Lügen. Hatte etliche Nächte das Bett mit ihm geteilt, Playlisten für ihn gebastelt, Bars unsicher gemacht und komplette Wochenenden auf der Couch gedöst, Harry und Aramis neben sich. Sie war es, die nicht mehr mit ihm zusammen sein wollte. Die Trennung hatte ihn zweifellos verwundet. Und dann war da noch das Verschwinden von Felice, über das sonst alle schwiegen. Woher nahm sie die Gewissheit, dass sie ihm nicht mehr vertrauen konnte? Mit angehaltenem Atem nickte sie. Auch Vertrauen war ein Spektrum.

Er lächelte ihr sacht zu und glitt an Willow vorbei in die Küche, bevor Thabisa bei ihr ankam.

»Alles in Ordnung?«, fragte sie. Ihre Augen verfolgten Harrisons Hinterkopf wie eine Schlange, die überlegte, ob sie noch satt war.

»Klar.« Es kam zu abrupt, um ehrlich zu wirken.

»Wir müssen nicht darüber reden, aber wenn er dich bedroht ...«

»Er bedroht mich nicht.« Das stimmte, wenngleich Willow nicht wusste, was Harrison stattdessen tat. Sie nahm einen weiteren Schluck Wein, um ihre Gedanken zu sortieren. »Und danke, Thabisa. Es ist einfach ... ungewohnt, mit ihm zu reden, seit ich um eine Pause gebeten habe.«

»Nach eurem Streit hattet ihr nicht mehr gesprochen, richtig?«

Willow nickte und bemerkte, dass sich ihre Finger am Glas spannten. »Vielleicht habe ich überreagiert.«

»Es ist ein Irrglaube, dass sämtliche Entscheidungen final sein müssen«, sagte Thabisa nur. Sie steckte eine Hand in ihre weite Stoffhose und schaute sich im Salon um. »Ich finde es völlig legitim, dass du dich nicht hetzt. Auch in anderen Dingen. Du machst das schon. Aber wenn du Hilfe brauchst, auch bei der Physik: Ich bin da.«

Willow schluckte trocken. »Danke.« Dieses verdammte Thema durfte keine Gelegenheit bekommen, aufzublühen. »Wo ist eigentlich George?«

»Eben stand er bei Professor Archer«, entgegnete Thabisa gleichgültig.

»Lebt Georges Strauß noch?«

Die Kosmologin zwängte nachdenklich ihre Lider zusammen, doch die Spannung ließ plötzlich nach. »Ach, dieses Bündel aus Ästen. Nein, das ist wieder trocken. Aber macht sich ganz nett auf der Fensterbank, ist eh Nordseite.«

»Ihr immer mit eurer Nordseite.« Der nächste Schluck Wein schmeckte seltsam fad, als wäre Willow des Geschmacks überdrüssig geworden. Sie schaute ins Glas, als hätte sie es verwechselt. »Hast du Interesse an George?«, platzte es aus ihr heraus.

Thabisa zögerte keine Sekunde mit ihrer Antwort. »Nicht mein Typ.« Sie schien nicht einmal erstaunt über die Frage zu sein, und im nächsten Moment bemerkte Willow eine unverhoffte Leichtigkeit in ihrer Brust.

»Was wäre denn dein Typ?«

Das goldene Septum-Piercing wackelte, als Thabisa erheitert schnaubte. Grinsend beugte sie sich zu Willow und hielt ihre Worte noch einen Moment zurück, als wägte sie ihren Effekt ab.

»Dafür müsstest du wissen, wo Hugos Schmetterling ist.«

Willow hielt die Luft an. »*Hugos Schmetterling?*«, wiederholte sie krächzend. »Soll das heißen, dass du ...«

»Lange her. Er ist jetzt ja vergeben.« Sie zwinkerte.

»Ist er?« Willow schaute unwillkürlich zu Echo hinüber, die gerade in ein Gespräch mit Nikhil vertieft war. In letzter Zeit hatte sie Hugo die kalte Schulter gezeigt. Sie hatte nicht weiter darüber nachgedacht, aber anscheinend war Echo sauer auf ihren besten Freund, der sie als Schwester bezeichnete.

Thabisa wippte in ihren schwarzen Brogue-Schuhen vor und zurück. Schweigen umgab sie beide, was Willow zur Abwechslung angenehm fand. Als sie auf ihre Uhr sah, fühlte sie sich dennoch wie eine Verräterin. Die Viertelstunde war noch nicht vorbei, aber sie musste sich dringend einen Grund überlegen, Thabisa zurückzulassen. Vielleicht konnte sie ein Telefonat mit ihrer Mutter vorschieben, oder eine volle Blase. Ihre Gedanken wurden davon unterbrochen, dass George aus der Küche zu ihnen trat. Er grüßte mit einem sanft erhobenen Glas Mineralwasser.

»Störe ich?«

»Niemals«, antworteten Thabisa und Willow synchron.

»Ah, ihr habt über mich gesprochen.«

George behauptete zwar gerne, nicht besonders clever zu sein, aber seine Menschenkenntnis wurde Willow inzwischen unheimlich. Oder er scherzte nur zufällig im richtigen Augenblick.

»Ein wenig«, verriet Thabisa grinsend.

»Aramis!« Willow erhielt zwei verwunderte, leicht besorgte Blicke. »Ich, äh, muss kurz nach dem Hund schauen, bin gleich wieder zurück.«

Die beiden nickten wortlos, obwohl George den Mund öffnete, seine Augenbrauen senkten sich. Willow machte kehrt und stellte ihr Glas in der Küche ab. Dann warf sie einen Blick über ihre Schulter und verschwand mit der Leichtigkeit eines Geistes ins dämmergraue Foyer. Als sie die vorletzte Treppenstufe erreichte, rührte sich etwas Helles in ihrem Augenwinkel.

Sie versteinerte. Der schwarze Marmorboden spiegelte den warmen Schein aus der Küche wie Mondlicht. In diesem Glanz lehnten zwei Menschen an der Wand, sie küssten sich. Offenbar hatten sie Willow nicht bemerkt, die Dunkelheit bot ihr Deckung. Neben Harrison gab es nur zwei Personen, die sich gerade nicht im Salon aufhielten. Oder? Vielleicht hatte sie die Übersicht verloren. Doch als sich die beiden Verliebten rührten, schimmerte erneut helles Haar auf. Das war Evan. Es konnte nur Evan sein. Instinktiv ging Willow in die Hocke und nahm die letzte Stufe, um verborgen zu bleiben. Dann schaute sie auf den dunklen Flur, um nicht von Harrison überrascht zu werden – und auch, um seinen Blondschopf zu sehen und Gewissheit zu erlangen. Wenn sie Thabisa glaubte, verfielen alle früher oder später Hugos Charme.

Charme? Kann man das so nennen?

Ein markantes Zischen unterbrach ihre Gedanken. Sie hob den Kopf und entdeckte Harrison auf der Treppe zu Anthonys Büro, kaum mehr als eine Kontur in den Schatten.

Sie kam näher und deutete nach unten, Harrison winkte ab. Offenbar hatte er die beiden auch gesehen. Willow beeilte sich, zu ihm aufzuschließen. Echos dumpf vibrierende Musik beschützte sie, aber in der Dunkelheit kam ihr jedes Geräusch wie ein Gewehrschuss vor, beginnend mit dem Pochen ihres Herzens.

»Hast du einen Schlüssel?«, wisperte sie.

Harrison griff nach der Türklinke und hielt grinsend inne, trotzdem schlich sich Anstrengung auf seine Stirn. Da erspähte Willow einen zarten Schimmer, der über seine Knöchel huschte. Harrison trat ein, ohne sich noch einmal umzusehen.

Die Erinnerung an Anthony hielt Willow zurück, beschwerte ihre Schultern, ihr Becken, die Füße. Auf dieser Treppe hatte Hugo gesessen, hyperventilierend, überfordert. Seit die Polizei ihre Ermittlungen abgeschlossen hatte, war niemand mehr hier oben gewesen. Willow hatte nicht vergessen, dass dieser Raum existierte, aber sie wünschte es sich. Als wäre sie am Abend ins Bett gegangen, um am Morgen festzustellen, dass ihre Träume nichts an der Realität verändert hatten.

Ein Rumpeln zwängte sich aus dem Büro, dann tauchte Harrisons Kopf wieder in der Tür auf.

»Komm bitte endlich rein«, drängte er. »Tür schließen. Kannst du Licht machen?«

Die Schwere verschwand nicht, sondern wehrte sich gegen Willows Schritte. Sie ertastete mühsam den Türrahmen, trat in die Schwärze. Der Geruch nach Staub und Bergamotte überwältigte sie. Lautlos drückte sie die Tür ins Schloss und fand den Lichtschalter.

»Das meinte ich eigentlich nicht«, murmelte Harry blinzelnd, als die elektrische Lampe den Raum erhellte. Eine Falte verblasste auf seiner Stirn. »Aber gut.«

»Suchst du etwas?«, fragte Willow.

»Ja. Hat Morris irgendetwas berührt, bevor er gestorben ist?«

Verunsichert dachte sie an den Vormittag zurück. »Papier und Stift vielleicht, keine Ahnung.«

»Versuch bitte, dich daran zu erinnern.« Harrison deutete auf den überfüllten Schreibtisch. Er war anscheinend unverändert, aber Willow wusste nicht mehr, ob und welche Dinge Anthony berührt hatte. Als sie nicht antwortete, glitten seine Finger über die Dokumente, ein Lineal aus Metall, einen Zirkel und zwei Füllfederhalter. Dann stoppten sie auf einem gefalteten Papierbogen. Bevor Willow ihn mustern konnte, fuhr Harrison zu ihr herum.

»Konzentrier dich auf den Vormittag«, bat er. Seine linke Hand legte sich auf ihre Schulter, was einen Schauer über ihren Rücken kriechen ließ. »Schließ die Augen. Sag mir, was er berührt hat.«

Sie tat es, irritiert, aber erkannte nur tanzende, graue Punkte. Ihr Verstand verwehrte den Einlass zu diesem Tag. Dennoch erinnerte sie sich nun an Anthonys Hand, die gegen ihren Oberarm klopfte. Reflexartig schüttelte sie Harrison ab, riss die Lider auf. Er wich nicht zurück, stattdessen loderte Freude in seinen Augen.

»Du erinnerst dich«, raunte er. »Was war es?«

»Mich.« Ihre Stimme kämpfte sich aus den Tiefen ihres Körpers nach oben. »Meinen Arm.«

Harrisons Mund verlor seine Spannung. »Nein, nein, das meinte ich doch nicht, herrje, einen Gegenstand!« Er trat näher, wollte sie wieder bei der Schulter berühren. »Eine Brosche vielleicht?«

Seine Worte hatten keine Wirkung, Willows Blickfeld verschwamm. »Warum ist das so wichtig?«, fragte sie, lauter als gewollt. Außerdem wusste sie nicht, ob Anthony eine Brosche besessen hatte. Hatte er überhaupt den Chlamys-Schwur abgelegt? Sie kannte diesen Anthony doch nicht, nur jenen von den Fluren des Trinity College.

Harrison hob beide Hände, beschwichtigend, als könnte sie jeden Moment detonieren. »Hey, *Bellina*. Ich bin Archäologe. Was glaubst du, wie mein Zugang zur Dunklen Ordnung aussieht?«

»Du ... berührst Gegenstände? Und dann?« Sie bekam kaum Luft.

»Und ich kann ihr wahres Naturell erkennen. All die Artefakte für den Chlamys-Schwur haben Felice und ich zusammen erschaffen und gestimmt, damit sie uns vor dem Schmetterlingseffekt schützen. Es kann sein, dass Anthony antike Gegenstände besitzt, die Chaos verändern oder sogar verstärken. Schmuck, Münzen, Dolche, all so etwas.«

»Und das soll ihn umgebracht haben?« Ihr Blick suchte den Raum ab. Münzen, ja, er hatte definitiv mit ihnen herumgespielt. Aber auch an diesem Morgen? Auf dem Fußboden entdeckte sie nur einen Bleistift. Langsam bückte sie sich, nahm ihn in die Hand, aber in ihrem Inneren regte sich nichts. Sie überreichte den Stift Harrison, der ihn zwischen zwei Fingern hielt, verharrte und schließlich den Kopf schüttelte.

»Der ist doch eh nicht antik«, murmelte Willow.

»Aber er könnte eine Spur des Chaos absorbiert haben, falls Morris ihn berührt hätte, nachdem ...«

»Harry, ich ... ich kann das nicht.«

»Wie?«

»Ich bin noch nicht bereit dafür.« Willows Kinn zitterte, sie schlang die Arme um ihren Oberkörper. »Es ist ... nett, dass du herausfinden willst, was passiert ist.«

»Nett?«, wiederholte er, Wut mischte sich in seine Stimme. »Es geht nicht nur um Morris, sondern auch um Felice.«

»Glaubst du allen Ernstes, dass Felices Verschwinden mit Morris' Tod zusammenhängt?« Sie schnaubte ungläubig.

Er musterte sie, als wollte er einschätzen, wie weit er Willow vertrauen konnte. »Ganz sicher.«

Ihre Augen huschten zum Tisch. Schlagartig wusste sie wieder, welcher Papierbogen eben unter Harrisons Fingern geruht hatte. Anthony und sie hatten darauf versucht, das schwarze Notizbuch zu entschlüsseln, das sie aus dem Long Room mitgebracht hatte. Felices Notizbuch. Und ihre Ideen, ihre missglückten Bemühungen, lagen nun nicht mehr an ihrem Platz. Sie sah Harrison an, und er registrierte ihre Erkenntnis mit einem lauernden Starren. Er spielte nicht Dame, sondern Schach.

»Was tust du hier wirklich?«, fragte sie und wischte sich durchs Gesicht, streckte ihre Schultern durch. »Sag mir die Wahrheit.«

»Ich suche Felice.«

»Dafür brauchst du mich aber nicht. Du hättest alleine herkommen können, das wäre deutlich risikoärmer.«

»Was soll das, Willow? Wir sind doch ... hey, wir sind doch ein Team. Ich suche meinen Freund. Warum fällt es dir so schwer, zu glauben, dass Anthony an seinem Verschwinden beteiligt ist?« Sein Gesicht gab ihr Rätsel auf, es pendelte zwischen Enttäuschung bis Zorn. »Jeden Tag spüre ich, dass Felices Arbeit hier ist. Dein Origami-Falter hat mich verunsichert, aber inzwischen bin ich mir sicher, dass ich mich doch nicht getäuscht habe. Irgendwo in diesem Gebäude ist ein Teil von Felices Arbeit. Bitte hilf mir, Willow. Ich brauche ihn. Meine ... meine Zeit wird knapp.«

Willow trat einen Schritt zurück und stieß gegen einen Stapel Bücher. Sie wagte es nicht, zu antworten. Sie hätte nicht leichtfertig herkommen sollen.

»Willow!«, flehte Harrison, er rang nach Worten. »Seine Berechnungen sind unfassbar wichtig, die dürfen nicht verschwinden!«

»Du warst schon immer *durchschnittlich* in Mathematik«, erinnerte sie ihn. »Du hast mich mitgebracht, damit ich dir helfe, die Formeln zu verstehen. Es interessiert dich überhaupt nicht, was mit Anthony passiert ist.«

Harrison schritt auf und ab. »Das ist nicht wahr, ich ...« Plötzlich blieb er stehen, seinen Satz beendete er nicht mehr. »Formeln? Du weißt, was es ist, oder? Ist es sein Notizbuch? Weißt du, wo es ist?« Er wirkte nicht schockiert, sondern schien sich aufzulösen. Seine Bewegungen wurden fahrig. Aus seiner Anzugtasche zog er den gefalteten Bogen Papier, den er tatsächlich heimlich eingesteckt hatte. »Jeden Tag verliere ich einen Teil meines Verstandes, Willow. Ich brauche Felice, ich *brauche* seine Forschung. Dass Morris gestorben ist, tut mir leid, wirklich. Es ändert aber nichts an dem Faktum ...«

Harrisons Gesicht verschwand hinter einem Kopf mit braunem Haar. Hugo stieß ihm gegen die Brust, ein Stuhl fiel krachend zu Boden. Dann flog die Tür auf, so laut, dass Willow für einen Moment schwarz vor Augen wurde. Evan drängelte sich an ihr vorbei, packte Hugo an den Schultern. Der dachte nicht daran, sich zu beruhigen. Eine Faust erhob sich.

»Halt!«, rief Willow.

»Du solltest gehen«, forderte Evan. Die Augen waren weit aufgerissen, sein blondes Haar zerzaust. »Geh. Du willst das nicht sehen.«

»Das entscheide ich selbst«, würgte sie hervor. Hugos Faust traf Harrys Gesicht und verkrampfte sich im nächsten Moment in dessen Kragen, zerrte ihn zur Seite. Anthonys Tafel erzitterte, als der Archäologe gegen sie gedrückt wurde.

»Du hast hier nichts verloren«, raunte Hugo, seine Arme zitterten. Dann donnerte Harrison seinen Kopf nach vorne, ein dumpfes Knacken ertönte. Evan stürzte zu ihnen, aber Hugo rappelte sich wieder auf und verpasste Harrison einen Schlag in die Magengrube. Keuchen. Er drohte zu fallen, bekam Hugo zwischen die Finger. Doch der verschwand für die Dauer eines Wimpernschlags und relokalisierte sich hinter Harrison, erwischte ihn mit dem Ellenbogen am Hinterkopf. Fluchend und desorientiert fuhr er herum, ein zweiter Stuhl fiel zu Boden. Evan kam offenbar zu dem Schluss, dass er im Weg stand, und trat an Willows Seite.

»Was soll das?«, rief sie, bevor er sprechen konnte. Hugo drehte sich zu ihr. Seine Nase blutete, sah etwas schief aus. Als er sich gleichgültig abwandte, wurde ihre Stimme lauter, klarer. »Wir sind Wissenschaftler, lasst den Scheiß!« Sie erwischte Hugos Oberarme, aber er riss sich sofort frei.

»Lass deine Finger von mir«, knurrte er, ohne sie anzusehen. Trotzdem schien er einen Moment zu zögern, bevor er wieder auf Harrison zuging. Die beiden musterten einander wie zwei Hähne, die gegen ihren Willen in eine Arena geworfen worden waren.

»Es geht nicht um Wissenschaft«, murmelte Evan und hielt Willow zurück, als sie einen Schritt nach vorne wagte.

»Wenn du mir noch einmal sagst, dass ich gehen soll, schlage ich *dir* auf die Nase.«

»Das ist keine Zeit für Späße, Willow, und Anthony hätte auch nicht gewollt ...«

»Halt den Mund«, entgegnete sie und riss ihren Arm frei. In diesem Moment rang Harrison den Geografen zu Boden, presste ihn mit seinen Oberschenkeln nach unten, holte aus. Seine Faust traf nur Holz. Sofort sprang die Tür auf, Hugo erschien keuchend darin. Schweiß glänzte auf seiner Stirn.

»Willow, verschwinde hier«, verlangte er, ohne sie anzusehen.

»Hört jetzt auf! Klärt euer Problem anders!« Sie packte ihn am Oberarm, aber Hugo entglitt ihr wie ein Phantom, sie griff ins Leere. Hilflos schaute sie zu Evan, dann auf die verkrampften Hände und die Blutstropfen auf den weißen Hemden. Wut züngelte in ihr, drohte mit einem Inferno. Willow tastete nach dem Glasflügelfalter und löste die Nadel, legte die Brosche achtlos neben sich auf ein Regalbrett. Sollte Chaos sie doch übermannen, wenn sie dann irgendetwas unternehmen konnte. Sie spürte es, tief in ihr, unter der Trauer und dem Schmerz und dem Unverständnis, als hätte ein Totengräber vergessen, einen kleinen Finger zu verscharren, der noch immer aus der Erde spähte.

»Hey, lass gut sein, bitte«, flehte Harrison, sein Hemd wischte über die mit Kreide geschriebenen Großbuchstaben auf der Tafel. Sein Gesicht war rot und verschrammt, die Lippe aufgeplatzt. Er wehrte sich ohne Magie – anscheinend waren Fäuste immer noch das sinnvollere Mittel.

»Du musst es endlich begreifen«, fauchte Hugo. Seine Schulterblätter erhoben sich wie die eines Tigers.

»I-ich hab's begriffen.«

»Und warum ziehst du dann Willow da rein, *Klootzak?!*«

»Sie ist aus freien Stücken hier!« Harrison hob schützend einen Arm vor sein Gesicht.

»Wieso glaube ich dir das nicht?«

»Hugo, erklär mir jetzt endlich, was dein Problem ist!« Noch immer grub Willow nach dem verborgenen Gefühl, das sich wie ein elektrostatisches Knistern in ihrem Magen äußerte. Sie trat näher und versuchte, Hugo festzuhalten, aber ihre Finger glitten durch seinen Körper, seine Kleidung. Er wich vor ihr zurück wie vor einer Viper.

»Fass mich nicht an«, fauchte er. Das Blut aus seiner Nase erreichte nun das untere Ende seines Kinns. »Wer weiß, wie lange er schon in Anthonys Sachen herumschnüffelt. Wenn ich es nicht besser wüsste, würde ich glatt behaupten, dass dein *Harry* etwas mit Anthonys Tod zu tun hat.«

»Wenn du es nicht *besser wüsstest?*«, herrschte Harrison ihn an und richtete seinen rechten Hemdsärmel. »Lloyd und ich sind die einzigen Mitglieder von Tholeros Kosmos, die *nichts* mit Morris' Tod zu tun haben können! Wir waren nicht einmal im Land!«

»Perfektes Alibi«, höhnte Hugo.

»Alter!« Der Archäologe drehte die Hände zum Himmel und gestikulierte fassungslos in kleinen, stockenden Bewegungen. »Du könntest genauso gut Willow verdächtigen!

Und vielleicht sollte man sich mal fragen, welche Rolle *du* bei dem Ganzen spielst!«

Hugo schnalzte mit der Zunge. Ruckartig stieß er nach vorne, packte Harrison und löste sich mit ihm in Luft auf.

»Oh nein«, sagte Evan und rannte aus dem Büro. Willow folgte ihm strauchelnd.

Im Erdgeschoss war die Party unbeirrt weitergegangen, aber als sie durch das Foyer zum Hinterausgang stürmten und am Torbogen zu den Bibliotheken vorbeikamen, bemerkte George sie. Sein Blick traf Willows im Vorbeigehen, nur für den Bruchteil einer Sekunde. Dennoch hörte sie nun seine Stimme, ungewohnt kräftig.

»Willow?!«

Mehr bekam sie nicht mit, denn sie betrat den Innenhof und blieb neben dem Springbrunnen stehen. Evan hatte dort seinen Kopf in den Nacken gelegt und schaute zum Dach des Hauptgebäudes. Auf dem höchsten First, direkt über Anthonys rundem Fenster, stand Hugo, seine Hände fest in Harrisons Oberarmen vergraben. Sie sprachen laut, hitzig, aber der Küstenwind war seit den Abendstunden aufgefrischt und verwirbelte die Silben.

»Kommt da runter!«, rief Willow hilflos und sah sich um. Manchmal lehnte neben dem Gewächshaus eine Leiter, aber in der Dunkelheit entdeckte sie nichts. Solange Hugo nicht aufhörte, sich und andere zu relokalisieren, war sie ohnehin unnütz.

Die Tür schwang erneut auf, sämtliche Professoren und Doktoranden kamen heraus.

»Mr Thibault!«, rief Professor Battaglini mit der Strenge einer Klassenlehrerin, die gleich die Eltern kontaktierte. »Kommen Sie da runter!« Gleichzeitig gab sie Thabisa einen Wink.

»Ich brauch etwas zum Schreiben«, stammelte sie.

»Hier.« Lloyd zog einen winzigen Notizblock aus seiner Hosentasche, kaum größer als eine Zigarettenschachtel. Dankend nahm Thabisa ihn entgegen und löste einen kompakten Kugelschreiber davon.

»Mr Thibault, Mr Cunningham!«, wiederholte Professor Battaglini, während die Kosmologin zu rechnen begann. Oben wand sich Harrison in Hugos Griff, sein Fuß rutschte auf den Ziegeln. Ophelia eilte nach drinnen – womöglich, um ihren Koffer zu holen. Worte blubberten zu allen Seiten. Erst jetzt bemerkte Willow, dass sie fror. Zitternd legte sie die Arme um ihren Oberkörper und versuchte, ihren Blick zu lösen. Sie würde diese Bilder für immer in ihr Gedächtnis einbrennen, das wusste sie, und dennoch gehorchte ihr Körper nicht.

George trat an ihre Seite. Seine Stimme war kaum lauter als der Wind. »Alles in Ordnung?«

»Ich weiß es nicht«, murmelte sie, und dann spürte sie seine warmen Wollpulloverarme, ein sanftes Rubbeln. Unwillkürlich dachte sie an ihre Prüfung, an Anthony und seine dampfenden Hände, doch dieses Mal tröstete es sie.

»Okay, ich hab's!«, rief Thabisa. Zunächst wunderte Willow sich über ihre Lautstärke, aber Harrison drehte seinen Kopf und schien zu verstehen, was sie tat. Willow überkam eine Ahnung, der Gedanke ließ sie schaudern. So viel Vertrauen besaß sie nicht.

Über ihnen haschte Harrison bebend nach Hugo, erfasste den rechten Unterarm und die linke Schulter. Rückwärts trat er bis zur Kante des Dachs, bis die Absätze seiner Schuhe über dem Nichts schwebten. Hugo zog, sagte etwas Unverständliches, aber Harrison kippte nach hinten und riss ihn mit sich. Tholeros Kosmos hielt den Atem an. Wie in Zeitlupe segelten die beiden Doktoranden an Anthony Morris' rundem Fenster entlang, passierten das zweite Stockwerk. Es erschien Willow, als hätte die Gravitation ihre Masse falsch berechnet. Sie erreichten das Pflaster wie ein Bett nach einem langen Tag. Bevor Hugo oder Harrison reagieren konnte, versammelte sich das gesamte Institut um sie, zog die beiden auseinander. Harrison war kreidebleich, seine blonden Haare verschwitzt und auf die falsche Seite geschlagen. Er klammerte sich an Lloyd und Professor Gunt fest, keuchte, öffnete wortlos den Mund. Hugo zerrte an den Händen, die ihn ergriffen – Thabisa, Evan, Nikhil, Professor Archer.

»Das ist nicht vorbei«, spuckte er aus. Seine Zähne waren rot vom Blut, das noch immer aus seiner Nase lief. Er verstummte, als Echo vortrat und sich in sein Sichtfeld stellte. In ihrem tannengrünen Kleid sah sie so viel älter aus als sonst. Sie presste die Lippen zusammen und hob die Hände zu einer Gebärde, aber ihre Finger zitterten, verkrampften sich. Ihre Ohrfeige hallte donnergleich von den Wänden des Instituts wider.

Hugo senkte den Kopf, als hätten ihn seine Lebensgeister verlassen. Es war nicht das erste Mal, dass Willow diesen Ausdruck in seinem Gesicht sah. Reue, zweifellos, aber auch Hunderte ungesagte Worte.

»*Das* ist in der Tat nicht vorbei, Mr Thibault«, zerschnitt Professor Battaglini die Stille. »Begleiten Sie mich gerne einige Meter.«

Hugo wurde freigegeben. Er konnte sich wieder relokalisieren und hätte einfach abhauen können, alle wussten das. Aber er schaute zu Professor Battaglini und zuckte fügsam mit den Achseln, während er eine Zigarette aus seiner Brusttasche zog. Professor Gunt versicherte sich rasch bei Harrison, ob alles in Ordnung war, wurde angelogen, akzeptierte diese Tatsache und folgte Hugo ins Institut.

Die Übrigen wussten nicht, was genau vorgefallen war, und sie kamen auch nicht auf die Idee, Willow anzusprechen. Dennoch hielt George sie weiter fest, als drohte sie, von einer derben Böe erfasst zu werden. Allmählich verschmolzen seine Hände mit ihren Schultern. Das siedende Gefühl in ihrem Bauch versickerte mit einem kaum merklichen Brennen, und Willow war froh darum.

Der Wind kroch nun unter die Kleidung der Doktoranden und löste zügig die Ansammlung auf, nur Thabisa und Lloyd zündeten sich eine Zigarette an. Evan ging geradewegs ins Wohngebäude, sein blondes Haar leuchtete erneut im Mondlicht. Für die Dauer eines Atemzugs stand Willow wieder auf der Treppe und schämte sich dafür. Sie war keine Voyeurin. Wieso ließ sie sich dazu verleiten, einen angenehmen, harmlosen Abend gegen Harrisons Schnüffelei zu tauschen? Warum konnte sie nicht eine dieser Personen sein, die von derartigen Ereignissen unbehelligt blieben? Ihr Leben fand scheinbar kein Gleichgewicht zwischen riskanter Unsichtbarkeit und unerwünschtem Rampenlicht.

Plötzlich lockerte sich Georges Griff, Kälte huschte unter seine Finger und in die Fasern ihrer Bluse. »Alles in Ordnung?«, fragte er noch einmal.

»Ich weiß nicht«, murmelte Willow betäubt. George löste seine Hände vollends und schaute sie besorgt an.

»Das war etwas viel für dich, ja?«

Sie nickte. Ihre Kehle schnürte sich immer weiter zu, als hätte Thabisa in ihrem Hals ein schwarzes Loch erscheinen lassen.

»Sollen wir zurück in den Salon?«, schlug George vor. Er ging ein wenig in die Knie, als wäre sie ein kleines Mädchen.

»Ich will nicht wieder rein«, sagte sie mit einem Blick auf das Hauptgebäude.

»Lieber in dein Zimmer?«

»D-das gehörte Felice, ich ...« Sie atmete zitternd ein.

»Okay, okay, warte. Alles wird gut. Komm mal mit.« Er zog sie sanft am Arm und öffnete die Tür des Gewächshauses. Drinnen tastete er nach einem Schalter, der statt greller Neonröhren eine Lichterkette entfachte, die wie ein Schwarm Glühwürmchen unter dem Glasdach schwebte. Willow erinnerte sich, dass sie diese Lichter manchmal abends sah. Anscheinend behandelte George diesen Teil des Instituts wie sein Wohnzimmer.

Er führte sie durch den Gang zwischen den verschiebbaren Tischen, Erde und Rindenmulch knirschten unter ihren Füßen. Willow fühlte sich gleichzeitig riesig und winzig, als hätte sie eine kosmische Kraft in die Länge gezogen und zurückschnellen lassen.

»Schau mal, ich habe hier etwas, das dir vielleicht guttut«, murmelte George geschäftig. Seine Stimme erschien ihr herzlicher als sein Gesicht, das eine Spur bleicher geworden war. Aus einem Karton am Ende des Gewächshauses zog er einen beigen Pullover hervor, er grinste aufmunternd.

»Noch so einer«, meinte Willow und lächelte. »Wie viele davon hast du überhaupt?«

»Keine Ahnung, aber ich kann sie immer gebrauchen, und es schadet nicht, einige Notfall-Exemplare zurechtzulegen. Wir können gerne hier reden, falls dir das hilft.«

Willow stülpte den Pullover über. Er roch nach Erde und Grünschnitt, und nur ganz leicht nach George. Während sie an den Ärmeln zupfte, wartete sie darauf, dass er eine neugierige Frage stellte. Doch er schaute sie einfach nur an. Seine Locken funkelten wie Kornähren bei Sonnenuntergang.

»Hugo hat Harry angegriffen«, begann sie mit einem tiefen Ausatmen. »Wir waren in Anthonys Büro, weil Harry noch immer nach Felice sucht und sich irgendwelche Hinweise erhofft hat.«

»Hm.« Er runzelte die Stirn und lehnte sich gegen einen der Tische. Über seine Schulter legte sich der Wedel einer Dattelpalme. »Die beiden waren sich noch nie grün, aber aktuell scheint Hugos Nervenkostüm echt dünn zu sein.«

»Nikhil hat er neulich auch schon angeschrien«, murmelte Willow. Konnte sie zugeben, dass sie sich Sorgen machte? Wenn sie ehrlich zu sich war, kannte sie Hugo überhaupt nicht.

»Wir alle gehen mit Morris' Tod anders um.« Er faltete die Hände und schaute sie lange an. Sie stellte sich all die Worte vor, die er sagen könnte. All die Beobachtungen, die er zu ihrer Art des Trauerns getätigt hatte. Die ausladenden Spaziergänge mit Aramis. Das Backen und Verteilen von Keksen.

Der Umstand, dass sie erst am späten Abend in der Lage war, sich auf ihre Berechnungen zu konzentrieren, wenn die Last des Tages von ihr gefallen war. Doch er sagte keines dieser Worte. Das war nicht seine Aufgabe, obwohl sich Willow in diesem Moment fragte, ob er Linderung wusste.

»Harrison kann aber offenbar auch nicht loslassen«, entgegnete sie. Ihr war bewusst, dass sie damit das Gespräch auf einen anderen Kurs brachte, es umschiffte die einsame Insel namens *Willow Farley*.

»Weißt du, ich wundere mich auch über den ... Umgang mit dieser Sache hier. Es gibt einem zu denken, was wäre, wenn man selbst einfach verschwinden würde. Warum haben sie alle aufgegeben?«

Willow verschränkte die Arme. »Und was denkst du?«

»Keine Ahnung. Mein Vater und ich haben die Pythagoreer einige Jahre lang gemieden, nachdem meine Mutter gestorben ist. Das Thema Tod ist in unseren Reihen ... heikel, weißt du? Manche folgen noch derselben Seelenlehre, an die auch Pythagoras geglaubt haben soll. Die einen sprechen von Seelenwanderung oder Energieerhaltung, die anderen vom großen Nichts. Und dazwischen sitzt ein kleiner Junge, dessen Mutter niemals wiederkehrt, so oder so.« Er atmete langsam durch die Nase aus. »Wir Jüngeren wissen anscheinend, dass wir lieber nicht darüber reden sollten. Und vielleicht trifft das auch auf Felice und Harrison zu.«

»Ich kann dir nicht ganz folgen.«

»Nun, was wäre, wenn die älteren Jahrgänge längst von Felices Verbleib wissen, es Harrison aber nicht erzählen? Zu seinem Schutz.«

»Du meinst damit, dass ... sie vielleicht eine Leiche gefunden hätten«, überlegte Willow laut. »Ehrlich gesagt kann ich mir nicht vorstellen, dass sie es ihm verheimlichen würden. Das tut man nicht.«

»Es sei denn, Harrison war irgendwie beteiligt. Womöglich hat er Felice etwas angetan und kann sich nicht erinnern. Du darfst Chaos nicht vergessen. Und die Bohnen.« Dann schüttelte er den Kopf. »Das ist nur zusammengesponnen, entschuldige. Thabisa hat mir zur Abwechslung Agatha Christie ausgeliehen, diese Bücher machen irgendetwas mit mir.«

Willow wollte lachen, aber es blieb ihr im Hals stecken. Obwohl George nur Vermutungen anstellte, schien ihnen ein wahrer Kern innezuwohnen.

»Ich ... mache mir Sorgen um Harry. Was ist, wenn er recht hat und Morris an Felices Verschwinden beteiligt war?«

»Mir fällt kein Grund dafür ein«, entgegnete er. »Hugo passt auch nicht ins Gesamtbild. Soweit ich weiß, konnten sich Anthony und er nicht leiden.«

Willow dachte an das Aufeinanderprallen der beiden im Reading Room, an Anthonys mahlende Zähne. An den durchnässten, keuchenden Hugo am Strand und den Ärger im Gesicht des Professors.

»Ich weiß, woher dieser Gedanke kommt«, murmelte sie und betrachtete die Bougainvilleas. Die pinken Blüten verschwammen zu Flecken. »Aber Hugo hat so getrauert, dass es seine Beziehung zur Dunklen Ordnung gelähmt hat. Und während ... während Anthony ... Da ist er komplett verzweifelt.«

»Ja«, sagte George behutsam und versuchte, ihren Blick aufzufangen. Sie konnte ihn kaum noch erkennen. Ihr Brustkorb wurde eng, als drückte Ophelia wieder und wieder darauf, bis ihre Knorpel nachgaben und ihr Herz zurück in dieses Leben gezwungen wurde. »Willow, hör mal, du hast heute Abend genug ertragen.«

»Ich weiß, aber ... ich will endlich wissen, was passiert ist.« Ihr Kinn bebte. »Er hat mich doch hergebracht. Und Harry ... Ich kenne ihn nicht mehr. Er hat mich belogen, und jetzt bin ich hier und ich kenne niemanden, ich bin ... ich bin genauso allein wie am Trinity College, da hatte ich nur Esther und Harry und Anthony, aber sie sind alle weg und ...«

Sie japste nach Luft, die Kehle verschnürte sich. Ihre Hände zuckten vor ihrem Oberkörper wie ein Seismograf ihrer Trauer.

George umarmte sie. Er attackierte die Einsamkeit, drängte sie binnen Sekunden zurück. Sie roch Echos Apfelkuchen und Kräuter; Oregano und Zitronenmelisse und Zimt. Willow drückte sich gegen seine Schulter und behielt das Schluchzen nicht mehr bei sich. Es strömte aus ihr heraus, befreite ihren Hals von der Enge. Georges Hände strichen in regelmäßigen Kreisen über ihren Rücken. Durch sein Hemd spürte sie seinen Puls dahinpreschen, und Willows erging es ähnlich.

»Du bist nicht allein«, versprach er.

Sie wartete, damit dieser Satz von ihrem Verstand bis zu ihrem Herzen gelangen konnte. Dann nickte sie. »Danke.«

Das unliebsame Schweigen kehrte zurück. Willow wehrte sich instinktiv, bevor ihre Gedanken die Gelegenheit ausnutzten. Sie wollte nicht, dass die Zeit mit George endete, denn gerade wuchs dieses ungewohnt warme Gefühl in ihrer Brust. Doch er zog sich vorsichtig aus der Umarmung und sah sie einfach nur an.

»Wünschst du dir manchmal, an einer normalen Universität zu sein? Ein normales Leben zu führen?«, platzte es aus ihr heraus.

George zuckte verwundert mit den Schultern und verschränkte die Finger ineinander, antwortete aber. »Klar. Am Trinity wollten sie mich allerdings nicht.«

Erleichterung erfasste ihre Mundwinkel. Willow gab sich Mühe, das Gespräch von den trüben Gedanken fortzutreiben, die sich in ihrem Hinterkopf zusammenrotteten. »Das ist schwer zu glauben.«

Er lächelte so dünn, dass seine Lippen verschwanden. Beinahe hätte er etwas gesagt, um seine Intelligenz zu schmälern, das spürte sie.

»Ich kenne kein normales Campusleben, aber das wird ... ohnehin überbewertet, findest du nicht? Man glaubt immer, dass es wilde Partys gibt, durchgemachte Nächte in der Bibliothek, Rivalitäten zwischen den Jahrgangsbesten. Stattdessen habe ich im Botanischen Garten gelesen, Äpfel geschält, gegessen, eventuell einen Kaffee getrunken. Das war dennoch schön.«

Sie nickte. Das klang tatsächlich schön.

»Ich glaube, ich hatte zu viel Campusleben«, gestand sie und wischte zittrig ihr rechtes Auge trocken. »Gleichzeitige Vorlesungen, Mittagessen im Gehen, ein winziges Zimmer mit einer guten Freundin, die ich trotzdem manchmal verflucht habe ...«

»Auch schön.«

Sie hielt inne. »Ja. Ich vermisse Esther unheimlich.«

»Normale Menschen«, pflichtete George ihr bei.

»Darum geht Thabisa so gerne ins *Sip mór,* oder?«

»Ich denke schon.«

Willow biss sich auf die Unterlippe. *Du bist auch angenehm normal, George,* dachte sie.

»Was ist?«

»Ich dachte gerade, dass ich etwas Normalität bräuchte.«

»Ich auch.«

Ihre Blicke verhakten sich ineinander und verweilten dort. Der Moment war zu lang, um keine Frage zu sein. Oder eine Antwort? Sie bemerkte die schwachen Schatten unter seinen Augen, die mit seinem Lächeln beinahe verblassten. In seinen blaugrünen Iriden schimmerte der Schein der Lichter wie ein weit entfernter Leuchtturm.

»Darf ... darf ich dich küssen?«, fragte Willow. Die Bitte rutschte ihr aus dem Mund, als hätte sie nur auf den richtigen Moment gewartet.

Ein Funken Irritation stahl sich in Georges Blick, seine Pupillen weiteten sich. Er kam näher. Allein bei dieser Bewegung prickelten Willows Wangen. »Bist du sicher? Du bist gerade verletzlich, und ich möchte nicht, dass du ...«

»Ich bin sicher.«

In ihren Ohren rauschte der Puls wie die brausende See. Georges Lippen trafen sie im selben Moment wie der Schwindel, ein bodenloser Strudel. Das empfindliche, warme Gefühl hinter ihren Rippen entfaltete sich. Sie tastete nach seinen Händen, strich über die raue Haut. Schloss die Augen. Als er den Kuss löste, schaffte sie es kurz nicht, sie zu öffnen. Bebend hielt sie sich an seinen Fingern fest, spürte dem Mahlstrom nach. Erst seine heisere Stimme holte sie in die Gegenwart.

»Das nennst du normal?« George lachte gelöst und atmete tief durch. Er trat einen halben Schritt zurück, wankte, als hätte er heute Abend nicht nur Wasser getrunken. Dann erstarrte er. Furcht trieb in seinen Augen. Das Glashaus nahm einen volleren, dunkleren Geruch an, und das Rascheln von verworfenen Ideen umzingelte sie. Georges Atem ging schwer, als er sich umsah und Willow seinem Blick folgte. Die Schatten der Gewächse zerknitterten, das Mondlicht perforierte sie. Blütenköpfe hingen welk herab. Einzelne Blätter schwebten kraftlos zu Boden.

»Was ...?«, begann Willow. Gerade rechtzeitig schnellten ihre Arme vor, als George in sich zusammensackte.

Morpheus in Flammen

»Beim Allmächtigen, ich werde mich nicht rühren.«

Thomas Love Peacock

»Okay, was habt ihr getan?« Trotz ihrer Entgeisterung grinste Thabisa, eine gefährliche Mischung. Willow und sie standen im Türrahmen zu Georges Zimmer, das nicht so wirkte, als würde es bewohnt werden. Ophelia und Professor Archer kümmerten sich um ihn, wechselten leise Worte. George war wieder bei Bewusstsein, saß auf seinem sorgfältig gemachten Bett und schien sich an den Kuss zu erinnern. Zumindest schaute er unentwegt zu ihr herüber und versuchte, ihr mit seinem Blick zu vermitteln, dass alles in Ordnung war.

»Nichts«, entgegnete Willow. Sie hatte keine Lust auf das Gekicher und das »Oooh«, das mit einem Geständnis einherging.

»Ihr habt doch ein Experiment gestartet, um seine Magie zu provozieren«, riet Thabisa neckend weiter. »George hat mir erzählt, dass Nikhil ihn dazu aufgefordert hat. Und beim letzten Vorfall waren George und du ebenfalls allein.« Ihre Stimme quietschte ein wenig, obwohl sie gleichzeitig den Kopf schüttelte. Willow wurde in diesem Moment nicht schlau aus ihr, aber das Gefühl kannte sie inzwischen von mehreren Kommilitonen.

Harrison war vor einer Viertelstunde zurück in die Stadt gefahren, um in der halb leeren Wohnung zu übernachten, und Hugo war auf seinem Zimmer verschwunden. Evan war hinterhergegangen und hatte versprochen, auf ihn aufzupassen. Seltsamerweise zweifelte niemand daran, dass er dazu imstande war.

»Willow?« Thabisas Gesicht erschien vor ihrem. »Vielleicht solltest du ins Bett gehen.«

»Vermutlich«, nuschelte sie. Erneut schaute sie zu George, er lächelte und winkte ihr zu. Ophelia kniete vor ihm, ihre Arzttasche schließend. Gleich würde sie sich verabschieden und eine gute Nacht wünschen. Willow beschloss, nicht so lange zu warten. »Bis morgen.«

Thabisa sagte noch etwas, aber sie glitt bereits auf den Flur. Wie so oft in diesem Institut war es still. Durch die Fenster zum Hinterhof sah Willow die Lichterkette im Gewächshaus, wie eine fremde Großstadt. Hadernd blieb sie stehen, warf einen Blick über ihre Schulter und beschloss, etwas für den Planeten zu tun. Zudem wurde sie das Gefühl nicht los, dass sie am Verwelken der Pflanzen beteiligt war. Das konnte kein gutes Zeichen sein, egal, wie sie es drehte und wendete. War das Georges Magie gewesen? Und wenn ja, was hatte sie derart verkommen lassen? Zu gerne hätte sie gewusst, ob die Pflanzen wenigstens kurz in der Blüte ihres Lebens gestanden hatten, eine kollektive Endblüte. Die letzte Pracht vor dem Tod. Und dann war womöglich Chaos aufgekeimt. Aber war dieses Chaos zwangsläufig etwas Schlechtes, oder einfach nur ... eine ungebändigte Kraft, die sich entfaltete? Gefühle waren chaotisch, keine Frage. Aber musste sie sich nun vor ihnen fürchten?

Willow hielt inne, denn Thabisa hatte recht. Beim letzten magischen Vorfall mit George waren sie ebenfalls allein gewesen, nur begleitet von Aramis. Das Gebinde aus Ästen war wieder erblüht, während die Grünpflanzen und das Gemüse verwelkt waren. Sie hatte zu wenig Ahnung von der Dunklen Ordnung und Botanik, um einen Zufall auszuschließen. Wie gerne hätte sie Anthony dazu befragt. Er hätte nicht gewartet, bis ein neuer Tag anbrach. Er hätte sich allerdings auch nicht feige aus dem Zimmer eines Freundes zurückgezogen, der nach einem Kuss ohnmächtig geworden war.

Seufzend ließ Willow die Glastür aufschwingen und ertastete den Lichtschalter, wobei sie in etliche Spinnenweben langte. Die Pflanzen sahen auch in der Dunkelheit noch aus, als wäre eine Armee über sie getrampelt. Es roch anders als vorhin, nach Waldpilzen und Eisen.

Während sie die Tür wieder schloss, fielen ihr zwei Dinge auf. Erstens trug sie noch immer Georges Pullover, was Thabisas breites Grinsen zumindest teilweise erklärte. Sie hatte sofort gewusst, dass Willow nicht zufällig über George gestolpert war, obwohl niemand von dem Kuss wissen konnte. Zweitens entdeckte sie in der Bibliothek Echos blonde Locken. Vor einem der Fenster zog sie aufgebrachte Runden.

Willow überlegte, ob sie zu ihr gehen sollte. Waren sie eng genug befreundet? Kopfschüttelnd setzte sie sich in Bewegung. Wen kümmerte das? Echo konnte sie zornig fortscheuchen oder sich schweigend in den Arm nehmen lassen. Für den Moment wusste sie nur, dass ihr Geburtstag ruiniert worden war. Und zumindest in Bezug auf Hugo fielen Willow gleich zwei Gründe ein.

»Echo.« Die verbale Begrüßung war zu einer Gewohnheit geworden. In den letzten Tagen war das Experiment mit dem forcierten Gehör fortgeschritten. Bis auf Ophelia und Nikhil wusste weiterhin niemand davon. Und tatsächlich fuhr Echo herum. Sie war allein, und ihre Frustration verschwand nicht aus ihrem Gesicht, nur weil Willow nun bei ihr war.

»Entschuldige, stör ich? Wollte nur schauen, wie es dir geht.«

»Ich weiß nicht, ob ich gerade reden will«, entgegnete sie und lief weiter vor dem Fenster auf und ab, ihre Hände in die Hüfte gestemmt.

Willow schwieg zur Antwort und schaute sich um, aber die Bibliothek und der Salon waren verlassen. Überall standen halb geleerte Weingläser, in einem Aschenbecher qualmte eine beinahe verglühte Zigarette.

»Hugo«, begann Echo plötzlich, ihre Stimme zitterte vor Wut, »*Hugo* hat meine Feier versaut, der alte Arsch. Er glaubt echt, ich wäre noch ein kleines Kind.«

Es geht zweifellos nicht um den Kampf mit Harrison. Also ist es Option zwei, dachte Willow. »Du ... hast ihn auch im Flur gesehen, ja?« Noch traute sie sich nicht, Evans Namen zu nennen.

»Die beiden haben sich gegenseitig *Sachen* gesagt, während ich direkt neben ihnen stand!« Echo ballte ihre Hände zu Fäusten. »Hugo sagte, sie müssten den *Kindergeburtstag* verlassen. Und was gebärdete er mir dabei? Dass es ein wunderbarer Abend sei! Für wie blöd hält er mich eigentlich?«

»Das ... Echo, sie wissen doch nicht, dass du manchmal hören kannst, oder?«

»Ach, willst du mir sagen, dass ich selbst schuld bin? Weil ich jetzt eure Lügen hören kann!?« Echos Blick bohrte sich tief unter Willows Haut. »Ich war nicht bereit, Hugo davon zu erzählen. Und den Grund dafür habe ich dir längst genannt.«

»Ja, klar. Entschuldige bitte. Irgendwann beendest du das Experiment, und das willst du ohne Ballast tun.«

Für einen Moment schien Echo Schwierigkeiten zu haben, ihre Wut zu entladen, da Willow das Problem verstand. Doch dann schüttelte sie den Kopf.

»Willow, unsere Beziehung ist von einer Abhängigkeit geprägt. All meine Beziehungen sind das. Er lernt meinetwegen seit Jahren Gebärden.« Sie holte tief Luft. »Ich dachte, er tut das, weil er in mich verschossen wäre. Warum sollte jemand

... So ein Freund ist doch niemand? Und dann knutscht er lieber mit Thabisa oder Evan herum als mit mir.« Seufzend hob Echo die Schultern und ließ sie wieder fallen. »Ich dachte, dass er mich nicht nur als Freundin mag. Oder dass er es nicht ernst meint, wenn er mich seine kleine Schwester nennt. Ich dachte aber auch, dass ich ihn verstehe. Stattdessen geht er los und verprügelt Harrison.«

»Hast du eine Ahnung, warum?«, fragte Willow und bemerkte gleichzeitig, wie offensichtlich sie dieses Thema interessierte – im Gegensatz zu Echos Gefühlen für Hugo. Entsprechend vertieften sich die Falten in Echos Mundwinkeln.

»Ich sagte doch, dass ich ihn nicht mehr kenne.«

»Entschuldige.«

»Ich gehe jetzt ins Bett«, verkündete Echo hart. »Solltest du auch.«

»Warte«, murmelte Willow und streifte kurz die nackte Haut unter den Ärmeln des wunderschönen Geburtstagskleides, aber Echo schüttelte die Hand ab und drückte sich an ihr vorbei.

Regungslos blieb sie in der Bibliothek zurück. *Toll gemacht*, beglückwünschte Willow sich. *Sehr rücksichtsvoll.*

Jetzt waren sie zu zweit, der Pythagoras aus Alabaster und sie. Er schaute desinteressiert ins Leere und horchte nach verborgenen Melodien im Nichts. Berechnete Sinfonien zwischen Kosmos und Chaos, stellte magische Formeln auf. Doch Willow hörte lediglich das tiefe Tick-Tack der Standuhr im Salon.

Mit steifen Gliedern sammelte Willow die Gläser vom Teppich und den Tischen, trug sie in die Küche, schüttete die Reste in den Ausguss und stapelte das Geschirr daneben. Dann krempelte sie die Ärmel von Georges Wollpullover hoch und versuchte beim Einlassen des Spülwassers, die Ereignisse des Abends in Einklang miteinander zu bringen. Pythagoras' Harmonielehre hatte sie schon immer belächelt. Wäre sie doch ein alter Grieche in der süditalienischen Sonne, der bis auf Bohnen und einen adligen Nimmersatt nichts zu fürchten brauchte. Dann würde es ihr ebenfalls leicht fallen, zu behaupten, dass alles im Universum einer Zahl entspräche und demzufolge berechenbar sei. Ihre Gedanken hafteten so fest aneinander, als würden Gluonen ihre Synapsen zusammenhalten. In der Teilchenphysik sorgten sie für die Anziehung von Protonen und Neutronen, aber man ging davon aus, dass Gluonen auch mit anderen Gluonen wechselwirken konnten. Klebender Klebstoff. Glueball nannte man das, ein Gebilde aus reiner Kernkraft. Gewiss hatte Willow soeben den lang ersehnten Nachweis für dieses Teilchen erbracht, und als Dank erhielt sie ein Stechen in den Schläfen.

Niemand kam vorbei, während sie spülte und abtrocknete. Willow versuchte angestrengt, ihre Gedanken in der Gegenwart zu behalten und nicht an Anthony zu denken. Doch Harrisons Verhalten ließ sie immer wieder in sein Büro zurückkehren, als hätte sie einen Teil ihres Bewusstseins dort vergessen. Plötzlich hielt sie inne. Das letzte Weinglas verharrte in ihrer Hand, ihr farbloses Gesicht spiegelte sich darin. Dann tastete sie nach dem Revers des dünnen Pullovers unter Georges. Ihre Brosche fehlte. Hastig stellte sie das Glas in die Vitrine, warf das Spültuch über den Griff des Ofens und lugte in den schummrigen Flur. Sie nahm die Treppe zu Anthonys Büro, dessen Tür noch immer offen stand. Schon auf dem Weg hinauf sah sie den Lichtschein. Ein letztes Mal innehaltend, horchte sie nach fremden Schritten, aber sie hörte nur ihre eigenen Atemzüge. Mit klopfendem Herzen trat sie ein.

Der Raum war verwüstet, schlimmer als in ihrer Erinnerung. Wachsam stieg Willow über verstreute Bücher und Dokumente zu dem Regal, auf dem ihr Glasflügelfalter ruhte. Sie befestigte ihn an Georges Pullover und holte tief Luft, um ihren Puls zu beruhigen. Den Einfluss der Brosche bemerkte sie nicht, wie immer, und das Brummen ihres Schädels blieb ebenfalls stur.

War es leichtfertig gewesen, ihren Schutz fallen zu lassen? Es fiel ihr zunehmend schwer, die Folgen des Kusses für einen Zufall zu halten. Dem würde sie auf den Grund gehen müssen, auch wenn sie noch keinen Schimmer hatte, wie sie das anstellen sollte. Willow hob die beiden umgefallenen Stühle auf, obwohl das wenig an dem Durcheinander änderte.

Harrison suchte also Felices Notizen. Er spürte sie im Gebäude, wie sie vermutet hatte. Gut, dass Anthony das perfekte Versteck ausgewählt hatte – auch wenn sie sich fragte, wozu das notwendig war. Denn zweifellos misstraute nicht nur Anthony ihrem Ex, sondern auch Hugo. Bestimmt würde er sich nicht grundlos auf Harrison stürzen, oder? Aber welche Rolle spielten sie alle bei Felices Verschwinden? Verbargen die verschlüsselten Worte gefährliches Wissen oder waren sie nur eine Nebelkerze?

Als Willow das Büro verließ, war sie der festen Überzeugung, dass jemand vor ihr stehen würde, doch das Institut war unverändert leer. Sie tadelte sich für ihre Paranoia, löschte das Licht und ging zunächst ins Foyer, warf einen Blick ins Varieté, dann in den Salon.

Wie immer steckte der Schlüssel des Sekretärs. Dadurch wirkte er harmlos. Das klackende Geräusch kam ihr wie ein Paukenschlag vor. Mit angehaltenem Atem öffnete sie die Tür und holte das schmale, zusammengeklappte Damespiel hervor. Die Holzkiste mit dem karierten Deckel verwahrte nicht nur schwarze und weiße Steine. Rasch wagte sie einen Blick hinein, erspähte das zusammengefaltete Regelblatt und darin eine helle Ecke des Notizbuches, wie ein lauerndes Auge. Niemand außer Anthony spielte Dame. Ein *langweiliges* Spiel. Willows Magen zog sich zusammen. Wenn es stimmte, dass Harrison in der Stadt schlief, konnte sie Felices Notizen gefahrlos in ihr Zimmer bringen, zumindest für diese Nacht. Willow schloss den Sekretär ab, klemmte das Spiel unter ihren Arm und entschied, tatsächlich ins Bett zu gehen. Für einen Moment stellte sie sich vor, dass Aramis mitten in der Nacht zu bellen begann, weil jemand in ihrem Zimmer erschien. Ein gesichtsloser Schatten, der das Notizbuch verlangte. Dieser Gedanke spielte mit ihrem Herzen, obwohl Willow sich sagte, dass das Unsinn war. Nach wie vor konnte sie den meisten hier vertrauen. Dennoch kippte dieses Vertrauen wie eine Vase zu Boden. Bedächtig, aber unaufhaltsam. Sie wusste, dass es Scherben geben würde.

Der Long Room war so still, als hätte die Zeit angehalten. Womöglich schwebten vor den Fenstern vom Wind losgerissene Laubblätter, aber es war zu dunkel, um sich zu vergewissern. Willow saß mit schmerzenden Knien auf dem Boden, ihre Augen waren trocken und schwer. Zu dem hartnäckigen Kopfschmerz gesellte sich inzwischen Ohrensausen, das ihr vorgaukelte, noch immer in der Nähe des Meeres zu arbeiten. Vor sich, auf einer ramponierten Holzbank, hatte sie Felices Notizbuch und einen Schwall Zettel ausgebreitet. Eine batteriebetriebene Leselampe klemmte an der Rückenlehne und flimmerte gelegentlich. Nach Echos Geburtstagsfeier hatte sie keinen Schlaf gefunden, hatte stundenlang durch die Formeln geblättert. Seitdem suchte sie nach Mustern. Sie identifizierte mühelos verschiedene Einheiten und Operatoren, aber ihre Reihenfolge passte zu nichts, das sie kannte. Schlimmer noch: Nun verschoben sich die Zeichen regelmäßig, als hätte Willow nur ein begrenztes Zeitfenster für dieses Rätsel. Solange sie mit Anthony gearbeitet hatte, war das definitiv nicht passiert. Das Chaos erstreckte sich über fünfzehn Seiten, die wahllos zusammengebunden wirkten. Leider schien Anthony recht zu behalten: Es gab einen Trick, um Felices Notizen zu offenbaren. Aber wie sollte sie diesen Trick finden, wenn es selbst jemand mit Anthonys Erfahrung nicht geschafft hatte?

In der vergangenen Nacht hatte Willow versucht, ihre Brosche außer Reichweite zu bringen, um eine Reaktion zu provozieren. Sie stieg aus ihrem Fenster, stakste durch die Heide und legte den Glasflügelfalter am Strand ab, aber bei ihrer Rückkehr blieb Felices Schrift unverändert. Willow hatte gehofft, dass sie ohne die Brosche irgendeine besondere Kraft besaß, die wie ein Schlüssel funktionierte. Anscheinend sollte das eine Wunschvorstellung bleiben.

Nun ruhte der Schmetterling wieder an ihrer Brust und fühlte sich wie ein Knoten im Taschentuch an. Nur, dass der Knoten seinen Zweck verfehlte und sie an Tatsachen erinnerte, an denen sie nichts ändern konnte.

Gähnend schaute sie auf ihr Smartphone. Der Bildschirm ließ sie gequält blinzeln, dann offenbarten sich die Zeit – 23:47 Uhr – und eine Nachricht von Esther. Seit sie auf den Kater eines Kollegen aufpasste, schickte sie etwa stündlich Fotos. Einen Wimpernschlag später war es 0:16 Uhr. Träge hob Willow ihren Kopf, der auf den Notizen ruhte. Ein Zettel löste sich von ihrer Wange und segelte zu Boden. Offenbar war sie eingenickt, wenn auch nur kurz.

Fahrig schob sie die Zettel zusammen, ließ sie auf den Boden gleiten und stemmte sich auf die Bank. Sie erinnerte sich vage daran, dass Colin jeden Morgen um halb neun eine Runde durch das Gebäude drehte – er hatte versprochen, sie zu wecken. Anscheinend hatte Willow schon beim Eintritt in die Bibliothek einen verschlafenen Eindruck gemacht. Mit diesem Gedanken ließ sie ihren Kopf auf die harte Bank sinken. Über ihr spannte sich das Gewölbe aus Holz, schlicht und elegant zugleich. Der vertraute Geruch nach Eiche und Vanille drückte ihre Lider herunter.

»Weißt du noch, wann du das letzte Mal auf dieser Bank saßt?« Eine Stimme löste sich aus dem metallischen Klingeln, das Willows Ohren erfüllte.

»Mit dir«, entgegnete sie matt.

»Ja. Ich konnte dir nicht direkt sagen, dass du nach Howth Head kommen sollst.«

»Wegen des Schwurs. Du hättest einen Teil deines Wissens verloren.«

»Ich konnte so einen Verlust nicht zulassen.«

Ihr Schweigen badete in Melancholie. Sie ahnte, dass es vorbei war, sobald sie die Augen öffnete. Dennoch gab sie nach.

»Anthony?«

»Ja?« Sein Gesicht beugte sich wachsam über Willows. Er trug ein zerknittertes Hemd, dem zwei Knöpfe fehlten.

»Ich vermiss dich.«

Er ließ sich zurückfallen, offenbarte erneut die unendlich weit entfernte Decke des Long Rooms.

»Bitte sei nicht mehr tot«, nuschelte sie.

»Du solltest dich etwas ausruhen«, stellte er nicht ohne Unbehagen fest. Die Bank knarrte, als er sich vorbeugte und nach dem Papierstapel griff. »Woran arbeitest du da überhaupt? Felices Aufzeichnungen?«

Seine Stimmlage konnte sie nicht einordnen, ohnehin überwanden nur wenige Informationen den Schleier ihres Bewusstseins. Das Klingeln und Klimpern wurde immer lauter, es erinnerte Willow an irgendwas. Kurz glaubte sie, Aramis bellen zu hören, aber er konnte unmöglich hier sein.

»Sag mir wenigstens, was du alles versucht hast, als ich nicht dabei war. Dann muss ich deine Fehler nicht wiederholen«, bat sie und fuhr sich mit den Händen durchs Gesicht.

»Ich habe gar nichts *versucht,* Willow. Die Notizen sind gefährlich. Ich weiß längst, was in ihnen steht.«

»Du weißt es?«, fragte sie, stützte sich auf ihren Ellenbogen und kam hoch. »Warum hast du mir nichts gesagt?«

Anthony lächelte freudlos. »Du solltest die Toten ruhen lassen.«

»Ich verstehe nicht einmal, warum du zu ihnen gehörst. Weshalb du gehen musstest. Erklär mir wenigstens das.« Seine Kontur entglitt ihren Augen, wie die Erinnerung an ein Gesicht, die sie nicht festhalten konnte.

»Ich glaube nicht, dass dein Verstand schon alle Details verarbeitet hat«, entgegnete Anthony kopfschüttelnd und deutete auf Felices Notizen. »Lass dieses Zeug in Ruhe und konzentrier dich auf deine eigenen Angelegenheiten. Ich bin nicht mehr da, um dich zu schützen.«

»Ich achte gut auf mich.«

»Und ich bin tot, also belügst du dich selbst, Willow.«

Hinter seinem Rücken verblasste die Bibliothek in einer grauen Wolke, die jedes einzelne Buch zu verzehren versuchte. Als Anthony erneut den Mund öffnete, hörte sie das Prasseln, schmeckte den Rauch auf ihrer Zunge. Taumelnd stand Willow auf, hielt sich an Aristoteles' Büste fest, hustete. Den Schein und die Hitze des Feuers bemerkte sie erst jetzt, als hätte ihre Amygdala einige grundlegende Warnungen ignoriert. Die Flammen keimten in den Regalen wie Blüten im Frühling, strahlend hell.

»Anthony?«, keuchte sie, doch ihr Mentor war verweht. Relokalisiert an einen fremden, sicheren Ort. Warum ließ er sie zurück? Panisch suchte Willow den Raum nach einem Feuerlöscher ab. Einer wartete rechts neben der Tür. Rasch sammelte sie wahllose Zettel und das Smartphone auf, presste alles an sich. Geduckt eilte sie zu dem knallroten Behälter, doch das Feuer holte sie ein, umfasste ihre Beine mit lodernden Fängen, zerrte. Willow verlor das Gleichgewicht. Die Unterlagen flogen auf den Boden, das Telefon schlitterte einen Meter und leuchtete auf. 5:36 Uhr und ein neues Katerfoto.

Gebannt starrte Willow auf den Bildschirm und begriff in einer jähen Schrecksekunde, dass sie wach war. Atemlos schaute sie hinter sich. Das Feuer zog nicht mehr an ihr, sondern nagte an den Regalen links und rechts von Aristoteles, der ihr verdrossen nachsah, während sein Gesicht rußschwarz anlief. Die Flammen waren nicht überall, aber sie waren da, direkt an ihrer Seite. Und sie war allein in einer der kostbarsten Bibliotheken der Welt.

Panik zermalmte ihr Zahnfleisch zu Asche und verkrampfte ihre Muskeln. Wie ein verspäteter Wecker gesellte sich eine Sirene hinzu, die aus allen Richtungen zu kommen schien. Die Kopfschmerzen waren nicht mehr dumpf, sondern glühend grell, als blickte sie direkt in die Sonne. Ungelenk stemmte sie sich auf die Beine, griff nach dem Smartphone und wählte eine Nummer. Dann zog sie ihren Pullover über den Mund und gab sich einen ewig scheinenden Moment lang die Chance, ein zweites Mal aus diesem Traum zu erwachen.

Das Freizeichen erklang. Es tutete. Willow näherte sich dem Feuerlöscher, klemmte hektisch das Smartphone unter ihr Ohr und entzifferte die weiße Schrift auf rotem Grund.

Es tutete erneut. Die Piktogramme heuchelten Sicherheit. Und sie wachte nicht auf.

»Willow?« Gähnen. »Hast du dich verwählt, es ist absurd spät.«

»Weck Thabisa und teleportier dich in den Long Room, bitte, sofort!«

»Das heißt relokalisieren«, belehrte Hugo sie.

»Schwing deinen Hintern hier rüber und bring Thabisa mit, es brennt!«

Sie konnte hören, dass er sich aufsetzte. »Ruf lieber die Feuerwehr.«

»*Gleich*, aber Thabisa und du seid schneller.« Sie nahm den Feuerlöscher von der Wand. Ihre Kehle brannte, die Worte erstickten.

»Ich versuch's. Priorisier dein Leben bitte, kein Buch ist so wichtig.«

Willow schnaubte verächtlich, dann erstarb die Leitung. Sie steckte das Telefon in ihre Hosentasche und zog an der Sicherung aus Plastik. Das Feuer hatte sich auf zwei weitere Regale ausgebreitet und färbte das dunkle Eichenholz noch schwärzer. Das Knacken fraß sich in Willows Kopf und die antiquarischen Lederfolianten. Ein dichter, schwerer Duft brach durch den Rauch und benebelte ihre Sinne. Dann wurde schräg gegenüber von Aristoteles die Büste von John Locke zu Boden gerissen. Im letzten Moment verhinderte Thabisa, dass der Philosoph in weiße Scherben zerbarst. Sie legte Locke sanft, aber rasch ab und schaute erst zu den Flammen, dann zu Hugo, der kreidebleich neben ihr stand. Er trug lediglich einen weinroten Morgenmantel. Thabisa hatte in einem verwaschenen Prince-Shirt geschlafen, ihre Locken wurden vollständig von einer schwarzen Satinhaube verdeckt.

»Scheiße«, fluchte sie hustend und ließ sich von Hugo einen Notizblock reichen, der in den Taschen seines Mantels mitgereist war. Dann bedeutete sie ihm, die Bibliothek zu verlassen.

»Das ging schneller, als ich dachte.« Willow haderte noch mit dem Feuerlöscher, aber Thabisa winkte ab.

»Sieh zu, dass du hier rauskommst, ich versuche mich an einem lokalen Vakuum.«

Aber Willow drückte Hugo die rote Flasche in die Hand, löste einen Kugelschreiber aus ihrer Brusttasche und kam näher. »Was wäre, wenn wir lediglich den Sauerstoff in einem begrenzten Bereich entfernen und die Temperatur verringern, damit sich das Feuer nicht sofort wieder entzündet? Mit diesem Unterdruck statt eines reinen Vakuums bersten die Fenster wahrscheinlich auch nicht.«

Thabisa schaute auf und nickte sofort. Sie hielt ihr den Block entgegen. »Schätz gerne grob ab, welches Volumen das Feuer einnimmt. Auf einen Kubikmeter genau dürfte hinreichend sein.«

Hinter ihnen stellte Hugo den Feuerlöscher ab und sah misstrauisch in Richtung der Flammen.

»Willow«, raunte er, während sie den Block entgegennahm. »Denk an deine Werte. Überlass Thabisa den Dialog mit der Dunklen Ordnung.«

Sie fuhr mit dem Daumen über den Druckknopf des Kugelschreibers, zögerte. Auch Thabisa hielt inne, statt Hugo zu widersprechen.

»Und lass dir nicht so viel Zeit, da verbrennt Weltliteratur«, schob er heiser nach.

Hustend drückte Willow die Mine aus dem Stift, notierte das Volumen, senkte die Temperatur und überließ der Kosmologin die Subtraktion des Sauerstoffes. Dann hob Thabisa den Kopf und schloss die Augen. Ein plötzlicher Luftzug ließ ihr Septum-Piercing wackeln. Das Feuer erlosch und hinterließ nicht einmal Glut. Blinzelnd betrachtete Willow, wie sich der Rauch zu einem Punkt zusammenzog, kurz verweilte und wie eine rasch erblühende Dahlie auseinanderstob. Der ganze Vorgang dauerte nicht länger als zehn Sekunden.

»Das war fantastisch«, stellte sie fest, während Thabisa zitternd nach ihrer Schulter griff.

»*Fantastisch?*« Hugo trat näher. »Wie ist es überhaupt zu diesem Feuer gekommen? Du solltest dich nicht außerhalb von Tholeros Kosmos aufhalten und erst recht nicht mit der Dunklen Ordnung herumspielen, wenn Anthony oder ich nicht hier sind.«

Willows befreites Lächeln verschwand zwischen ihren Lippen. »Ich habe nichts getan, glaub mir.« Hatte er im Halbschlaf vergessen, dass Anthony gestorben war?

»Ach *so,* die Bücher haben sich spontan selbst entzündet!«

»Hugo, komm mal runter. Viel wichtiger ist doch, dass wir wohlauf sind«, ging Thabisa dazwischen.

»Wie naiv, wie furchtbar naiv«, grummelte er und schnitt Willow im nächsten Moment die Widerworte ab. »Wie konnte ich so *naiv* sein, zu glauben, dass nichts passieren wird? Ich hätte besser aufpassen müssen.«

»Niemand muss auf mich *aufpassen.*« Inzwischen war ihr dieser Satz seltsam vertraut.

Hugo zog vorwurfsvoll den Knoten seines Morgenmantels enger und lauschte in die angestrengte Stille. »Deine Werte sind vollkommen durcheinander. Natürlich muss jemand aufpassen.«

»Sie trauert«, bemerkte Thabisa streng, aber Hugos Stimme wurde ungewohnt laut, als könne sie ihre Worte vertilgen.

»Das ist keine Trauer! Das ist Chaos, reines Chaos. Sie sollte nicht hier sein und ... was tust du hier überhaupt?« Er hielt in der Bewegung inne, seinen Zeigefinger auf Willow gerichtet.

»Was tue ich in einer Bibliothek«, entgegnete sie tonlos.

»Hugo, ich kann mich nur wiederholen: Komm runter. Lasst uns lieber den Schaden begutachten.«

Er schüttelte gleichzeitig den Kopf, riss die Augen auf und gestikulierte machtlos, als wollte er jemanden erwürgen. Thabisa ignorierte ihn geflissentlich und näherte sich den Regalreihen D bis F. Unschlüssig blieb Willow neben Hugo stehen und versuchte, ihren Blick nicht abzuwenden. Schon aus dieser Distanz erkannte sie die verkohlten Einbände, roch das Papier. Es war eine berechtigte Frage, wie das geschehen war. Fest stand nur, dass sie von Anthony geträumt hatte. Wahrscheinlich konnte sie seinen Worten nicht trauen, sie entstammten ihrem eigenen Geist.

»Kommt bitte mal«, verlangte Thabisa, ohne sich umzudrehen.

Beide verharrten, als könnten sie die Obduktion der Opfer damit vermeiden. Dann hob Hugo die Schultern und erschien neben der Kosmologin. Willow folgte ihm zu Fuß und richtete unterdessen ihren Scheitel und den zerknitterten Pullover. Der Rauch kratzte in ihrer Nase. Es hätte sie auch nicht gewundert, wenn ihre Kopfschmerzen Funken geschlagen und das Feuer erneut entzündet hätten.

»Mein aktuelles Projekt *Schrägstrich* Vielleicht-meine-Doktorarbeit könnte uns helfen. Aber es klingt etwas ... gewagt.« Thabisa verstummte und blickte auf den Notizblock, wo eine frische Seite auf sie wartete.

»Jetzt halt doch nicht immer mit deinen Ideen hinter dem Berg, wir lachen dich nicht aus«, schnaubte Hugo.

»So muss ich wenigstens nicht ständig meine Fehler korrigieren.«

»*Leute*«, bat Willow.

»Entschuldige. Danke.« Thabisa räusperte sich. »Die Idee beschäftigt sich mit einer Gegenlinearität unseres Verständnisses von Zeit. In einem lokal begrenzten Bereich könnte sie sich umkehren.«

»Zeit ist linear, beinahe jegliche Form von Zeitreisen ist unmöglich«, meinte Willow und suchte in Thabisas Gesicht nach Zeichen von Zweifel. Sie fand keine.

»Wir reisen gerade in der Zeit, aber in eine festgelegte Richtung.« Thabisa lächelte wissend. »Das ist eine Sichtweise, die nur Kosmos berücksichtigt, kein Chaos.«

»Du meinst, dass du ... die Zeit mithilfe von Chaos manipulieren willst?«

»Klingt nach einem Plan ohne Fehlerpotenzial«, höhnte Hugo. »Ich schlage im Gegenzug vor, dass wir diese Situation nicht schlimmer machen sollten, als sie bereits ist. Seht mich an, ich bin zum ersten Mal vernünftiger als Thabisa Sisulu.«

»Warte doch mal! Du bist wieder in der Lage, mit der Dunklen Ordnung umzugehen«, stellte Thabisa nachdrücklich fest. »Und du bist die perfekte Person, um Raum- und Zeitkoordinaten in Einklang zu bringen. Drei überaus intelligente Doktoranden und ein *überaus* prekärer Brandschaden.«

»Du unterschätzt meine mentalen Kapazitäten, um kurz vor sechs Uhr Berechnungen durchzuführen.« Hugo biss sich flüchtig auf die Unterlippe, als ihm offenbar bewusst wurde, dass er schlaftrunken mit einer weiteren Person von der Halbinsel Howth Head bis in den Long Room gesprungen war. Thabisa hob eine siegessichere Augenbraue.

Willow ging dazwischen, ehe das nächste Gefecht entbrannte. »Also werdet ihr beide den physikalischen Part berechnen, und ich ... ändere dann das Vorzeichen. Ich bringe Chaos mit.« Es fühlte sich falsch an, das so zu formulieren, aber sie erhielt ein Nicken. Anscheinend waren sie gemeinsam zu derselben Schlussfolgerung gekommen. Willows Magie hielt sich nicht nur an die Gesetze des Kosmos. Seit ihren Erlebnissen mit George ahnte sie, dass sie Positives zum Negativen wandeln konnte, auch wenn sie die Methode noch nicht verstand. Sollte Anthonys Tod die alleinige Ursache für diesen Tumult sein, ihre Trauer?

Willow atmete durch, wobei ihr Bauch verkrampfte. »Geht das überhaupt? Gab es in der Geschichte der Dunklen Ordnung jemals drei Personen, die gleichzeitig erfolgreich etwas von ihr verlangt haben? Die Illusion vor dem Schwur war ... kein gutes Beispiel für Teamwork.«

»Keine Sorge. Ophelia hat mir erzählt, dass Professor Archer letztes Jahr einen Infarkt hatte und sie ihn noch nicht selbst versorgen konnte. Da ist dann Professor Morris eingeschritten, gemeinsam haben sie den Alten zurück ins Leben geholt«, sagte Thabisa. Auf den Boden schauend, begann Hugo, von einem nackten Fuß auf den anderen zu wippen. Er fuhr mit seinem Finger an der Nase entlang, als hätte er sich bereits eine Erkältung eingefangen.

»Danach haben Harrison und Felice mithilfe unserer Schmetterlingsexpertin Senta die Broschen als gemeinsames Projekt durchgezogen, eine Kombination aus Archäologie und Mathematik ... und Sentas Hyperfokussierung«, fuhr Thabisa fort.

»Ja, ist ja gut, wir haben es begriffen. Das wird mit uns dreien auch irgendwie klappen«, schnauzte Hugo.

»Hoffentlich magst du es nur nicht, nachts geweckt zu werden«, raunte Willow kopfschüttelnd.

»Sorry. Mir ist kalt.« Langsam schaute Hugo zu den verkohlten Büchern. »Wobei ... ist vermutlich besser so.«

In aller Kürze erläuterte Willow das Konzept von Feynman-Diagrammen und erinnerte an das zweite Gesetz der

Thermodynamik, um Chaos so wenige Variablen wie möglich zu überlassen. Thabisas dünner Strich tanzte mit den wilden Linien von Hugo. Schließlich erhielt Willow das Notizbuch. Ihr eigener Beitrag zu der Rechnung war klein, aber letztlich würde ein zartes Minus genügen, um das Feuer zu entfachen. Willow lächelte bei diesem Gedanken irritiert. Das war genau das falsche Gleichnis.

»Wir sollten zurücktreten«, schlug sie vor. Der Stift zitterte in ihrer Hand.

»Tu es«, verlangte Hugo angestrengt. Seine Augen hafteten nach wie vor auf seiner Schrift. Willow warf einen Blick zu Thabisa, die es ihm gleichtat, und setzte das Minus.

Eine Druckwelle riss sie von den Füßen. Einmal hatte Willow im Strandurlaub die Hand ihrer Mutter verloren, war untergetaucht. Oben und unten vereinten sich. Nun kehrte die alte Angst mit der Wucht einer Wahrheit zurück, die kein Albtraum erreichen kann.

»Ihr habt ja Ideen«, sagte Anthonys dumpfe Stimme weit, weit hinten in ihrem Schädel. Willow versuchte, die grauen Schleier vor ihren Augen zu deuten, doch sie brannten wie Rauch. Verbissen rang sie nach Luft, sie war heiß und trocken. Schlagartig erschien die Decke des Long Rooms über ihr. Japsend füllte Willow ihre Lungenflügel, fuhr hoch. Schwindel wollte sie erneut nach unten pressen, aber sie zwang ihre Lider zusammen und wartete, bis das Gefühl versickerte.

Hugo und Thabisa lagen neben ihr, starrten keuchend an ihr vorbei. Willow folgte ihren Blicken, gleichzeitig stieg ihr der Duft von Holz und Harz in die Nase. Die Eichenregale waren deutlich heller, beinahe ...

»Sie sind neu«, stellte Hugo fest. »Die Bücher sind frisch gebunden, seht euch die Farben an. Thabisa, ich hätte nicht an dir zweifeln sollen.«

»Unfassbar.« Ermattet entkrampften Thabisas Glieder, sie lachte. »Dass ich so etwas jemals von dir höre.«

Willow betrachtete die Folgen ihres vermeintlich harmlosen Vorzeichens, als hätte sie eine optische Täuschung vor sich. Offenbar hatte ihr Spiel mit dem Chaos die Regale und sogar Aristoteles in einen Zustand versetzt, den sie seit mindestens zweihundertfünfzig Jahren nicht mehr besaßen.

»Sollten wir noch etwas lineare Zeit vergehen lassen, damit es weniger auffällig aussieht?«, fragte Hugo. »Oder dauert es jetzt einige Hundert Jahre, bis die Bücher eines Tages verkohlen?«

»Gute Frage. Sehr gute Frage.« Thabisa hob ratlos eine Hand an ihr Kinn.

»Es sieht okay aus«, murmelte Willow und legte mit scheinbarer Gelassenheit den Kopf schief, während ihr Herz jagte.

»Okay?«, wiederholte Hugo. »Es sieht aus, als hätten wir mitten in einer Bleistiftzeichnung radiert, das Papier dabei zu stark angeraut und dann ausgebessert, wodurch die Striche nicht mehr zum Rest passen.«

Thabisa verdrehte theatralisch die Augen. »Immerhin haben wir kein Loch hineingebrannt.«

»Touché.«

Schwindel zwängte Willows Augen zusammen. Oder war das nur Müdigkeit? »Ich fürchte, ich bin zu nichts mehr zu gebrauchen. Vielleicht finden wir ... später eine Lösung.« Gähnend schaute sie zum Geografen, dessen Tränensäcke nun dunklere Schatten warfen. »Ich bekomme unvermeidlich Ärger mit Colin und Battaglini. Der Zustand des Raums ist nicht perfekt, aber ich fürchte, wir können daran wenig zum Besseren ändern. Außerdem ...« Sie gähnte erneut. Ihre Ohren knackten und lockten für einen Moment dieses bizarre Klingeln hervor. »Außerdem seht ihr beide erledigt aus. Danke ... für eure Hilfe, übrigens. Ohne euch wäre ich aufgeschmissen gewesen, und diese Bibliothek auch.«

Thabisa und Hugo nickten knapp und mit einem synchronen, beiläufigen Schulterzucken.

»Ich relokalisiere mich lieber nur mit einer anderen Person. Heißt, ich bringe Thabisa weg und komme dann wieder, wenn das in Ordnung ist.«

Sie stimmten Hugos Vorschlag zu. Willow beobachtete etwas belustigt, wie er Thabisa in den Arm nahm, die Augen schloss und für einen Moment mit ihr verschmolz, bevor sie verschwanden.

Ihr Blick wanderte in den ungewohnt hellen Teil des Long Rooms, streifte Aristoteles und hielt inne, als sie ein schwarzes Heft hinter einem Regal bemerkte. Hatte sie Felices Notizen nicht unter ihrer Bank zurückgelassen? Willow trat näher und griff nach dem Heft. Die Schrift auf dem weißen Etikett war nach unten gerutscht, als hätte sie flüchtige Bekanntschaft mit einem schwarzen Loch gemacht. Sie blätterte mit angehaltenem Atem. Sämtliche Striche verklumpten wie nasse Kohle auf der unteren Hälfte der Seiten. Willow biss den Kiefer zusammen und stützte sich zittrig auf Aristoteles.

Scheiße.

Felices Wissen, das Harrison so verzweifelt suchte, war jetzt noch schwerer zu entwirren, wenn nicht vollkommen verloren. Das Heft hatte nicht im direkten Radius ihrer gegenlinearen Zeit gelegen, aber offenbar nahe genug, um davon beeinflusst zu werden. Vermutlich hatten sie irgendeine Variable vergessen, die Chaos mit beschwingter Entzückung gefüllt hatte. Allein konnte sie die Worte auf keinen Fall wiederbeschaffen, sie musste zumindest mit Thabisa darüber reden. Die Kopfschmerzen bohrten sich nun tiefer in ihren Schädel und drangsalierten ihre Zweifel.

Womöglich war es besser, wenn Felices Aufzeichnungen für immer verschwanden. Während Hugo seine Trauer längst dazu überredet hatte, die Dunkle Ordnung freizugeben, diskutierte Willow erneut mit der Hoffnung. Die verschlüsselten Worte gaukelten ihr vor, Antworten auf andere Fragen zu liefern. Fragen über Felice, ihre Magie, Anthonys Tod.

Etwas knackte, sie fuhr herum. Hugo materialisierte sich neben John Locke. In der Dunkelheit bemerkte Willow einen schwach glühenden Riss an der Stelle seines Erscheinens. Im ersten Moment wirkte Hugo angetrunken, fragil, im zweiten hielt er inne. Zu lange starrte er auf das Notizbuch. Sie konnte sehen, dass er die Luft anhielt. Und plötzlich tat sie es ihm gleich, als eine Erkenntnis Besitz von ihr ergriff.

Harrison hatte das Notizbuch in Anthonys Dachzimmer gesucht. Und Hugo hatte Harrison nicht grundlos angegriffen. Die Verbindung war so simpel, dass Willow sich ohrfeigen könnte. Hugo kannte das Notizbuch. Er wusste, was darin stand.

»Du kennst es«, stellte Willow fest, zwängte ihre Augen zusammen.

»Nein.«

Aber warum hatte Hugo es nicht einfach eingesteckt, als er die Gelegenheit dazu hatte? Immerhin konnte er nicht nur Menschen relokalisieren, er hatte schon volle Karaffen und Gläser bewegt. Ein falsches Blinzeln und das Notizbuch war verschwunden. Es wäre niemandem aufgefallen.

»Du kennst es, willst es aber nicht haben«, schlussfolgerte sie. »Du willst nicht, dass jemand den Inhalt versteht. Du hast die Notizen neben das Regal relokalisiert, damit wir sie zerstören. Sag mir die Wahrheit.«

»Das will ich nicht.« Sein Blick suchte den Long Room ab, als würde er bereits ein Maß nehmen, um sich in einen beliebigen Winkel zu retten.

»Und ich will keine Ausflüchte mehr, Hugo!« Willow schmiss das nutzlose Heft auf den Boden, es schlitterte zu ihren vergessenen Zetteln. »Was zum *Fick* verheimlichst du?«

»Ich habe Anthony geschworen, dass ich es dir nicht sage.« Er wusste, dass er nicht vor ihr fliehen konnte, nicht für immer. Also schob er nun eine bequeme Lüge vor, spielte mit ihren Gefühlen.

»Du sollst mir die verdammte Wahrheit sagen!«, verlangte Willow und kämpfte gegen das Bedürfnis, sich auf ihn zu stürzen. Vor ihrem inneren Auge sah sie Hugos blutige Nase.

»Es würde mehr zerstören, als du ahnst. Du willst es nicht wissen, Willow. Bitte zwing mich nicht dazu.« Er hob die Hände. »*Bitte* tu das nicht.«

»Führ dich nicht auf, als wärst du das Opfer. Du bist derjenige, der Harry angegriffen hat.«

»Ja, und Anthony ist tot.« Schluckend nahm Hugo seine Hände wieder herab. »Das habe ich nicht vergessen.« Seine müden Augen wurden feucht. Er öffnete hilflos den Mund, als wäre er des Englischen nicht mehr mächtig. »Ich versuche nur, das Richtige zu tun.«

»Und mir die Wahrheit zu sagen, gehört nicht dazu?«

»Ich weiß nicht, ob ich dir vertrauen kann!« Er wurde laut. »Ich weiß nur, dass Anthony dir nicht genug vertraut hat!«

»Es hat gereicht, um mich nach Tholeros Kosmos zu holen«, erinnerte sie ihn in einem Versuch, den wachsenden Schmerz zu mildern. Willow wagte es nicht, die letzten zwei Meter bis zu Hugo zurückzulegen. Dass er sich nicht längst relokalisiert hatte, sagte ihr, dass er tatsächlich zweifelte. Ein Teil von ihm wollte sie einweihen, ihr von Felice erzählen. Womöglich musste sie nur noch einen weiteren Schritt auf ihn zugehen.

Regungslos suchte sie Hugos Blick. »Felice ist tot, oder?«

Seine Augen zitterten, wichen aus. »Niemand hat ihn gefunden, niemand weiß, wo er ist.«

»Du weißt es.« Willow war sich bei diesen Worten nicht sicher, aber er konnte sie jederzeit korrigieren. Doch Hugo verneinte nicht, wie es jeder andere Mensch, jeder *unschuldige* Mensch getan hätte.

»Zwing mich nicht dazu«, bat er abermals. Sein Atem ging ungewohnt rasch.

»Ich zwinge dich nicht. Ich biete dir eine Chance.«

Zögernd tat er zwei Schritte in ihre Richtung, schloss Willow in die Arme. »Nein. Halt still.«

Gleißendes Licht strömte aus ihren Eingeweiden, Hitze und Frost prickelten auf ihrer Haut. Hugo löste sich ruckartig von ihr und riss verwundert die Augen auf.

Die Küste empfing sie mit Wind und Gischt. Anscheinend befanden sie sich nordwestlich von Tholeros Kosmos, denn der Baily-Leuchtturm war hier näher als gewöhnlich. Im fahlen Licht des Morgens erkannte Willow, dass sie am Ende einer schmalen Felszunge standen. Hoch zur Küste führten Treppenstufen, die direkt in den Stein gehauen worden waren.

»Was tun wir hier?«, fragte sie verwirrt.

»*Kut!*«, entfuhr es Hugo. Wutentbrannt fasste er Willow bei den Schultern. »Dein verdammtes Chaos!« Schweiß stand auf seiner Stirn.

»Wo sind wir?«, wiederholte sie und schlug seine Hände fort, dann wusste sie es. »Wir sind an einem Ort, an den du auf keinen Fall mit mir wolltest, richtig?« Sie hatte es schon wieder getan und das Gegenteil ermöglicht. Auf einmal erschien es ihr so deutlich.

Hugo haderte offenkundig, ob er noch einmal versuchen sollte, zum Institut zurückzukehren. Leichenblässe lag auf seinem Gesicht, als wollte es seinen Schädel nicht länger verbergen.

»Ich biete dir noch immer die Chance, mir alles zu erzählen«, raunte Willow. »Was ist mit Felice passiert?«

Hugo rümpfte die Nase. »Ich biete dir ebenfalls eine Chance. Du kannst dich jetzt entscheiden, auf wessen Seite du stehst. Auf Anthonys und meiner oder der von Harrison und Felice.«

Reflexartig sträubte sich ihr Geist, und Hugo las es in ihrem Gesicht. Eine Falte erschien neben seiner Nase, missbilligte das Zögern.

»Was habt ihr mit Felice gemacht?«, brachte sie hervor.

Einen langen, beinahe ewigen Moment starrten sie einander an. Hugos Gesicht versteinerte in Verärgerung. »Du weißt ja, was die Pythagoreer mit Verrätern tun, oder?«

»Ihr *ertränkt* sie. Ein Ritual, damit sie alles vergessen.« Willow erschauderte. Was wollte Hugo ihr sagen – dass Felice ein Verräter gewesen war?

»Genau. Wir bringen den Delinquenten ans Meer und drücken den Kopf viermal unter Wasser, während wir einen antiken Text zitieren. Normalerweise ... führen nicht nur zwei Leute das Ritual durch, sondern vier. Vollkommene Zahl.« Er wich ihrem Blick aus. »Wir hätten zumindest Ophelia holen müssen, aber ...« Seine Stimme verlor Kontur. »Wir dachten, es ginge auch zu zweit.«

»Warte.« Die Erkenntnis traf Willow wie eine brechende Welle. »Nein.«

Hugo hob kopfschüttelnd die Schultern. »Felice, er ... sollte nicht sterben, natürlich nicht. Aber er hat nach dem vierten Untertauchen nicht mehr gelebt.« Die Erinnerung daran färbte sein Gesicht grau. »Es muss ihn niemand mehr suchen, Willow. Wir haben zugelassen, dass Chaos ihn holt. Wir haben ihn getötet.«

Sprachlos ließ sie ihren Blick schweifen. Es kam ihr vor, als wäre diese Aussage bloß ein abweges Konstrukt, kaum mehr als ein flüchtiger Gedanke. Als stünde sie an einer Klippe und überlegte für den Bruchteil einer Sekunde, zu springen. Wie der Wind an ihrer Kleidung zerren würde, dann der harte Aufprall und die Kälte. Für gewöhnlich verdrängte sie diese Idee, ging einen halben Schritt zurück und wandte sich anderen Gedanken zu, nicht ohne eine unerwünschte Beklommenheit im Herzen.

»Aber ... warum?«, fragte sie endlich. Sie konnte Hugos durchdringenden Blick nicht einordnen. »Was war sein Verrat?«

»Felice war ein Kyloner.«

Die nächste Frage wagte sie kaum zu stellen. »Und wusste Harrison davon? Er hat Felice doch aus Italien mitgebracht ...«

»Es gibt nur eine Person bei Tholeros Kosmos, die Anthony verdächtigt, für das Verschwinden von Felice verantwortlich zu sein. Inzwischen ist Anthony tot. Was denkst du also – wusste Harrison davon?«

Vergeblich versuchte eine Böe, Willows elektrisierte Nackenhaare zu bändigen. Ihre Haut sprudelte wie kochendes Wasser. »Willst ... scheiße, willst du damit sagen, dass Harrison Anthony umgebracht haben soll? Ich weiß nicht, ob ich das glauben kann.«

»Du hast ihn in Anthonys Büro gesehen.« Er machte einen Schritt auf sie zu und griff sie sanft bei den Oberarmen. »Harrison will die Notizen haben. Ich weiß nicht, was er damit plant, aber aus meiner Sicht lässt das nicht viele Interpretationen zu. Ich dachte auch lange, dass er harmlos ist. Zu lange.«

Sie schaute ihn schweigend an, zwischen seinen Fingern gefangen wie im Maul eines zahnlosen Löwen.

»Ich denke, dass Harrison zu den Kylonern übergelaufen ist«, fuhr Hugo ungeduldig fort.

»Er war nicht einmal im Land, Lloyd kann das bezeugen.«

»Er war in *Italien*. Und als du Harrison das erste Mal in seinem Zimmer angetroffen hast, war er deiner Meinung nach auch nicht im Land, oder?« Hugo atmete tief durch und löste seinen Griff, als wurde er sich gerade erst darüber bewusst. »Und Lloyd ist ... Ich weiß nicht, ich traue ihm nicht. Er könnte lügen.«

»Hugo! Hast du Felice aufgrund ähnlich armseliger Indizien *ertränkt*?« Das letzte Wort war nur ein Krächzen.

»Nicht ich habe Felice ertränkt, sondern Anthony *und* ich. Zusammen.« Warum erinnerte er sie daran? Glaubte er, dass sie ihren verstorbenen Mentor schützte? Einen Mann, der sich gegen derartige Anschuldigungen nicht wehren konnte? Denn in diesem Moment begriff Willow, dass dem so war. Sie konnte sich nicht vorstellen, dass Anthony einen Doktoranden unter Wasser drückte, nicht einmal für ein vermeintlich harmloses Ritual.

»Ihr hattet also Gründe«, schloss sie zitternd. »Belegbare, sichere Gründe?«

»Ja. Und eine über zweitausend Jahre alte Tradition.«

»Du kannst dir denken, was ich von dieser Tradition halte, oder?«, entgegnete sie. »Ihr hättet sicherstellen müssen, dass nichts passiert, Hugo. Das wäre das Mindeste gewesen!«

»Wir hatten keine andere Wahl!«, fuhr Hugo sie an.

»Aha?« Willow verschränkte die Arme.

»Weißt du, Anthony und ich ... konnten uns nie leiden.«

»Ach was.«

Hugo runzelte die Stirn, als könnte er nicht fassen, dass sie zu diesem Tonfall imstande war. »Das erste Semester war übel. Er nervte mich damit, dass er Humane Relokalisierung erlernen wollte, ohne mir zu sagen, wozu. Ich war überzeugt, dass er es gar nicht lernen konnte.«

»Wieso?«

»Weil er Physiker war. Chemiker. Irgendetwas dazwischen. Von Längengraden, Winden, der Erdrotation und fast allen anderen Variablen hatte er keinen Schimmer. Vermutlich dachte er auch noch, dass Kalifornien eine Insel ist und Australien ein Binnenmeer besitzt.« Er schüttelte den Kopf. »Ich konnte mich selbst erst ein paar Meter relokalisieren, das war mir zu heikel, und er war schon im Gebärdensprachkurs penetrant. Hab's ihm also nicht gezeigt. Was ihn natürlich nicht davon abgehalten hat, mich ständig anzusprechen. Am Ende des Semesters kam jedenfalls Harrison mit Felice um die Ecke. Der hatte bei einer Ausgrabung beobachtet, was unser unauffälliger, quasi phantomgleicher Freund mit seinen Funden anstellt. Er ist sich zu fein, das Zeug mit einem Pinsel abzustauben, und missbraucht lieber die Dunkle Ordnung dafür. Harrison trägt echt so viel zur Sicherheit unserer Gemeinschaft bei wie die alten Römer zur Astronomie.«

Hugo schnaubte. »Es stellte sich *glücklicherweise* heraus, dass Felice Teil einer alten pythagoreischen Familie war, die in Tarent ihr eigenes Süppchen kocht und mit uns wenig Kontakt hat. Das ist nicht ungewöhnlich. Gab ein paar zu viele Kriege in zweieinhalbtausend Jahren, um so etwas wie Nationalstolz aufzubauen, statt Teil einer eingeschworenen Gemeinschaft zu bleiben.«

»Du schweifst ab.«

Hugo hob eine mahnende Augenbraue. »Worauf ich hinauswill: Anthony hatte diese beschissene Angewohnheit, die Pythagoreer zu einem Kollektiv entwickeln zu wollen, das *ein wenig offener* ist.«

»Also wusstet ihr nicht, dass Felice zu den Kylonern gehörte, und habt ihn einfach hergeholt«, schloss Willow.

»Ja.«

»Und woran habt ihr dann gemerkt, dass etwas nicht stimmt?«

Seufzend schien Hugo darüber nachzudenken, ob er nicht längst zu viel gesagt hatte. Er verlagerte sein Gewicht von einem Fuß auf den anderen.

»An ... zwei Dingen. Erstens war Felice in der Lage, alles zu kopieren, was der Rest des Instituts konnte. Wir dachten zunächst, dass die Mathematik ihm das passende Vokabular dafür bot. Mittlerweile bin ich sicher, dass das eine Spezialität der Kyloner ist.« Er schwieg eine Weile.

»Und die zweite Sache?« Willow widerstand dem Wunsch, ihn gegen den Oberarm zu stoßen. »Hugo?«

Er hob die Schultern und wich ihrem Blick aus. »Felice bekam mit, wie genervt ich von Anthony war, wie ich mit ihm sprach. Er sagte, er wüsste, wie er endlich Ruhe gibt.«

»Und zwar?«

»Ich habe Anthony erklärt, wie ich mich relokalisiere, und gab ihm vorsätzlich falsche Koordinaten. Er sollte nur nasse Füße bekommen oder ... einfach scheitern.« Hugo schaute zum Wasser und wandte sich sofort wieder ab. »Er landete zwölf Kilometer vor unserer Küste.« Er schluckte. »Meinetwegen wäre er fast ertrunken.«

Willow dachte an Hugos weißes Hemd in der Ferne, Wellen wie Schlingen, und Anthony, der einen Notizblock gegen seinen Oberschenkel presste.

»Anthony war gerade verschwunden, als Felice versuchte, mich davon zu überzeugen, wie viel Macht ich haben könnte, wenn ich den Kylonern beitreten würde. Er behauptete, ein Nachfahre von Hippasos zu sein und mir verraten zu können, wie Chaos mich nie wieder beeinflussen würde. Offenbar glaubte er, ich wäre das schwächste Glied in der Kette. Der Punkt, an dem er das Institut infiltrieren kann. Und ja, sein Angebot war verlockend. Sehr verlockend.«

»Aber du hast abgelehnt.«

»Natürlich. Ich bin Pythagoreer. Ich schlug ihn bewusstlos, brachte ihn hierher und folgte meinen falschen Koordinaten, um Anthony zu retten. Und dann beschlossen wir, Felice dem Ritual zu unterziehen, damit er unsere Gemeinschaft komplett vergisst.«

»Aber warum habt ihr nicht einmal mit Battaglini und Archer gesprochen?«, fragte Willow fröstelnd. »Warum habt ihr euch allein darum gekümmert und das restliche Institut im Dunklen gelassen, vor allem wenn ihr doch wusstet, dass ihr zu viert sein müsst?«

»Das ist ... das lässt sich nicht leicht beantworten.«

Doch. Willow zuckte zusammen und sah Hugo ungläubig an. »Weil Anthony selbst ein Kyloner war«, entfuhr es ihr. »Darum konnte er sich problemlos relokalisieren! Er hat mir einen anderen Vorwand genannt, als ich danach fragte, aber jetzt verstehe ich, was er mir verheimlicht hat.« Sie bekam kaum Luft.

Der Geograf seufzte und hob zustimmend die Schultern. »Ja, er gehörte mal zu den Kylonern. Früher. Darum mussten wir uns selbst um Felice kümmern und das ganze Institut be-

lügen. Was mit jemandem wie Gunt echt nicht einfach ist.«
Hugo biss sich auf die Lippe.

»Ihr habt es dennoch geschafft. Bis jetzt.« Die Erwähnung des Psychologen ließ sie aufhorchen. Anthony hatte ihr doch erzählt, dass er *dank Raymond initiiert* worden war. Und diese Initiierung war ... wie eine Hochzeit, für Partnerschaften. Oder interpretierte sie zu viel? Es war definitiv denkbar, dass die beiden ein Paar gewesen waren. Willow erinnerte sich an Gunts tiefe Trauer, in der sich seine eigene verborgen haben musste.

»Oder hat Gunt es herausgefunden?«, fragte sie.

Schweigen.

»Hugo.«

»Du kannst keine Geheimnisse vor ihm haben. Du kannst es nicht! Gunt war *enttäuscht,* Willow, das kannst du dir nicht vorstellen. Er hat darauf bestanden, dass er nun dauerhaft am Institut ist. *Den Einschlagskrater klein halten.* Dadurch konnten wir uns sicher sein, dass sonst keine Kyloner unter uns sind. Reicht das als Antwort?« Hugo versuchte erfolglos, Zorn und Trauer auf seinem Gesicht zu mildern. »Felices Tod war ein riesiger Fehler. Die Kyloner sind keineswegs unsere Freunde, aber so etwas würden wir ihnen nicht antun, schon lange nicht mehr. Einmal abgesehen davon, dass wir ein Leben beendet haben, stand nun auch eine mühsam aufgebaute diplomatische Beziehung auf dem Spiel. Steht sie immer noch. Ein knappes Jahrhundert haben wir nichts mit den Kylonern zu tun gehabt, wir haben sie *ignoriert,* und alles war gut. Wie dieses Gefühl im Winter, wenn man die Hitze des Sommers und die Klimakatastrophe vergisst.« Er ließ Willow keine Gelegenheit, etwas zu sagen. »Wir fürchten Chaos, aber wenn es stimmt, was Anthony mir über die Kyloner erzählt hat, dann ist Chaos ihr aller Liebhaber. Wir können nur erahnen, wozu sie imstande sind, wenn sie von Felice erfahren. Ich weiß auch nicht, ob es eine gute Idee war, den Leichnam weit draußen auf dem Meer ...

zu ...« Er verschluckte das Wort, und seine Augen wurden klarer, als kehrte er aus seinen Gedanken zurück. Sein Blick traf Willows. »Harrison war unfassbar verzweifelt, er hat Tag und Nacht ganz Howth abgesucht. Es wundert mich, dass du das nicht mitbekommen hast.«

Willow zögerte. »Im Februar?«

»Ja.«

»Da war er den ersten von drei Monaten auf Sizilien.« Sie atmete langsam aus. »Oder er gab es vor.«

»Hat mir richtig leidgetan, wirklich. Aber wir haben es für uns behalten. Wir mussten.«

Willow krauste die Stirn. »Trotzdem wundert mich, dass du auf einmal so loyal zu Anthony warst. Besonders, wenn er früher zu den Kylonern gehört haben soll.«

»Verstehe ich. Er hatte sich unerlaubt aus deren Gemeinschaft entfernt und ... Wissen gestohlen. Dasselbe Wissen, das Felice mir angeboten hatte: wie man Chaos benutzt, statt es zu fürchten.«

»Er hat dich also bestochen?«

Hugo presste flüchtig die Lippen aufeinander. »Die Chlamys-Artefakte waren noch nicht fertig, aber Anthony hatte bereits ein gutes Mittel gegen Chaos.«

»Sein Monarchfalter-Tattoo?«

»Du denkst gut mit.«

Sie ging nicht darauf ein. »Darum trägst du also keine Brosche. Du hast auch ein Tattoo.«

»*Oui, Madame.*« Er lächelte wehmütig. »Jetzt weißt du Bescheid, Willow. Das ist alles, was ich dir sagen kann. Das ist die Antwort auf die Frage, was mit Felice passiert ist. Einer der Schuldigen steht vor dir.«

»Das ist nicht alles«, widersprach sie irritiert. »Hast du sein gestohlenes Wissen benutzt? Und was ist mit Felices Notizbuch? Hast du mit Anthony darüber gebrütet, sobald ich nicht da war?« Sie wich vor ihm zurück. »*Warum* bin ich überhaupt da? Dieser Flyer am Trinity war doch keine Fügung des Schicksals. Oder dass du im Reading Room neben mir saßt, *unauffällig, quasi phantomgleich.*«

»Willow, stopp.« Sein Gesicht ähnelte einem rasch zufallenden Eisentor. »Ich kenne Anthonys Gedanken nicht. Ich habe mich bestechen lassen, aber nicht mit seiner Magie, sondern ... damit, dass Evan ans Institut kommen durfte. Wirklich. Ich weiß auch nicht, was in dem Notizbuch stand. Entweder glaubst du mir das oder nicht, aber mehr als die Wahrheit kann ich nicht sagen. Und ich *sage* die Wahrheit.«

Willow schnaubte. »Ich glaube kaum, dass es eine häufigere Lüge gibt als diese.«

»Du hast doch mal mein Zimmer gesehen, ja?«, entgegnete er verbissen. Ihre Gedanken schweiften nur einen Herzschlag lang ab, da wurde sie schon von Hugos greller Umarmung zerrissen.

Sie relokalisierten in einem dunklen Raum, der aus mondlichtblauen Konturen bestand. Lavendel verbarg halbherzig den Geruch nach kaltem Rauch. In einer fließenden Bewegung öffnete Hugo die Tür und wies ausdruckslos auf den Flur des Wohngebäudes von Tholeros Kosmos.

»Ich habe dich nie belogen.«

Willow stolperte hinaus, als hätte er sie gestoßen. Das Schloss klickte, und von drinnen drangen kaum vernehmbare Worte. Nein, sie hatte sein Zimmer nie gesehen, und das wusste Hugo. Er hatte Willows Chaos ausgetrickst. Sie kam sich vor, als hätte sie soeben ein Schiff verlassen, das tagelang im Sturm getrieben war. Schwindel ließ Felices Namen von einer Seite ihres Kopfes an die andere knallen.

Wahrscheinlich hatte Evan bei Hugo übernachtet, wodurch es unwahrscheinlich wurde, dass der Brand im Long Room ein Geheimnis zwischen Thabisa, Hugo und ihr blieb. Womöglich erfuhr auch George noch vor dem Frühstück davon, und bald wusste es das ganze Institut. Sie mochte sich nicht ausmalen, welche Konsequenzen das haben würde. Die Rauchmelder hatten sicher die Feuerwache alarmiert, und

Colin hatte ebenso sicher nicht vergessen, wen er am Vorabend zu den Büchern gelassen hatte. Gleichermaßen unruhig wie erschöpft betrat Willow Felices Zimmer und sah für einen Moment eine Erinnerung an Anthony auf ihrem Schreibtischstuhl sitzen. Anders als im Long Room freute sie sich nicht über diese Illusion. Hatte Anthony tatsächlich Felice ertränkt? Bei dem Gedanken an das kalte Meerwasser bildeten sich Eiskristalle in ihren Lungenbläschen, ihre Rippen schmerzten. Das war nicht der Anthony, den sie kannte, beinahe verehrt hatte. Warum war er nicht mehr da, um sich zu verteidigen? Was sollte sie glauben?

Aber Willow war allein. Nicht einmal ihre Fantasie hielt es noch bei ihr aus.

Im Halbdunkel klimperte es vertraut, und als sie ihre Schreibtischlampe anknipste, schauten sie Aramis' Knopfaugen an. Die Münze an seinem Halsband schimmerte.

»Bist du vor Harry geflohen?«, fragte sie mit wummerndem Herzen. Willow hatte den Beagle am Vorabend bei ihm gelassen und die Tür nicht abgeschlossen. Nach nur einer Nacht in der Dubliner Wohnung traute Harrison sich wieder zurück in das Zimmer neben Felices. Anscheinend glaubte er nicht, dass Hugo ihn ein zweites Mal angreifen würde. Oder er fürchtete, etwas zu verpassen. Letzteres klang für Willow so plausibel, dass sie die Stirn krauste. War sie derart anfällig für Hugos schlangengleiche Vorwürfe?

Aramis stieß Luft aus seiner Nase und kuschelte sich auf seine Decke. Nur kurz überlegte Willow, ob es sich noch lohnte, selbst die Augen zu schließen, denn da meldete sich ihr Körper mit einer Antwort, die sie beinahe im Stehen das Bewusstsein verlieren ließ.

Narziss ohne Spiegel

»Ich wollte heute nicht getötet werden.«

Henri de la Tour d'Auvergne

Ein Klopfen ließ Willow senkrecht hochfahren. Vor Schreck bellte Aramis, was er sonst fast nie tat. Nach einem Moment der Orientierungslosigkeit stolperte sie aus dem Bett. Vor der Tür stand Evan, ein zerkratztes Smartphone in der Hand. Er trug hellblaue Boxershorts und ein altes T-Shirt, sein Haar hatte er noch nicht gezähmt.

»Seid ihr von allen guten Geistern verlassen?«, zischte er und deutete auf das Ende des Flures. Hugo stand im Morgenmantel in seiner Tür und schaute mit verschränkten Armen in der Gegend umher.

»Was ist los?«, nuschelte Willow. Der Beagle schlüpfte zwischen ihren Beinen hindurch und beschnüffelte den Meteorologen.

»Colin hat mich gerade angerufen, ihr habt irgendwelche Regale im Long Room umgefärbt?«

»Colin?« Wieso rief er ausgerechnet Evan an?

»Mein jüngster Bruder!«, sprang er ihr zur Hilfe und unterdrückte offenbar das Verlangen, Willow zu schütteln.

»Hugo hat schon zugegeben, dass du ihn heute Nacht zu dir

gerufen hast, also überspringen wir das Leugnen.« Evan kam ihr ungewohnt nahe, seine Stimme wurde bedrohlich leise. »Wenn Colin deinetwegen seinen Job verliert, haben wir beide ein Problem.«

»Wir hatten keine andere Wahl«, meinte Willow und sah zu Hugo, der noch immer nicht zu ihnen sah. »Es gab ein Feuer. Wir haben die Schäden umgekehrt, wodurch die Regale in ihren ursprünglichen Zustand zurückversetzt wurden. Was ... zwar nicht ideal ist, aber besser als verkohlte Bücher.«

»Es gab ein *Feuer?*«, wiederholte Evan erschüttert. Am anderen Ende des Flures wandte Hugo sich ab, als wäre ihm zufällig in diesem Moment ein Versäumnis eingefallen. Gleichzeitig erklangen Schritte aus Harrisons Zimmer.

»Bitte nicht so laut«, murmelte Willow. »Es sollen nicht alle wissen.«

»Du hattest also vor, das Problem einfach Colin zu überlassen, ja?«, fuhr Evan unbeirrt fort. »Das wäre nur typisch. Ehrlich, ihr verwöhnten Bonzenkinder glaubt wohl, ihr könnt euch alles erlauben, euch wird schon jemand hinterherräumen!«

Harrisons Tür öffnete sich mit einem Ruck.

»Geht das leiser?«, blaffte er. »Wir Bonzenkinder brauchen unseren Schönheitsschlaf.«

Willow lief es bei seinem Anblick heiß und kalt den Rücken herunter. Hugos Worte der vergangenen Nacht hallten in ihrem wunden Schädel wider. Allmählich sorgte sie sich wegen der andauernden Kopfschmerzen.

»Wir gehen schon«, raunte sie, während Aramis im Nachbarzimmer verschwand. »Evan, ich ziehe mir was an, und du solltest das auch tun. Wir treffen uns gleich in der Küche.«

»Beeil dich«, bat er zerknirscht und machte kehrt. Dann hielt er jedoch inne und wandte sich Harrison zu. »Warte mal. Du bist doch Archäologe, du wirkst Magie durch Gegenstände.«

»Das bin ich.« Harrison versteinerte im Türrahmen, eine Falte erschien zwischen seinen Augenbrauen.

»Zieh dich an, wir brauchen deine Hilfe.«

Willow wollte widersprechen, biss sich aber rechtzeitig auf die Zunge. Womöglich konnte Harrison ihnen tatsächlich helfen, das optische Problem in der Bibliothek zu beseitigen. Innerlich ging sie die Fachrichtungen der anderen Doktoranden durch und kam zu dem ernüchternden Ergebnis, dass niemand auch nur ansatzweise etwas mit *Gegenständen* zu tun hatte. Seufzend wünschte sie sich, rechtzeitig ins Bett gegangen zu sein – vor mindestens acht Stunden, und das definitiv nicht unter den kalten Augen von drei Dutzend Marmorbüsten.

Zehn Minuten später trafen sie in der Küche aufeinander und gossen sich schweigend Kaffee und Tee ein. Neben Harrison, Evan und Hugo war auch Thabisa gekommen, der man den Schlafmangel am wenigsten ansah. In aller Kürze erklärte Willow, was in der Nacht vorgefallen war, wobei sie die Details ihres Traumes und den Besuch an der Küste ausließ. Sie endete damit, dass sie die rußschwarzen Regale aus dem Gefüge der Zeit lösten.

»Beeindruckende Leistung, aber ich glaube kaum, dass ich euch behilflich sein kann«, meinte Harrison, als sich alle Augen auf ihn richteten.

Evan erhob sich. »Versuch es bitte wenigstens! Heute und am Wochenende werden sie den Long Room für die Öffentlichkeit schließen, da haben wir genügend Zeit, um eine Lösung zu finden.«

»Es ist keine Frage des Aufwands«, entgegnete der Archäologe. »Sondern meiner Fähigkeiten.«

»Ich komme mit und helfe«, sagte Thabisa. »Wir kriegen das hin. Evan hat völlig recht, wir können dieses Problem nicht seinem Bruder überlassen, und noch haben Battaglini, Archer und Gunt nichts davon mitbekommen. Ich für meinen Teil möchte weiterhin nachts in den Long Room.«

Nur Willow bemerkte Harrisons angespannten Kiefer. Dank Ophelias Hilfe waren die Spuren des Kampfes mit Hugo verblasst, kaum mehr als ein Schatten unter dem rechten Auge. Trotzdem konnte sie verstehen, dass er haderte. In Anbetracht des Misstrauens, das sich allein in diesem Raum vereinte, würde sie auch ablehnen. Doch dann begegnete Harrisons Blick dem von Hugo, was einem Duell gleichkam. Kurze, knisternde Stille folgte.

»Nun gut, wir können es ja versuchen.« Er hob gleichgültig die Schultern, und Willow atmete auf.

»Danke.«

»Aber erst Frühstück«, fügte Harrison hinzu und trat an den Kühlschrank. »Und ich verspreche gar nichts.«

Evan nickte zufrieden und rief Colin an.

»Guten Morgen«, grüßte George vom Flur, was alle Anwesenden ertappt herumfahren ließ. Ein Prickeln jagte über Willows Gesicht, und Thabisa schien es zu bemerken – sie grinste.

Seit der Sache im Gewächshaus vor zwei Tagen hatten sie nicht mehr miteinander gesprochen, sie gingen sich eher ungeschickt aus dem Weg. Doch statt in die Küche zu kommen und ein Gespräch zu provozieren, verklangen Georges Schritte und wurden durch das Geräusch der Eingangstür ersetzt.

»Wo willst'n du hin?«, fragte Thabisa überlaut. Der orange Lockenschopf tauchte erneut im Türrahmen auf.

»Hm?« Er hielt ein Paket in der Hand, das anscheinend auf der Veranda gelegen hatte. »Ich will nirgendwo hin. Also, doch, schon, in den Garten.« Nun schaute er lächelnd zu Willow. »Und ich würde mich freuen, wenn du mich begleitest. Sofern du nichts anderes planst.«

Sie warf einen halb hilflosen, halb prüfenden Blick zu den übrigen Doktoranden, die bis auf Harrison kollektiv nickten.

»Ich hole dich, falls wir dich brauchen«, versprach Hugo ausdruckslos. Thabisa drückte ihr zwei Käsesandwiches in die Hand.

»Wollt ihr mich loswerden?«, entgegnete Willow verunsichert. Dennoch war sie dankbar, nicht in der dicken Luft der Küche frühstücken zu müssen. Natürlich gab es Redebedarf mit George, aber in seinem Fall stellte sie sich das unkompliziert vor. Immerhin hatte er keinen Mathematiker ertränkt.

Im Hinterhof begrüßte sie ausnahmsweise kein Wind, sondern stille Kühle. Rotes Laub verteilte sich auf dem Pflaster.

»Was hast du überhaupt vor?«, fragte Willow und spähte auf den Karton, aber George hielt ihn zu hoch, um den Absender zu entziffern.

»Laien würden behaupten: Wir pflanzen einen Baum. Tatsächlich veredeln wir einen.«

»Ah. Und der Setzling ist in diesem Karton?«

»Yep. Ein Expresspaket aus Lincolnshire.« George schaute sie an, als müsste sie aus dieser Information etwas ableiten können. Vielleicht bekümmerte ihn auch das wütende Stirnrunzeln, das Willow umgehend ablegte. Die Ereignisse der vergangenen Nacht und das ständige Klingeln in ihren Ohren zermürbten sie, und dafür konnte er nichts.

An der windgeschützten Nordwestseite des Gewächshauses stellte er das Paket auf den Boden, zog ein Klappmesser aus seiner Brusttasche, trennte den Kartondeckel auf und offenbarte einen sorgsam verpackten Trieb, kaum länger als ein Bleistift. Vier Knospen verharrten daran. Kurz wünschte Willow sich, den Baum zu erkennen. Dann sah sie das erwartungsvolle Strahlen in Georges Gesicht, das sich darauf vorbereitete, ihr schwallartig so viele Fakten wie möglich zu erzählen.

»Hast du schon einmal einen Baum gepflanzt?«, fragte er. Unverhoffte Ehrfurcht schwang in seinen Worten mit, während er ein Sandwich aus Willows Händen nahm.

»Mit meinen Eltern, am ersten Schultag«, barst die Erinnerung aus ihr heraus, noch ehe Willow wusste, ob es eine schöne war. Statt fortzufahren, beschäftigte sie ihren Mund rasch mit ihrem Käsesandwich. Ihr Kleid für die Einschulung hatte ein juckendes Etikett im Nacken besessen, und die Lackschuhe hatte ihre Großmutter gekauft. Sie hatte so viel Angst vor Kratzern gehabt, dass sie auf den meisten Fotos nach unten schaute. Ihr Vater hatte während des Gottesdienstes vor der Kirche geraucht und war dafür von einer anderen Mutter beleidigt worden. Willow erinnerte sich auch, wie froh sie gewesen waren, dass sie die jungen Apfelbäume nicht auf dem Friedhof gepflanzt hatten, sondern auf einer benachbarten Wiese. Das war eine Tradition ihrer elitären Schule, und eigentlich sollten die Familien ab und zu nach den Bäumen schauen, durften sie auch ernten. Willows Vater hatte behauptet, dass die Bäume auf alten, vergessenen Gräbern wuchsen, womit er wahrscheinlich recht hatte. Lange war sie davon ausgegangen, dass sie aus diesem Grund nie wieder hingefahren waren – sie hatte sich gesträubt, einen Todesapfel zu essen. Heute musste sie sich eingestehen, dass ihre Familie einfach kein Interesse an derartigen Traditionen hatte, und nach der Scheidung und dem Schulwechsel hatte sich das ohnehin erledigt.

»Ist also schon länger her«, schlussfolgerte George, den letzten Bissen runterschluckend. »Aber keine Sorge, das ist keine Raketenwissenschaft. Und auch keine Dunkle Ordnung.«

Willow atmete belustigt durch die Nase aus und vertilgte den Rest ihres Sandwiches.

»Das ist der Trieb, der uns geschickt wurde«, erklärte George und hob ihn vorsichtig hoch. Dann trug er einen abgesägten jungen Baum aus dem Gewächshaus, der lediglich aus feinen Wurzeln und ein wenig Holz bestand. »Und das ist eine Sämlingsunterlage, die ich gestern aus dem Botanischen Garten mitgebracht habe.«

»Sämlingsunterlage«, wiederholte Willow und klopfte sich die Krümel von den Händen. »Das klingt, als klebst du jetzt den Trieb daran und buddelst ihn ein?«

»Ganz so einfach ist es leider nicht.« Er grinste. »Ich habe mich bemüht, dass die Unterlage und der Edelreis dieselbe Dicke haben, was in Lincolnshire dankenswerterweise berücksichtigt wurde.« Er erhaschte Willows fragenden Blick, während er mit dem Messer zwei saubere, schräge Schnitte in den Trieb und die Unterlage setzte. »*Edelreis* nennt man den Trieb. Manchmal bin ich mir gar nicht bewusst, wie viele Fachbegriffe es in meiner Disziplin gibt.«

»Ja«, entgegnete Willow und verschränkte die Arme, weil sie nicht wusste, wie sie George helfen konnte. »Ich glaube, deine Aufgaben sind doch komplizierter, als viele hier denken.«

»Unwissenheit wird den meisten Menschen erst bewusst, wenn sie eine vermeintlich einfache Aufgabe lösen sollen. Pflanze einen Baum. Schreiner einen Tisch. Erziehe ein Kind.« Er lächelte. »Schau, jetzt passen sie aufeinander.«

Während er den Trieb auf die Unterlage senkte, deutete er mit dem Kopf auf den Karton. »Ich habe da drin Veredelungsband gesehen. Es wäre toll, wenn du etwas davon um die Stelle hier wickeln könntest.«

Willow nickte und fand eine transparente Rolle, die zwar wie Klebeband aussah, aber nicht haften blieb. Sie knibbelte das Ende ab und ging neben George in die Hocke. Ihre Finger bebten, und als sie es merkte, wurde das Zittern stärker. George betrachtete die beiden Pflanzenteile beinahe andächtig und gab keine weiteren Anweisungen, also wickelte sie so viel Band darum, bis sie selbst zufrieden war. Er löste seinen Daumen vom Holz, legte ihn auf das Veredlungsband und strich zufrieden darüber. »Gut! Du kannst bei uns anfangen. Aber sag meinem Meister nicht, dass ich kein Wachs verwende.«

Willow nickte. Ihre Gedanken kreisten um das Zittern ihrer Finger und das flaue Gefühl in ihrem Magen.

»Ich dachte echt, dass ich den Trieb verwelken lasse«, stellte sie fest. Georges Lächeln wich Sorge.

»Hör mal, das ... mit dem Gewächshaus war nicht deine Schuld.«

Doch, war es. Sie hatten noch nicht darüber gesprochen, und dennoch fühlte es sich für Willow an, als hätten sie längst alles gesagt. Bei Harrison hatte sie stets diese latente Schuldzuweisung gespürt, wenn etwas nicht gut lief, oder zumindest eine gewisse Erwartungshaltung.

»Heute Nacht habe ich ein Feuer im Long Room ausgelöst und danach die lineare Zeit gestört, weil ich ein Vorzeichen geändert habe«, flüsterte sie.

»Was?«, zischte George und zog verwundert den Kopf ein.

»Ist schwirig zu erklären, aber ich denke, dass mein erhöhter Chaos-Wert damit zu tun hat. Als würde ich Magie umpolen.«

Langsam und beinahe unauffällig zog George den Trieb aus ihrer unmittelbaren Reichweite. »Du solltest das noch einmal überprüfen lassen. Hast du mit Battaglini darüber gesprochen?«

»Mir graust davor«, gestand sie. »Hey, wollten wir nicht einen Baum pflanzen?« Allmählich schmerzten ihre Beine.

»Veredeln. Und wir wechseln jetzt nicht das Thema«, tadelte George und schaute sie durchdringend an.

»Okay, ich werde mich mit Professor Battaglini treffen. Versprochen. Und ich lasse auch die Werte noch einmal überprüfen. Aber ich habe ehrlich gesagt nicht vor, ihr von dem Vorfall im Long Room zu erzählen, wenn es sich nicht verhindern lässt.«

»Warum nicht?«

»Weil ich meinen Doktor nicht am Trinity College absolvieren will, sondern hier!« Sie riss die Augen auf. War das nicht offensichtlich?

»Willow, niemand würde es wagen, dich aus unserer Gemeinschaft zu werfen, falls du wirklich Magie umpolen kannst. Du wärst zu ... mächtig.«

»Wenn das stimmt, würde ich lieber nie wieder zu euch zurückkehren.«

»Was?« Er verzog das Gesicht. »Warum?«

Willow schluckte. »Weil ich dann schuld an Anthonys Tod wäre.«

»Das stimmt nicht«, sagte George so rasch, dass er kaum länger als eine Femtosekunde darüber nachgedacht haben konnte. »Du bist nicht für seinen Tod verantwortlich, okay?«

Sie nickte, wodurch ein Felsen aus ihrem Kopf in ihren Hals polterte und sich dort verkeilte. Im nächsten Moment verwischte Willows Sicht. Sie schluchzte, bekam aber keinen Laut hervor. Als hätte sich die Erde ohne sie weiterbewegt, geriet sie aus dem Gleichgewicht und stürzte auf die Knie.

Nach kurzem Zögern kam George näher, legte die Arme um sie. Mit der Wucht einer Sturmflut drängte Willows Kummer heraus, zwängte sich durch ihre enge Kehle. Ungelenk stützte George sich ab, fiel ebenfalls auf die Knie. Dann drückte er sie fester.

»Willow«, flüsterte er. Er holte tief Luft, schwieg. Keine Floskeln, keine Beruhigung. Nur seine warmen Hände in ihrem Rücken. Sie ahnte, dass George noch immer den Trieb hielt, als könnte er nicht jederzeit entflammen. Doch obwohl in ihr der Wunsch aufkeimte, sich aus der Umarmung zu winden und kein weiteres Risiko einzugehen, verharrte sie dort. Sie konnte wieder atmen, und für einen Augenblick löste sich auch der hartnäckige Kopfschmerz auf.

»Ich kann mir bei nichts mehr sicher sein«, brachte sie hervor. »Vor ... vor einem Monat wusste ich noch nicht einmal, dass es die Dunkle Ordnung gibt.«

»Ich verstehe«, raunte er und wartete offenbar auf ein Zeichen, dass Willow losgelassen werden wollte. Als er sich sanft verflüchtigen wollte, zog sie ihn erneut an sich.

»Ich hoffe, du verstehst auch, dass ich mir bei den meisten Gefühlen nicht sicher sein kann.«

Er schwieg, deutlich länger als eine Femtosekunde. »Ja.« Willow lächelte bitter. »Danke.«

»Mach dir meinetwegen keine Sorgen. Unseretwegen. Ich laufe nicht weg.« George löste die Umarmung und fasste sie mit der freien Hand bei der Schulter, drückte zu. »In Ordnung?«

»In Ordnung.« Sie schniefte und widerstand dem Drang, beschämt zur Seite zu schauen. »Was ist das überhaupt für ein Baum, den wir da veredeln?«

George presste die Lippen aufeinander und warf einen Blick auf den Trieb. »Du musst meinetwegen wirklich nicht das Thema wechseln.«

»Ich möchte aber gerne.«

»Gut, gut, sorry.« Er überlegte kurz. »Es ist ein Kochapfel, die Sorte nennt sich *Flower of Kent*.« Mit diesen Worten stand er vorsichtig auf und holte einen ovalen Topf hinter dem Gewächshaus hervor, der bereits mit Erde gefüllt war. »Im Frühjahr pflanzen wir den Baum an einen schönen Platz, zuerst wohnt er hier.«

»Kochapfel?«, wiederholte Willow und räusperte sich. »Kann man die Äpfel später also nicht roh essen?«

»Doch«, murmelte George grinsend und setzte routiniert den Edelreis und die Unterlage in den Topf. »Sie sind auch recht lecker, aber eigentlich hat dieser Apfelbaum einen symbolischen Charakter.«

Willow sah dabei zu, wie seine Hände auf die lockere Erde klopften. *Symbolische Kochäpfel aus Lincolnshire.*

»Newtons Apfelbaum«, überlegte sie laut.

»Korrekt!«, verkündete George, sein Grinsen wurde breiter. »Die Ableger des Baumes gibt es fast überall auf der Welt, jetzt haben wir auch einen.«

»Und du lässt ihn natürlich wachsen, ja?« Willow wusste nicht, warum sie auf einmal derart aufgeregt war. »Du könntest nachhelfen.«

»In Anbetracht des immensen bürokratischen Prozesses und der monatelangen Wartezeit«, begann George in einem verspielt gehobenen Tonfall und ließ Raum für einen dramatischen Doppelpunkt. »Nein. Zu hohes Risiko.«

»Wer weiß, was Newton davon halten würde?«, meinte Willow schulterzuckend und unterdrückte ein Gähnen.

In diesem Moment fiel in ihrem Rücken die Tür zum Wohngebäude zu. Die beiden zuckten zusammen und sahen in das müde Gesicht von Ophelia. Sie trug einen grauen Pullover, einen zerknitterten Rock und Penny Loafers. Ein dunkelvioletter Schillerfalter ruhte über ihrem Herzen.

»Hi«, grüßte sie mit einem ungewohnten Zögern. »Wo sind alle? Wir sind im gesamten Gebäude ... nur zu viert, wenn ich mich nicht irre.« Professor Gunt war besser darin, die Stimmung des Instituts und einzelner Personen zu erfassen, aber wenn es um die Anzahl ging, war Ophelia weitaus genauer.

»Im Long Room«, antwortete George. »Archer und Battaglini sind den Vormittag über am Campus, Gunt müsste jetzt irgendwann hier eintrudeln.«

»Okay. Und habt ihr schon gefrühstückt?« Sie betrachtete Willow, als hätte sie etwas zwischen den Zähnen.

»Ja.« George stellte den Topf neben das Gewächshaus.

Ophelia zog mit ihrem rechten Fuß kleine Kreise über das Pflaster. »Okay.«

»Wir können dich gerne in die Küche begleiten«, schlug Willow mit einem Seitenblick auf den Botaniker vor. Er nickte.

»Danke, aber eigentlich habe ich keinen Hunger.« Die Kreise wurden immer kleiner, bis sie den Fuß aufsetzte und nachdenklich zu Boden sah.

Stille breitete sich wie ein Leichentuch auf dem Hof aus.

»Ist alles in Ordnung?«, wagte Willow zu fragen. Normalerweise wachten Ophelia und Gunt über die Doktoranden, derart hatte sie sich noch nie verhalten.
»Ach, bei mir läuft derzeit alles schief. Jedes einzelne Projekt, es ist zum Verzweifeln.«
Gerade rechtzeitig unterdrücke Willow die Frage nach Echos Gehör. Offiziell wusste sie nichts davon, und George musste es auch nicht erfahren.
»Aber das soll nicht eure Sorge sein«, fügte Ophelia rasch hinzu und sah auf. »Entschuldigt. Ihr habt eure eigenen Bürden zu tragen.«
Willow fragte sich, ob sie mit Ophelia spazieren gehen sollte. Plötzlich verkrampfte ihr Kiefer. Ophelia hatte Anthony ebenso gemocht wie sie selbst. War sie ihr aus dem Weg gegangen, um nicht auch noch ihre Trauer zu spüren? Nun kroch ein Gefühl in Willows Nacken, das zischelnd von Neid erzählte. Ihr Bild von Anthony Morris zeigte keine anderen Personen. Er war ihr Mentor gewesen, ihr Vertrauter. Aber spätestens seit sie Georges und Hugos Trauer erkannt hatte, wusste sie, dass sie sich selbst belog. Letztlich war sie nur einer von vielen Menschen im Leben dieses Mannes gewesen. Und anscheinend hatte er kein Problem damit gehabt, Willow über Felices Verschwinden zu belügen. Das, was sie tatsächlich über ihn wusste, war womöglich kaum mehr als das, was sie über Ophelia Murphy wusste.
»Du kannst dich uns immer anvertrauen«, sagte George. »Du bist keine Bürde.«
»Danke.« Ophelia atmete hörbar aus und schaute merklich beunruhigt zu Willow, die sich einen weniger ernsten Gesichtsausdruck aufsetzte und nickte.
»Wenn hier jemand eine Bürde ist, dann ...«
»Willow, stopp«, ging George dazwischen.
»Wir bekommen das mit deinen Chaos-Werten hin!«, fügte Ophelia hinzu. »Wenn du möchtest, können wir heute wieder messen.«

»Stimmt, Echo ist ja auch noch im Institut.« George begann damit, den Karton aus Lincolnshire zu zerteilen.

»Was soll das bringen?«, murmelte Willow. »Es wird dasselbe herauskommen wie sonst auch.«

»*Die Definition von Wahnsinn ist, immer wieder das Gleiche zu tun und andere Ergebnisse zu erwarten*«, zitierte George.

»Das stammt übrigens entgegen populärer Meinung nicht von Einstein, aber Willows Psyche ist sowieso im ständigen Wandel«, pflichtete Ophelia bei.

George verstaute die Pappe und steckte das Veredelungsband ein. »Heißt?«

»Wenn wir ihre Werte messen, tun wir nicht immer wieder das Gleiche.« Ophelia zögerte, als wollte sie noch etwas hinzufügen.

»Ist ja schon gut«, unterbrach Willow seufzend. »Lasst uns nicht mehr über falsch zugeschriebene Weisheiten diskutieren.« Vielleicht hatte das Chaos der vergangenen Nacht tatsächlich etwas verändert.

Für Willow war es ungewohnt, vor Echos Tür zu warten. Bislang hatten die Doktoranden jederzeit eintreten dürfen. Willow hatte das Zimmer noch nie besucht, weil ihr die Vorstellung missfiel, Echo zu stören. Stattdessen trafen sie sich meistens in der Küche, dem Labor oder im Salon. In der letzten Woche hatte Nikhil allerdings ein Stromkabel verlegt, sodass ein Lichtschalter vor Echos Tür wie eine Klingel verwendet werden konnte. Als Willow darauf drückte, kam sie sich armselig vor. Offenbar war sie nicht die Einzige, der ein direkter Besuch bei Echo unangenehm war, obwohl sie eigentlich wusste, dass nur ihr eigenes Verhalten für dieses Unbehagen sorgte.

Echo öffnete und blies sich eine Locke aus dem Gesicht. Sie war höchstens seit einigen Minuten wach. Mit verschränkten Armen musterte sie ihre drei Besucher.

»Was.«

Ziemlich unbeholfen ahmte Willow die Gebärde nach, die sie für die Chaos-Messung erdacht hatten. Erst, als sie mit den Händen auf einer unsichtbaren Tastatur tippte, einen zittrigen Seismografen von links nach rechts nachahmte und schließlich beide Daumen und Zeigefinger zusammenpresste und von ihrer Brust ausgehend zwei Hälften desselben Bogens beschrieb, schien Echo halbwegs zufrieden zu sein. Im ersten Anlauf führte sie die Hälften fälschlicherweise von außen nach innen zusammen, und obwohl Echo sehr genau verstanden hatte, was Willow wollte, ließ sie die Gebärde wiederholen. Zur Antwort gab es lediglich ein Augenrollen und ein Kopfschütteln.

»Echo meint auch, dass es nichts bringt«, zischte Willow mit einem Seitenblick auf George und Ophelia.

»Oh, ich glaube, *diese* Art Augenrollen sagt etwas anderes«, raunte er.

»Und was?«

George presste die Lippen aufeinander, dann formte er einige unsichere Gebärden, von denen Willow nur *Bitte* und *Hilfe* erkannte.

»Ihr wollt immer nur was!«, rief Echo plötzlich. »Bringt gefälligst Frühstück mit und denkt euch einen gescheiten Plan aus!« Schon drückte sie die Tür ins Schloss.

»Das bedeutet das Augenrollen«, behauptete George.

»Verstehe.« Zerknirscht machte Willow kehrt. »Dann tun wir ihr den Gefallen.«

In der Küche nahm George einige Orangen aus einer Schale und presste sie sorgsam aus. Während Willow zwei Scheiben Weißbrot im Toaster versenkte und Ophelia den Kühlschrank durchsuchte, betrat Professor Gunt das Institut. Wie immer, wenn er kam, knackte es kurz in Willows Ohren. Er legte hörbar den Mantel ab und steckte seine Schlüssel ein, dann warf er einen beiläufigen Blick in die Küche. Aufmerksam lauschte der Professor dem Klang der Kaffeemaschine und des kratzenden Messers auf dem Toast, bis Willow innehielt.

»Kann ich Ihnen helfen?«

»Was ist vorgefallen?«, entgegnete er.

»Nichts.« Willow legte das Messer ab und ermahnte sich, zu lächeln. »Wieso?«

»Die Fahrräder stehen unten, aber im Institut fehlen Menschen.«

»Einige von uns sind in die Stadt relokalisiert«, meinte Willow wahrheitsgemäß und versah ihr Schauspiel mit einem Schulterzucken.

»Mr Thibault«, entgegnete Professor Gunt seufzend und schaute an den Doktoranden vorbei aus dem Fenster, schüttelte den Kopf. »Irgendwann ertränkt er nicht nur sich, sondern einen von uns.«

Willow verschluckte sich beinahe, obwohl sie nichts im Mund hatte. »Er, äh, kann recht präzise springen.«

»Sie brauchen ihn nicht zu verteidigen. Er braucht sich nur beim Gewicht einer Person zu verkalkulieren und wir haben den nächsten Todesfall. Vielleicht schaffen Sie es ja, zu ihm durchzudringen, Miss Farley.«

»Ich? Ich kann auch nichts ausrichten.« Willow nahm einen Granatapfel in die Hand und wählte ein größeres Messer. »Vielleicht kann George etwas unternehmen.«

Der sah aus, als könne er es nicht fassen, dass Willow ihn in das Gespräch zerrte. »Hugo überzeugen? Das ist eine hohe Kunst, für die man mehr Worte braucht, als ich kenne.«

»Und dabei liest du so viel«, scherzte Willow und wagte es kaum, zu Professor Gunt zu schauen. Seine lauernde Anwesenheit war ihr unangenehm, weil er sonst nie mit ihr sprach. Es war eine rein professionelle Beziehung zwischen ihnen, und daran war auch Willow schuld. Sie konnte nicht zulassen, mit noch einem Mentoren Schallplatten und Tipps für Cafés zu tauschen. Vielleicht würde es helfen, wenn sie den übrigen Professoren des Instituts zumindest ein wenig entgegenkam, gelegentlich. Aber zu diesem Schritt war sie definitiv noch nicht bereit.

»Ich schaue, was ich tun kann«, versprach sie lächelnd.

»Denken Sie bitte an eine neuerliche Messung bei Mr Mallick und Miss Houdin, Sie können danach gerne in mein Büro kommen«, entgegnete er, wartete Willows zögerndes Nicken ab und verabschiedete sich.

Es war nur eine Frage der Zeit, bis er mich auch noch dazu nötigt, dachte Willow. Sie legte das Buttermesser ab und atmete langsam ein.

»*Und dabei liest du so viel*«, murmelte George in die Stille, die sich gerade ausbreiten wollte. Sein Tonfall behagte ihr nicht.

»Stimmt das nicht?«

Er löste die Orange von der Saftpresse, schaute aber nicht auf. »Den Satz habe ich nur etwas zu oft gehört. Entschuldige.«

»Oh, das ... war nicht abfällig gemeint. Tut mir leid.«

»Weiß ich, das war unfair von mir. Vergesst es bitte.«

Ophelia tauchte aus dem Kühlschrank auf und präsentierte scheinheilig lächelnd ein Silbertablett mit zusammengerolltem Schinken, Frischkäse und Gürkchen. Die kompakte Anordnung ähnelte jener eines Sternerestaurants.

»Wir behandeln Echo wie eine Königin, deren Belegschaft testet, wie weit sie gehen kann«, kommentierte George belustigt.

»Seid bitte freundlich zu ihr«, meinte Ophelia und stellte das Tablett auf der Arbeitsplatte neben dem Foyer ab. »Es läuft gerade nicht gut für uns.«

Willow hielt inne. *Uns?* Also musste es einen anderen Grund als Echos Liebeskummer geben. Mutmaßlich Echos künstlicher Gehörsinn.

»Ist ... etwas mit eurem Experiment?« Willow schaute nur flüchtig zu George und erkannte in seinen Augen flammende

Neugier, die er mit der Eleganz eines unterdrückten Gähnens bändigte.

Ophelias Blick durchbohrte Willow und verstärkte das Pochen hinter ihren Schläfen. »Ja. Das Experiment ist uns ... entkommen. Wie ein gläserner Schmetterling, der jetzt woanders sitzt.«

Willows Hand fuhr reflexartig an ihre Brosche.

»Glaubst du, dass Willow etwas damit zu tun hat?« George stellte sich prompt zwischen sie und Ophelia, was Willow direkt unterband, indem sie ihn zur Seite schob.

»Das hat sie ja ziemlich unverhohlen gesagt.«

Ophelia hob die Schultern. »Entschuldige. Ich respektiere nur Echos Wunsch, nicht über das Experiment zu sprechen.«

»Ach so, ihr habt ein Geheimnis«, murmelte George lächelnd. »Ein anderes als die Tatsache, dass sie manchmal hören kann? Sonst könnt ihr euch das sparen.«

Willow und Ophelia warfen sich einen raschen Blick zu. Die Medizinerin mahlte kaum merklich mit den Zähnen. »Hat sie es dir gesagt?«

»Nein. Sie hat aber neulich ziemlich akkurat eine Melodie von Hozier gesummt, die morgens im Radio kam. Ich glaube, sie hat es nicht gemerkt. Und wenn es ein Experiment ist, dass du mit Echo durchführst, nun ja ...« Der Funke in seinen Augen kehrte zurück, als George begriff, dass er richtig geraten hatte. Ebenso rasch verglomm er. »Und, äh, jetzt kann sie nicht mehr hören?«

Ophelia nickte nachdenklich, trat zu Willow und legte ihr ungefragt eine kühle Hand in den Nacken. »Ich bin mir nicht sicher, ob Echos künstlicher Sinn gerade bei dir ist, aber du scheinst ziemliche Kopfschmerzen zu haben. Und ... noch etwas.«

»Ich weiß nicht, was es sein könnte.« Willow erschauderte, als ihr der Geruch nach Bergamotte in die Nase stieg. Er verschmolz mit der Vanillenote des Long Rooms, erschuf das wabernde Gesicht von Anthony vor ihren Augen. Kurz glaubte sie, seine ferne Stimme zu hören. »Wenn ich Echo wirklich irgendwie bestohlen haben sollte, was würde dann passieren?«

»Wir finden das leicht heraus, indem ich den Effekt jetzt von dir löse.« Die Haut unter Ophelias Fingern wurde unnatürlich warm. »Was mich verwirrt: Du hast die Applikatoren nicht, die Echo verwendet, um die Dunkle Ordnung auf die Ohren zu fokussieren. Wenn, dann hast du die reine Magie auf dir, dann verteilt sie sich vielleicht über mehrere Sinne gleichzeitig. Ist jetzt irgendetwas anders?«

»Der Kopfschmerz ist weg«, murmelte Willow blinzelnd. »Und eben hatte ich noch einen Geruch in der Nase ...«

Langsam nahm Ophelia ihre Hand aus dem Nacken und schüttelte sie aus. »Keine Ahnung, was das ist, aber deine Synapsen veranstalten ein Feuerwerk. Es ist schwer zu beschreiben, da war so eine ... knisternde Aura um dich herum.« Sie schloss die Lippen rasch, als müsste sie einen Gedanken aufhalten.

»Eine Aura?«, fragte George. Er hielt noch immer die halb ausgepresste Orange in der Hand.

»Ich versuche, mich nicht mehr nur auf das direkte Fühlen zu verlassen, damit ich Notfälle schneller erkenne.« Ophelia wandte ihnen den Rücken zu und trat an die Vitrine. Ihr blasses Gesicht spiegelte sich in der Scheibe. Willow ahnte, woher die Motivation für dieses Experiment stammte. »Aktuell hilft mir künstliche Synästhesie. Ich sehe also farbige Auren, die mir etwas über euren Zustand verraten.«

»Weißt du wirklich nicht, was dieses Knistern ist?«, hakte Willow nach.

»Nein. Aber du bist nicht die Erste, bei der ich das bemerke.«

»Wer hat es noch?«, fragte sie mit angehaltenem Atem. »Hugo?«

»Ja?«

Alle drei fuhren herum. Der Geograf stand in der Tür und grinste, als hätte er nur die Pointe eines Witzes mitbekommen.

»*Cheers.* Ich unterbreche nur ungern. Wir haben so etwas wie einen medizinischen Notfall im Long Room. Bitte keine Eile.« Hugo griff nach einem Schinkenröllchen, aber Willow erfasste sein Handgelenk.

»Sag schon«, verlangte sie.

Hugo zog seine Hand aus der Umklammerung, als wäre sie nur eingebildet. »Harrison ist ohnmächtig geworden. Offenbar läuft Blut aus seinen Ohren.«

Aus seinen Ohren. »Das ist kein Zufall«, entfuhr es Willow, sie sah zu Ophelia. »Hast du bei ihm ...?«

»Ja.« Ophelia schürzte unschlüssig die Lippen. »Harrison hatte diese Aura immer wieder, und zwar meines Erachtens erst, seit wir mit dem Experiment begonnen haben.«

»Wovon redet ihr?«, fragte Hugo mit mäßigem Interesse, nun hielt er ein saures Gürkchen zwischen zwei Fingern.

»Ich hole meine Tasche und begleite dich«, entgegnete Ophelia und verließ die Küche. Während sie die Treppe zum Labor nahm, wurde ihre Stimme lauter. »Und nimm dir einen Schluck Wasser, Thibault, du trinkst wieder zu wenig.«

Hugo wackelte enerviert mit dem Kopf, dann deutete er auf den frischen Orangensaft und schaute George fragend an.

»Ist für Echo«, meinte der lächelnd und hielt ein leeres Glas unter die Spüle.

Die beiden glitten in eine Diskussion, aber Willow hörte nicht hin. Sie trat an das Fenster und betrachtete die schweren Regenwolken, die das Wasser beinahe schwarz färbten. Kräftiger Wind schüttelte die Heide durch.

Was bedeutete es, wenn Harrison sich des Experiments von Echo bemächtigt hatte? Rang er ebenfalls mit dem Chaos und manipulierte unverhofft die Gesetze der Magie? In ihrer Gegenwart hatte Harrison nur ein einziges Mal Magie verwendet, beim Betreten von Anthonys Büro. Wenn er ein personifizierter Vorzeichenwechsel wie Willow gewesen wäre, hätte Hugo sich bei ihrem Kampf allerdings nicht auf das Dach relokalisiert, sondern irgendwoandershin. Oder? Konnte es sein, dass Harrison einfach besser damit umging, seine Schwierigkeiten verbarg? Da waren zu viele Variablen.

»Willow.«

Sie schüttelte unmerklich den Kopf und bewegte ihre Gedanken in eine andere Richtung, in der es weniger Irrpfade zu geben schien. Sie erinnerte sich, dass Echos Gehör hin und wieder verschwand, ohne dass sie es wollte. Sie schloss die Augen und dachte an den Nachmittag zurück, an dem sie Kekse gegessen hatten. War es Zufall, dass Harrison eingetreten war, kurz nachdem Echo nichts mehr hörte? Oder hoffte sie das nur, weil sie, tief drinnen, Harrison noch mochte?

»Willow.«

Was war mit ihrem Traum im Long Room? Hatte dort ihre Umnachtung obsiegt oder der seltsame Effekt, an dem Echo und Ophelia forschten? Der Kopfschmerz hatte sie schon da geplagt. Echo hatte gesagt, sie hörte manchmal Dinge, die nicht da waren. *Geister.* Wenn sie Echos Effekt nicht brauchte, um zu hören, gab es offenbar unerwünschte Nebeneffekte. Waren ihre Sinne so manipuliert worden, dass sie mit einem Toten gesprochen hatte? Und das Feuer ...?

»Willow ...«

»George, meine Güte, ich höre dich! Lasst mich doch bitte eine Sekunde nachdenken!« Unbeherrscht schüttelte sie die Hand ab, die sich gerade auf ihre Schulter gelegt hatte. Dann bemerkte sie, dass diese glatte Stimme nicht zu George gehörte. Sie drehte sich um und erkannte kräftige Finger mit den dreckigen Nägeln eines Archäologen. Er hielt ein Notizbuch vor ihr Gesicht, dessen Titel sie nicht mehr lesen konnte, aber zu gut kannte.

Serie di esperimenti sulla pulizia matematica del caos. Felice Bonaccorso.

»Schau mal, was ich gefunden habe«, flüsterte Harrison. Taubheit kroch in Willows Glieder. »Wo sind die anderen?« *Und wie bist du hierher gekommen?* »Die Seiten sind unbrauchbar. Kannst du mir das bitte erklären?« Endlich senkte er das Heft. Willow blickte in sein schmerzverzerrtes Gesicht. Eine dünne Blutspur rann an seinem Kiefer entlang und näherte sich allmählich dem Adamsapfel.

»Das war ein Versehen, glaub mir. Was ... willst du damit?« Die letzten Worte wagte sie kaum auszusprechen, denn sie ahnte die Antwort. *Chaos bereinigen. Die Befähigung der Kyloner. Sich allem ermächtigen, unabhängig von den eigenen Talenten.*

»Weißt du, ich hatte heute Nacht einen wirren Traum, oder zumindest dachte ich das.« Harrison legte die Hände auf die Arbeitsplatten zu seiner Linken und Rechten. »Meine Träume sind neuerdings ausgesprochen lebendig, aber dieses Mal kam es mir vor, als würde ich ihn mit jemandem teilen. Und heute Morgen höre ich plötzlich diesen verlumpten Wetterfrosch und dich von einem Feuer im Long Room sprechen, und das war seltsam, schließlich hatte ich genau davon geträumt. Von Thabisa, dem Belgier und eurer Spielerei mit der Zeit.«

Willow ermahnte sich, zu atmen. Noch nie hatte sie sich vor Harrison gefürchtet, nicht einmal in Anthonys Büro, im Faustkampf mit Hugo. Jetzt lähmte sie die Angst wie Schlangengift. Wo waren George, Hugo und Ophelia abgeblieben? Warum half ihr niemand? Hatte er ihnen etwas angetan?

»Und vielleicht kennst du das ja, Willow, aber im Laufe des Tages kommen einem gelegentlich Fetzen eines Traumes in den Sinn, die man bis dahin vergessen hatte.« Plötzlich warf er das Notizbuch über seine Schulter. »Sag mir, dass ich mich irre.«

»Ich weiß nicht, wovon du sprichst«, log Willow, während sie die Gischt der Küste an ihren Waden zu spüren glaubte.

»Sag mir, dass Morris und Hugo ihn nicht ertränkt haben«, verlangte er. Auf seinem Gesicht verzehrte Zorn die tiefe, scheinbar unendliche Trauer.
Woher weiß er das. Woher weiß er das. Woher weiß er das.
»Wozu«, formten ihre Lippen tonlos. »Anthony ist tot. Versprich mir erst, dass du ihn nicht getötet hast.«
»Wie kann ich es dir *versprechen?*« Sein Blick verklemmte sich in ihrem. »Vergiss die Schmetterlinge nicht, Willow. Ein Flügelschlag genügt.«
»Du kannst nicht Chaos beschuldigen, so läuft das nicht!«
»Ach ja? Was weißt du denn?!« Harrisons Kopf schnellte wie der Stachel eines Skorpions vor. »Du. Gehörst. Nicht. Zu. Uns.«
»Natürlich!«, widersprach sie, obwohl ihre Kehle jeden Laut verwehren wollte.
»Hast du seit Morris' Tod auch nur ein einziges Mal etwas mit der Dunklen Ordnung bewirkt? War irgendetwas, was du getan hast, kein Resultat von Chaos? Sei ehrlich.«
Die letzten beiden Worte besaßen eine widerliche Vertrautheit, sie klangen sanftmütig. Nach Verständnis.
»Nein, das ... das war Trauer.«
»Das wollen sie dir einreden, Willow. Ich weiß nicht, was Morris' Plan war, aber ich weiß sehr wohl, was Evan Flanagan getan hat.«
Sie kniff die Augen zusammen. »Wovon redest du?«
Doch er lächelte nur und schüttelte den Kopf, genoss den Moment.
»Harrison, bitte lass dich von Ophelia behandeln und ... keine Ahnung, ruh dich etwas aus? Du redest wirres Zeug.«
Das Lächeln verschwand. »Ach so, und wir ignorieren einfach, was Hugo dir heute Nacht erzählt hat?« Als sie nicht reagierte, seufzte er überlaut, enttäuscht. »Willow, verkauf mich nicht für dumm. Du bist mir ohnehin ausgeliefert.«

»Ausgeliefert?«, wiederholte sie und wollte dem Wort einen höhnischen Klang geben. Stattdessen troff Panik aus jeder Silbe.

»Herrje. Es ist wirklich hoffnungslos mit uns beiden, nicht wahr?« Harrison löste seine Hände von den Arbeitsplatten. »Ophelia und Echo spielen mit einem neuartigen Zugang zu unseren Sinnen herum. Sie kann damit hören, aber der Rest von uns kann mit etwas Geschick deutlich mehr erreichen. Besser sehen, fremde Gefühle spüren, und die Toten sprechen zu einem. Ich kann diese Magie nicht wirken, aber das musste ich auch nicht. Wann immer ich sie brauchte, habe ich sie mir von Echo geliehen.« Er deutete auf Willows Glasflügelfalter.

»Sag mir nicht, dass du uns mit diesen Broschen manipulierst. Das ist nicht dein gottverdammter Ernst.« Sie wollte danach greifen, die Brosche abreißen, aber gleichzeitig fürchtete sie sich vor dem, was das Chaos mit ihr anrichten würde, sobald sie ungeschützt war.

Harrison hob die Schultern. »*Manipulation* ist etwas hoch gegriffen.«

»Was soll das? Hast du ... Ich frage dich das ein letztes Mal.« Sie atmete tief durch und hemmte den Wunsch, seine Nase zu brechen. »Hast du Anthony getötet?«

»Hör doch mal auf mit diesem Besserwisser! Du weißt genau, was ihn umgebracht hat. Berechne von mir aus die Wahrscheinlichkeiten.«

»Klär mich gerne auf!« Jetzt war es ihr Kopf, der nach vorne zuckte. Ihre Worte waren laut, aber anscheinend hörte sie niemand. Wo zum Henker waren George, Hugo und Ophelia abgeblieben? Wo Professor Gunt?

»Für einen derart klugen Menschen bist du erstaunlich dumm.« Harrison schüttelte enttäuscht den Kopf. »Ophelia und du, ihr wart allein mit ihm. Ophelia hat versucht, sein Leben zu retten. Und du, du bist Chaos. Jetzt sag mir, wer hat Morris getötet?«

»N-nein.«

»Bingo!«, rief Harrison, er klatschte direkt vor ihrem Gesicht in die Hände. »Dein Flügelschlag!«

In Willows Mund versammelten sich Worte.

»Das ist nicht wahr«, wollte sie sagen.

»Du spielst nur mit mir«, wollte sie hinzufügen.

»Dazu bin ich nicht fähig«, wollte sie lügen.

Harrison nahm sie bei den Schultern, und obwohl sie die Bewegung sah, zuckte sie zusammen. Ihre Gedanken verließen die Küche, das Institut, verloren sich hinter ihr zwischen den Wellen und dem aufkommenden Sturm. Zurück blieb eine einzige Tatsache. Sie hatte Anthony getötet.

»Er hat dich benutzt«, raunte Harrison. »Er hat dich zu Tholeros Kosmos gelockt, um eine Gabe zu forcieren, die du nicht besitzt. Du gehörst nicht zu uns.«

Willow dachte an die Aufnahmeprüfung, an den seltsamen Regen. Daran, dass sie von Hugo beobachtet wurde und die Halbinsel nicht verlassen sollte. Und es stimmte, seit Anthonys Tod hatte sie nur Chaos bewirkt. Das EEG hatte auch gezeigt, dass sie eigentlich nicht hergehörte. Die Dunkle Ordnung war ihr verschlossen, und das lag nicht an ihrer Trauer, sondern daran, dass grundsätzlich kein Funken in ihr glomm.

Vor ihrem inneren Auge erkannte sie Evan, der bleich und verschwitzt den Kopf aus einem Badezimmer steckte und Handtücher verteilte. Während Willows Prüfung hatte ihn dort drinnen niemand beobachtet. Ihn, den Meteorologen, der seit Wochen das Wetter über Howth Head manipulierte.

»Der Regen bei meiner Prüfung kam von Evan«, murmelte sie. »Und Evan ist hier, weil Hugo es von Anthony verlangt hat.«

»Ja!« Harrison nickte, als wäre sie ein Kind, das zum ersten Mal schriftlich dividierte.

Ihre Knie wurden weich. »Aber ... warum sollte Anthony das tun? Warum sollte er mir *Magie* vorgaukeln? Das ergibt doch keinen Sinn.«

»Es wäre ja nicht beim Vorgaukeln geblieben!« Er löste seine Hände von ihr und unterstrich seine Worte mit gezielten Bewegungen. »Morris wollte aus dir ein vollwertiges Mitglied von Tholeros Kosmos machen. Ich bin mir sicher, dass er dir Teile seiner Magie geliehen hätte, bis es irgendwann funktioniert. Oder eben nicht. Dann wäre er dich schon irgendwie losgeworden.«

Willow hätte sich gerne gesetzt, aber sie stand noch immer mit dem Rücken zum Fenster. Ihre Arme wurden schwer und kalt, als wäre sie stundenlang geschwommen und müsste in wenigen Zügen aufgeben.

Harrison lächelte wieder, als würde er ihr sogleich von einer perfekten Idee berichten. »Hugo hat mir leider die große Offenbarung gestohlen, dass Morris zu den Kylonern gehörte. Kaum zu glauben, aber Morris hatte dort wohl einen stattlichen Rang. War auf die vorletzte Stufe aufgestiegen. Sobald er erfahren hatte, wie man die Dunkle Ordnung teilt, ist er wie eine Ratte nach Dublin entfleucht. Im Gegensatz zu Morris haben die übrigen Kyloner niemals vor, unsere Fähigkeit an reguläre Menschen weiterzugeben. An Leute wie dich oder sein erstes Experiment, den verwilderten Regenmacher.« Abscheu manifestierte sich in Harrisons Zügen. »Felice hat Morris im Auftrag der Kyloner gesucht und wollte ihn ... *überzeugen,* zurückzukommen. Aufzuhören. Ein Euphemismus, das gebe ich zu. Morris hat sich hier im Institut verschanzt, wie es Ratten nun einmal tun. Dadurch wurde es schwer, an ihn heranzukommen.« Er sah aus, als würde er gleich auf den Boden spucken. »Ich hasse es, im Dreck zu wühlen, Willow. Ich hasse die brennende Sonne und den Staub. Bunte Scherben sind mir scheißegal. Und was Tholeros Kosmos mit der Dunklen Ordnung tut, ist unbedacht und engstirnig. Warum sollte ich rechnen können, um

Magie zu wirken? Die Methode mit Worten ist viel zu jung und ungenau, sie lädt Chaos regelrecht ein. Die Kyloner verzichten komplett darauf.«

Er konnte noch nie gut rechnen, dachte Willow unverhohlen und unterdrückte ihren Spott rechtzeitig, bevor sie das Wort erhob. Ihr Trotz erschien wie ein Rettungsseil für ihren ertrinkenden Verstand. »Und warum erzählst du mir das?«

Harrison grinste. »Endlich fragst du. Die Kyloner haben großes Interesse an jemandem wie dir. An deinem kontrollierbaren Chaos. Und sie werden auch mich in ihren Reihen aufnehmen, wenn ich ihnen einige Geheimnisse bringe. Wie Echos Experiment, das versehentlich ein Loch in den Schleier zu den Toten reißt. Oder Hugos kleines Kunststück.«

»Aha.« Sie schnaubte. »Ich habe aber kein Interesse an den Kylonern.«

»Das ist allein dein Problem.«

Er packte sie mit einer Hand und zog sie grob hinter sich her. Panisch begriff Willow, dass ihre Arme nicht nur bleischwer, sondern taub und kraftlos waren. Sie konnte sich nicht wehren. Und dann sah sie die Körper. Vor Schreck ließ Willow ihren missglückten Widerstand fallen, stolperte vorwärts. Ihr Herz folgte in die Tiefe und verharrte dort, zitternd und rastlos, wartete auf Entwarnung. Doch ihr Verstand hielt nichts dergleichen parat. Auf dem schwarzen Marmor des Foyers lagen Hugo, George und Ophelia. Sie konnte kein Blut entdecken, aber auch das beruhigte Willow nicht. Atmeten sie überhaupt noch? Harrison zog sie auf die Beine und drückte ihren Körper voran. In seiner linken Hand materialisierte sich ein kupferner Dolch, der nach ihrer Halsschlagader suchte.

»Bleib ruhig«, zischte er durch seine Zähne. »Fast alle sind ausgeflogen. Hier sind sonst nur Echo und Gunt.«

»Was hast du vor?«, keuchte sie.

»Sei still.« Harrison stieß die Tür zum Innenhof auf. Sollte sie nach Professor Gunt schreien? Als sie den Mund öffnete, zerteilte der Dolch die oberste Hautschicht.

»Ich meine es ernst«, knurrte er, ohne stehen zu bleiben. Harrison schaute sich flüchtig um und zerrte sie am Brunnen vorbei zum Wohngebäude.

»Tu Echo nichts«, krächzte Willow.

»Das kommt darauf an, wie kooperativ sie ist.« Das kalte Metall drückte härter gegen ihre Kehle. Harrison stieß Echos Tür auf.

Sie saß an ihrem Schreibtisch inmitten von losen Zetteln, Kaffeetassen und monumentalen Medizinbüchern, die sie problemlos als Waffe verwenden könnte. Willow wünschte sich telepathische Fähigkeiten, oder dass Echo wenigstens ihren warnenden Blick spürte. Ihre Halsader pochte, als könnte sie den Dolch wegdrücken. Die Angst unterspülte den Boden unter ihren Schuhen. Harrison griff nach Echos Schulter. Sie fuhr herum, ihr rosiges Gesicht erbleichte.

»Was ...«

»Steh auf«, befahl Harrison mit einem unmissverständlichen Kopfnicken. Echo gehorchte und hob die Hände, warf Willow einen besorgten Blick zu. Ihre Brosche saß direkt über ihrem Herzen, ein schwarzer Schwalbenschwanz. Willow erschien er wie ein Sprengkörper.

»Gib mir die Formel für dein Experiment.«

»Alter, ich bin gehörlos«, ranzte Echo unverfroren.

»Nimm den Dolch runter und schreib mir deine Bitte auf.«

Willow hätte beinahe gelacht, aber die Klinge presste sich erneut gegen ihre Haut. »Sie hat recht«, stieß sie hervor.

»Nein. Dann hole ich es mir von Ophelia.« Er kniff die Augen zusammen und schaute Echo durchdringend an, als müsste sie seine Gedanken lesen. Einen Moment verwirrte sie das sichtlich, dann verschwanden ihre Pupillen in den Augenhöhlen. Echo schlug auf den Boden, Notizen stoben wie Vögel auf. Und Willow sah hilflos zu.

Sie vergewisserte sich widerwillig, dass Echo noch atmete, und schaute Harrison trotz der Klinge ins Gesicht. Am liebsten hätte sie ihn angespuckt. »Wenn du das kannst, warum drückst du mir ein Messer an die Kehle?«

»Sei endlich still!«

Du hörst doch auch nicht auf zu reden, dachte Willow abfällig. Die Trennung tat ihr nicht länger leid. Harrison schien im Gegensatz zu ihr keine logischen Entscheidungen mehr zu treffen, und das bereitete ihr Angst.

Auf dem Flur kam ihnen Aramis entgegen. Treudoof blieb er vor Herrchen und Frauchen stehen und legte den Kopf schief, sein Halsband klimperte. Das Geräusch setzte sich wie eine Zecke in Willows Gedanken fest. Es erinnerte sie an etwas, an ... ihr Atem stockte. Das hatte sie also ständig gehört, als sie sich in der Nacht mit Anthony unterhalten hatte und die Kopfschmerzen ihr Hirn auspressten. Dieses sirrende Klimpern. Das musste irgendetwas bedeuten.

»Du hast mir gerade noch gefehlt«, murmelte Harrison.

»Lass ihn in Ruhe.«

Er blieb stehen.

Es ist sein Hund, so herzlos kann er nicht sein, dachte Willow. Und tatsächlich drückte Harrison sie einfach weiter. Aramis folgte mit etwas Abstand und schlüpfte hinter ihnen durch die Türen. Niemand kam ihnen entgegen. Mit jedem weiteren Schritt wuchs Willows Verzweiflung, und tatsächlich lagen die Körper noch immer regungslos im Foyer. Aramis eilte vor und schnupperte an George. Das Klimpern des Halsbandes hallte in Willows Schädel nach.

»Lass das«, meinte Harrison und versuchte, den Beagle mit seinem Schuh von Georges Locken wegzuschieben. Irritiert zog Aramis seinen Schwanz und den Kopf ein. Dann schaute er zu Willow, fragend und hilflos, aber sie wurde wie eine Statue inmitten des Raumes stehen gelassen. Sie glaubte, noch immer Harrisons Dolch zu spüren, während er sich Ophelia näherte. Inzwischen stand auf seiner Stirn ein

Schweißfilm, und seine gebräunte Haut wandelte sich zu Alabaster. Es war sicherlich nicht leicht, seine Magie zu nutzen. Wann würde er zusammenbrechen? Wann würde Chaos die ersten Variablen füllen? In diesem Moment wurde Willow bewusst, dass Harrison ein weißes Hemd trug, das sich allmählich bordeaux färbte. Wie die Blüten von Dutzenden Nelken breitete sich das Rot aus. Chaos war längst beteiligt.

Der Archäologe bemerkte die Verfärbung ebenfalls und erschrak darüber, als hätte er in Blut gefasst. Aramis schien das hingegen wenig zu kümmern, er gesellte sich schwanzwedelnd zu Willow. Erneut klimperte das Halsband. Das kleine runde Namensschild schlug gegen die antike Münze, jenen Talisman, den Anthony ihr vor einer gefühlten Ewigkeit geschenkt hatte. Als Schutz vor Kosmos, Chaos und der Dunklen Ordnung. Und Harrison war nicht an der Herstellung beteiligt gewesen.

Der kniete sich neben die Medizinerin und versuchte offenbar, sie mithilfe der Chlamys-Verbindung zurück zu Bewusstsein zu holen. Dabei schaute er immer wieder zu Hugo, als dachte er darüber nach, seine Nase ein zweites Mal zu brechen.

Willow prüfte, ob sie ihre Finger aus der Starre lösen konnte. Es erschien ihr aussichtslos, begraben im Ascheregen Pompejis. Angestrengt konsultierte sie das finstere Gefühl in ihrem Inneren. Sie wusste nicht, ob Harrisons Worte der Wahrheit entsprachen, aber sie war nicht vollkommen unbegabt. Selbst wenn Anthony sie belogen hatte, war sie für Kosmos und Chaos keine Fremde mehr. Vielleicht ließen sie sich locken.

Allmählich kam Ophelia zu sich. Ihre schwarzen Haare waren zerzaust, ihr Gesicht seltsam fahl. Harrison forderte sie ruppig auf, ihr die Formel für Echos Experiment zu geben.

Chaos, dachte Willow, *ich brauche Chaos. Ich muss nur diesen verfluchten Schwur brechen. Es wäre nicht das erste Mal!*

Während Harrison die wehrlose und benommene Ophelia auf die Beine zerrte, schlug die Verzweiflung in Wut um. Willow spürte, wie sie sich tief in ihr aufbäumte, ihr wild pochendes Herz zur Seite stieß und dann mit schwindelerregendem Tempo in die Höhe jagte. Ihre Finger erzitterten. Ihre Beine gehorchten nach wie vor, also sank sie auf ein Knie. Schnuppernd zog Aramis eine Runde um Willow. Harrison schaute flüchtig zu ihr herüber und hob eine warnende Augenbraue. Er wusste nicht, was sie vorhatte, er konnte es nicht wissen. Triumph und Verzweiflung vereinten sich in ihrer Brust, und plötzlich war ihre rechte Hand frei. Die unsichtbaren Fesseln zersprangen tonlos, aber nicht unbemerkt. Harrison zuckte, als hätte man ihn geohrfeigt, dann überkam ihn Zorn. Willow griff nach dem Halsband und ertastete den Verschluss, der die antike Münze hielt. Sobald ihre Finger das Metall trafen, fiel die Last von ihren Armen, ihre zweite Hand war frei. Willow riss sich den Glasflügelfalter von der Brust und schleuderte ihn an die Tapete. Etwas knackte, aber sie wagte es nicht, hinzusehen. Rasch löste sie Anthonys Münze von Aramis' Halsband und stand auf.

»Nimm die Brosche ab!«, rief sie Ophelia zu und stolperte neben Hugo. Sie tastete seinen Oberkörper ab und ließ Harrison erst aus den Augen, als sie den Schmetterling nicht fand. Die Falten seines Hemdes waren leer, in den Hosentaschen trug er weder Papier noch sein Telefon, nur eine Packung Zigaretten. Das Blut an seiner Nase trocknete bereits. Dann erinnerte sie sich an das Tattoo.

»Er braucht keinen Talisman.« Ophelias erstickte Stimme ließ sie aufsehen. Jetzt ruhte der Dolch an ihrem Hals. Harrison zitterte, sein Atem ging schwer. Aber er grinste.

»Steh auf, Willow«, verlangte er. »Oder ich schneide ihr die Kehle durch. Ich tu's.« Seine Finger umspielten den Griff des Dolches, als glühte er.

»Du willst das doch gar nicht«, hob sie an. »Harry, das bist nicht du. Das wird kein gutes Ende nehmen.«

»Kein Ende ist wahrhaftig gut«, zischte er. »Das ist nur deine Perspektive. Ich suche Antworten. Meinen Freund.«

»Du hast deine Antwort bereits. Du hast sie gehört, aus dem Mund des Täters. Was willst du noch?«

»Ich will Gerechtigkeit!«, rief er und packte Ophelia fester, sie kniff wimmernd die Augen zusammen. Der Anblick verschnürte Willows Herz.

»Du willst nicht mehr im Dreck wühlen, das verstehe ich«, hob sie an und verwendete gezielt seine eigenen Worte. »Wir sind bereit, dir zu helfen.« Willow ahnte, dass sie nicht die volle Wahrheit sagte, nicht einmal die halbe, aber sie brauchte Zeit. Harrison fürchtete sich davor, dass Hugo sein Bewusstsein erlangte. Er musste ihn niedergeschlagen haben, darum auch das Blut an Hugos Nase. Immer wieder rutschte Harrisons Blick zu dem Geografen. Obwohl Harrison eine Waffe hielt, war er das eingesperrte Tier.

Hinter ihr erklangen Schritte. Der gleichmäßige Rhythmus war ohne Eile, ohne Furcht. Willows Nackenhaare stellten sich auf.

»Ich bin enttäuscht«, sagte Professor Gunt. »Lässt du dich derart von deinen Gefühlen leiten, Harrison? Verlierst du deine Nerven?«

Der Psychologe kam gemächlich die Treppe herunter. Er trug noch immer dieses professionelle Lächeln, als wäre es gegen jede Bedrohung gefeit.

»Ich verstehe nicht«, entgegnete Harrison.

»Du glaubst doch nicht, dass deine Taten von der Gefolgschaft Kylons unbeobachtet bleiben.«

Ein Schauer kroch durch Willows Schulterblätter und verbiss sich zwischen ihren Bandscheiben. *Die Kyloner.*

»Ich hätte es gleich wissen müssen«, meinte Harrison, sein Lächeln kehrte zurück. »Darum haben Sie Morris so einfach in die Gemeinschaft der Pythagoreer gelassen.«

Gunt stolzierte an Willow und Hugo vorbei, machte einen großen Schritt über George. Er breitete die Arme aus, als würde er einen verlorenen Sohn willkommen heißen. Aber seine Worte tadelten ihn. »Du hast einen Fehler gemacht, Harrison. Das wird sich negativ auf deine Beurteilung auswirken.«

»Was? Was für einen Fehler?« Seine linke Augenbraue zuckte. Während Harrison wagte, dem Blick von Professor Gunt zu trotzen, glitt Ophelias Hand an ihre Brust, tastete nach der Brosche. Am liebsten hätte Willow geschrien, sie aufgehalten. Der Psychologe sah, was sie tat, da war sie sich sicher. Er würde doch nicht einfach zulassen, dass Ophelia den Schmetterling ablegte. Oder? War Professor Gunt nicht sowieso deutlich fähiger und gefährlicher als Harrison? In ihrem Geist floss bereits Blut über Ophelias Schlüsselbein. Verzweifelt schaute sie zu George und Hugo, die besinnungslos blieben. Die scharfe Kante der Münze bohrte sich in ihre Handfläche. Welche Optionen blieben ihr? Wahrscheinlich würde Ophelia auf den Marmor schlagen, noch ehe sie sich erhoben hätte.

»Du weißt genau, welchen Fehler du begangen hast, Harrison Cunningham«, murmelte Gunt eindringlich. Für den Bruchteil einer Sekunde schien die Luft zu flirren. Harrisons Blick wurde glasig. Kaum merklich löste sich die Klinge von Ophelias Haut. Professor Gunt nickte Ophelia zu, und die Brosche fiel zu Boden. Willow kam auf die Beine, stolperte zurück. *Was geht hier vor? Warum vertraut sie ihm noch? Ist sie auch eine Kylonerin?*

Gunt näherte sich prüfend Harrisons Gesicht und nahm ihm den Dolch ab, als wäre er ein Kind, das beim Lesen eingeschlafen war. »Wir unternehmen einen kleinen Spaziergang.«

Der Archäologe bewegte gehorsam den Kopf, wandte sich dem Ausgang zu. Gunt griff im Vorbeigehen nach seinem Mantel. Bevor er die Tür aufzog, deutete er erst auf Ophelia, dann auf Hugo und George. Schon waren sie allein.

Willow keuchte. Das ging alles zu schnell. »Was ...«

»Ich kenne Gunt mein ganzes Leben, er ist definitiv kein Kyloner. Das war nur eine Scharade, um Harrison aus der Fassung zu bringen«, unterbrach Ophelia und rutschte auf die Knie zu Hugo, klopfte ihm sanft gegen die Wange. »Was ist mit Echo, hat er sie bedroht?«

»Sie ist bewusstlos, in ihrem Zimmer«, sagte Willow reflexartig und trat einen weiteren Schritt zurück. »Warum glaube ich dir nicht?«

»Zweifel ist gesund«, murmelte Ophelia atemlos, und das war alles. Ihr Gesicht war noch immer bleich, aber die Beiläufigkeit, mit der sie ihre Worte wählte, beruhigten Willow ein wenig.

Hugos Augenlider flatterten. Sein verklärter Blick brauchte nur einen Moment, um die Realität zu erkennen und das Geschehene zu verarbeiten.

»Ich mach ihn kalt«, flüsterte er heiser und setzte sich auf, hielt sich die Stirn. »Wo ist er?«

»Gunt hat ihn.«

»Gnade ihm Gott«, murmelte Hugo kopfschüttelnd und kam auf die Beine. »Dann ist es also vorbei.«

»Vorbei?«, wiederholte Willow erstickt. Unterdessen trat Ophelia zu George, löste die Brosche von seinem Pullover und hielt ihre Hand in seinen Nacken.

Hugo drehte sich verwirrt zu Willow, als hätte er verdrängt, dass sie hier sein konnte, und hob die Schultern. »Das wird dir nicht gefallen. Vielleicht solltest du ... woanders auf uns warten.«

Und Willow verstand. Sie brachten Harrison ans Meer.

Chaos und Kosmos

*»Ich habe nicht einmal die Hälfte von dem erzählt,
was ich gesehen habe.«*

Marco Polo

Es regnete in dünnen Fäden. Die Sturmwolken am Horizont verweilten, als fragten sie sich, wo ihr Schäfer geblieben war. Willow zog ihre Kapuze ins Gesicht und folgte Hugo den Pfad nach unten zu der Mauer, die das Institut umgab. Ophelia war gegangen, um Echo zu versorgen, und George hatte seit seinem Erwachen noch kein Wort gesagt. Er ging hinter ihnen, schien aber nicht wirklich anwesend zu sein. Willow hielt es zunächst für das Beste, ihn mit seinen trüben Gedanken alleine zu lassen.

Professor Gunt und Harrison standen wortlos am Meer. Der Regen färbte Harrisons rotes Hemd dunkler. Er war vollkommen weggetreten, ein atmender Toter unter Gunts Magie.

»Du kennst das Ritual«, wandte sich Gunt mit gedämpfter Stimme an Hugo. Der nickte kaum merklich.

»Aber nicht hier. Willow, George, ihr solltet bleiben und Battaglini kontaktieren.«

»Das kannst du vergessen!«, entgegnete sie. »Und ihr werdet das Ritual definitiv nicht zu zweit versuchen.«

»Werden wir n...«, begann Gunt, aber Hugo stellte sich vor ihn.

»Oh, ich wusste gar nicht, dass du dich relokalisieren kannst«, murmelte er naserümpfend. »Ich nehme dich zumindest nicht mit.«

»Du lässt also zu, dass er wie Felice endet?«, spuckte Willow aus. »Ich dachte, ihr wärt keine Mörder mehr!«

»*Was?*«, fragte George verdattert, aber Hugo schnitt ihm das Wort ab.

»Harrison hat uns *bestohlen!* Er kann sich definitiv relokalisieren, und was für ein Arschloch stiehlt jemandem wie Echo ihr Gehör?«

»Nur, weil er ein Arschloch ist, müsst ihr ihn nicht unnötig in Gefahr bringen.«

»Dann führen wir das Ritual eben zu viert durch!«, entgegnete Hugo. »Entweder hilfst du uns dabei oder du riskierst, dass er stirbt. Gunt wird ihn auf jeden Fall nicht ewig hypnotisieren können, wir müssen uns beeilen.«

Aber Willow regte sich nicht. »Ich kann nicht fassen, dass du denselben Fehler noch einmal begehen willst. Als ob Felices Tod nicht schlimm genug wäre.«

»Miss Farley, wir haben keine andere Wahl.« Gunts Stimme zitterte. »Er hat Sie alle angegriffen, und er hätte Sie auch getötet. Ich habe seine Intention klar und deutlich gespürt.«

»Ich *verstehe* das Problem, aber wer versichert mir denn, dass wir dieses Ritual zu viert schaffen? Was ist mit meinem Chaos?«

»Wartet mal bitte.« George holte tief Luft, sah niemandem in die Augen. »Das klingt alles extrem unsicher, und ich habe zu keinem Zeitpunkt zugestimmt, dass ich bereit bin, einem anderen Menschen etwas anzutun. Erst recht nicht dem Partner von Willow.«

»Definitiv Ex-Partner«, raunte sie.

»Wisst ihr was, das dauert mir zu lange. Professor Gunt, wir wechseln den Ort. Halten Sie Harrison fest.«

Der Psychologe nickte und schloss den entseelten Harrison so sanft in die Arme, als würde jeglicher Druck seine Knochen zerbersten. Hugo umfasste die beiden und löste sich abrupt in Luft auf.

»Scheiße!«

Die Leere und der Frust verschlangen Willow. Das war nicht richtig. Sie hatte Harrison zwar nur die halbe Wahrheit gesagt, als sie vorgab, ihn verstehen zu können. Sie wusste, dass sich unter dem Jähzorn ein Mensch verbarg, den sie einmal so geliebt hatte. Der nach Antworten suchte. Fehler beging. Seine Freundin belog. Vor ihrem inneren Auge sah sie den Dolch aufblitzen, Echo zusammenbrechen, Anthony sterben. Blut pochte in ihren Ohren.

Die Erinnerungen erstarben, als sie den Riss bemerkte. Willow blinzelte. Er glomm wie ein Geflecht aus Nerven und schwebte dort, wo Hugo eben verschwunden war. Im Long Room hatte sie nur ein schwaches Rot gesehen, im Tageslicht erinnerten sie die Farben an Öl in einer Pfütze.

»Siehst du das auch?«, fragte sie George. Der schüttelte nur den Kopf und wirkte, als sähe er direkt durch sie hindurch.

Willow biss sich auf die Unterlippe. »Ist ... alles in Ordnung?«

»Es tut mir leid«, murmelte er.

»Was? Was tut dir leid?«

»Er hat uns überwältigt, ich ...«

»George, fang gar nicht erst so an. Dafür ist jetzt keine Zeit!«

Zwischen seinen Augenbrauen erschien eine winzige Falte, er hob resigniert die Schultern. Widerstrebend wandte sich Willow wieder dem seltsamen Geflecht zu und rieb Aramis' Talisman mit zwei Fingern. Als sie dem Riss näher kam, kribbelte ihre Hand. Das Gefühl zog sich bis zum Ellenbogen.

»Vielleicht wollte uns Chaos etwas sagen«, raunte George. »Als das Gewächshaus verwelkt ist.«

Willow hielt inne. Das Rauschen in ihren Ohren wurde lauter, stürmischer. *Ich hatte gehofft, wir könnten damit warten*, dachte sie mit angehaltenem Atem. *Was auch immer das zwischen uns ist.*

Der Botaniker trat näher. »Wir gehören nicht hierher.« Willow ließ ihren Atem frei und schüttelte den Kopf mit kleinen, energischen Bewegungen. Das war keine Erleichterung, sondern nur eine andere Sorge. »Jetzt klingst du wie Harry.«

»Es ist mir egal, was er sagt.« Diesen Tonfall kannte sie nicht, auf einmal wurde seine Stimme drängend. »Du und ich, wir können keine Magie wirken. Und damit sind wir allein, hörst du? Hugo hat seine Trauer überwunden, er ist wieder ein funktionierender Teil dieses verdammten Instituts. Wir können nichts dazu beitragen. Sie werden an uns zweifeln.«

»George, ich ...«

»Du wirst sie nicht davon abhalten können, ihn zu ertränken. Die Pythagoreer ertränken Verräter, das tun wir seit zweieinhalbtausend Jahren.«

Ihr Herz schlug nun so schnell, dass ihre Rippen schmerzten. »Wusstest du, was Anthony und Hugo mit Felice getan haben?«

Sein flehender Blick suchte ihren, aber sie wandte sich dem Riss zu. Bewegungslos standen sie da, als warteten sie auf den Wechsel der Gezeiten. Das pulsierende Leuchten wurde schwächer. Es forderte sie heraus.

»Nein. Aber ich habe befürchtet, dass Morris involviert ist.« Mit einem Seufzen brach seine Stimme. Er klang wie ein Vater, der das Ende einer makellosen, unschuldigen Kindheit nicht mehr hinauszögern konnte. »Was denkst du, was der Grund dafür ist, dass dieses Institut erst seit drei Jahren existiert? Warum die Pythagoreer zwar gemeinsam feiern, aber seit Generationen lieber allein forschen? Weil sonst solche Dinge passieren.«

Verdattert sah Willow in sein sommersprossiges Gesicht. Regentropfen perlten an seinem Kinn herab. Georges rostrotes Haar erinnerte sie an einen alten Kahn, der seit Jahren auf einer Sandbank feststeckte. Ihr fehlten die Worte.

Sie mochte die Doktoranden von Tholeros Kosmos, ihre Launen und Ideen. Ihr war bis jetzt nicht in den Sinn gekommen, dass die Freundlichkeit Vorsicht sein könnte. Furcht davor, aufzufallen. Versehentlich die Erkenntnisse der anderen zum eigenen Vorteil zu nutzen oder in tödliche Konflikte zu geraten, wie einst Hippasos und das Pentagramm. Bei dem Gedanken an die Messungen im Labor und Nikhils ruppige Bestimmtheit wurde ihr flau im Magen. Hinter der wissenschaftlichen Neugier steckte Kalkül. Kontrolle. Kosmos.

Es war gegenseitiges Einvernehmen. Thabisa würde niemanden in den Himmel schleudern, Ophelia formte keine Aneurysmen, und Hugo nahm Leute nur mit, wenn sie wussten, wohin es ging. Andere Pythagoreer erschienen grundsätzlich harmloser, sammelten Daten, wühlten im Dreck. Aber auch sie konnten das Wort erheben und nach *mehr* trachten.

Willow presste den Kiefer aufeinander. Da streckte sie ihre rechte Hand aus und fuhr durch den Riss. Gänsehaut überzog ihren gesamten Körper. Und dann ließ sie Aramis' Münze fallen. Sie wusste nicht, ob diese Entscheidung von ihr selbst kam, ob Chaos sie überlistet hatte. Die Küste verlor ihre Konturen und verschwand in gleißendem Licht.

Das Meeresrauschen verließ sie nur für einen Moment. Willow materialisierte sich direkt hinter Hugo. Diese Risse waren also die nachlässigen Überreste seiner Magie, ganz wie sie gehofft hatte.

»Miss Farley, was – kehren Sie zurück zum Institut!«, begrüßte Professor Gunt sie, seine Stimme war ein beschäftigter Singsang. Er hielt Harrison mit einer Hand bei der Schulter, in der anderen hielt er ein Smartphone. Willow brauchte eine Sekunde, um die Felsen zu erkennen. Auf dieser Landzunge war Felice gestorben.

Hugo atmete tief ein und fuhr zu ihr herum. Die Muskeln an seinen Schläfen zuckten.

»Mach uns bitte keine Schwierigkeiten«, mahnte er. »Jetzt ist nicht der Zeitpunkt für deine Widerrede.«

»Ich kann das nicht zulassen!«, brach es aus ihr heraus.

»Ich fürchte, das wirst du doch.« Hugos Augenlider senkten sich halb.

»Mr Thibault«, unterbrach Gunt kopfschüttelnd und hob das Smartphone an sein Ohr. »Sie ist aufgebracht, das ist doch verständlich. Befeuern Sie diese Gefühlslage nicht weiter. Miss Farley, wenn Sie zusehen wollen, verhalten Sie sich bitte ruhig. Ich möchte Sie ungern dazu zwingen.«

»Ich werde nicht *zusehen.*«

»Wir machen das nicht zu zweit, das verspreche ich dir«, knurrte Hugo. »Aber wir müssen schnell sein. Oder glaubst du, Gunt kann ihn ewig kontrollieren?«

»Margaretas Mailbox schaltet sich sofort ein«, sagte Professor Gunt in diesem Moment, legte auf und kontrollierte die Uhrzeit, bevor er Harrisons abwesenden Gesichtsausdruck prüfte. »Sie müsste gleich mit ihrem Termin fertig sein. Ich weiß nicht, ob wir so viel Zeit haben. Aber wenn Sie hier sind, Miss Farley, braucht Hugo wenigstens nur Margareta zu relokalisieren.«

Warum tat Gunt so, als ginge es um die Organisation eines Picknicks, bei dem alle Beteiligten in einer sinnvollen Reihenfolge mit einem Kleinwagen eingesammelt werden mussten? Es ging um Harrison, ihren Harry. Der Verrat musste seinen wahren Kern offengelegt haben, der nun langsam verrottete, wenn niemand etwas unternahm.

Vorsichtig trat Willow näher. Im Augenwinkel erkannte sie, dass der Professor jede ihrer Bewegungen beobachtete.

»Harry«, begann sie. »Das bist nicht du. Ich kenne dich nicht mehr, und es ... tut mir leid.« Diesbezüglich war sie unsicher.« »Denk doch mal an deine Mutter und ihre Beagle, wie enttäuscht sie wären. Was tun deine Eltern, wenn sie dich für immer belügen müssen, weil du kein Pythagoreer mehr bist? Was wird aus *dir*?« Sie wollte nach seiner Hand greifen, ihn wecken, zur Besinnung bringen. Aber ihr Chaos war eine Waffe, die sie nicht abfeuern durfte. Die Kugel könnte das falsche Ziel treffen.

»Sie sollten nicht mit ihm sprechen«, raunte Professor Gunt, Schweiß glänzte auf seiner Stirn. »Der Widerstand gegen mich wird größer ...«

Die Spannung in seinem Gesicht ließ abrupt nach, er stürzte wie eine Marionette in sich zusammen. Ehe Willow den Kopf drehen konnte, traf Harrisons Faust auf Hugos Gesicht. Fluchend fing er sich ab, bevor er auf das Gestein donnerte. Harrison nutzte die Pause, um erschreckend schnell die Trance abzuschütteln und seine Fassung zu erlangen. Nein, jetzt war definitiv nicht der Zeitpunkt, um ihn an seine Mutter und die Beaglezucht zu erinnern.

Hugo knurrte amüsiert und sprang auf Harrison zu. Für einen zähen Moment wirkte es, als stiege er in den Himmel. Erhoben, gefeiert und verschmäht von den Göttern. Aber weder Zeus noch sein Adler kamen ihm zu Hilfe, als Harrison ihn aus der Luft fing und der Gravitation überließ. Hugo fiel wie ein Meteor. Sein Körper landete mit einem hässlichen Knirschen zwischen den Felsen. Er japste.

»*Bellina*, es ist reizend, dass du Chaos für mich gekitzelt hast, wirklich. Wie ich bereits sagte, bist du manchmal erschreckend dumm.« Harrison hob gebieterisch eine Hand, als liefen dort alle Fäden zusammen. Seine Stimme dröhnte. »Und du, Thibault, bist womöglich der Schlimmste von ihnen. Ich gönne dir eine letzte Chance, mir das zu geben, was ich verlange. Bring Ophelia her.«

»Willow, ich kann mich nicht bewegen«, keuchte Hugo und riss die Augen auf. Bodenlose Angst quoll aus seinen Worten. Seine Glieder bebten.

»Wie hilfreich es doch wäre, wenn du eine Ärztin an deiner Seite hättest«, schlug Harrison vor. »Ich weiß, dass du sie herholen kannst.«

»W-warum *sollte* ich ...«

»Weil die nächste Person, der ich den Rücken breche, unsere liebste Physikerin sein wird.«

Willow trat einen Schritt zurück, und sie hasste sich dafür. Sie suchte den Blick von Professor Gunt, aber er schien vollkommen gebannt zu sein, als stünde er unter seinem eigenen Zauber. Seine Augen waren Sphären aus Milchglas. Die Krawattennadel mit dem Monarchfalter, die er im Foyer fallen gelassen hatte, war fraglos ein Trojanisches Pferd für Harrisons manipulative Magie gewesen. Aber dennoch hätte sie den Professor vor Chaos bewahrt. *Ihrem* Chaos, das auf Gunt übergesprungen sein musste. Oder war es doch Harrisons?

Willows Finger verkrampften. Wozu war sie jetzt noch imstande? Wozu nützte Chaos, wenn sie es nicht lenken konnte? Hilfesuchend sah sie zu Hugo, aber er war dem Himmel zugewandt. Seine Lippen zitterten, er schloss die Augen wie zum Gebet. Regen und Schweiß benetzten seine Stirn.

Dann erschien Ophelia direkt an seiner Seite.

»Was ...«, begann sie, als sie den geschundenen Körper erkannte. Sie schaute rasch zum teilnahmslosen Gunt, der wie eine Kanone mit brennender Lunte neben Hugo verweilte, und traf schließlich den Blick von Harrison und Willow.

»Vorsicht«, sagte Hugo heiser. »Lia, alles ... tut weh. Gib ihm bitte, was er verlangt. Echos Experiment.«

»Weise Worte«, höhnte Harrison. »Du weißt doch bestimmt, wie schnell ein Wirbelbruch behandelt werden muss, um *bleibende Schäden* zu vermeiden.«

Ophelia krempelte ihre Ärmel hoch und strich über Hugos Haut. Allein in ihren Augen schwamm Panik, Überforderung. »Hugo, Knochenbrüche ... ich hab dir schon tausendmal gesagt, dass du dir nichts brechen darfst.«

Sein Kopf sank kraftlos zurück, sodass sein Nacken überdehnte. Hugos Stimme trieb aufs Meer hinaus. »Deine Belehrungen helfen mir nicht.«

»Ich *warte*«, säuselte Harrison und schenkte Willow einen entnervten Seitenblick, als wäre er jener Charakter einer Sitcom, der gelegentlich zum allgemeinen Amüsement die vierte Wand durchbrach. Sie hasste alles daran.

Reglos vor Wut hörte sie dabei zu, wie Ophelia ihr Vorgehen erklärte, als handelte es sich lediglich um ein Rezept für Schokoladenmousse. Echos Experiment fokussierte sich darauf, den Hörnerv elektrisch zu stimulieren, möglichst ohne ein Implantat. Stattdessen hatte Echo herausgefunden, wie sie die Neurotransmitter von Synapsen manipulieren konnte, wofür sie die biochemische Fachkenntnis von Ophelia und Nikhil gebraucht hatte. Sie ließ sich wenig Zeit damit, alles zu erklären, und hielt dabei Hugos Hand fest. In Willows Ohren klang es plausibel. Harrison hörte geduldig zu und wirkte zufrieden. Dennoch bezweifelte sie, dass er das Experiment reproduzieren konnte. Er machte sich nicht einmal Notizen, aber vielleicht lieh er sich auch dafür von irgendjemandem eine Fähigkeit.

»Besten Dank«, sagte er schließlich und legte dem willenlosen Professor Gunt eine Hand auf die Schulter, lehnte sich zu ihm. »Eine letzte Anmerkung habe ich allerdings noch. Eine ... offene Rechnung.«

»Ich wusste, dass das nicht alles war«, ächzte Hugo, ohne die Lider zu heben. Seine Hand verkrampfte an Ophelias. »Dann tu es. Töte mich, und die Rechnung ist beglichen. Ich ... habe noch nicht einmal die Hälfte von dem erzählt, was ich gesehen habe.«

»Ist das dein gottverdammter Ernst?«, entfuhr es Ophelia, sie schlug ihm gegen den Oberarm. »Denk nicht einmal daran, jetzt deine, nein, *Marco Polos* beschissene letzte Worte zu sagen! Meine Fresse. Das Leben ist kein Theaterstück.«

»Nimm mich.« Willow trat mit weichen Knien vor Ophelia und Hugo. Sie räusperte sich, aber ihre Stimme blieb heiser. »Ich bin Chaos. Entropie. Meinetwegen ist Anthony tot.«
»Wie nobel! Und so dramatisch! Ach, *Bellina,* ich kann mich kaum entscheiden. Wir waren so ein gutes Paar. Ich habe die Rechnungen bezahlt, und du bist Gassi gegangen, wie eine emanzipierte Frau.«
In diesem Moment begriff sie, dass er sie nicht töten würde. Niemals. Zwischen ihren Gehirnwindungen würden seine hässlichen Worte sprießen. Sie würde daran zweifeln, ob sie zu Tholeros Kosmos gehörte. Vielleicht kehrte sie ans College zurück, ohne Anthony, ohne George, dafür mit einem verwaisten Beagle und der Gewissheit, dass ihre Forschung nie das Potenzial entfalten konnte, das sie heute verspielte. Er verbannte sie in die Gewöhnlichkeit, für die sie auch noch dankbar sein musste.

»Ich sollte es halten wie ihr«, überlegte Harrison laut.

»Und was bedeutet das?« Willows Stimme zitterte, sie konnte es nicht vermeiden. Der Regen kroch ihren Nacken herab.

»Ach, kannst du dir das nicht denken?« Er näherte sich ihr. Ein seltsamer Duft umgab ihn, nach Wein und Rost. Unwillkürlich rümpfte Willow die Nase. Sie behielt ihn im Auge, während Harrison sie umrundete und mitleidig auf Hugo herabsah. Das Lächeln in seinen Mundwinkeln zuckte angriffslustig. Dann hob er den Kopf höher, musterte Willow, als wartete er darauf, dass sie verstand. Etwas unternahm. Flehte. Sie tat nichts dergleichen. Sobald er sich rührte, würde sie ihre Hand nach ihm ausstrecken. Sie musste nur seine Haut streifen, Chaos würde seine Arbeit verrichten. Die Dunkle Ordnung zerschmetterte nur allzu leicht.

Harrison würde keine Gnade gewähren. Zu offensichtlich war die Missachtung für den Geografen, der Felice getötet hatte. Zu süß würde die Rache schmecken.

Er schnellte vor und packte Ophelia, zerrte sie hoch und von Hugo fort. Willow griff ins Leere, viel zu langsam. Sie folgte, unterdrückte das Gefühl der Reue, den Selbsthass über ihr Versäumnis. Grob fasste sie Harrison bei den Schultern, hielt ihn mit Mühe zurück. Ihr linkes Bein versuchte, sich in seins zu verkeilen, ihn irgendwie zu Fall zu bringen. Ophelia wehrte sich desorientiert, schrie. Aus dem Augenwinkel bemerkte Willow, dass Hugo einen Arm über seinen Kopf hievte und sich kleiner machte – so klein, wie es mit einem gebrochenen Rücken möglich war.

Harrison versuchte, Willow wie einen hartnäckigen Floh aus dem Pelz eines Beagles zu lösen, doch er strauchelte und riss Ophelia mit sich. Willow verlor den Halt, als sie mit den Knien auf Gestein schlug. Fluchend biss sie die Zähne zusammen und griff nach Harrisons Hemdkragen. Inzwischen hatte Ophelia ihren Ellenbogen befreit und donnerte ihn gegen Harrisons Kinn, er stöhnte gedämpft. Ein Zischen gesellte sich dazu, wie Tropfen auf glühendem Asphalt. Aus den Fasern des Hemdes stieg Dampf. Harrisons Kopf verfärbte sich rot, er keuchte, fieberte. Die Hitze erreichte Willows Fingerkuppen. Sie grub sich trotzdem weiter in den Stoff, drängte Harrison zum Wasser. Die See brodelte erwartungsvoll, als fehlte nur eine Zutat für ihren Sud. Sie würde es tun müssen. Sie würde den Verräter ertränken, obwohl sie nicht zum Gefolge von Pythagoras gehörte. Es gab keinen anderen Ausweg mehr, keinen Funken Vernunft in dem glühenden Blick. Oder?

Harrison tobte, als er ihr Vorhaben erkannte, wollte sich umdrehen. Sein rechter Arm legte sich um Ophelias Hals, schnürte ihr den Atem ab.

»Lass sie los«, verlangte Willow, sie bekam die Zähne vor Anstrengung nicht auseinander. Sie ertrug Harrisons Hitze nicht mehr. Ihre Finger würden versengen, das Fleisch von den Knochen fallen. Die Haut schwoll an, errötete, warf Blasen. Ophelia ächzte, rang nach Luft. Stammte dieses Fieber von ihr? Begriff sie nicht, dass Willow ihn bald loslassen musste? Mit einem Schrei stemmte sie sich kräftiger gegen ihn, drängte zum Meer.

Bring ihn nicht um, dachte sie. *Du bist nicht so. Behalt die Kontrolle.*

Kaltes Wasser sickerte in Willows Schuhe. Die vergangene Flut hatte die flachen Kuhlen in den Felsen aufgefüllt. Sie sehnte sich danach, den Schmerz darin zu lindern, aber die Hitze hatte ihre Finger bereits verlassen und kroch zu ihren Ellenbogen. Da war kein Gefühl mehr in ihren Händen, und ihr verbrannter Anblick drehte ihr den Magen um. Trotzdem ließ sie nicht locker, prüfte ihren Griff, drängte weiter. Harrison stolperte als Erster in die Wellen. All seine Kraft schien er darauf zu verwenden, Ophelia zu halten. Da bemerkte Willow, dass ihre Lippen violett geworden waren. Ihre Augen waren halb geschlossen, die Lider flatterten.

»Lass sie los!«, wiederholte Willow und warf ihren Körper gegen Harrisons, riss ihn abwärts. Ophelia fiel mit ihm. Ihr Widerstand war gebrochen. Willow zögerte nicht mehr, drückte Harrison in die Fluten. Sie durfte ihn nicht loslassen, ihm keine Gelegenheit zur Flucht bieten. Willow kniff die Augen zusammen, als Salzwasser in ihre Brandblasen spülte und den Schmerz zurückholte. Es kribbelte, als wäre sie an einem Schneetag zu lange mit Aramis spazieren gegangen. Manchmal hatte Harrison ihre Hände warm gerubbelt, sie zwischen seine Finger genommen und sein Gesicht so nahe daran geführt, dass sie seinen Atem spüren konnte. In ihrem Abgrund rührte sich Chaos wie schwarze Kloake. Heiße Blasen stiegen auf, zerplatzten in ihrem Magen, der Speiseröhre, quetschten sich bis in ihren Kopf. Der Druck war unerträglich. Verbissen presste sie den Körper tiefer, obwohl er sich nicht mehr regte. Tränen rollten über ihr Gesicht, verschwanden im Regen. Sie verlor das Zeitgefühl, und Furcht überkam sie. Furcht vor dem, was sie getan hatte, was sie zerstört hatte. Willow versuchte, Luft zu holen, aber ihre

Lunge weigerte sich, ließ nur ein ersticktes Schluchzen zu. Widerwillig öffnete sie die Augen, ihr gesamter Körper zitterte. Im Wasser trieben lange schwarze Haare wie die Nesseln einer seltenen Qualle. Hektisch hob Willow den Kopf, sah zu den Felsen, dann auf die Irische See, während sie an Ophelias Schultern rüttelte, sie kaum zu fassen bekam. Harrison war fort. Er schwamm nicht im Meer, rettete sich nicht an Land. Der Feigling, mit dem sie so viele Stunden ihres Lebens vergeudet hatte, war mit seiner gestohlenen Fähigkeit entkommen, hatte sich relokalisiert. Nur ein kurzer Gedanke galt einem möglichen Riss, aber ihr hasenfüßiges Herz wagte nicht einmal, darüber nachzudenken.

Ich bin schuld.

Ophelia wurde schwerer. Willows Arme waren schwach, die Hände verkrampften. Sie fühlte sich wie in einem Traum, in dem sie vergeblich versuchte, jemandem ins Gesicht zu schlagen.

»Bitte nicht«, flüsterte sie, bebend, hilflos. Sie schaffte es wie in Trance, Ophelia einen halben Meter aus dem Wasser zu hieven. Als sie die Schritte hörte, entglitt sie ihr beinahe. Mit aufgerissenen Augen sah Willow über ihre Schulter. Professor Gunt versteinerte für eine Sekunde. Sein Blick hatte sich geklärt, war wach, von Angst erfüllt. Dann lief er zu ihnen, schneller, als es auf den nassen Felsen angemessen wäre.

Sie widmete sich wieder Ophelia, hob sie erneut an, obwohl ihre Kräfte schwanden.

Ich bin schuld.

»Willow. Hey.« Professor Gunt erschien neben ihr. »Ich bin da. Lass mich dir helfen.«

Er fühlte nicht einmal Ophelias Puls. Willow nickte, schaute aber wieder auf den blassen Körper, ließ nicht los. Die schwarzen Haare flossen wie Seide. Ophelias triefender Pullover war ebenso grau wie die Sturmwolken, die unverändert am Horizont trieben.

»Willow, setz sie bitte ab. Sie ist tot.« Er versuchte, ihr in die Augen zu schauen. Sein professionelles Lächeln war zurück, und dieses Mal hatte sie Angst davor. »Ich werde jetzt Margareta anrufen. Wir müssen uns um Hugo kümmern, in Ordnung? Lass Ophelia bitte los. Schaffst du das?« Es raschelte, als er in seine Manteltasche griff.

Willow spürte ihre Finger nicht mehr. Nachdem ihr wummernder Schädel sie tagelang gequält hatte, wurde nun alles leer, von den Zehen bis zum Kinn. Nur ihr Kopf weigerte sich, der Taubheit nachzugeben.

Ophelia darf nicht tot sein.

»Anthony hat mich vor Ihnen gewarnt«, nuschelte sie, zuckte zurück, als er in seine Manteltasche griff. Professor Gunts Bewegungen wurden behutsamer. Da war keine Waffe in seinen Händen, nur sein schwarzes Smartphone. Er würde ihr nichts tun. Harrison war fort. Ophelia war fort.

»Er hat dich vor mir gewarnt, weil ich ihn zu gut kannte. Er hatte mich verraten, noch ehe ich seinen Namen wusste. Und selbst dann habe ich nicht aufgehört, ihn zu lieben.«

Willows Körper sank auf den Felsen. Ihre Augen betrachteten Ophelias reglose Brust. Anthonys Tod holte sie schleichend ein.

Ich bin schuld.

Die Erinnerung an jenen Tag, seinen Blick, das Fieber, Ophelia über seinem Körper, all das verschwamm in ihren stillen Tränen. Ophelia hatte ihm helfen wollen, aber Willow hatte den Flügelschlag vergessen. Wenn sie doch nur geahnt hätte, welches Chaos in ihr wütete! Wieso hatte Anthony die Gefahr nicht selbst kommen sehen? War er sich so sicher gewesen, dass er einer Fremden die Dunkle Ordnung beibringen konnte? Warum hatte er sie nicht am Campus gelassen, sie vergessen, wie es die meisten anderen Menschen taten.

»Hey, Willow, schau mich an. Wir können nichts mehr für Ophelia tun, ja? Und du bist nicht verantwortlich.«

Ich bin schuld. Ich bin schuld.

»Anthony ... Anthony war Kyloner. Felice auch. Und Harry ... Harrison auch.«

Professor Gunt ließ sie reden, während er eine Nummer auswählte, aber mit dem Daumen über der grünen Schaltfläche verharrte.

»W-warum haben Sie Harrison nicht erkannt?«

»Willow, bitte hör auf, nach Schuldigen zu suchen.«

Ich bin schuld.

Er sah sie besorgt an und formte ein Lächeln, das wie eine Bitte um Verzeihung wirkte. Es zerbrach, sobald er glaubte, sich weit genug von Willow fortgedreht zu haben. Dann hob er das Smartphone an sein Ohr.

»Ja, ich bin es«, begann er und sammelte sich mit einem schweren Ausatmen. »Wir brauchen euch, sofort, die Position schicke ich dir gleich. Joseph muss ein paar seiner Medizinstudenten mitbringen und vorher ihre Allergien checken. Hugo sagt, sein Rücken wäre gebrochen, er kann sich nicht relokalisieren.« Er warf einen Seitenblick auf Ophelia, und zum ersten Mal erhaschte Willow so etwas wie Erschütterung in seinem Blick. »Es gibt keinen Weg, das schonend zu sagen, darum ... Ophelia ist ertrunken. Wir sind zwischen Doldrum Bay und dem Leuchtturm auf einer Landzunge, Willow ist auch hier. Wegen des Wetters scheint es keine Wanderer zu geben, aber wir müssen uns dennoch beeilen ... hm? Keine Ahnung, Joseph soll sich etwas ausdenken. Er kann sich in diesem Zustand wirklich nicht relokalisieren.«

Willow hob den Kopf und schaute zu den fernen, tiefen Wolken. Von hier aus war Dublin furchtbar weit weg. Es würde ewig dauern, bis Hilfe kam.

Mit steifen Gliedern legte sie Ophelia ab. Ihr wunderschönes Schneewittchengesicht war tot. Immer wieder fuhr ihr die Erkenntnis in die Knochen.

Ich bin schuld.

Sie versuchte, tief Luft zu holen, aber ihr Atemzug schaffte es kaum bis in den Brustkorb. Willow konnte die Zeit nicht zurückdrehen, nicht ohne Thabisa, und wahrscheinlich auch dann nicht. Ophelia war kein rußgeschwärztes Bücherregal. Bei dem Gedanken, was aus ihr werden könnte, drehte sich Willows Magen um. Sie krümmte sich und erbrach in eine der Pfützen.

Professor Gunt beendete sein Telefonat und wartete einen Moment ab. Er musste sie nicht fragen, wie es ihr ging, ob er etwas tun konnte. Oder ob sie Schuld an alldem hatte. Stattdessen kehrte er wortlos zu Hugo zurück und ließ Willow mit dem Leichnam allein. Es beängstigte sie, dass er gar nichts mehr sagte. Er hatte viel mit Ophelia gearbeitet. Willow bemühte sich, keine Gleichnisse zu ziehen, die womöglich ein größeres, hässlicheres Loch aufrissen.

Das war es also, dachte sie. *Du kannst nichts mehr tun.*

Ermattet ging sie die Dinge durch, die sie in den endlosen Tagen und Nächten im Reading Room gelernt und berechnet hatte. Leider hatten ihre geliebten und verhassten Zeitkristalle nichts mit Zeitreisen zu tun, sondern nur mit einem Zustand. Wie ein Perpetuum mobile, dessen Teilchen zwar ständig schwingen, aber weder Energie verbrauchen noch abgeben. Wie eine Tanzgruppe, die ihre Schritte durchgeht und immer wieder in die Ausgangsposition zurückkehrt, ohne jemals müde zu werden. Aber wenn man sie beobachtet oder misst, werden sie scheu. Verschworene kleine Biester, weitaus schlimmer als die Pythagoreer. Was nützte ihr all das Wissen nun, wenn sie rein gar nichts damit anfangen konnte – wenn es keinen Weg gab, Ophelia damit zurückzuholen? Warum war Willow keine Medizinerin? Warum war sie nicht an ihrer Stelle gestorben?

Wenn Anthony doch hier wäre. Womöglich wäre er sogar imstande gewesen, die Zeit zurückzudrehen, Ophelia zu retten, Harrison aufzuhalten. Aber selbst, wenn Willow etwas einfiel, irgendeine praktische Formel oder eine physikalische Spielerei, die wie durch ein Wunder das Leben in Ophelias Körper brachte, konnte sie nichts davon umsetzen. In ihr war nur Chaos. Anthonys Chaos, vermischt mit ihrem eigenen, das sich nun gefährlich aufbäumte.

Willow zwängte den nächsten Atemzug in ihre Lunge. Sie hielt ihn zurück, ihr Bauch wurde hart. Sie besaß einen Teil von Anthony. Ein unheimliches Potenzial.

Quantenverschränkung. Das Wort kämpfte sich aus dem Tumult und übernahm jeden ihrer Gedanken. Beinahe vergaß sie, auszuatmen.

Quantenverschränkung.

Die Tänzer der Gruppe konnten sich weit voneinander entfernen und tanzten trotzdem ungestört weiter. Wenn einer von ihnen einen völlig neuen Schritt lernte, folgten die anderem ihm, und das sogar zeitgleich. Wenn Willow das Chaos von Anthony besaß, bedeutete das ... sie kniff die Augen zusammen, als Übelkeit sie überrollte. Die Schwärze unter ihren Lidern erinnerte sie an Ophelias nasse Haare, die sich wie ein Vorhang vor ihr Sichtfeld legten. Mit Mühe drängte sie das Bild zurück und starrte mit brennenden Augen zurück auf die See.

Vielleicht war sie noch immer mit ihm verbunden. Vielleicht konnte sie nicht nur ihr eigenes Potenzial ausschöpfen, sondern Kosmos und Chaos dazu verleiten, sie für Anthony zu halten. Sie hatte kein Papier dabei, trug den Glasflügelfalter nicht mehr. Trotzdem erinnerte sie sich an ihre Masterarbeit, an die Zeitkristalle und ihre wundersamen Eigenschaften. Den ewigen Tanz, diese stille Übereinstimmung. Obwohl sie es zunächst mit Mathematik versuchte, verwoben sich ihre Gedanken nach und nach mit einer Melodie. Das Zittern ihrer Finger steuerte den Rhythmus bei, und Willow musste sich zwingen, nicht einfach aufzugeben. Den Tränen nicht ihre Übermacht einzugestehen.

Eine Weile saß sie da und betrachtete das unsichtbare Treiben, die wachsende Harmonie und das Spiel einer immer klarer klingenden Oboe. Hugo und Professor Gunt unterhielten sich in ihrem Rücken, die Schmerzenslaute ließen Willow erschaudern. Immer wieder fand sie in die Musik zurück, eine Mischung aus Mahler und Sibelius. Zwischen den Streichern verirrten sich Laute, ein raues Brummen, aber Willow bemühte sich, es zu ignorieren. Sie ahnte nicht, wohin sie diese Melodie trug, was sie bewirkte. Dennoch würde sie nicht zulassen, dass Chaos den Takt angab. Zumindest sagte sie sich das, bis sie das Brummen erkannte.

»Du bewegst dich auf gefährlichen Pfaden.« Eine tiefe, körperlose Stimme füllte ihren Kopf. Willow zuckte nicht einmal zusammen, spürte nur einen Knoten in ihrer Magengrube.

»Ich muss etwas tun«, hauchte sie, bebend vor Kälte und Anstrengung. »Hilf uns.«

Ihre Nackenhaare stellten sich auf. Sie drehte langsam den Kopf, wollte Anthony ins Gesicht sehen. Stattdessen begegnete sie dem erschütterten Blick von Professor Gunt. Er richtete sich auf und schien Hugo komplett zu vergessen.

»Ich kann nicht helfen«, erwiderte die Stimme von Anthony erstickt. »Es tut mir leid. Alles tut mir leid, Willow. Ich weiß, dass du dir die Schuld aufbürdest, aber das kann ich nicht zulassen. Es ist Unrecht.«

»Das ist mir egal, es ist mir so egal, dreh die Zeit zurück«, bat sie, während schwarze Schatten vor ihren Augen flimmerten.

»Willow, ich kann es nicht. Ich bin auf der anderen Seite, verstehst du das? Du solltest nicht mit mir reden. Es tut mir leid, aber ich kann nichts tun.«

»Warum nicht? Bitte. Bitte, tu etwas.« Wann hatte sie das letzte Mal eingeatmet? Professor Gunt erschien plötzlich neben ihr, ging in die Hocke.

»Er weiß, dass ich hier bin«, sagte Anthony leise. »Warum holst du die Hoffnung zu euch?«

»Ich habe sonst nichts!« Sie wurde nur ein wenig lauter, aber Professor Gunt zuckte zusammen. »Wo ist Ophelia, ist sie bei dir?«, fragte sie weiter. Nun zitterte ihr gesamter Oberkörper. »Schick sie wieder her.«

Schweigen. Er würde sich nur wiederholen, das wusste Willow. Vor ihr öffnete Professor Gunt mehrfach wortlos den Mund. Er hatte nach ihrer Hand gegriffen, was sie kaum spürte.

»Du fällst nicht mehr so leicht um«, stellte Anthony fest, Stolz und Trauer schüttelten seine Worte. »Das ... das ist gut. Aber du musst aufhören.«

»Bitte«, versuchte sie es noch einmal, noch ein letztes Mal. »Sag mir, was ich tun soll.«

»Du kannst nichts tun«, antwortete Professor Gunt für Anthony.

Sie schluckte schwer, dann entglitt ihr für einen Moment das Bewusstsein. Es stolperte, fing sich taumelnd, ließ sie hektisch atmen.

»Willow, es tut mir leid«, sagte ihr Mentor. Seine Stimme verblasste. »Ich kenne nicht viele Gesetze der Magie, aber dieses steht für mich fest. Die Toten dürfen nicht zu den Lebenden zurückkehren.«

Und dann war er fort. Die Melodie endete. Das Perpetuum mobile stoppte.

»Nein«, keuchte Willow. »Komm zurück.«

Sie klammerte sich an Professor Gunts Unterarm, als könnte nur er verhindern, dass der Wind sie mitriss. Ihr Herz beschleunigte schmerzhaft, hielt schlagartig inne, viel zu lange, galoppierte weiter, strauchelte, rappelte sich wieder auf und humpelte von nun an. Panisch erinnerte sie sich an die Hirnblutung von Leonhard Euler, an Ophelias mahnende Worte und die Tücke von Chaos. Jetzt würde auch sie sterben.

Mit der freien Hand griff Professor Gunt nach Willows Schulter. Eine abrupte Stille legte sich wie ein transparentes Tuch über sie. Ihr Zittern und der Schwindel beruhigten sich, Puls und Atmung folgten. Entgeistert starrte sie ihn an.

»Wir sind keine Götter, so schwer uns diese Erkenntnis auch fällt«, erinnerte er sie. »Wir sind sterblich.«

»Ich weiß.«

»Ich denke, meine Zweifel sind berechtigt.« Er ließ sie vorsichtig los, und was auch immer er mit ihr getan hatte – es hielt. »Wir müssen uns um die Lebenden kümmern, und ich möchte, dass du zu ihnen gehörst.«

»Okay.« Ihr Körper fühlte sich taub an, als sie aufstand. Sie schien keinen einzigen Gedanken mehr zu haben, alles direkt auszusprechen. »Wie geht es Hugo?«

Professor Gunt deutete den Felsen hinauf und ließ sie alleine zu ihm gehen, obwohl sie sich nach seinem Halt sehnte. Die plötzliche Stabilität war beängstigend, und doch spürte sie nichts davon körperlich. Sie war losgelöst von dem, was sie später gewiss überfallen würde. Ob Professor Gunt sich selbst derart beruhigen konnte? Welche Dämonen wrangen nun sein Herz aus?

Hugo lag unverändert da, hatte sich mit schmerzverzerrtem Gesicht auf die Seite gelegt.

»Gunt glaubt mir nicht. Sag ihm, dass ich alle herbringen kann«, verlangte er leise, als sie näher kam. »Das geht ... viel schneller.«

Willow ging neben ihm in die Knie und griff vorsichtig nach seiner Hand.

»Du hättest eine Menge anderer Dinge sagen können«, murmelte sie.

»Oh, glaub mir, das werde ich noch ...« Er drückte ihre Finger, ein Schluchzen entkam seiner Kehle.

Gaias Geschenk

»*Das Leben ist kein Theaterstück.*«

Ophelia Murphy

Als George nach Tholeros Kosmos zurückkehrte, fiel der erste Schnee. Im November hatte Evan sämtlichen Regen vom Institut ferngehalten, als erhoffte er sich dadurch eine bessere Stimmung unter den Doktoranden. Die feinen Flocken ließ er hingegen zu. Obwohl sich an der erschöpften Stille wenig änderte, kam sie Willow nun leichter vor. An Frieden wollte sie allerdings nicht denken.

Sie stand am Fenster in der Küche und beobachtete, wie George das Fahrrad abschloss, seinen gewaltigen Seesack schulterte und den Weg nach oben nahm. Er war bis zu Ophelias Beerdigung geblieben. Das Versprechen seiner Rückkehr hatte Willow ihm nicht geglaubt, und sie zweifelte noch immer. Aufgehalten hatte sie ihn trotzdem nicht.

Draußen wurde es schon dunkel, es war kurz vor halb vier. Eigentlich wäre sie gerne in der Stadt gewesen, um Kakao zu trinken und durch beschlagene Scheiben auf das Weihnachtsgetümmel zu blicken, aber Esther hatte ihr Treffen abgesagt, und der Long Room war für längere Zeit geschlossen, um ein zeitgemäßes Feuerschutzsystem einzubauen und die

Bücher zu reinigen. Immerhin sollten im neuen Jahr die ersten Büsten von Frauen vorgestellt werden, die Willow vor einer Weile noch wie eine reine Wunschvorstellung erschienen waren.

Die Tür klickte. Sie hielt den Atem an, als könnte jegliche Regung dafür sorgen, dass George sich in Luft auflöste. Dann klimperte es hinter ihr, und Aramis ließ sich sogar zu einem freudigen »Wuff« hinreißen. Versteinert sah sie dabei zu, wie der Beagle ins Foyer stürmte.

»Heeey«, hörte sie George sagen. »Na du? Ich hab dich vermisst.«

Aramis hechelte, und das tippelnde Geräusch der Krallen auf dem Marmor verriet ihr, dass er sich mehrmals begeistert im Kreis drehte.

Ein kupferroter Lockenschopf erschien in der Tür, sah erst in den leeren Essbereich und dann zu Willow.

»Hi.« Er lächelte vage. »Ich hab's dir versprochen.«

»Ich kann es kaum glauben«, gab sie zu. »Schön, dich zu sehen. Aber ich wäre ehrlich gesagt froh gewesen, wenn ich gewusst hätte, wo ich dich finde.« *Vielleicht wäre ich dir gefolgt.*

George klopfte den Schnee von seinen Schultern und stellte den wuchtigen Seesack auf den Boden. »Ich war bei meiner Mutter«, sagte er wie beiläufig.

»Ich ... ist sie nicht ...?«

»Doch, ist sie.« Er schlüpfte aus dem Mantel, warf ihn über einen Stuhl und schien seine freudige Stimmung allmählich an Willows anzupassen. »Ich habe ihr Grab winterfest gemacht. Und dann sehr lange im Wohnzimmer meines Vaters gesessen und gelesen.«

Sie wusste nicht, was sie antworten sollte, und versuchte es mit einem verständnisvollen Lächeln.

»Was habe ich verpasst?«, fragte George zögernd. »Und möchtest du einen Kakao? Mir ist *kalt*.«

»Gern.« Willow löste sich aus ihrer Starre und öffnete den Kühlschrank, stellte eine Packung Milch auf die Arbeitsplatte. »Du hast nicht viel verpasst. Hugo ist bis Weihnachten in Lisdoonvarna ...«

»Zum Heiraten?«

Willow grinste. In Lisdoonvarna fand die größte Heiratsmesse der Welt statt. »Zur Kur. Den Spruch hab ich auch schon gebracht, erfolglos, aber ich bin mir sicher, dass er ihn inzwischen versteht.« Während George zwei Tassen aus dem Regal holte und Aramis seinen Stammplatz am Fenster einnahm, fuhr sie fort. »Deinen Pflanzen geht es gut. Ich habe jetzt ein Thema, über das ich mit meiner Ma sprechen kann. Allerdings wird sie langsam ... misstrauisch, woher ich all die Pflanzen habe.«

»Aber sie war nicht hier, oder?«

»Nee, alles telefonisch. Sie weiß auch nicht, dass ich die Wohnung in Dublin gekündigt habe.«

Nun hob George eine Augenbraue, deren Bedeutung Willow nicht einordnen konnte. »Hätte mich auch gewundert, wenn plötzlich Fremde herdürften, also ... Du weißt, was ich meine.« Er räusperte sich, goss Milch in einen Topf und schaltete den Herd an. »Wie ist die Stimmung sonst? Habt ihr ... irgendetwas Neues mitbekommen?«

Sie wich der Frage aus, die er eigentlich stellte.

»Na ja, es wird viel darüber diskutiert, ob es nächstes Jahr einen Jahrgang geben soll und wer teilnehmen darf ... von außerhalb, du weißt ja, was ich meine. Oh, und Lloyd hat Ende November seine Doktorarbeit abgegeben.«

»Sag bloß«, raunte George und sah ihr direkt in die Augen. Willow wandte sich reflexartig ab und ärgerte sich im selben Moment darüber.

»Und was ist mit ... also ...« Seine Stimme klang plötzlich eingeschüchtert.

Willow hob den Kopf. Sie konnte dieser Frage also nicht entkommen. »Nichts. Keine Spur von ihm, aber wir sind uns

sicher, dass er wieder in Italien ist.« Sie schluckte. »Es gab bislang keine Nachricht von den Kylonern.«
»Das klingt nicht gut.«
»Nein.« Sie seufzte. »Pass auf die Milch auf.«
George zog rasch den Topf von der Platte. »Gutes Timing.«
Schweigend gab Willow Kakaopulver in die Tassen, ließ ihn die Milch eingießen. Als sie in den Salon gingen, folgte Aramis ihnen gemächlich.
Echo schlief in einem der großen Sessel, ihr Buch lag wie ein verwundeter Vogel auf dem Boden. George legte das Lesebändchen hinein und platzierte die Lektüre außer Reichweite von Aramis' Nase neben einer der warm leuchtenden Tischlampen. Sie nahmen am Fenster Platz und sahen eine Weile wortlos hinaus. Der Schnee wurde dichter, der Tag dunkler.
George umschloss die Tasse mit seinen geröteten Fingern und warf einen prüfenden Blick auf Willows. Die Brandwunden waren fast vollständig verheilt, darum schaute er flüchtig, aber dennoch zu auffällig auf den kaum sichtbaren Schnitt an ihrem Hals.
»Wie geht es dir?«, fragte er schließlich.
»Gut«, antwortete Willow etwas zu schnell. Dann schüttelte sie den Kopf. »Okay, es ist ... es ist schlimm. Aber ich kann manchmal schlafen, und mittlerweile gehe ich nicht mehr davon aus, dass sie ... mich ans Wasser führen.«
George setzte seine gerade erhobene Tasse wieder ab, ohne einen Schluck zu nehmen. »Das wird auch nicht passieren. Ich bin froh, dass du geblieben bist, das war eine gute Entscheidung.«
»Ich wäre mir da nicht so sicher. Aber ...«, sie atmete langsam aus und schaute sich im Raum um. George wartete geduldig. »Gunt ist ein guter Therapeut. Er hat mir eine Kollegin vorgestellt, die zu uns gehört. Er selbst war zu nah dran,

weißt du, aber ich kann auch nicht zu einer beliebigen Therapeutin gehen und über die Pythagoreer plaudern.«

George lächelte, als hätte er zwischen ihren Worten ein Geheimnis entdeckt. »Aber du fühlst dich wohl bei ihr?«

»Ja, sie ist in Ordnung.«

»Gut. Wenn du möchtest, kannst du mit mir sprechen. Jederzeit. Auch ohne Worte. Ich erzähle sowieso nichts weiter, nicht einmal Thabisa.«

»Süß, dass du das betonst.« Willow drehte nachdenklich ihre Tasse. »Wo du gerade von Thabisa anfängst ... Wir haben da neulich etwas geschafft, das ich dir gerne zeigen möchte.«

»Überschätz mein physikalisches Verständnis bitte nicht!«

Sie atmete belustigt aus. »Das ist das Spannende daran.« Langsam zog sie ihr Smartphone aus der Hosentasche und tippte eine Nachricht an Thabisa.

»Wir können auch zu ihr rübergehen«, schlug George vor, aber Willow schüttelte den Kopf und erhob sich. Das flaue Gefühl, das sie nun überfiel, war ihr vertraut. Vor einigen Jahren hatte sie ihrer Mutter einen Rauchfrei-Ratgeber besorgt – das Geschenk kam zwar von Herzen, war aber risikobehaftet und in diesem Fall nicht gut angekommen. Willow öffnete den Sekretär neben dem Fenster und zog ein schwarzes Notizbuch aus Anthonys Damespiel. Sofort setzte sich George aufrecht hin.

»Ist das ...?«

»Charles George Francis Jonathan Doherty!«, schallte es vom Flur.

»Oha«, entgegnete er mit einem verzweifelten Grinsen und stand ruckartig auf. Schon fiel Thabisa ihm um den Hals. Willow fragte sich, warum sie das nicht getan hatte.

»Mr Ich-mache-mein-Telefon-aus *Schrägstrich* Ich-vergesse-meine-Freunde ist zurück! Wie schön, dich zu sehen.« Sie löste sich von ihm und musterte sein Gesicht. »Bitte geh nicht so schnell wieder, ja?«

»Nicht so schnell?«, wiederholte Willow ungläubig und legte das Notizbuch auf den Tisch.

»Wir können ihn ja nicht fesseln«, meinte Thabisa augenzwinkernd und schien noch etwas nachschieben zu wollen, als ihr Blick auf den schwarzen Umschlag mit Felices Schrift fiel. »Und ich sehe, dass du mit der Tür ins Haus fallen willst.«

»Ja«, murmelte Willow und biss sich auf die Unterlippe.

»Das ist dieses Notizbuch, das Harrison haben wollte?«, fragte George. »War der Inhalt nicht zerstört worden?«

»Du sprichst mit einer Quantenmechanikerin und einer Kosmologin, die sich auf Zeit spezialisiert haben«, verkündete Thabisa nicht ohne Stolz und setzte sich auf Willows Platz. »Überzeuge dich selbst.«

Mit einem zweifelnden Blick in Willows Richtung zog George das Notizbuch auf seine Seite des Tisches.

»Es war ja vorher komplett unleserlich, aber es gab einen Zeitpunkt, an dem Felice alles in der richtigen Reihenfolge notiert hat. Wir wissen jetzt, dass er es ganz zum Schluss so transmutiert hat, dass niemand es lesen kann – oder zumindest nur er selbst.« Willow trat direkt hinter Thabisa und legte ihre Hände auf die Stuhllehne. »Wir haben lineare und gegenlineare Zeit so lange manipuliert, bis wir diesen Zustand hatten.«

»Das ist wirklich beeindruckend«, sagte George und kniff die Augen zusammen. »Aber das sieht für mich immer noch nach Mathematik aus.«

»Nicht nur.« Allmählich klopfte Willows Herz schneller. »Blätter mal um.«

Zwei Zettel fielen ihm entgegen. Darauf stand eine Übersetzung aus dem Italienischen, die Willow mit viel Mühe und Behelfsliteratur angefertigt hatte. Die Worte, die George nun las, kannte sie inzwischen auswendig.

Es gibt ein Kind der Menschheit, das älter ist als sie selbst. Es schlummerte in der Dunkelheit vor dem Anbeginn der Zeit und erwachte bei der Geburt des Universums. Wartete Äonen, wohnte im Geist der Evolution. Schließlich gesellte es sich zu den Menschen, die glaubten, die Macht über es zu besitzen. Doch bald erkannten sie, dass sie das Kind niemals bändigen werden, weder mit Ton noch mit Tinte. Es gehört allen und niemandem zugleich, wandert stetig und verirrt sich oft. Manchmal verschwindet es. Allerdings wäre es ein Trugschluss, zu glauben, es sei dann unrettbar verloren. Es lässt sich anlocken, ist von Natur aus neugierig. Und es liebt Geheimnisse, denn hier versteckt sich dieses Kind, das die Menschheit Wissen nennt.

Er drehte das Blatt um.

Harmonie ist essenziell, um es zu führen. Sei es durch Mathematik oder Gefühle; das Kind lässt sich hin und wieder überreden, den Kosmos zu verändern. Dazu wird ein klarer Geist und Disziplin benötigt, aber manchmal genügt Verzweiflung. Vor zweieinhalb Jahrtausenden waren die Anhänger des Pythagoras die einzigen Freunde des Kindes. Allerdings teilten sie sich allmählich in zwei Glaubensrichtungen. Ging es anfangs nur um das Geschriebene und Empirische, genannt Mathemata, sowie um das Gehörte, genannt Akusmata, bekamen diese Begriffe im Laufe der Zeit neue Bedeutungen. Die einen widmeten sich dem, was man später Naturwissenschaften nennen sollte, die anderen verschrieben sich Kunst und Religion. Dabei ist Harmonie in all diesen Dingen zu finden, insbesondere, wenn man sich nur mit einem Aspekt beschäftigt. Hippasos von Metapont versuchte beides und wurde dafür aus der Gemeinschaft ausgeschlossen. Bevor er von den Pythagoreern ertränkt wurde, teilte er Kylon und seinen Anhängern einige ihrer wertvollsten Geheimnisse mit – und auch jene Dinge, die von Pythagoras verschmäht wurden. Bis heute fürchtet sich seine Anhängerschaft vor Chaos.

George schaute kurz zu Willow und griff zum zweiten Zettel. Er verzehrte die Zeilen, legte eine Hand auf den Mund.

Die Kyloner haben Chaos gemeistert. Sie können es untereinander wandern lassen, verteilen die Last auf sämtliche Eingeweihte, bis aller Schmerz verkümmert und verklingt. Sie haben die Harmonie gefunden, die Pythagoras so verbissen gesucht hat. Sie sind den Pythagoreern überlegen. Aber auch heute gibt es noch Menschen wie Hippasos von Metapont, die sich anmaßen, die Regeln ihrer Gemeinschaft zu verletzen. Ich werde in diesem Notizbuch festhalten, wie es dem chemischen Physiker Anthony Morris gelungen ist, den Zorn von Kosmos und Chaos zu erregen, indem er einen gewöhnlichen Burschen mit der Verworrenen Ordnung bekannt gemacht hat. Und ich werde sein Experiment reproduzieren, sobald ich eine gefügige Versuchsperson gefunden habe.

»Die Verworrene Ordnung ...«, murmelte George und legte den Zettel nieder. Sein Blick wanderte hinaus in die Nacht.

»*Tholeros* bedeutet nicht nur *dunkel*«, erklärte Thabisa.

»Das weiß ich, aber ich habe es nie anders übersetzt. Dabei passt es besser.« Er blätterte durch die nachfolgenden Seiten, die mit Formeln und einigen italienischen Erklärungen gefüllt waren. »Ich zweifle nicht daran, dass er Harrison um den Finger wickeln konnte. Und Anthonys Versuchsperson war Evan, oder? Weiß er, was hier steht?«

Willow nickte. »Evan hat an jener Abendschule seinen Abschluss nachgeholt, an der Hugo und Anthony ihren Gebärdensprachkurs belegen. Hugo verguckte sich und ... nun ja, Anthony bemerkte bald, dass Evan viel Potenzial hat. Und dass er offen für alternative Zukunftsperspektiven war.«

»Hm. Wo ist Evan jetzt?«, fragte George. »Es ist verdächtig still hier.«

»Besucht Hugo.« Thabisa grinste ungeduldig. »Aber sag mal, hast du verstanden, wovon Felice da schreibt?«

Er runzelte die Stirn. »Vielleicht?«

Beide Frauen seufzten.

»Dann klärt mich gerne auf«, verlangte George und nahm einen Schluck Kakao. »Ich verstehe es so, dass die Kyloner

Chaos unter sich aufteilen können, sodass es kaum zu spüren ist und sogar verschwindet.«

»Ja, und zwar mit *Harmonie*«, sagte Thabisa. »Mit Kultur und Religion. Akusmata.«

Er hob verständnislos die Schultern. »Was wollt ihr mir sagen?«

»Dass die Dunkle Ordnung nicht nur mit Wissenschaft gelingt, mit Formeln! Selbst Hugos Theaterstück könnte etwas bewirken, wenn wir herausgefunden haben, wie es geht.« Thabisas Stimme überschlug sich beinahe. »Mensch, wir ahnen doch schon länger, dass Emotionen eine Rolle spielen. Jetzt haben wir den Beweis. Das ändert alles!«

»Und wie machen wir das, ganz ohne Formeln?«

»Dafür brauchen wir paradoxerweise Empirie«, sagte Willow betont sachlich, aber Thabisas Aufregung schwappte dennoch auf sie über. »Battaglini und Gunt haben dem zugestimmt, Archer begeistern wir auch noch … Und wenn nicht, dann machen wir es trotzdem. Die ersten Versuchsanordnungen sind so gut wie fertig.«

»Willow hatte darüber hinaus eine *hervorragende* Hypothese für einen Zwei-Personen-Versuch«, merkte Thabisa an. Nun kribbelte Willows Gesicht, als hätte sie eine Wunderkerze entzündet.

Georges Unverständnis wandelte sich binnen einer Sekunde zu einem herzlichen Lachen. »Warte, was?«

»Thabisa«, zischte Willow und erhielt nur ein Grinsen.

»Ihr seid süß.«

»Sind wir gar nicht«, antwortete sie leise, aber George hörte es trotzdem.

»Was ist denn dein *Zwei-Personen-Versuch?*«, fragte er und lehnte sich auf seine verschränkten Hände.

Willow zögerte, dann nahm sie das Notizbuch an sich und verstaute es im Sekretär.

»Aramis!«, entfuhr es Thabisa grinsend, sie erhob sich. »Mensch, da ist mir doch diese Sache eingefallen. Ich stör euch mal nicht weiter. Aramis, komm. Gassi.«

»Bedankt«, murmelte Willow amüsiert und bedeutete George, aufzustehen. Während der Beagle im Foyer darauf wartete, dass Thabisa nach seiner Leine griff, traten die beiden in den Innenhof. Der Brunnen und das Gewächshaus kleideten sich in Dunkelheit. Schnee legte sich auf ihre Nasen und schmolz.

»Thabisa ist ... ziemlich gut drauf«, stellte George besorgt fest, als die Hintertür zufiel. »So schlimm war es noch nie.«

Willow nickte vage und berührte seine Schulter, um ihn in Richtung des Treibhauses zu dirigieren. »Gib ihr etwas Zeit, dann zeigt sie dir wieder ihr wahres Gesicht. Ich glaube, sie wollte dich nicht sofort belasten.«

»Ich weiß inzwischen nicht mehr, ob das einfach ihr Perfektionismus ist oder ob sie immer noch Rücksicht auf mich nimmt.« Bitterkeit legte sich auf seine Züge. »Ich möchte selbst entscheiden, wie es mir mit meiner Erkrankung geht.«

»Verstehe ich.«

»Manche betrachten eine Depression als Teil der Persönlichkeit. Find ich gefährlich. Sie ist kein hippes Accessoire, sondern ein kräftezehrendes Ungetüm, eine Krankheit. Kennst du diese Leute, die nur vorgeben, sie wären traurig? Die tun mir beinahe mehr leid als diejenigen, die wirklich krank sind.« Er holte tief Luft und betrachtete die gläserne Tür, als hätte er vergessen, wie man sie öffnete. »Jedenfalls, was ich sagen will: Ihr könnt darauf vertrauen, dass ich euch warne, wenn die Welt über mir zusammenbricht.«

Willow dachte an das Foto, das sie von ihm geschossen hatte, inmitten der Heide, umringt vom blauen Himmel. Den Abzug für George hatte sie unter seiner Tür durchgeschoben, als er längst aufs Land gefahren war. Vielleicht würde er lächeln, wenn er es später fand.

»Okay«, sagte sie. »Dann tue ich das auch.«

»Gut.« Er verlagerte sein Gewicht auf seine Fersen und zurück.

Willow knuffte ihn sanft. »Geh ruhig rein.«

George gehorchte, entfachte das Licht und wirkte für einen Moment eingeschüchtert. Die verwelkten Pflanzen hatte er nach Ophelias Tod allmählich ersetzt, was im Herbst schwierig und ohnehin wenig sinnvoll war. Trotzdem wurde das Gewächshaus nun dicht bewohnt, von unzähligen jungen Trieben in großen und kleinen Töpfen. Geradeaus stand der Edelreis von Newtons Apfelbaum in einem flachen Terrakottagefäß auf dem Boden.

»Ich bin froh, dass du dich so gesorgt hast«, murmelte er und inspizierte eine Kamelie, die erste Knospen trug. »Aber, äh, bist du dir *sicher,* dass du ausgerechnet hier ein Experiment durchführen willst?«

Sie schürzte die Lippen und nickte. Es kam ihr vor, als würde sie ihn zum Tanz auffordern, als sie die Arme nach vorne hob. George ergriff zaghaft ihre Hände, der Kakao hatte seine Finger aufgewärmt. Unter ihren Schuhen knirschte der Rindenmulch.

»Wenn ich Felice und Evan glaube, hat Anthony einen Teil seines Chaos auf mich übertragen und es mir stets wieder genommen, sobald wir fertig waren ... oder wenn ich umgekippt bin.« Ihre Finger prickelten. »Das war nicht fehlerfrei. Es blieb immer etwas Chaos zurück, und ... ganz zum Schluss ist es geblieben.«

Das Gefühl, das nun ihre Arme hinaufjagte, erinnerte sie an Anthonys glühenden Griff an ihrer Schulter und diesen fiebrigen Blick, der Hoffnung suggerierte, wo nur Tod wartete. Willow lähmte die aufkommende Empfindung und konzentrierte sich mühsam darauf, Chaos hervorzulocken. Bevor Evan abgereist war, hatten sie miteinander geübt. Seit dem Feuer im Long Room und Hugos Verletzung war er allerdings nicht gut auf Willow zu sprechen gewesen und dementsprechend wenig begeistert von ihrem Vorhaben. Da er die ganze Zeit in Anthonys Experiment eingeweiht gewesen war, konnte Willow ihm das vorhalten und ihm ein paar nützliche Schuldgefühle bereiten. Anthony hatte es immerhin geschafft, dass Evans Werte sich mit der Zeit normalisierten und wie die eines Pythagoreers wirkten. Aus dem Chaos war Ordnung geworden, ganz wie zu Beginn des Universums. Jetzt mussten sie das nur nachahmen, wobei der Meteorologe zuversichtlich war, dass dieser Prozess recht schnell vonstatten ging. Schließlich hatten sich ihre Messwerte vor zwei Wochen kurzzeitig aneinander angepasst. Es war das erste Mal, dass Willow einen Ausschlag auf der Linie für die Dunkle Ordnung gesehen hatte. Noch immer pulsierte der Triumph in ihren Adern. Es war nur ein bescheidener Sieg gegen Harrison, aber ein Sieg gegen die Lüge, die sie zu lange selbst geglaubt hatte.

Willow schloss die Augen und atmete langsam aus. Ein schweres, kantiges Gefühl manifestierte sich in ihrer Brust, der Herzschlag kämpfte dagegen an. Sie kannte das bereits, wartete auf das Verklingen. Die Kanten verformten sich, wurden beinahe flüssig. Es kam ihr vor, als hätte sie zu schnell eine kalte Limonade getrunken. Ein Schauer zog sich von ihrer Stirn über die Kopfhaut, verschwand im Nacken. Dann drückte sie Georges Finger und öffnete die Augen.

»Jetzt bist du dran«, sagte sie mit belegter Stimme.

George runzelte die Stirn, verstand aber. Seine Lippen bewegten sich wortlos, während er den Blick schweifen ließ. Sie glaubte, den Schwindel zu erkennen, als er seinen Kopf traf. Georges Hände umschlossen Willows nun fester, das Prickeln nahm zu.

Um sie herum knisterte es in der Erde. Triebe schossen in die Höhe, stoben in die Dämmerung. Der Weißdorn entfaltete seine Blüten, die Feigen und Zitronen wandelten sich binnen Sekunden von kleinen grünen Kugeln zu ausgewachsenen Früchten. Oleander, Kamelien und Dattelpalmen ignorierten die Gesetze der Zeit und folgten jenen der Magie. Es knackte, als einige Töpfe den Wurzeln nachgaben.

Georges Augen wurden feucht. Er ließ los, hob die Hände an den Mund.

»Unmöglich«, flüsterte er und tat einen wackeligen Schritt neben Willow, legte einen Arm um sie. Sie zog ihn an sich, vergrub ihr Gesicht in seinem Pullover. Ein neues, aber dennoch vertrautes Gefühl breitete sich in ihrer Brust aus. Sie wusste nicht, ob es auch eine Form von Magie war.

»Sag nie wieder, dass wir nicht hergehören«, wisperte sie.

»*Perpetuis futuris temporibus duraturam,* Willow.«

»Ich dachte, du fällst tot um, wenn du Latein sprichst?«

Seine Brust vibrierte, als er lachte. »Das ist eine Ausnahme.«

Sie wollte ihm sagen, wie furchtbar kitschig das klang, aber sie durfte diesen Moment nicht entkommen lassen. Die Vorstellung, dass sie versehentlich die Zeit anhielt, legte sich wie eine zweite Umarmung um sie. In ihren Ohren rauschten ihr Blut und sein Atem in einem ominösen Rhythmus. Plötzlich ließ George los.

»Der Apfelbaum!«, rief er lachend. Knorrige Äste schlängelten sich über die Tische in ihre Richtung, tasteten nach den Menschen wie ein außerirdisches Wesen. Die Wurzeln hatten ihr Gefängnis gesprengt und suchten im Mulch nach einer neuen Heimat, während grün-rote Früchte zwischen den Blättern erschienen.

Das unheimliche Wachstum erstarb abrupt, und Willow fürchtete, dass ihr Wunsch verspätet erhört worden war – dass die Zeit tatsächlich stillstand. Das vage Gefühl von Dunkler Ordnung verflüchtigte sich aus ihrem Inneren, wurde von Anthonys Chaos vertrieben. Dann fielen die Äpfel gleichzeitig zu Boden.

George bückte sich und hob einen auf, drehte ihn in der Hand. »Jetzt sind wir ebenso gefährlich wie der Rest des Instituts.«

Mit weichen Knien kam Willow näher. »Wir sollten unsere Macht verantwortungsvoll steigern. Lass uns mit einem Apfelkuchen beginnen.«

Danksagung

Dieser Roman entstand aus einer Zeit heraus, in der fast niemand eine Universität betreten hat. Die grauen Flure meines Fachbereichs erwecken für gewöhnlich keine Sehnsüchte, ganz zu schweigen von den Overheadprojektoren und den aufgequollenen Schupfnudeln in der Mensa. Dennoch begann ich von meinem Schreibtisch daheim aus, meine eigene, zu einem Ende kommende Zeit des Studiums zu romantisieren. Und damit war ich nicht allein – aus einer Ästhetik wurde allmählich ein Genre. *Dark Academia.* Sollte ich deswegen der Pandemie danken, dass ich dieses Buch schreiben durfte? Ein klares Nein. Nicht zuletzt, weil das Opfer zu groß wäre. (Obwohl das zum Genre passen würde.)

Ich habe meine Universität jedenfalls nicht mehr betreten, habe neben der Masterarbeit diesen Roman geplant und danach direkt zu schreiben begonnen. Das fühlte sich an, als wäre ich noch einmal ein Erstsemester – nur, dass man mit einem Master in Populärer Musik wahrscheinlich keinen Fuß nach Tholeros Kosmos setzen kann (... oder?). Dennoch möchte ich zum Schluss etwas von der Magie einbringen, die ich dank meines Studiums beherrschen müsste: eine knackige Danksagung, die als einziger Textblock in den Gatefold-Schallplatten dieser Welt ruht und lediglich mit einem »xx« endet, *hugs and hugs.*

Mein unendlicher Dank gebührt Egon, Taktgeber der ersten Stunde. Weltbeste Agentin der Welt ist und bleibt Sarah Weltbestius. Kathrin, Anika und Tino haben auf den richtigen Ton geachtet und sich dabei selbst übertroffen. Sophie stand nur meinetwegen im Long Room und maß die Höhe von Regalbrett E. Dann ist da noch Vanessa, sie hat mir nicht nur bei Altgriechisch *geholfen*, das wäre eine Untertreibung. Danke euch allen! Zum Probehören kamen zudem Alissa (Master of Women in STEM, Bachelor of Rooting for George), Caro (Master of Emotional Support, Bachelor of Schonungslose Ehrlichkeit), Diana (Fellow Master of Pop, Mitleidende interdisziplinärer Kurszusammensetzungen) und Flo (Mathematik-Doktor in spe, teaching me physics since 2014). Euer Harmonieverständnis ist unübertroffen! Im selben Atemzug möchte ich Iris, Mareike und Rafaela für ihr geduldiges Ohr würdigen. Liebe geht auch raus an Flix, Thilo, Kiara, Rabia, Marie, Julia und Liza. Cheers as well to Kenneth from the Long Room – thanks a lot for your humble advice! Mein herzlicher Dank für langfristigen Rückhalt gilt überdies dem beinahe antiken Schreibkollektiv *Mit Feder statt Schwert* sowie dem *Tintenzirkel,* der *Schlücklich*-Gang, dem besten Discord-Schreibtreff der Welt, dem Raben, Frank und meiner Familie. Mama, du hast jede noch so blöde Botanik-Frage tapfer ausgehalten – danke! Und natürlich dürfen meine Patreons nicht fehlen, insbesondere nicht Marc und Sophia-Gemma. Ohne eure Unterstützung gäbe es dieses Buch nicht. Ich werde euch das nie vergessen.

xx

INHALTSWARNUNG

Die Gesetze der Magie enthält potenziell belastende Inhalte.

Diese sind:

Alkoholmissbrauch, emotionaler Missbrauch, Erbrechen, Ertrinken, Gewalt, Herzversagen, Misogynie, Tod, Verlust von Verwandten.

Intrigen und Romantik an einer Eliteuniversität!

Laura Labas
Bronwick Hall – Dornengift
Roman

Piper, 432 Seiten
ISBN 978-3-492-70761-9

Die junge Hexe Blaine ist die oberste Elitestudentin der magischen Universität Bronwick Hall. Ihr Verlobter Karan bietet ihr Schutz, seit ihr Vater wegen Hochverrats verhaftet worden ist, doch sie liebt ihn eigentlich nicht. Als eine Rebellenorganisation die Universität angreift und Karan im Kampf verwundet wird, gerät Blaine in einen Strudel aus Lügen und Intrigen. Um ihre Zukunft zu retten, verbündet sie sich mit dem jungen, geheimnisvollen und viel zu attraktiven Professor Henry Saints …

Leseproben, E-Books und mehr unter www.piper.de

Die Magie der Toten schläft unterhalb von Paris

Leni Wambach
Der Zirkel der Sechs
Runen und Knochen

Piper, 464 Seiten
ISBN 978-3-492-70647-6

Für den magischen Zirkel von Paris jagt Sirena abtrünnige Magier. Als ein Auftrag nicht ganz nach Plan verläuft, ändert sich alles: In den Katakomben unter der Stadt offenbart sich ihr eine Prophezeiung. Sirena soll als eine von sechs in der Lage sein, die Macht der Toten zu erwecken. Das könnte ihr zum Verhängnis werden, denn manche wollen genau diese Macht zu ihren eigenen Zwecken einsetzen. Nun liegt es an Sirena und fünf weiteren Auserwählten, eine Katastrophe zu verhindern.

Leseproben, E-Books und mehr unter www.piper.de

Dunkle Magie und eine Ermittlerin wider Willen

Kari Vanadis
Secrets of Dublin: Verbotene Zauber
Roman
Piper Taschenbuch, 396 Seiten
ISBN 978-3-492-50671-7

Die magiebegabte Leslie arbeitet im Antiquitätenladen *Pot of Gold*, wo sie sich mit Kunden herumschlägt und ihrer Leidenschaft für sarkastische Kommentare und magische Artefakte nachgeht. Letztere wird ihr zum Verhängnis, als sie ein geheimnisvolles Ouijabrett öffnet, denn dass es sich in den dämonischen Nathaniel verwandelt, hatte sie nicht geahnt. Und kurz darauf kreuzt auch noch der Privatdetektiv Victor auf, der sie erpresst, mit ihm zusammenzuarbeiten: Der Vorbesitzer des Brettes ist ermordet worden, und damit Leslie sein Schicksal nicht teilt, müssen sie wohl oder übel zusammenarbeiten ...

Leseproben, E-Books und mehr unter **www.piper.de**